讲给少年的
西游记

梁归智 著

化学工业出版社
·北京·

图书在版编目(CIP)数据

讲给少年的西游记　　梁归智 / 著.—北京：化学工业出版社，2021.5
ISBN 978-7-122-38958-9

I.①讲… II.①梁… III.①《西游记》研究-少年读物
IV.① I207.414-49

中国版本图书馆CIP数据核字（2021）第067893号

责任编辑：周天闻
责任校对：赵懿桐
装帧设计：尹琳琳

出版发行：化学工业出版社
　　　　　（北京市东城区青年湖南街13号　邮政编码100011）
印　　装：北京新华印刷有限公司
880mm×1230mm　1/32　印张20　字数321千字
2021年10月北京　第1版第1次印刷

购书咨询：010-64518888
售后服务：010-64518899
网　　址：http：//www.cip.com.cn
凡购买本书，如有缺损质量问题，本社销售中心负责调换。

定　　价：168.00元（全四册）　　版权所有　违者必究

《西游记》应该这样读

前言

对于每个中国人，不管是懵懂的孩童，还是人生体验丰富的成年人，古典名著《西游记》都联系着快乐的人生记忆。尤其是对于未成年的孩子，《西游记》（特别是书中的主人公——"齐天大圣"孙悟空）更是有着无穷的吸引力。以至于很多人在成年后，还会想起幼时和小伙伴的种种争论：孙悟空和二郎神到底谁更厉害？为什么用金箍棒在地上画个圈妖怪就进不去？女儿国国王到底是不是妖怪？……

那么，《西游记》到底是怎样一部书？书里到底讲的是什么？为什么那么多人喜欢《西游记》，喜欢"齐天大圣"孙悟空呢？

在中国古代文学和文化的传世作品中，知名度高，同时又能雅俗共赏的，大概要数"四大名著"了。而在"四大名著"里，排第一位的就是《西游记》。我们一般是在上小学时看《西游记》，上中学时看《水浒传》和《三国演义》，到了高中和大学阶段才懂得欣赏《红楼梦》。当然，现在很多人都是通过电视剧、电影来了解"四大名著"的，而不一定是直接阅读原著了。

通过影视作品来了解名著，有其好处，也有其坏处。好处就是影视剧镜头让形象变得更直观,让人很快就能对"四大名著"的故事情节和主要人物有个基本了解。但是缺点也很多，比如，影视剧对原著做了省略和改编，"四大名著"里深刻的思想内容、卓越的艺术手法，更别说汉语的优美微妙了，这些都是影视剧难以传达出来的。只看影视剧，不读原著，其实只是知道了"四大名著"的一点儿皮毛，甚至有时候知道的还是一些被歪曲了作品原意的故事新编或者八卦趣闻。

我对中国小说的研究已有四十多年了。在这期间，对《红楼梦》的研究，用功最深，出版的著作最多。而对于《西游记》，近年来则是颇多会心胜意的新发现。专注地讲读《西游记》一书，比较完整展现思考和成果，则是在这部《讲给少年的西游记》中了。

我们的这部《讲给少年的西游记》有什么特点呢？

第一个特点，就是这部《讲给少年的西游记》是写给青少年读者的。它可不是仅仅在讲《西游记》里热热闹闹的斩妖除魔的故事。对于青少年来说，读懂名著里的故事已经不是什么难事了。真正困难的是，了解了故事情节却还只是对作者想表达的意思一知半解。本套书就是把《西游记》里那些不容易读出来的、微妙而又深刻的意思，挖掘出来，讲解给大家，陪他们读懂这部伟大的作品。

第二个特点是，这部《讲给少年的西游记》对《西游记》的思想内容和艺术特点都进行了独到的理解和讲解。这些理解和讲解，并不是我突发奇想演义和编造出来的，而是小说里面本来就有的，只是一直以来并没有被大家真正认识和发现，当然更不用说有人彻底讲清楚了。比如，太上老君的金刚圈能套各种宝贝兵器，后来他的坐骑青牛偷了金刚圈下凡为妖，就把孙悟空的金箍棒套走了。那么孙悟空大闹天宫时，太上老君为什么不把金箍棒套走，而只是打了孙悟空一下呢？这里面有什么微妙的道理？又比如，我们都很熟悉的三打白骨精的情节，大家都认为白骨精是个女妖怪，那么白骨精为什么不像别的女妖怪那样要和唐僧成亲结婚，而是要吃唐僧呢？白骨精真的是女妖怪吗？孙悟空三打白骨精的故事到底要表现什么深刻的意思呢？

第三个特点就是，《讲给少年的西游记》对全书的一百回都做了整体的讲解，每一回做一次讲解，再加上后面还有八讲的总结，一共就是一百零八讲。为什么是一百零八讲呢？因为孙悟空七十二变是地煞数，猪八戒三十六变是天罡数，天罡数加地煞数就是一百零八。《水浒传》里不也是一百零八将吗？

第四个特点，也是《讲给少年的西游记》最与众不同的地方，就是它紧密联系着青少年读者的人生。这倒不是我有意为之的，而是《西游记》本身就是这样的，只是过去大家都没有认识到，没有弄明白。《讲给少年的西游记》一方面是《西游记》的阅读指导，另一方面就是能和一个人一生的成长道路互相联系。《西游记》讲述了孙悟空从出世到大闹天宫，再到被压在五行山下，然后走上了漫漫取经路，简直就是从孩童到成年的一部成长启示录。

最后，我想说明一下，我研究中国古代小说的方法，或者说我的治学个性和特点，那就是悟证灵感迸发、论证展开阐释、考证补充完善。悟证、论证、考证三者齐头并进，相辅相成。所以，我始终不是在"做论文"，而是在"写文章"，也很在意"写文章"的"笔法"。这部《讲给少年的西游记》是我对《西游记》的读法的一些理解，可谓字斟句酌，也尽可能做到生动典雅，不仅希望能够真正把《西游记》这部经典讲透，也希望能给青少年朋友示范一种"写文章"的"笔法"。

青少年朋友们，让我们一起走入《西游记》这部"奇书"，开始一段深刻而鲜活的人生旅程吧！

2018 年 10 月 20 日初稿
2019 年 8 月 26 日改稿

目录

第一讲	绝代天骄的青春起点	002
第二讲	学本事，得机灵点儿	010
第三讲	燃烧吧，我的青春	018
第四讲	神仙世界的规则	025
第五讲	蟠桃代表我的心	030
第六讲	"小圣"竟然能降伏"大圣"	037
第七讲	孩子长大了，不准再撒野	042
第八讲	镇压心猿后，为啥要取经	048
第九讲	算卦的，你够狠	055
第十讲	随便答应人情，后果严重啊	060
第十一讲	皇帝实践诺言，引出高僧上场	065
第十二讲	取经人隆重亮相了	070
第十三讲	西行第一难，你可知机关	076
第十四讲	有了新名字，奔向新前途	081

第十五讲	龙马怎么就成了意马？088
第十六讲	炫耀引贪婪，宝贝惹灾祸 094
第十七讲	三个宝贝箍儿，已经用了俩 099
第十八讲	猪八戒，你来了 105
第十九讲	鸟窝里的佛爷是咋回事 110
第二十讲	猪八戒立功了 115
第二十一讲	菩萨号灵吉，足下可明白 120
第二十二讲	老沙归队，取经队伍到齐了 126
第二十三讲	队伍刚凑齐，就遇到大考验 132
第二十四讲	旧人情，欠不得 138
第二十五讲	偷吃个果子，就这样较真 143
第二十六讲	镇元大仙啊，赔大了吧 148
第二十七讲	白骨精，你究竟是女的还是男的 154

第一讲

绝代天骄的青春起点

《西游记》的故事,是从东胜神洲傲来国的一个叫花果山的地方开始的。

盘古开天辟地,世界被分为四大部洲:东胜神洲,西牛贺洲,南赡部洲和北俱芦洲。东胜神洲有一个国家,叫傲来国,临近大海;海中有一座名山,叫花果山;山顶有一块仙石,孕育出了一只石猴,他眼睛射出金光,惊动了玉皇大帝。

这只石猴,就是后面横空出世的美猴王孙悟空,也是大闹天宫的造反英雄齐天大圣。他还是西天取经路上降妖伏魔的孙行者。当然,最后修成正果成了斗战胜佛。

石猴,是绝代天骄的青春起点。他的诞生地不在其他三个洲,而在东胜神洲。为什么是"东"呢?因为东方,是太阳升起的方向,胜是胜利,神是神圣。玉皇大帝评价石猴是"天地精华所生"。之所以诞生在傲来国,是因为一个"傲"字极为传神地概括了孙悟空的人生特点。孙悟空的性格气质,不就是傲吗?就是激情燃烧的青春骄傲,永不言弃的万丈豪情。

除专门说明外,书中插图均来自《绘本西游记》
绘者为(日)水岛尔保布

聚光灯从东胜神洲的大场景，转到傲来国的中镜头，最后的聚焦点是花果山。花果山，我们已经说习惯了，没有新鲜感了，但仔细琢磨，这是一个多么充满魅力的名称啊！遍地鲜花盛开，处处果实累累，满耳都是鸟唱虫鸣，真是悦耳养眼，美不胜收啊！《西游记》的作者为花果山写了一篇100多字的优美赋文，大家在读《西游记》原著的时候可以好好体会一下。这种文体是骈体文。骈体文的句子，上下句字数相等，词语对仗，四字句对四字句，六字句对六字句，名词对名词，动词对动词，虚词对虚词，而且还要讲究平仄协调，读起来自然有一种声调上的美感，这是最能表现汉语特点，展现汉语魅力的句式结构。比如，我们十分熟悉的《滕王阁序》中的名句——"落霞与孤鹜齐飞，秋水共长天一色。"就是很好的例子。

这篇优美的骈体文对我们理解《西游记》非常重要。开头的两句——"势镇汪洋，潮涌银山鱼入穴；威宁瑶海，波翻雪浪蜃离渊"。这句话的意思就是说：花果山高高耸立在汪洋大海中，波涛汹涌，像一座又一座的银山，无数的鱼儿在银山的洞穴里出出进进；雄伟的花果山让大海都平静下来，波浪像飘洒的雪花一样翻腾，海里的各种动物在浪花里现身。

最后两句——"百川会处擎天柱，万劫无移大地根。"翻译成白话就是说：天下所有的大江大河最后汇集到一起，花果山就是在这个地方支撑天的柱子，无论什么样天翻地覆的灾难也不会动摇它这个大地的根子。这句话和前面说的"此山乃十洲之祖脉，三岛之来龙"是相呼应的。这里的"三岛"和"十洲"就是指蓬莱仙岛这样的供神仙们居住的地方，花果山是所有这些神仙们居住的仙岛的"祖脉"和"来龙"，也就是根源和祖宗。这是不是让我们想起后来孙悟空的金箍棒，不也是威力无比的擎天的柱和大地的根吗？

第一回回目的前半句是"灵根育孕源流出"，这句话说的就是孙悟空的"基因"，他是个天生注定的英雄，他的轰轰烈烈的人生就要揭幕了。接下来的，就是这个注定非凡的石猴的"青春三级跳"！

第一跳，是石猴通过奋斗成为美猴王。花果山的群猴，在山中过着逍遥的日子，但他们也要经受狂风骤雨、电闪雷鸣的苦恼，没有一个可以躲避自然灾害的庇护所。有一天，群猴在山涧中洗澡，顺着山涧往上爬，来到涧水的源头，原来是一个大瀑布。群猴吵吵闹闹，大家就说：谁敢钻进瀑布看个究竟，又能安

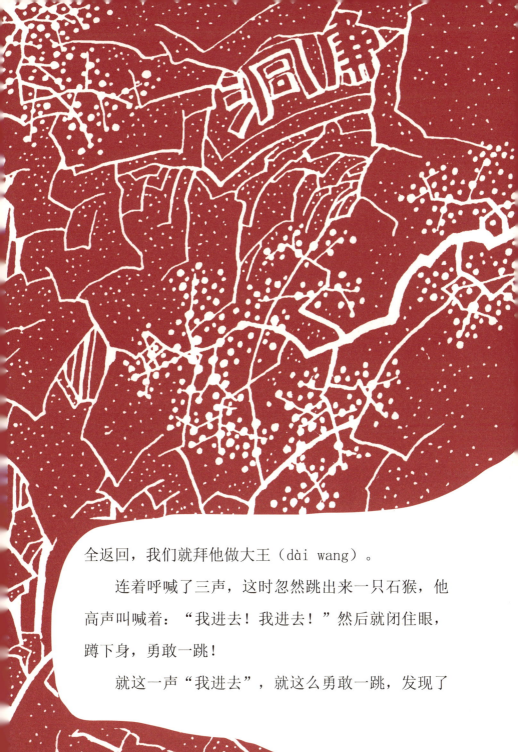

全返回,我们就拜他做大王(dài wang)。

连着呼喊了三声,这时忽然跳出来一只石猴,他高声叫喊着:"我进去!我进去!"然后就闭住眼,蹲下身,勇敢一跳!

就这一声"我进去",就这么勇敢一跳,发现了

"花果山福地，水帘洞洞天"，石猴成了群猴的领袖，成了美猴王。

从石猴到美猴王，就在这勇敢的一声叫喊和一跳之间。这是青春奋斗的第一跳。

紧接着，是第二跳。美猴王带领着猴群逍遥度日，一晃不知道过了多少年。有一天他忽然想到了"生和死"的问题，不知道哪天就被阎王爷给带走了。

一切有生命有感情的动物，特别是人类，都难免有生有死，这是一个能追究到根子上的问题，也叫"终极问题"。认真思考这个问题并且追问到底，就会想到人活着到底有什么意义的问题。这就是小说中说的"道心开发"。这就是我们通常所说的，由"生死"而想到"意义"，从这个问题出发，追根究底，就产生了各种不同的人生观。

再往后，美猴王独自撑船，漂洋过海，费时十几年，终于投奔到西牛贺洲的菩提祖师门下。菩提祖师住在灵台方寸山的斜月三星洞，祖师给美猴王赐名孙悟空，开始了他长达十年的修行学艺生涯。这是青春的第二级跳。

特别微妙的是，灵台、方寸、斜月三星，都是"心"字的象征和影射，心字的一弯钩像弯弯的月亮，上面的三处点像三颗星星。大家读《西游记》的时候一定注意到了，孙悟空又叫"心猿"。美猴王投到菩提祖师门下，成为孙悟空，其实就是心智修炼的开始。猴王从东胜神洲起步，到西牛贺洲学艺修行，和后来唐僧从东土大唐出发去西天取经，其中的思想内涵，其实是一样的。所以，第一回的下半句回目，就是"心性修持大道生"。

《西游记》的第一回，就是写从石猴到美猴王，再到孙悟空的两次人生的跳跃升华，是生命诞生到成长初期的青春奋斗。下面的第三次青春跳跃，又是什么呢？请看下一讲。

第二讲

学本事，
得机灵点儿

第一回的末尾讲到，猴王拜在菩提祖师门下，祖师给他赐名孙悟空。这个此后响彻天上人间的名字就横空出世了。

过去的拜师学艺，和现在在学校里学习不太一样，并不只是按部就班地上课、下课。孙悟空拜了师以后，祖师让比孙悟空入门早的师兄们，带他到二门外，拜了众位师兄，然后就让他跟着师兄们学习言语礼貌，洒扫应对，进退周旋。这个很有意思，就是首先要学规矩、懂礼貌，打水扫地，学习为人处世，这是最根本的，也是最重要的教育，就是我们现在说的品德教育。第二天，孙悟空开始和众位师兄一起讲经论道，写字焚香。这是文化理论课的学

习。除了这些,还要扫地锄园,养花修树,砍柴挑水。这是劳动教育。这样的日子,不觉就过了六七年。

再往后,菩提祖师登坛开讲了。小说描写祖师讲课,是"说一会道,讲一会禅,三家配合本如然"。这里的"三家"是什么意思呢?就是说讲课内容包含

了道教、佛教、儒家三种中国传统文化的主要内容，而祖师的讲授精妙无比，效果也非常好，竟然"天花乱坠，地涌金莲"。意思是讲得天上落下花朵，地面也突然长出来金色的莲花，太神奇了。孙悟空听得非常投入，《西游记》是这样描写的："喜得他抓耳挠腮，眉花眼笑。"让他忍不住手舞足蹈。

如此夸张的反应，当然逃不脱祖师的法眼。祖师问孙悟空，你来我这里多长时间了？孙悟空回答说，深山里没有日历，自己也不知道来了多久了。他这样说：我常去山后打柴，那里有好多桃树，我已饱饱地吃了七次桃子了。祖师说，那座山叫烂桃山，你吃了七次桃子，就是来了七年了。然后就问孙悟空，你想学点什么呀？这是不是像现在的上大学挑选专业方向，那孙悟空会选什么专业呢？

孙悟空的回答很有意思，他说我全听老师的教诲，只要有些道气儿，我就学。所谓"有些道气儿"，就是沾点道的边。这个"道"不是指道教，而是指道教、佛教、儒家的道理。可是当菩提祖师每举出一门专业，孙悟空就问，学这个能够长生不老吗？祖师用各种比喻告诉他，说学这个不能得到长生，孙悟空就立刻回答：不学！不学！孙悟空的学习目标非常明确，就是要学长生之术。

祖师一共列举了四个专业，所谓术字门、流字门、静字门和动字门，其实代表了三教九流的各种学问，但都不能让人学到长生不老之术。所以孙悟空都果断回答——不学。祖师生气了，拿戒尺在孙悟空头顶上敲了三下，倒背着手，进里面去了，而且把中门都关了。

同学们都来责备孙悟空，孙悟空却笑嘻嘻的，因为他猜到了祖师的暗谜，就是领会到了祖师的暗示。祖师暗示他什么呢？祖师打他三下，关了中门，是让他半夜三更时从后门进去秘密传授长生之术。果然，当晚孙悟空得到了祖师的口授秘传。后来祖师又教给他七十二变和筋斗云的本事。十年学艺，终于学到了真本领了。

这些故事情节里面，包含了很深的传统文化内涵，就是要学习大本领、大智慧，是需要很高的悟性的，要能一点就通，有股子"说一样通十样"的聪明劲儿。当然，老师也想找到一个能把自己的学问和本事发扬光大的优秀学生，这也是可遇而不可求的。这正是中国传统文化里面特别看重知音的一种文化基因。这方面有很多名句，比如，"海内存知己，天涯若比邻""士为知己者死""人生得一知己足矣""高山流水遇知音"。

　　菩提祖师用戒尺敲打孙悟空头顶的这个情节，也是有出处的。禅宗的第五位祖师传位给第六位祖师时，六祖慧能当时是个在厨房里舂米的低级别和尚。五祖怕别的和尚嫉妒，就敲打了慧能几下，然后从后门走出去，暗示慧能深夜到他的卧室去，好传给慧能袈裟和钵盂。袈裟是和尚的衣服，钵盂就是和尚吃饭的碗。这代表慧能就是合法的禅宗继承人了。有个成语叫"衣钵相传"反映的就是这种情况。

　　后来，孙悟空学了七十二变，同学们起哄让他表演一下，孙悟空就变了一棵松树，大家喝彩，惊动了祖师。祖师很生气，把孙悟空赶走了，让他回花果山去。祖师说，你学了变化之术，就变松树显摆，别人就要你教他。你教，泄露天机；你不教，就可能被谋害性命。传统文化里面讲究大智若愚，要低调，有个成语叫"韬光养晦",也是这个意思。祖师还警告孙悟空,说你这一去,一定会闯下大祸,不管什么时候,不准你说是我的徒弟。你要是说了,我让你万劫不得翻身!

这就是菩提祖师后来再也不出现的伏笔。为什么要这样写呢?我们要知道,菩提祖师是"心"的象征,孙悟空从斜月三星洞开始了修炼心智,但祖师说他要闯大祸受磨炼的修炼历程才刚刚开始。所以,表面上看孙悟空离开菩提祖师了,其实菩提祖师一时一刻也没有离开孙悟空,后面孙悟空的一切行为,从大闹天宫到西天取经,都是"心"的躁动和克服躁动的过程。

《西游记》里有一些细节描写,意味深长。比如,孙悟空在烂桃山吃了七年的熟桃后才开始学本事,就有很深的意思。猴子爱吃桃,但桃子的形状不也是心的形状吗?烂桃山不是说桃子烂了,是说桃子熟透了,吃了七年熟桃,就是心开窍了。不是有"玲珑七窍心"的说法吗?

菩提祖师教孙悟空变化的本领时,就说变化之术有两种:一种是天罡数变化,三十六变;另外一种是地煞数变化,七十二变。孙悟空说弟子愿意学多的,选了地煞数变化。大家是不是马上联想到小说《水浒传》里的一百单八将,三十六天罡星,七十二地煞星。

三十六，七十二，加起来一百零八。这三个数都是九和十二的倍数。九，是自然数中最大的数，也与古代一部很重要的书《易经》有关系。十二是一年的月数，又配十二生肖。《西游记》里的传统文化知识随处可见，后面我们如果碰到，会随时讲解给大家。

第二回的回目是：悟彻菩提真妙理　断魔归本合元神。这句话不好理解，里面有两个关键词，就是"菩提"和"元神"。

"菩提"这个词，来自梵（fàn）文，梵文是印度的古文字，"菩提"就是根据梵文音译过来的，是"觉悟"和"智慧"的意思。大家看了《西游记》，肯定觉得菩提祖师就是一个道教的神仙吧，但是他讲的东西，其实融合了儒、佛、道三家，这也能够说明中国的文化是很开放的、包容的。我们本土有道教、儒家，后来传来了佛教，全都吸收进来，融为一体。"悟彻菩提真妙理"的真实含义，就是指孙悟空拜菩提祖师学艺、修炼心智的漫漫长路从此开始了。

"断魔归本合元神"这句话，对应的故事情节就是，孙悟空剿杀了想抢占花果山水帘洞的混世魔王。"元神"是道教的说法。道教认为：经过修炼的人的灵魂叫作元神，能离开肉体自由地来，自由地去。孙悟空杀了混世魔王,他真的"合元神"也就是说修炼心智成功了吗?其实,孙悟空是要自己做混世魔王了,也就是要开始青春的第三级跳了。

为什么青春的第三级跳就是做混世魔王呢?请看下一讲。

第三讲

燃烧吧，我的青春

第三回有四大段情节，段段精彩。第一大段情节是孙悟空去傲来国都城里抢来了兵器，武装花果山的群猴。第二大段情节是自己跑去东海龙宫，找老龙王硬要强取，得到了金箍棒和全身的铠甲行头，引得各路妖王魔头都来朝拜。第三大段情节是孙悟空在梦中去了阎王爷的地府，勾销了自己和群猴的生死簿。第四大段情节是龙王和阎王都上天庭告状，要玉皇大帝惩治孙悟空，但玉皇大帝最后却接受了太白金星的建议，要去花果山招安孙悟空。

这些情节里，有许多生动的人生体验和丰富的社会经验。大家看，孙悟空表现出来的是不是就是行为没有节制，任性顽皮，我行我素，想怎么着就怎么着？其实他也有心计，有眼光，甚至还有点少年的狡猾和成年人的谋略呢。

孙悟空杀了混世魔王，魔王的大杆刀就成了他的武器。但他手下的猴子们，却是砍竹做枪，削木为刀，用竹子、木头做武器。他们打旗子，吹哨子，一进一退，安营扎寨，这不就是一群未成年的孩子在玩打仗游戏吗？孙悟空看着这些部下玩得很高兴，却忽然想到，我们这样玩，惊动了人王、鸟王、野兽王，把我们的玩耍当作武装造反，带领部队来讨伐，我们这些竹枪、木刀，怎么能对阵抵抗呢？孙悟空把自己的忧虑对手下的猴子们讲了，大家都很惊恐。有四个老猴提建议，说附近傲来国都城一定有武器出售，大王到那儿买一些或者定制一些，把我们武装起来操练，就不怕敌人入侵了。

大家看，少年的天真戏耍，长大后的思考，年长者的合理建议，这些不都是我们会经历的人生体验吗？

老猴代表的成年人社会，提出的建议是去购买或者定制兵器，孙悟空实行起来，却变成了明抢。他驾云到了傲来国都城，念咒语，弄法术，制造了一阵狂风，吓得所有人都躲藏了起来，然后找到兵器库，拔出身上的毫毛变成许多小猴子，把所有的兵器一抢而空。

然后，孙悟空腾云驾雾回到花果山，猴子们就都武装起来了。本来拿着玩具玩游戏的儿童团，就变成货真价实的山寨武装集团了。

从玩战斗游戏，到变成真的军队，特别是从购买武器变成玩弄花样抢劫武器，就是活灵活现的青春荷尔蒙激情四射的表演，任性妄为，但是这样的不讲规矩，却也是生机勃勃，惹人喜爱啊！

猴群武装起来了，孙悟空对自己的武器却不满意了，混世魔王使用过的大杆刀，不顺手，也不般配啊。有经验的四个老猴又提出了合理化建议，说水帘洞铁桥下面的东海龙宫，宝物多得很，大王去找老龙王讨一件兵器吧。孙悟空就跳进东海，找到东海龙王，说我是你的邻居，跟你来讨一件兵器。孙悟空还给自己加了个头衔，说自己是天生圣人孙悟空。老龙王经验

丰富，知道神仙世界里藏龙卧虎，关系复杂，对不知来历的孙悟空很客气，先后拿出三样兵器，孙悟空都看不上眼，三千六百斤的九股叉嫌轻，七千二百斤的方天画戟还是嫌轻。大家看，九股叉和方天戟的重量，又是天罡数和地煞数。

老龙王这下吓坏了，说再没有更重的兵器了。孙悟空就开始耍赖，说还愁海龙王没宝贝吗，你再找去，我一一奉价，就是照价拿钱买。后来，龙婆给龙王献计，把天河镇底神珍（也就是金箍棒）给了孙悟空，孙悟空不但不再说给钱，反而得寸进尺，要铠甲行头，龙王说没有，孙悟空就用武力威胁，说那我和你试一下金箍棒。吓得东海龙王鸣钟击鼓，把西海、南海、北海龙王都招来了，才凑齐了金冠、金甲，还有云履（也就是高级军靴）。孙悟空的一切愿望都得到满足后，只说两声"聒噪"（guō zào），也就是"打扰了"，就舞弄着金箍棒一路打出龙宫去了。

我们看，这不就是一个血气方刚靠拳头说话浑不吝的不良少年的做派吗？但为什么几百年来大家都这么喜欢这个不良少年孙悟空呢？是不是因为我们每个人都有的，但是被压抑着的生命本能，在孙悟空这里却能不受束缚地完全释放出来。孙悟空就是我们每个人内心的青春梦想。

下一个情节,孙悟空在睡梦中,魂魄被阎王派来的小鬼给勾走了,去幽冥世界(也就是死后亡灵待的地方——地府或者地狱)了,因为孙悟空的阳寿到了。孙悟空不是在菩提祖师那儿已经学了长生不老之术,得道成仙了吗?怎么阎王还派小鬼勾魂呢?后面查生死簿,孙悟空的阳寿该三百四十二岁。大概是地府的工作人员工作不认真,没有认真追踪孙悟空修仙学道的经历吧,把已经成仙应该从生死簿上除名的仙人当成凡人给勾来了。工作失误,后果严重,孙悟空大闹地府,不仅在生死簿上勾去了自己的名字,还把所有猴子的生死簿全都一笔勾销了。

有人根据生死簿上标明的孙悟空寿命三百四十二岁，推算孙悟空去菩提祖师那儿的时候已经是个离死亡期限不远的很老的猴子了。这就是用算术的方法机械地理解艺术作品了。孙悟空和混世魔王对阵时，混世魔王说孙悟空"你身不满四尺，年不过三旬"，可见《西游记》写的孙悟空，是一个青少年的定位。无论求仙学道，还是龙宫索宝，或者地府除名，都是青春期奋斗的艺术写照。这也启发我们，欣赏艺术作品，与算算术等自然科学的思想方法和学习方法是不一样的。

龙王和阎王都气不忿孙悟空的霸道行为，去天庭告状。玉皇大帝说：我知道了，你们回去吧，我这就派天兵去捉拿妖猴。可是龙王和阎王一走，玉皇大帝召开御前会议讨论，却接受了太白金星的建议，去花果山招安孙悟空。

这是怎么回事呢？为什么会这样呢？请看下一讲。

第四讲

神仙世界的规则

第三回写到太白金星到花果山招安孙悟空。听到小猴通报上天差来天使，还带来了圣旨请大王上天庭，孙悟空十分高兴，说我正思量上天走走，就有天使来请。海里和地府都去过了，也该上天逛逛了吧！

瞧，这多像成长期的青少年，总是对外面的世界充满了好奇心，整天想着打开一片新天地，不断尝试新的体验。所以，孙悟空对太白金星的态度非常热情，书里是这样写的：（孙悟空）"急整衣冠，门外迎接"，当面称谢，又吩咐小猴们安排宴席款待太白金星。太白金星说，宴席就不必了，咱们快走吧，玉帝还等着呢。

孙悟空就跟着太白金星上天了。这是他第一次上天庭，意义重大，开头的两个情节就很耐人寻味。孙悟空驾的是筋斗云，比太白金星驾云还快，率先来到南天门外,守卫天门的兵将可不认识他,就挡住他不让进去。双方正吵架的工夫,太白金星赶到了,赶快向孙悟空解释,说你第一次上天,守卫不认识你,等你见了玉帝,授了官职,自然就能随便出入了。孙悟空回答说:"这等说,也罢,我不进去了。"这个回答很有意思,傲气的孙悟空对进不进天庭无所谓,活脱脱一个无知无畏的莽撞少年,既随性,又有点儿浑不吝。

当然,最后太白金星还是拉着孙悟空进了南天门,见了玉皇大帝。太白金星向玉皇大帝礼拜,孙悟空却不学样,他是"挺身在旁",听太白金星向玉皇大帝启奏,直到玉皇大帝问:"哪个是妖仙?"孙悟空才躬身(也就是弯一弯腰)回答说:"老孙便是。"这让朝堂上的那些玉皇大帝手下的文官武将们大惊失色,不过玉皇大帝宽宏大量,说孙悟空是下界妖仙,不懂礼数,不追究了。孙悟空来自傲来国,浑身傲气,

正是毛头小子不知天高地厚、纵情任性的本色。

孙悟空被任命为弼马温,就是天马管理处的头。孙悟空开始不知道官职级别的高低,对工作热情极高,认真负责。他昼夜不停地工作,把天马养得"肉肥膘满"。为什么要突出夜里还要喂马呢?大家一定听过"马无夜草不肥"这句俗话吧。

后来,孙悟空知道了弼马温是个不入流的芝麻小官,他勃然大怒,反出天宫回到了花果山,竖起一面"齐天大圣"的旗帜,把前来征讨的巨灵神和哪吒三太子都打败了。玉皇大帝这下知道了孙悟空的实力,再次改变策略,派太白金星二度招安,封孙悟空为齐天大圣,盖了齐天大圣府,赏赐美酒金花,有官无禄,就是官位很高,工资待遇很低。孙悟空对天庭的薪金制度也不清楚,也没有一家老小需要养育,自以为官居极品,也就心满意足了。这不也和刚入世道的、有点懵懂的青少年很相似吗?

孙悟空被天庭招募,成为天界公务员。当弼马温时,他努力工作,态度积极,完全是一个满腔热情投入职场谋求更好发展的青年。也就是说,孙悟空刚开始并没有造反的念头,是一心一意想在体制内发展的。从弼马温职位上愤然离职,是不满玉帝对自己大材小用。后来当了齐天大圣，虽然有官无禄，却也满足了虚荣心，也就志得意满了。

《西游记》里描写的神仙世界的体制内和体制外，是按照小说产生时代，也就是明朝的社会和政治背景而写的。天上的体制是人间（也就是明朝）政治体制的翻版。玉皇大帝是地位至高无上的皇帝，太白金星是文官之首，托塔李天王和哪吒是武将之首。对叛乱分子，文官倾向于招安，武将倾向于征剿。孙悟空等妖仙，在花果山结拜抱团，搞山寨武装，是体制外的江湖社会。

太上老君是臣，玉皇大帝才是君。玉皇大帝没有法力神通，靠天兵天将保卫，但君王的地位至高无上。这和希腊神话里宙斯能手发雷电制约众神才成为众神首领不一样，但符合中国历代王朝皇帝的情况。

孙悟空当了齐天大圣，也就是进入了天庭的体制，孙悟空青春三级跳的第三级跳，也就是职业方面的努力奋斗，本来到此也算成功，人生目标已经基本实现了。但《西游记》要表现更深刻的主题内涵，第四回的回目是：官封弼马心何足　名注齐天意未宁。关键词是"心何足"和"意未宁"，人心的膨胀无止境，欲望的满足无止境，心猿意马的躁动永难停息，这是人生的根本问题。孙悟空是美猴王，第一个职务是当管理马匹的弼马温，猴子和马，照应了克制心猿意马的主题，这个修炼过程注定是长期的、艰难的，这也是《西游记》全书的根本主题。

孙悟空一会儿是底层的弼马温，一会儿又是高层的齐天大圣，这种忽降忽升的变化，眨眼间便是天上地下的不同，这些神怪的故事情节，其实都是比喻我们心中念头的起伏变化。

那么，孙悟空这个心猿意马的生动化身，还会有什么样的剧目上演呢？请看下一讲。

第五讲

蟠桃代表我的心

　　玉皇大帝按照孙悟空的要求，封他为齐天大圣，并且给他盖了齐天大圣府。这齐天大圣府可是张班和鲁班这样的大师来负责监工建造的。鲁班大家都知道，是春秋战国时期的能工巧匠，死后被封了神。那张班是谁呢？据说是编竹席一类行业的祖师爷。齐天大圣府建在蟠桃园的旁边。蟠桃园是王母娘娘所有的。王母娘娘就是西王母，是神话传说中的中国女神，在流传中不断有新的故事产生，在不同的时期有不同的说法。在小说《西游记》里，王母娘娘显然是玉皇大帝的配偶，就是天国的皇后。

　　齐天大圣这个官位的品级很高，但不负责具体工作，所以孙悟空就一天到晚出门游玩，广交朋友。没有多久，天上的各路神仙，认识了不少，都以弟兄相称。

天庭有个姓许的仙官看到这个情况，就向玉皇大帝打报告，说齐天大圣到处闲逛，和天上的星宿，不论地位高低都以朋友相称，时间长了，恐怕会发生问题。应该让他管一件事情，一旦有了事情干，就没时间到处乱逛、呼朋唤友了。

这个情节里面，包含了政治方面的智慧和规矩，最高统治者要提防手下的臣子们交往甚密，拉帮结派，从而对皇帝的权力构成威胁。中国历代王朝，皇帝都特别警惕朝廷里的官员们私下勾结，搞小集团。

玉皇大帝接受了许仙官的意见，给孙悟空派了一项差事。这就是去管理齐天大圣府旁边的蟠桃园。玉皇大帝的这个任命，显然考虑得不周到，他忽视了猴子是最爱吃桃的。蟠桃园里有三千六百棵桃树，分三个等级，每一个等级有一千二百棵。低等级的三千年开花结果一次，人吃了健康长寿；中等级的六千年成熟一次，人吃了长生不老；高等级的九千年才成熟一次，人吃了与天地同寿。蟠桃园的基层干部是土地爷，带领一帮浇水剪枝的员工来参见新领导齐天大圣，把桃树的等级都交代清楚了。

孙悟空在桃园中巡视了一圈，发现九千年一熟的最高级蟠桃成熟了，孙悟空就对手下员工说，你们到园子外头待一会儿,让我一个人休息一下,睡一觉。等员工们出去了,孙悟空就把熟透的大桃摘下来全吃了。过几天,照搬照演,又吃一次。

九千年一熟的蟠桃成熟一次不容易,所以王母娘娘要召开蟠桃大会,把有名头的神仙佛祖都请来尝鲜。大会很快就要开了,王母娘娘派七位仙女去采摘蟠桃。七仙女大概就是玉皇大帝和王母娘娘生的女儿。七仙女提着篮子到了蟠桃园,土地爷对七仙女说,今年和往年不一样了,我们这儿来了一个叫齐天大圣的新领导,摘蟠桃的事得先报告他。土地爷进蟠桃园找孙悟空,满园子叫"大圣",就是找不到。土地爷对七位仙女说,可能大圣出园子闲逛去了,你们先摘桃吧,回头我再向大圣报告。

七位仙女摘了两篮子三千年一熟的桃子,三篮子六千年一熟的桃子,往后走到九千年一熟的桃林,发现一个熟了的桃子也没有。好不容易发现了一个半白半红的桃子,青衣仙女把树枝拉下来,红衣仙女摘下桃子,青衣仙女松了手,树枝弹了回去。刹那间,孙悟空现身了,把仙女们吓了一跳,孙悟空掏出金箍棒喝问:"何方妖怪,敢来偷桃!"原来孙悟空吃饱了桃子后,变成一个二寸长的小人儿,躺在树枝上睡觉呢。

孙悟空自己偷吃了最好的蟠桃，却把给蟠桃大会摘桃子的七位仙女当贼审问。当然很快搞清楚了情况，孙悟空问七仙女蟠桃大会都请了哪些贵宾，又问有没有请自己。七仙女说没听说要请齐天大圣，孙悟空就使个定身法，把七位仙女给定在蟠桃园里不能动了。然后，孙悟空就出了园子，往瑶池方向去了，瑶池是王母娘娘开蟠桃大会的地方。正走着，迎头碰上了赤脚大仙，这也是一个有名的神仙，在其他的神话传说中，他的那双赤脚是很厉害的武器。

孙悟空眉头一皱计上心来，对赤脚大仙说：玉皇大帝因为老孙的筋斗云快，让我通知各位来宾，今年的蟠桃大会改规矩了，要首先去通明宝殿向玉皇大帝行礼，然后才来瑶池参加宴会。赤脚大仙一听，就转身去通明宝殿了。孙悟空呢，见大仙一走，他就摇身一变，变成了赤脚大仙的模样，直奔瑶池。瑶池的工作人员正为大会的召开准备酒水，仙家的美酒那可是香气扑鼻，孙悟空立刻馋得流口水了，马上施了法术，扯下毫毛变成瞌睡虫，一把撒出去，那些搬运酒水的就全都东倒西歪，倒头呼呼大睡了。

孙悟空呢？这下好了，开吃开喝吧。他从桌子上随手抓了各种山珍海味，走到长廊里面，那里满是酒缸酒瓮，孙悟空就着酒缸，挨着酒瓮，放开酒量，尽情痛饮。这一番吃喝，好不痛快！不过吃饱喝足以后，他忽然想到，等一会来参加蟠桃会的神仙们来了，自己不就被发现了吗？还是三十六计，走为上计，赶快回齐天大圣府睡觉去吧。

孙悟空已经喝高了，摇摇晃晃的，也没看方向，结果没走回齐天大圣府，却走到太上老君的兜率宫门口了。醉醺醺的孙悟空走进兜率宫，见里面没有人，却放着五葫芦刚炼好的金丹。这可是个大大的惊喜啊！孙悟空想，这金丹可是比蟠桃还珍贵的仙家顶级宝贝啊，今日有缘遇到，怎么能错过呢？不吃白不吃，就把五葫芦金丹倒出来全吃了，像吃炒豆一样痛快。这可是太上老君的宝贝金丹啊，孙悟空你这样吃，想过太上老君的感受吗？

可能金丹也有醒酒作用，孙悟空清醒了，心想这场祸闯得不小，吃蟠桃，喝仙酒，偷金丹，搅乱了蟠桃大会，玉皇大帝知道了，肯定得拿我问罪啊，哎呀性命难保啊。赶快溜吧，一个筋斗云，就回了老家花果山。小猴们可高兴坏了，欢欣鼓舞，走了百十年的大王终于回来了。孙悟空说："我上天才半年多啊。"小猴说："大王啊，您天上一天可是我们地下一年啊。"

　　小猴们端上花果山的酒来，孙悟空一喝，太没味了，一个筋斗云又翻回瑶池，手里提了两瓶，腋窝夹了两瓶，返回花果山和群猴们一起享用。天上的蟠桃大会被他给搅黄了，地下的花果山却开起了仙酒会。

　　接下来当然一切都曝光了，玉皇大帝大怒，派了李天王、哪吒、四大天王率领十万天兵天将，包围了花果山，要捉拿孙悟空。但孙悟空真是厉害，和天将几次交手，最后打退了哪吒三太子，战败了各位天将。孙悟空和天兵天将的彼此打斗当然写得精彩极了，大家一定要去看看小说原文是怎么描写的。

第五回的回目是：乱蟠桃大圣偷丹　反天宫诸神捉怪。这一回写得热闹非凡，吸引眼球。但我们仔细想一想，在这些让人眼花缭乱的故事情节背后，到底表达了哪些耐人寻味的意思呢？青春的血是热烈沸腾的，青春的心是奔放狂乱的，还有青春的野性，青春的随性，青春的为所欲为。一切一切打破常规的行为动作，让我们感受到了青春的活力四射。其实，孙悟空搅乱蟠桃大会，就像一个顽皮的男孩，淘气，搞怪，恶作剧，把成年人的社会秩序搅得一团糟，这样的气概真是让人遐想和神往啊。

为什么写孙悟空搅乱蟠桃大会，而不是其他什么大会呢？为什么齐天大圣府建在蟠桃园旁边呢？为什么齐天大圣府里面要设安静司和宁神司呢？大家不要忘记，桃子是比喻心的，而孙悟空是心猿。

既有正能量又有负能量的心猿意马，还将演义怎样的生动剧情呢？请看下一讲。

第六讲

"小圣"竟然能降伏"大圣"

上回我们讲到,孙悟空搅乱了蟠桃大会,玉皇大帝派十万天兵天将包围了花果山,多次讨伐,都没有取胜。这时,南海普陀落伽山的观音菩萨,前来参加蟠桃大会,知道了情况后,派徒弟惠岸行者去打探军情。惠岸行者是托塔李天王的二儿子,哪吒的二哥。惠岸行者和孙悟空打了六十多个回合,也被打败了。他回去向观音菩萨报告,观音菩萨就向玉皇大帝推荐了一个神将去捉拿孙悟空。这个神将呢,就是大名鼎鼎的二郎神。

二郎神是玉皇大帝的外甥,在灌江口独霸一方,听调不听宣。宣是上级命令下级,必须服从;调是商量的口气,可以服从也可以不服从。玉皇大帝的妹妹和凡人结合,生下二郎神。二郎神曾经和玉皇大帝发

生冲突，后来双方妥协，二郎神争得了自己的尊严，那就是对玉皇大帝有一定的独立性。孙悟空和二郎神对阵，孙悟空就说起这一出，调侃二郎神。当然后来又演义出二郎神干涉妹妹三圣母的婚姻，和外甥沉香打斗，这就是宝莲灯和劈山救母的民间故事。

二郎神和孙悟空的本领不相上下，大战了三百多个回合都难分胜负。二郎神就施展变化的法术，变得身高万丈，青脸獠牙，朱红头发，举着三尖两刃刀，像华山顶上的山峰，恶狠狠地向孙悟空劈去。孙悟空毫不示弱，变成和二郎神一样高大，只是手里拿着金箍棒，好像昆仑山顶的擎天柱。孙悟空和二郎神棋逢敌手，将遇良才，花果山的猴兵猴将可被吓坏了，二郎神手下的梅山六兄弟和一千二百草头神却毫不畏惧。花果山的猴军兵败如山倒，被擒拿了两三千，剩下的纷纷逃往水帘洞。

孙悟空一看猴兵猴将被打败了，也不由得心慌，想要逃走，就施展七十二变的本事，变成一只麻雀落到树枝上。二郎神也会七十二变，你变什么我都能看出来。二郎神呢，就变成一只饥饿的老鹰，向麻雀扑过去。这是自然界生物链相生相克的道理，后面的一系列变化，都是根据这个规律来写的。比如孙悟空变成一条水蛇，二郎神就变成一个长着铁钳子嘴的灰鹤去啄它。

最后，孙悟空一个筋斗云，跑到二郎神的老家灌江口，变成二郎神的模样，坐到庙里二郎神的椅子上，查点起人间老百姓给二郎神的上贡账本子。当然二郎神很快赶来，又上演了一场真假二郎神打斗的热闹戏。

下面就到了焦点时刻。二郎神和梅山六兄弟把孙悟空团团围住，李天王和哪吒高举照妖镜照住孙悟空。这时，灵霄宝殿里的观音菩萨邀请玉皇大帝和太上老君到南天门现场观战。二郎神是观音菩萨推荐的，观音菩萨就对太上老君说，二郎神已经把孙悟空包围了，我现在再帮他一下。观音菩萨和太上老君这个级别的神仙，当然不会亲自下去打斗了，帮助就是用宝贝暗中打一下孙悟空。太上老君问观音菩萨，你用什么兵器帮助二郎神啊？观音菩萨手里不是托着个宝贝瓶子吗，观音菩萨就说，我把瓶子甩下去，打那个猴头，就是打不死他，也打得他跌一跤，二郎神就能捉住他了。太上老君说，你那个瓶子是个瓷器，要是万一没打着他的头，碰到了金箍棒上，或者碰到地面上，不就打碎了？观音菩萨说那你有什么兵器啊？太上老君捋起袖子，手臂套着个金刚圈，老君说我这个是金属的，是我在炼丹炉里炼成的宝贝，水火都不怕，还能套别的宝贝和兵器。

　　从南天门丢下的金刚圈，正好打中了孙悟空的头，打得他跌了一跤。孙悟空刚想爬起来，二郎神有一只恶狗哮天犬，又扑上来在孙悟空的腿上咬了一口。孙悟空就被二郎神擒拿住了。

　　这些描写，诙谐幽默，风趣满满。比如，孙悟空跑到灌江口二郎神的庙里查点人间给二郎神上的献供，二郎神赶来后，孙悟空说："郎君不消嚷，庙宇已姓孙了。"比如，太上老君说观音菩萨的宝瓶是个瓷器，不如自己的金刚圈是金属的结实。哮天犬咬住了孙悟空的腿，孙悟空马上要被捉住了，还回头骂狗，说你不在家里给家长看门，怎么跑来咬老孙。这里面都充满了逗哏打趣，不是写残酷的战斗，而是表现青春的豪情和蓬勃的生命力，以及对生活的满腔热爱。

还有许多隐藏在文章背后的言外之意，微妙深刻，耐人寻味。比如，太上老君说他的金刚圈能套别的兵器宝贝，那为什么不把金箍棒套走呢？孙悟空没了兵器，不就一下子被二郎神捉住了？我们先卖个关子，等到西天路上孙悟空降伏妖魔时再揭开谜底。为什么孙悟空是齐天大圣，二郎神的名号却是小圣呢？大圣为什么反而被小圣擒拿住了呢？第六回的回目为什么要特别点出"小圣施威降大圣"呢？大家想一想，这里面隐含着什么样的深刻哲理呢？

第七讲

孩子长大了，不准再撒野

《西游记》第七回的回目是：八卦炉中逃大圣五行山下定心猿。

天宫被搅得天翻地覆，神仙世界集体动员，各路神仙纷纷出场，终于算是把撒野的猴子齐天大圣孙悟空给抓住了。孙悟空被五花大绑押赴刑场，准备开刀问斩了，玉皇大帝松了一口气。谁知道天庭的刽子手不断报来坏消息，说被绑在斩妖台上的孙悟空，无论刀砍斧剁，枪刺剑劈，都杀不死他，连伤痕都没有。玉皇大帝命令火神用天火烧，让雷神用天雷打，报上来的消息还是：孙悟空不知从哪儿学来的护身法，刀砍斧剁，雷打火烧，连一根毫毛也伤不了他，这可怎么办？急得玉皇大帝都口吃了，说："这等，这等……如何处治？"

这时候，太上老君向玉皇大帝报告，说孙悟空能这样，是因为吃了蟠桃，喝了仙酒，尤其是还把五葫芦金丹全吞到了肚子里，这些宝贝让他的身体成了金刚不坏之身。太上老君请求玉皇大帝把孙悟空交给他，他准备把孙悟空在炼金丹的八卦炉里面，用文武火好好烧，把孙悟空身体里面的金丹炼出来，这样孙悟空的身体就化为灰烬了。文火就是小火，武火就是大火。

太上老君把孙悟空在八卦炉里烧炼了七七四十九天，心想猴子一定已经被烧成灰烬了，就准备打开炉子取金丹了。没想到炉子盖刚打开，孙悟空就一下子跳了出来，太上老君上前想抓住他，却被孙悟空推了个倒栽葱。好一个齐天大圣，挥舞着金箍棒，一路打杀，没有哪个神仙能挡得住他。孙悟空从太上老君的兜率宫一直打到玉皇大帝的通明殿，遇到一个值班的神将拦住了他。神将叫王灵官，手拿的武器是金鞭，他和孙悟空从通明殿一直打到灵霄殿，未分胜负。这个突然出现的王灵官是谁，他为什么能和孙悟空打个平手呢？他是个什么神将呢？以前怎么不派他去打花果山呢？这个有趣的问题，后面再说。

灵霄殿一片厮杀声，很快惊动了玉皇大帝，玉帝知道这下麻烦大了，他立刻下圣旨派了两个天官去西天请如来佛祖救驾。如来佛祖带了两个随从，来到灵霄宝殿。紧接着就是大家都熟知的一幕戏了，如来佛祖和孙悟空打赌，孙悟空一连串翻筋斗云都没有翻出如来佛的手掌心，只在中指根下撒了一泡猴子尿，最后被如来佛祖压在了五行山下。

接下来，就是玉皇大帝大摆宴席，遍请各路神仙，感谢如来佛祖剿灭妖猴，平定动乱。这个盛大宴会，玉皇大帝请如来佛祖命名，如来佛祖说心猿已经被制伏，天上地下都安定了，就叫安天大会吧。

从第一回到第七回，是孙悟空的英雄成长传记，也是《西游记》全书最精彩、最打动人的部分。前面几讲我们已经讲过《西游记》所表现出的一些深刻内涵，比如，青春三级跳，努力学习，叛逆、反抗，对青春激情和蓬勃生命力的赞美。但是，《西游记》也一直暗示着另外一方面，那就是生命力和青春激情是双刃剑，既有正能量也有负能量，心猿意马是需要驾驭和制服的,不能无限制地自我膨胀。孩子可以搞怪、捣乱,发泄本能,但孩子也是要长大成人的。成人不自在,自在不成人。生命是一个成长的过程,需要转型,到了一定的阶段,孩子长大了,就不准再任性撒野了。

第七回孙悟空被推进八卦炉锻炼,最后被压在五行山下。这里的象征意义,就是由孩子向成人转型的开始,用小说里面的说法,就是对心猿躁动不停的制约。蟠桃代表我的心,心猿搅乱了蟠桃大会,如来佛祖用五行山压制了心猿,开了安天大会。安天,就是安心。

前面讲到，挡住孙悟空的是王灵官。小说写他的职位是佑圣真君的佐使，也就是天庭的一个中下级武将，那么为什么他居然能挡住孙悟空厮杀，竟然还打成平手呢？难道哪吒和四大天王的本领还不如王灵官吗？这其实是小说的暗示。王灵官这个姓名，其实就是心灵主宰的意思，是灵的王、灵的官，所以他是佑圣真君的佐使，佐和佑，就是左右护卫；圣和真君，

也是象征心灵的正能量。王灵官能够挡住孙悟空这个狂躁的心猿，就是正能量平衡负能量的象征。

　　孙悟空和如来佛祖的对话，也含义深远。如来佛祖对孙悟空说玉皇大帝经历了天文数字的修炼劫数（历一千七百五十劫，每劫十二万九千六百年），才有今天至高无上的地位。你这只猴子何德何能，敢妄想抢占他的宝座？孙悟空夸耀自己本领超强、大圣齐天，其中的关键句是："灵霄宝殿非他久，历代人王有分传。强者为尊该让我，英雄只此敢争先。"关键词是强者、英雄和王。这是生命本能最直截了当的赤裸裸的表白：人生的理想就是做强者，当英雄，强者和英雄的最高目标就是王，《西游记》里的王就是宇宙的统治者玉皇大帝。这是心猿躁动奋斗的最终目标，因为再没有比这更高的了。但是，人生的最高理想、青春奋斗的最终目标，真的是做帝王吗？真的强者、真的英雄，是不是还有和做帝王完全不一样的追求和境界呢？青春期的孩子、少年，向往做血气方刚的英雄，称王称霸，但人生之旅，其实路漫漫其修远，人生真正有意义的追求目标，到底是什么呢？这正是《西游记》后面的故事要告诉我们的。

第八讲

镇压心猿后，为啥要取经

上一回讲到了孙悟空被如来佛祖压在了五行山下，神仙世界的危机暂时解除了，天宫一片欢腾，恢复了往日的歌舞升平。如来佛祖在玉皇大帝安排的安天大会上坐了首席，各路神仙争相歌颂。这次大会是《西游记》中规格最高的一次神仙聚会，当然也可以说，是因为孙悟空的存在和他对神仙世界秩序的搅乱，才导致这一场团结的大会、胜利的大会突然召开。我们来看看参加这次安天大会的都有哪些神仙，有道教的最高领袖"三清"，太上老君就是"三清"之一；有王母娘娘；有天宫里所有高层的文官武将；有从海外蓬莱仙岛赶来的老寿星。玉皇大帝的天宫，象征的是中国传统社会的王朝，那些王朝都是以儒家思想作为国家的主导思想，以佛家和道家的思想作补充。所以，这次安天大会，也就成了儒、佛、道三家的大联欢。

如来佛祖从安天大会上载誉归来，回到他的西天灵山道场。他向西天的三千诸佛、五百罗汉、八金刚、四菩萨介绍了镇压心猿孙悟空的经过。天宫一片祥和平静，而在五行山下，凄风冷雨要陪伴着孙悟空过五百年。五百年是怎么过来的，大家可以想象一下。孙悟空的命运难道就这样了吗？他要永远被压在五行山下，没有自由的希望了吗？这个时候，如来佛祖有了一个新主意，就这样一个全新的计划出炉了。

这个计划，就是要在南赡部洲物色一个取经人，去西天取走佛祖的真经。西天路漫漫，取经之路可是要历经千辛万苦、千磨万难的。宇宙四大部洲，为什么单单要南赡部洲派人取经呢？如来佛祖说了，四大部洲中，只有南赡部洲的人思想恶劣，贪婪，淫乱，好战，他们黑暗的心灵，只有佛经的光芒才能照亮。那如来佛祖为什么不直接把佛经送去，非得让他们派一个人来取呢？佛祖说，如果直接送去，那里的人就会轻慢对待，不重视，不好好学习，只有跋山涉水经历艰苦磨难，把佛经取回去，他们才会真当回事，认真学习。

取经就成了一项神圣的事业、一个庄严的使命，更是一次艰苦卓绝的考验。取经人关系重大,不是一般人能承担得了的,那谁能作为南赡部洲的取经人呢?如来要派一个使者去考察挑选,找到最合适的人选。如来于是便问他座下的佛和菩萨:"各位尊者,谁愿意去南赡部洲寻找这个取经人呢?"

如来佛祖话音刚落,座下立刻走出一个愿意去寻访取经人的尊者,没错,就是观音菩萨。如来佛祖大喜,说只有观音菩萨能承担这项重要任务,给了观音菩萨五件宝贝。锦襕袈裟、九环锡杖,这两样是将来给取经人用的,还有三个金属箍儿,分别叫金箍儿、紧箍儿和禁箍儿,是让观音菩萨将来帮助取经人制服徒弟和降伏妖魔用的。三个箍儿的用处,在后面我再给大家讲。

观音菩萨领了佛旨,带上徒弟惠岸行者,立刻动身出发,往哪儿出发呢?就是东方的大唐王朝。南赡部洲这会儿啊,正是大唐王朝。观音菩萨没有驾云立刻飞到目的地,而是半云半雾,把西天取经的路线先细细考察了一遍,当然这也是如来佛祖事先吩咐的。

观音菩萨这样一走,果然很有收获,她沿路替未来的取经人收了四个徒弟。先是流沙河的沙悟净和福陵山的猪悟能,沙悟净和猪悟能的姓名都是观音菩萨给起的。然后是小白龙,让他将来变成马驮着取经人去西天取经。观音考察的最后一站就是五行山,观音菩萨给取经人收的最重要的徒弟,正是已经在五行山下被压了五百年的孙悟空,曾经风光无限的齐天大圣,曾经逍遥自在的美猴王。

　　孙悟空已经被镇压了五百年啊,他当然日夜渴望能解除镇压恢复自由身。孙悟空恳求观音菩萨:"您大慈大悲救苦救难,行个方便让我出来吧。"观音菩萨说:"你这个猴子罪孽深重,放你出来你旧性复发又捣乱怎么办?"孙悟空说:"我已经知罪了,愿意悔改了。"观音菩萨说:"如果你皈依佛门,愿意保护取经人西天取经,将来就让那个取经人放你出来

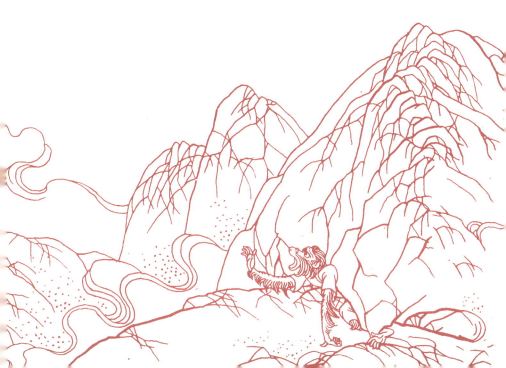

吧。"孙悟空满口答应。观音菩萨大喜,说你在这儿耐心等着,取经人很快就来解救你了。

五行山已经是大唐王朝的国界了,观音菩萨到了长安城,和惠岸行者变成两个邋里邋遢的和尚,进了长安城的土地庙。这叫真人不露相,露相不真人。土地老儿可认得是观音菩萨来了,赶紧通知了长安城的大小神灵,一起来参拜观音菩萨。观音菩萨说我来这里寻找取经的人,你们不准走漏风声,该干什么的还干什么去吧。只是把土地老儿赶到城隍庙去住了,土地庙就成了观音菩萨的临时公馆。

从这一回开始一直到第十二回,是《西游记》的第二部分。前面是孙悟空的成长传记,后面是唐僧师徒西天取经,通过这一部分,前后两部分就结合成一个完整的传奇故事了。更重要的是,这一回提出了人生意义这个重大问题,对前面七回渲染得淋漓尽致的英雄传奇和称王称霸的人生理想,做了纠偏和提升。

人生的理想是做强者、当英雄,但有两种强者和英雄,性质不完全一样。一种就是前面七回描写的孙悟空,他的奋斗目标,用孙悟空对如来佛祖的话说,就是"皇帝轮流做,明年到我家"。追求的是巅峰的权力、地位、荣誉、金钱等,就是中国人常说的荣华富贵、光宗耀祖。追求这种理想的本质，是生命本能的全方位释放，是把自己的禀赋和潜能发挥到极致。

我们已经讲过，这种理想的实现实际上既展现正能量，也包含负能量，因为生命本能里面包含着自私、独占、逞强、唯我独尊等因素。人类文明中的各种宗教因此才产生出来，目的就是压抑和平衡这些生命的负能量。这就出现了对强者和英雄的另外一种定义和理解，那就是为克服生命本能中的负能量而奋斗。为了达到这个目标，要下定决心，不畏惧艰难困苦，不怕牺牲，排除万难，勇往直前。这当然也只有强者和英雄才能承担得起，这样的强者和英雄，核心不是本能的宣泄，而是对意义的追求。是本能，还是意义，就区别开了两种不同性质的英雄。

佛教寺庙里有大雄宝殿，大雄是指如来佛祖。大雄也就是最大的英雄，为什么最大呢？因为如来佛祖是要舍却自己，去救苦救难，让平凡的众生觉悟。如来佛祖设计出取经的事业，观音菩萨去寻找取经人，因此都具有了不平凡的意义，西天取经这个过程本身，就不是简单的历经艰辛取回经书，而是具有了另外的深刻的意义。

孙悟空皈依佛门，保护唐僧去西天取经，一路上降妖伏魔，他就发生了生命的根本转型，由宣泄生命本能欲望的强者变成了追求人生意义的英雄。猪悟能、沙悟净和白龙马，也都是一样。悟空、悟能、悟净，都有一个悟字，就是觉悟、大彻大悟的暗示。

  这一讲内涵复杂，意义重大，说清楚了不容易。下一回，又将是什么样的故事呢？

第九讲

算卦的，你够狠

　　第九回的回目是：袁守诚妙算无私曲　老龙王拙计犯天条。

　　这一回的第一部分，说的是大唐都城长安附近有一条河，叫泾河。泾河岸上，有一个樵夫和一个渔翁，就是一个上山砍柴的和一个河里打鱼的，两人是朋友。这两个人呢，虽然是体力劳动者，却很有文化修养，都会吟诗填词。他们俩打完鱼砍了柴，樵夫卖了柴，渔翁卖了鱼，两人一起进酒馆，买了酒，喝一壶。

　　喝得半醉，走到河边，感觉状态特别好。渔翁就对樵夫说，老兄，你看那些争名夺利的，有多少人为了名利丢了老命。那些当官的，伴君如伴虎，整天提心吊胆怕丢了官杀了头。哪里能像咱们两个，每天伴着绿水青山，活得逍遥自在！樵夫说，老兄

你说得不错，不过比较起来，你的水秀，还不如我的山青呢。

渔翁不服气，说老兄你说错了，你的山青不如我的水秀。渔翁就念了一首《蝶恋花》，赞美水秀。樵夫不甘示弱，也念了一首《蝶恋花》，赞美山青。渔翁又说，你的山青不如我的水秀能吃到好东西，念了一首《鹧鸪天》作证。樵夫立刻也念了一首《鹧鸪天》，赞美山里才有好东西吃。两个人就这样你念一首词赞美水秀，我念一首词赞美山青，比试个不停。

"蝶恋花"和"鹧鸪天"都是词牌，就是规定好每一句的字数、平仄声调、哪里要押韵等规则的一种诗歌形式，写作的时候按照规定的格式写，所以写词又叫填词，就是往规定好的词谱里填上字。词的句子不是像绝句和律诗每一句都是五个字或者七个字，是长短不齐的，所以词又叫长短句。

渔翁和樵夫一路走，一路填词作诗，你赞美水秀我歌颂山青。走到该分手的路口了，渔翁就对樵夫说，老兄你上山砍柴也要小心啊，别让老虎吃了你，我就见不着老朋友了。樵夫一听就生气了，说你怎么这样恶毒地诅咒我啊，我要是在山里遇到老虎，你打鱼一定会遇到风浪翻了船淹死！没想到渔翁说，我永远也不会遇到风浪翻船，城里有个算卦的，算得神极了，我每天送他一条鱼，他给我算一卦，让我在哪儿撒网打鱼，准极了，百发百中。

渔翁的话被泾河里巡水的夜叉听见了，就去报告给泾河龙王，说这个算卦的算得这么准，渔翁每天毫不费力就打到许多鱼，长此以往，咱们河里的水族不就越来越少，最后要绝种啊。这怎么得了！泾河龙王一听也很生气，就变成一个白衣秀才，到长安城里找这个算卦的，果然有一个，叫袁守诚。白衣秀才就请袁守诚算一下明天长安城下不下雨，什么时辰下雨，下多少雨。这位袁先生立刻算了出来，下雨的时辰，下雨的点数，都说得非常具体。白衣秀才就说，要是明天真像你说的，我送你五十两白银作卦金；要是不准呢，我砸了你的门面招牌，把你赶出长安城，不准你再骗人。袁先生说，好啊，一言为定。

　　白衣秀才就是泾河龙王啊，他想长安城下不下雨、下多少雨是我管着的，能由了你？我明天一滴雨也不下，等着砸你的招牌吧。没想到，忽然半空中大叫：泾河龙王接圣旨！玉皇大帝派来一个天使传达了旨意，让泾河龙王明天在长安城下雨，下雨的时辰点数和算卦的说的一模一样。这一下泾河龙王傻眼了，难道向算卦的认输吗？这时他的军师给他出了个馊主意，说大王你明天下雨时把时辰改了，下雨的点数也改了，大王你不就赢了？

　　泾河龙王第二天就改了下雨的时辰和点数，然后变成白衣秀才，气势汹汹地去砸算卦的门面招牌。没想到袁守诚冷笑一声说：你不是秀才，你是泾河龙王，你私自改了下雨的时辰和点数，犯了天条，等着上剐龙台挨刀子吧，你还敢来骂我！泾河龙王这时如梦初醒，跪下磕头，求袁守诚救他一命。袁守诚说，我救不了你，只能给你指条生路，你的命运是明天午时三刻被魏征斩首，魏征是唐太宗的臣子，你去求太宗皇帝吧。

泾河龙王保命要紧，夜里给唐太宗托梦，说明天午时三刻该魏征斩我，你是他的上级，给我说个人情，别杀我。唐太宗一听，觉得这个不难，一口答应了龙王的请求。第二天，唐太宗上朝，一看文武大臣全来了，就缺魏征一个。唐太宗急了，向另一个亲信大臣说了龙王求情的事。这个大臣献计，请唐太宗宣魏征入朝，和他聊天，不放他出去，过了午时三刻，魏征就杀不了龙王了。

唐太宗立刻派人宣魏征入朝。原来昨天夜里，玉皇大帝派天使给魏征梦中传圣旨，让他明天午时三刻梦中斩杀泾河龙王。魏征因此没有上朝，正在家里打坐做准备呢。皇帝宣他入朝，不敢不去，只好进宫来见唐太宗。那么，魏征到底有没有杀了泾河龙王呢？这和西天取经又有什么关系呢？请看下一讲。

第十讲

随便答应人情，后果严重啊

第十回的回目是：二将军宫门镇鬼　唐太宗地府还魂。

唐太宗召来魏征，就和魏征摆开棋盘下围棋，目的就是缠住他，不让他在午时三刻有机会斩杀泾河龙王。到了午时三刻，魏征忽然在棋盘旁边打盹了，唐太宗不由得笑了，说魏爱卿为国事操劳，太辛苦了，让他睡一会吧。没想到，魏征打了一会盹醒来，外边的大臣就拎着一个血淋淋的龙头，扔到唐太宗面前，报告说这是从天上云端里掉下来的。

唐太宗大吃一惊，问魏征是怎么回事？魏征叩头说，这是我刚才在梦中斩杀的。唐太宗听了，又惊又喜。惊的是自己答应龙王的诺言落空了，喜的是朝中有魏征这样的杰出大臣。

唐太宗还真的惹上大麻烦了。泾河龙王的阴魂，到了夜里，就来骚扰唐太宗，手提一个血淋淋的龙头，对唐太宗大喊："还我命来！还我命来！"说你答应了救我，怎么言而无信，命令魏征斩杀我？唐太宗有口难辩，急得一身冷汗，幸亏在长安城的观音菩萨出现，挥挥杨柳枝，把龙王的阴魂赶走了。

泾河龙王并没有放弃向唐太宗讨回公道，他的阴魂到了地狱，就向阎王状告唐太宗背信弃义，要和唐太宗当面对质。在皇宫里的唐太宗，就逐渐病体沉重，每天夜里，都感觉有鬼怪在门窗外面抛砖丢瓦，鬼哭神嚎，根本睡不了安稳觉。幸亏手下的两位功臣猛将，秦叔宝和尉迟敬德，穿上全副盔甲，手拿兵器，在宫门守卫，唐太宗才能够不被惊扰地睡眠。但让两位将军夜夜操劳值班，也不是个事，唐太宗就传令宫廷画家，画了两位将军的戎装肖像画，张贴在门上。秦叔宝和尉迟敬德后世成为门神，就是这么来的。

但唐太宗的病情越来越严重，最后奄奄一息，自知已经活不了多久，就召集大臣们托付后事了。这时候魏征说，我有一个结拜兄弟，姓崔，死后成了地府的判官，经常和我在梦中相会。我写一封信给他，让他放陛下重新回到阳世。唐太宗刚把魏征写好的信接过来放到袖子里面，就咽下最后一口气去世了。

唐太宗的魂魄飘飘荡荡，来到阴曹地府，果然有个崔判官前来迎接。崔判官说，因为泾河龙王告状，所以只有请唐太宗来当庭对案。唐太宗拿出魏征的书信，交给崔判官。崔判官看了信以后，心中就有数了。

地府里有十个宫殿，每一个宫殿里有一个阎王，分工负责，轮流值班。唐太宗到底是阳世间的皇帝，十殿阎王说我们是阴间的头，唐朝皇帝是阳世的头，咱们平起平坐，请你来就是问一下情况，杀了泾河龙王的案情到底是怎么回事？唐太宗把前因后果说了一下，十殿阎王说，其实我们早就知道泾河龙王被魏征斩杀，是他命里注定的，因为他不断告状，我们也只有请皇帝来一下走走程序。我们已经让泾河龙王的魂魄投胎转世去了。让崔判官查一下生死簿，如果皇帝您的阳寿还没有到期，一定放您回去。

崔判官的职位很重要，他掌握着生死簿。听了阎王的命令，就到档案库里查生死簿上唐太宗的情况。一查，崔判官吓了一跳，只见生死簿上写着：南赡部洲大唐太宗皇帝注定贞观一十三年。贞观是唐太宗的年号，这是说唐太宗做一十三年皇帝以后，寿命就到头了。哎呀，今年就是贞观一十三年啊！崔判官当机立断，立刻拿来蘸满浓墨汁的毛笔，在一十三年的一字上面和下面各添写了一笔，就变成三十三年了。然后才把生死簿呈送给十殿阎王看。

十殿阎王看了生死簿，问唐太宗当皇帝多少年了？唐太宗回答已经当了一十三年。十殿阎王就说，您放心吧，您还有二十年阳寿呢。让崔判官送您回去吧。来一趟也不容易，让崔判官领着您到处转转，了解一下我们地府的情况。

历史上的唐太宗实际上当了二十三年皇帝就去世了，这里的描写，是《西游记》作者的故事新编。崔判官引导着唐太宗，参观了地府的阴山和十八层地狱，看到了许多生前不忠不孝不义，做了坏事犯下罪恶的鬼魂，在地狱里受各种刑罚痛苦，也看到生前忠孝贤良、光明正大的好人，死后的魂魄在银桥上逍遥自在。

最后，遇到了千千万万断了胳膊、缺了腿脚、没有脑袋的鬼魂，都冲着唐太宗喊叫：李世民，还我命来！吓得唐太宗直叫"崔先生救我！"崔判官告诉吓坏了的唐太宗说，这些鬼魂都是您当年打江山和后来坐江山的时候，在战争中和在政治斗争中，被杀死的人。这些冤魂，不能投胎转世，又没有钱，都是孤独凄惨的饿鬼。您必须给他们钱，我才能救您。唐太宗说，我没有带钱来啊。崔判官说，阳世间有一个人，在我们阴间存放着十三个库房的金银，您打个借条，我当保人，借他一个库房的金银，散给这些冤死的鬼魂。您回了阳世间后还给他吧。这个人是河南开封府人，叫相良。

　　唐太宗立刻打了借条，崔判官就对冤魂们说，这些金银给你们慢慢使用。再让大唐皇帝爷爷回阳世后做一个盛大的水陆大会，超度你们能够超生转世。你们放他过去，他的阳寿还早着呢。冤魂们得了钱，又有了超生转世的希望，就都退走了。水陆大会，就是请僧人、法师举行宗教仪式，超度在水里和陆地上死去的冤死鬼魂，让他们得到超生转世的一种宗教活动。

　　唐太宗在阳世起死回生以后，会实现他在阴间许下的诺言吗？这些情节，又是怎么样引出唐僧取经的故事？请看下一讲。

第十一讲

皇帝实践诺言，引出高僧上场

第十一回的回目是：还受生唐王遵善果　度孤魂萧瑀正空门。

已经死去三天的大唐太宗皇帝，还魂复活，起死回生了。他立刻开始实践他在阴间向阎王和崔判官许下的诺言。

第一件事，是感谢阎王让自己重新回到阳世，要派人给阎王送一些阳世间的新鲜瓜果尝尝。阳世和地府是阴阳两个世界，怎样派人去呢？必须有一个人心甘情愿地自杀，自杀前手里捧上新鲜瓜果。谁心甘情愿自杀呢？当然不能强迫，只有出一张皇榜，让志愿者主动报名。

还真是的，皇榜刚一贴出去，就有一个人揭了榜，这个人叫刘全。刘全为什么要自杀呢？原来他的老婆李翠莲拔下头上的金钗，施舍给街上化缘的和尚。刘全骂老婆抛头露面，不遵守妇道，这让李翠莲很悲愤，就上吊自杀了，撇下了两个年幼的孩子，一儿一女。刘全一看老婆自杀了，自己也不想活了，就揭了皇榜，表示愿意服毒自杀，给阎王去送瓜果。

　　这件事说做就做，刘全的魂魄把唐太宗准备的新鲜瓜果送到十殿阎王案头了。十殿阎王非常高兴，说大唐天子真是信守承诺啊。接着又问刘全，你为什么愿意死啊？刘全把前因后果一说，阎王就让鬼判找来李翠莲的魂魄，让他们夫妻相会。阎王又让崔判官查生死簿，上面标明刘全、李翠莲夫妇都享高寿啊。十殿阎王说既然如此，送刘全夫妇回阳世去吧。鬼判说，李翠莲自杀已经好多天，她自己的肉身已经找不到了。十殿阎王就说，大唐皇帝的妹妹李玉英短命，应该死了，让李翠莲的魂魄借李玉英的身体复活吧。

　　阳世间就有连锁反应了：李玉英公主在御花园散步，踩到青苔上跌了一跤，死了，但不久又有了呼吸，活过来了。但她一苏醒过来，睁开眼就说，我家住的是清凉大瓦房，怎么到了这个害黄病的屋子里来了？这些门窗也花里胡哨的，真难受！因为皇宫里是黄色的琉璃瓦盖屋顶，有很多华丽的装饰品，李玉英的身体里面已经换成了李翠莲的魂魄，就发生了这有趣的一幕。

同时，服毒自杀的刘全也重新活过来了，他不敢认有李玉英公主身体外貌的李翠莲，李翠莲却上来扯住刘全说，老公，我和你做了多少年的夫妻了，你怎么不认得我了？唐太宗在阴间就问过家里人的生死情况，阎王告诉他全家都没事，就是你妹妹玉英公主寿限到了。刘全又向唐太宗汇报了在地府的情况，唐太宗全明白了，知道是借尸还魂，就把玉英公主的首饰衣服都送给了刘全夫妇，让他们回家抚养儿女，过日子去了。

第二件事，就是派大官尉迟公押运大车，里面装了一个库房的金银，到河南开封府寻找相良，归还在阴间借他的钱。相良找到了，是个贫穷的老人家，年轻时卖水为生，现在年纪大了，和老伴开个小铺面卖瓦盆。他在阳世里贫穷，在阴间却是拥有十个库房金银的巨富。这是他积德行善的福报啊！尉迟公说明来意，可把老两口吓坏了，说皇上在阴间借了我们的钱，有谁能做证啊？我们绝不能要。尉迟公说崔判官作证啊。相良夫妇说，崔判官在哪儿啊？你让他亲自来对我们说。

这一下就扯不清了，尉迟公只好向唐太宗汇报，说相老头死活不肯接受啊。唐太宗就传下一道圣旨，让尉迟公用一库的金银在开封城里合适的地段买了五十亩土地，在上面盖一座庙，里面塑上相良夫妇的像，就是盖一座生祠。给还活着的人盖庙塑像，就叫生祠，是极大的荣誉。这就是开封城里有名的大相国寺。当然大相国寺实际上是南北朝时期的北齐就有了，《西游记》是借大相国寺的名称编故事，所以把老人的姓名说成叫相良。

第三件，也是最重要的一件事，就是要筹备召开水陆大会，超度那成千上万屈死的冤魂了。这件大事，是经过朝廷大臣们辩论的。有反对尊崇佛教的大臣，说佛教是外来的，不可信。但最后是主张尊崇佛教的大臣萧瑀的意见得到了唐太宗的肯定和支持。所以这一回的回目说：度孤魂萧瑀正空门。空门就是指佛教。

中国历史上确实发生过中国本土的儒家、道教和外来佛教的争论和斗争，比如唐朝著名文学家韩愈就反对佛教。《西游记》这样写，也是对历史的一种艺术表现。我们前面已经说过，到了《西游记》产生的明朝，已经是儒、佛、道三家合一了，所以玉皇大帝、如来佛祖、观音菩萨和太上老君，在《西游记》里团结合作，降伏心猿。

召开水陆大会，最关键的问题是要找到一个道德名望都十分崇高的大德高僧，来做大会道场的坛主。在萧瑀和魏征等大臣的主持下，召集众多高僧，调查推选，最后推举出了一位众望所归的高僧。

他是谁呢？请看下一讲。

第十二讲

取经人隆重亮相了

从第九回到第十一回,这三回书的各种情节,从算卦人的神机妙算,泾河龙王犯天条,魏征梦中斩龙头,到唐太宗游地府又死而复生,刘全送瓜,访相良还债,筹备水陆大会超度冤魂,都是引出取经人的前奏和序曲。这些故事有些内容荒诞不经,体现因果报应的宗教思想,但里面的思想主线,还是紧密联系着《西游记》全书要表达的主题,就是心猿难以制伏,人的本能欲望既有正能量,又有负能量,对负能量的制约克服不容易,是人生永恒的课题,是一辈子的任务。

在第十一回末尾,主持水陆大会的坛主高僧已经被推选出来了。书里这样介绍这位高僧:他叫玄奘法师,这个人一出生就当了和尚;他的外公是当朝一路总管殷开山;他的父亲叫陈光蕊,中了状元,官拜文渊殿大学士。

可是这位出身高贵的丞相外孙、状元儿子,怎么会一出生就当了和尚呢?又有一首诗简单地透露了消息,说玄奘一出生就遭难,被抛到河里,漂流到寺庙里被和尚收养,长到十八岁才寻到亲娘,外公随后调兵遣将到洪州杀了坏人,救了江流儿的母亲,父亲陈光蕊也才脱难,一家人得以团聚。

这有点过于朦胧了,太不具体了。因此明朝人和清朝人就各自补写了一回,插在第八回和第九回当中,专门讲陈玄奘父亲和母亲的遭遇,以及陈玄奘出生、遭难,长大以后报仇的故事。明代人补写的回目叫:唐太宗开诏南省　殷丞相为婿报仇;清代人补写的回目叫:陈光蕊赴任逢灾　江流僧复仇报本。

简单来说,就是陈光蕊中了状元,又被丞相殷开山的女儿殷小姐彩楼配抛绣球打中,状元和小姐结了婚。然后夫妻坐船去洪州(也就是现在的江西省南昌市)做地方官,却被船老大谋财害命,把陈状元推到了水里,强盗冒陈状元的名去洪州做官,已经怀孕的殷小姐也被强盗逼迫霸占。

殷小姐等儿子一出生,就把他捆在一块木板上,写了说明前因后果的血书,系在婴儿胸前,然后把木板推到江水里。木板漂流到江苏镇江金山寺，寺院里的老和尚救了江流儿，收养在寺院，所以这孩子一出生就当了和尚。江流儿长大后，知道了自己的身世，去洪州见了母亲。母亲让他去京城找外公。外公带领兵马来到洪州杀了仇人，救了女儿。陈光蕊也被江里的龙王起死回生，一家人重新团聚。

陈玄奘不仅父亲是状元，母亲是丞相小姐，他的前世还是如来佛祖的二徒弟，叫金蝉子。因为如来佛祖讲课时金蝉子打瞌睡不认真听讲，被如来佛祖贬下凡尘投胎转世，送他投胎转世的就是观音菩萨。

陈玄奘的出身多高贵呀，难怪年龄不大就成了高僧，被推选出来做水陆大会的坛主了。观音菩萨在长安城里寻找取经人，一直没有发现合适的候选人。陈玄奘一被推选出来当水陆大会的坛主，观音菩萨立马眼睛一亮，这个自己当年送去投胎转世的陈玄奘，不就是最合适的取经人选吗？

下面就是第十二回的内容，回目叫：玄奘秉诚建大会　观音显像化金蝉。

观音菩萨和徒弟惠岸行者，不是变成两个邋遢和尚，住在长安城内的土地庙里吗？这时候，两个人就走到大街上，手里拿着如来佛祖给的锦襕袈裟和九环锡杖，叫卖这两件宝贝，袈裟要价五千两白银，锡杖要价两千两。那些肉眼凡胎的和尚当然不识货，办水陆大会的大官萧瑀，却一眼看出锦襕袈裟和九环锡杖是宝物，就引着两个邋遢和尚去见太宗皇帝。见了皇帝，邋遢和尚的口气又变了，说我的袈裟卖五千两，锡杖两千两，但如果真的遇到有缘人，那就奉送了，一两银子也不要了。

萧瑀和唐太宗，就是要买袈裟和锡杖送给水陆大会的坛主玄奘大师。他们立刻把陈玄奘请来，让他穿上袈裟，手持锡杖，一显风采。人靠衣裳马靠鞍，何况陈玄奘本来就是个堂堂仪表的英俊男儿呢！那个场面真叫明星亮相，万众欢呼啊！小说里有一首二十句的七言长诗，赞美披锦襕袈裟、拿九环锡杖的陈玄奘，既英俊又庄严，不愧是个真佛子！唐太宗传圣旨，让陈玄奘就这样从朝堂上走到长安城里的大街上，还派了两个仪仗队跟着，一直走回居住的寺庙里去。这就和考中了状元上街夸官一样，满城里尽听到赞叹夸奖声了。

再过几天，水陆大会就正式开始了。作为坛主的陈玄奘法师，自然要登台演讲，念诵讲解佛经的微言大义，来超度那些冤魂亡灵了。小说描写玄奘法师登坛念经说法，观音菩萨变的邋遢和尚又出现了，在台下高声问：你讲的是小乘（shèng）佛法，你知道大乘（shèng）佛法吗？大家要知道，这两个"乘"字，意思是车辆，就是坐小车子的佛法，还是坐大车子的佛法。大车子当然比小车子坐的人多，走起来也更快。

陈玄奘不愧是高僧，他立刻从坛上跳下来，非常高兴又谦虚地对邋遢和尚说，大家讲的都是小乘佛法，请问师父大乘佛法是怎么回事？这下子，正常的水陆大会就被打乱了，早有人报告了唐太宗，皇帝让人把邋遢和尚押来审问。邋遢和尚当然毫不畏惧，对唐太宗说你们东土大唐只知道小乘佛法，不知道大乘佛法。唐太宗从地狱里走过一回了，知道来人不凡，大有奥妙，就请邋遢和尚登讲坛讲大乘佛法。邋遢和尚往讲坛上一跳，就现出观音菩萨的真身了，从空中飘下一个帖子，不一会，观音菩萨就驾云飞走不见了。

这个飘下的帖子，上面说得明白清楚，就是让唐太宗派陈玄奘去西天取经，路途十万八千里，取回如来佛祖的大乘真经，才能真正让那些千千万万的冤魂野鬼得到解脱，转世超生，更重要的，还能教化大唐的人民大众，让他们洗心革面，精神面貌焕然一新。

　　唐僧取经，就这样开始了。《西游记》的第二部分，也完成从猴王出世，到保唐僧去西天的情节过渡了。下一回，就是小说的第三部分开始，大家期待吗？请看下一讲。

第十三讲

西行第一难，你可知机关

　　第十二回末尾，唐太宗皇帝已经和陈玄奘法师结拜为兄弟，又给他准备好通关文牒，就是出国护照兼外交照会，证明这是国家公派的文化使者，请沿途国家准许过境。皇帝还送给法师一个紫金钵盂，就是一个僧人专用的黄铜做的饭碗，好沿路化斋。此外，还有一匹马，可以骑，并且选派了两个随从挑行李做伴。

　　太宗皇帝一直把玄奘法师送到长安城外，马上要分手了，就说御弟啊，你有别号吗？古代有地位的人，除了正式的名字，还会起别号。御弟的意思，就是皇帝的弟弟。玄奘法师回答说，我是个出家人，不敢起别号。皇帝说，观音菩萨说西天有佛经三藏，御弟你就指经为号，叫三藏法师吧。从此，陈玄奘就又叫唐三藏了。小说里面为了叙述方便，经常简称唐僧或者三藏。三藏是佛经的总称，包括律藏、经藏和论藏三种，就是和尚要遵守的纪律规则，要了解的佛教经典教义和要阅读的对教义的论证。

皇帝又给法师斟了一杯酒，玄奘说出家人第一个戒律就是不喝酒，皇帝说今天是特殊日子，必须喝一杯。法师刚举起酒杯，皇帝却做了一个奇怪的动作，就是用手指拾了一点土，放到了法师的酒杯里。法师不明白这是什么意思，皇帝就笑着说："宁恋本乡一捻土，莫爱他乡万两金。"这真是意味深长的临别赠言啊。

唐僧取经，就这样开始了。唐僧要遭遇九九八十一难。不过八十一难的前四难，是指唐僧出生和长大报仇那一段的遭遇，西天取经路上的第一难，在八十一难排序中是第五难，就是第十三回的故事。

第十三回，唐僧带着两个随行的小和尚踏上了西行之路，刚走到大唐国和鞑靼国的边界，还没有过边界线，就遇到了妖怪。那是深秋季节，三个人走到了一座山岭里面，路面坎坷，拨草寻路，一下子就掉到一个陷阱中了。然后就听到喊叫声：捉住了，捉住了！紧接着跑来一伙小妖怪，把三个人抓住，推到大王那儿去了。大王命令绑起来，三个人就被五花大绑了，这就是要吞吃他们了。

　　这时候，又来了大王的两个朋友，一个叫熊山君，一个叫特处士。熊山君比较直率，指着三个被捆绑起来的人说，能够用来款待客人吗？特处士比较客气，说吃两个，留下一个给主人以后吃。主人叫寅将军，就命令小妖们把两个小和尚杀了，把身体剁碎，把脑袋和心肝让给两个客人吃，寅山君自己吃四肢。好恐怖啊！唐僧吓得快昏过去了。

　　三个妖王吃喝玩乐了一整夜，天快亮了，熊山君和特处士告辞了，寅将军也睡觉去了。唐僧正昏昏沉沉，不知东南西北，忽然出现了一个挂着拐杖的老人，用手一摸，捆唐僧的绳子就都断了，老人又指给唐僧看，那不是你的马和行李，快走吧。唐僧把行李放在马背上，自己牵着马，谢了老人，跟跟跄跄逃出虎穴魔窟。那个老人呢，早骑着一只白鹤飞走了。这就是唐僧西天取经路上遇到的第一难。

　　唐僧一个人走在山岭里，又扑出来一只老虎，不过这时有一个叫刘伯钦的猎人，手拿钢叉和老虎斗了一个时辰，把老虎杀死了，唐僧又得救了。唐僧到了猎人家里，猎人的老娘做饭招待唐僧，唐僧给猎人已经死去多年的父亲念了好几卷佛经，让死者消了罪孽，得到了超生。猎人一生打猎，杀生很多，罪孽本来不小啊。

第二天，唐僧要上路了，恳求猎人再送自己一程，因为山中的各种野兽太多了。但猎人说这里是双叉岭，前面是两界山，过了两界山，就不是大唐王朝的国土了，是鞑靼国了，我只能对付得了山这边的豺狼虎豹，鞑靼国的野兽可降伏不了。唐僧正在进退两难，就听到山脚下喊声如雷："我师父来了！我师父来了！"大家当然知道，这是压在五行山下的孙猴子在叫唤了。

这一回的故事，在八十一难中分成三难，唐僧西天取经路上遇到的妖怪，其实只有四十个左右，分成八十一难，是为了迎合八十一这个特殊的数字。八十一是九的九倍，九九归一，在中国文化中，有特殊的含义。

这一回中其实包含有不少奥妙机关。比如那三个妖怪都是什么变的？救唐僧的老人是哪个神仙？为什么是他来救？为什么叫双叉岭？前面为什么是两界山？两界山不就是五行山吗？为什么要有两个山名？请看下一讲。

第十四讲

有了新名字，
奔向新前途

上一讲末尾，我们提了几个让大家思考的问题。在上一讲中，我们一直没有说正在讲的第十三回的回目是什么。因为问题的答案，就在回目里面。第十三回的回目是：陷虎穴金星解厄　双叉岭伯钦留僧。

"陷虎穴"，就是说抓了唐僧、吃了随从的那个妖怪大王，是个老虎精，所以名字叫寅将军。中国文化里，天干地支、十二生肖、时辰、年份相互对应。比如，按寅虎卯兔的说法，说我是属虎的，他是属兔的，就是说按照中国的传统历法，我出生在寅年，他出生在卯年。寅将军的两个朋友，熊山君就是狗熊精，特处士就是野牛怪。大家看"特"字的偏旁，不就是个"牛"字吗？

至于金星解厄，原来那个解救唐僧的神仙，是太白金星。大家有没有感到一点意外,唐僧西天取经遭遇第一次磨难,怎么是太白金星来解救,观音菩萨怎么不来呀?这里面还真有点意思,这与取经事业要达到的目标、取经成功了谁最受益有关系。

取经事业是如来佛祖设计发起的,观音菩萨奔走组织的,有明确的目标。这就是要通过佛经的广泛传播以及大众的认真阅读,来改造人的坏思想。用《西游记》里的说法,就是要镇压心猿,不要再为所欲为地躁动;也就是要通过学习佛经,化解生命本能里面的负能量,弘扬正能量。

玉皇大帝不是包括天上地下海里的宇宙总头目

吗？南天门灵霄宝殿不就是宇宙的中央政府吗？五百年前不是刚发生过一次心猿发狂大闹天宫的大动乱吗？所以，取经事业成功，佛经传播普及，宇宙众生都会改恶从善，心猿就不再胡乱折腾了，整个世界、宇宙就安定团结了，天下太平了。说透亮了，取经事业成功的最大受益者，其实是玉皇大帝统治下的天庭和社会。

所以，从一开始，玉皇大帝的天庭对取经事业就是全力支持的。后来孙悟空动不动翻个筋斗云跑到南天门，查档案，搬救兵，天兵天将要谁来谁就得来，都是由于这个原因。唐僧取经遭遇第一次磨难，天庭

的首席文官太白金星出手救援,也是一种表示。

还有一个微妙的艺术照应,紧接着不是唐僧就要从五行山下放出孙悟空吗?当年两次去花果山招安孙悟空的,不也是太白金星吗?太白金星和取经团队有渊源有人脉,后来的猪八戒也是被太白金星救过命的。玉皇大帝知人善任,就委派太白金星作为天庭的全权代表,专门负责支持援助取经团队的事情。

唐僧西行遇到的第一个妖怪,是个老虎精,接下来又是一只老虎跳出来,猎人刘伯钦杀了它。第十四回中,从五行山下放出的孙悟空隔了五百年第一次使用金箍棒,就打死了一只老虎。后面收了猪八戒,猪八戒为取经事业立头功,也是打死一只老虎。到了宝象国,唐僧自己又被妖王变成了一只老虎。怎么接二连三,有这么多只老虎啊?

第十四回的回目是:心猿归正　六贼无踪。这就画龙点睛了。在五行山下被压了五百年的齐天大圣孙悟空被唐僧放出来了,又有了一个新名字孙行者。孙行者打死一只老虎后,又打死了六个来抢劫的强盗。唐僧责备孙悟空出手太重,打杀强盗是伤生害命。孙悟空被压了五百年还傲性不改,一生气撇下唐僧去东海龙王那儿喝茶、聊天去了。这个空子呢,观音菩萨就给了唐僧金箍儿,传了紧箍儿咒,等孙悟空再回来,就哄他戴上,孙悟空这个心猿呢,就再也不能随性任情地躁动,只能在佛法的规范下为取经事业努力奋斗了。这就是"心猿归正"的故事情节演义。

那"六贼无踪"呢?大家看那六个想打劫唐僧,被孙悟空打死的强盗,叫什么名字啊?六个强盗分别叫眼看喜、耳听怒、鼻嗅爱、舌尝思、意见欲、身本忧。很明显,这就是一种象征艺术。佛教说人的六种生理器官和功能眼、耳、鼻、舌、意、身就是引诱人产生各种欲望的六个强盗,就叫"六贼"。佛教的修行,就是要和这六贼斗争,也就是压制心猿躁动的负能量。孙悟空变成孙行者了,皈依佛门了,他打死了六个强盗,"心猿归正,六贼无踪",所以才能保护唐僧去西天求取真经。

当然,《西游记》作为杰出的艺术作品,不是展现逻辑思维的理论文章,它的表现是非常微妙的,包括象征性隐喻的,这一回就有许多耐人寻味的描写。比如,唐僧刚把孙悟空从五行山下放出来,到山脚下的一家农户投宿,农户的老头说自己姓陈,唐僧说自己也姓陈,名玄奘,太宗皇帝赐我别号三藏,指唐为姓,所以就叫唐僧。唐僧这个简称就由陈玄奘自己交代出来了。以国家的名称唐作为自己新的姓氏，老人和唐僧都姓陈，这即将离开大唐国土的最后一个情节，就是表现对祖国的忠诚，表达一定要取回真经报效祖国和家乡的感情和决心。

又比如，猎户刘伯钦对唐僧说，听老人们说，五行山下压神猴是王莽篡夺汉朝政权时的事。这是说从唐太宗上推五百年，正是王莽篡权的时候。这也就是说，孙悟空大闹天宫，要玉皇大帝让位，也和王莽篡汉差不多，王莽最后失败了，孙悟空也失败了。

再比如，孙悟空从五行山下出来，打死老虎后，与唐僧去找人家投宿，有一首描写天色已晚的词，表面上是单纯写风景，却也有巧妙的隐喻。"一勾新月破黄昏，万点明星光晕。"这一钩（"勾"通"钩"）新月，还是在继续菩提祖师住斜月三星洞象征心的暗示，表明孙悟空从五行山下出来，保唐僧西天取经，这是"新月"，洗心革面，开始新的人生了。

孙悟空打死六个强盗后，唐僧责备他，孙悟空说我不打死他们，他们就要打死你呢。唐僧回答，我是出家人，宁死不行凶杀人。这其实是关于价值观的原则性辩论。过去人们老批评唐僧人妖不分，念紧箍咒咒孙悟空，其实唐僧是一个有坚定信念和明确价值原则的人，任何情况下也不能打折扣。小说是肯定了这一点的。

前面说西天取经一开始，就连着打死好几只老虎。这又有什么微妙的意思呢？佛经里面有佛祖修行舍身饲虎的故事。虎是邪心恶念的象征，唐僧开始走上西天取经的路途，就消灭了这么多老虎，也隐喻了制伏心猿是长期而艰巨任务。

还有一个重要的细节也不要忽略，大家都说紧箍咒，其实紧箍咒不是正式名称，是俗名，正式名称是什么呢？观音菩萨说得清楚，是定心真言。这也是一针见血，西天取经十万八千里的斗争和修行，最终目的还是改造自己的心灵啊。双叉岭，就是命运在此分叉；五行山变成两界山，表面上是说大唐和鞑靼国的分界，其实也是指精神境界和命运完全不同了！决心去西天取经，就是从旧世界进入了新世界。孙悟空又有了新名字——行者，就是要一步一步走，奔上新征途，追求全新的心灵啊。"行者"的"行"，就是"德行"的行，"行者"就是要追求获得善的德行和美的心灵的人。

那么，下一回，又是怎样的故事，有什么微妙的意思？请看下一讲。

第十五讲

龙马怎么就成了意马

第十五回的回目是：蛇盘山诸神暗佑　鹰愁涧意马收缰。

唐太宗给唐僧选派的两个随行的小和尚，还没走出大唐国界就被妖怪吃了。这是小说情节发展的需要，让唐僧"光杆"一个踏上漫漫长途，沉重的行李担子没人挑，也显得唐太宗不近情理。但观音菩萨早就替唐僧安排了三个各有神通的徒弟在路上等着呢。凡人小和尚必须赶快退场，就只有成为昙花一现的牺牲品了。这是神魔小说和写实小说的不同。要是写实的小说，这两个为取经事业首先牺牲了性命的小和尚，很值得唐僧悼念一番，唐太宗应该给他俩在边境上立块纪念碑吧。

言归正传，唐僧在两界山放出了孙悟空，又给他戴上了金箍，有了管束、制约他的办法，心猿就一心一意保护唐僧西天取经了。谁知从黄叶飘飘的秋天，走到雪花纷纷的冬天，来到一条清亮得能照出人眉毛眼睛的山涧旁边，从涧里突然蹿出一条恶龙来要吃唐僧。还亏得孙悟空眼疾手快，把师父从马上抱起来飞跑了。但唐太宗送给唐僧的白马，却被那条龙带着鞍子一口吞吃了。

　　唐僧没了马匹，十万八千里路，怎么走得了？唐僧急得哭鼻子了，孙悟空说师父不要脓包。唐僧软弱脓包的形象，从这儿就开始了。这是为了衬托孙悟空的神通广大。历史上真实的陈玄奘，一个人去印度取经，那是意志十分顽强的。

孙悟空要去找恶龙算账，唐僧说你走了我一个人怎么办，急得孙悟空暴跳如雷。这时候，半空中传来了声音，不见其人，只听其声，说孙大圣唐圣僧不要急，我们是观音菩萨派来暗中保护唐圣僧的神祇（qí）：六丁六甲，五方揭谛，四值功曹，一十八尊护教伽（qié）蓝，大家轮流值班。孙大圣尽管去，有我们在呢，要是圣僧饿了，我们给他吃的。

大家读《西游记》，一般只注意孙悟空、猪八戒、沙和尚在保唐僧前往西天，不注意这伙暗中保护唐僧的神仙。这一伙神仙其实是个强大的团队，人数众多。我们算一下，六丁六甲一共十二个，五方揭谛五个，四值功曹四个，这就二十一个了，再加上一十八尊护教伽蓝，就三十九位大神了。不过这个保安团队，其实来自两个部门。前面那二十一个，是天庭的公务员，是观音菩萨找玉皇大帝借来的；一十八尊护教伽蓝，才是佛教自己的保镖。这也有点意思，天庭派出的，比佛教的人员稍微多一点。这就是上一讲说过的，西天取经的事业，玉皇大帝的天庭是最大的受益者，应该多多出力。

孙悟空和吃了马的小白龙打斗了两次，小白龙当然打不过孙悟空，就变成一条蛇钻到草丛里去了。龙是神话里的动物，其实就是从蛇夸张神怪化来的。龙变成蛇，就找不着了。这也很有哲理，社会名流要想不惹人关注，比无名小卒要困难多了。

孙悟空念咒语，传唤来当地的土地神和山神，他们说白龙是观音菩萨安顿在这儿的，请来观音菩萨，问题就解决了。五方揭谛里面的金头揭谛，就去请观音菩萨。为什么不写孙悟空自己去请呢？因为孙悟空正对观音菩萨满怀气愤呢。

观音菩萨一来，孙悟空就跳到空中，说你这个七位佛的老师，慈悲的教主，怎么想着法儿害我？观音菩萨也用粗话骂孙悟空，说我费心费力，寻访来一个取经人，把你从五行山下放出来，你不感谢我的救命之恩，还来骂我，太不知好歹了！孙悟空说你放我出来也就罢了，怎么骗我戴上了金箍儿，让那个老和尚咒得我头疼？观音菩萨就笑了，说不这样做，你就那么容易进佛门了？又胡闹起来谁管得了你？怎么能成正果呢？我们看，这些有趣的故事情节，不是又在烘托要制伏心猿很困难这个全书的主题吗？

观音菩萨来了，唤出小白龙，施展法力把他变成了马，后来又让普陀山的山神变成农庄的老人，送给唐僧和孙悟空马鞍子、马鞭子等全套的马具。唐僧就鸟枪换炮，骑上神圣的龙马往西天走了。孙悟空又耍赖，说我不保唐僧去西天了，太难了，我不去了！观音菩萨激励孙悟空，说你过去那么努力上进，怎么现在却打退堂鼓了？西天取经可是意义重大的事业啊！观音菩萨还答应孙悟空，遇上了困难叫天天答应，叫地地答应，实在过不去了，我也亲自来帮你。观音菩萨还给孙悟空增加了一样本事，给了他三根救命毫毛。

到这个份上,孙悟空也只有欢天喜地,表示一定坚决完成任务,为伟大的取经事业成功实现而拼命奋斗了。

小白龙原本犯了罪,被观音菩萨救下来,变成马驮着唐僧上西天,也是将功补过,通过参加取经事业脱胎换骨,更上台阶的。回目中的"意马收缰",就是降伏心猿的另一个说法。孙悟空是心猿,白龙马是意马,制服了心猿意马,就是人生最大的成功,也是西天取经的目的。这是《西游记》最根本的主题。下一回,又将是什么样的故事呢?

第十六讲

炫耀引贪婪，
宝贝惹灾祸

唐僧骑了白龙马，孙悟空得了救命毫毛，都信心满满，心猿意马暂时就不胡乱躁动了。太平安稳地往前行走了两个月，冬去春来了。小说描写"但见山林锦翠色，草木发青芽；梅英落尽，柳眼初开"。师徒二人一路走，一路赏玩美丽的春光。西天取经虽然路途遥远艰险，但也是一次长途探险旅游，坐在家里面可享受不到。《西游记》写风景，也常常影射人的心境思想，一语双关。太阳落山了，唐僧师徒要投宿，正好前面有一座寺院，那是行脚僧的天然旅馆。佛教有一个专门术语，叫挂单，就是指寺庙有义务接待游方的和尚住宿。

这座寺院呢，还是专门供奉观音菩萨的，叫观音禅院。唐僧当然很感动啊，说弟子多次蒙受菩萨的恩惠，进了这个禅院，就跟当面见到菩萨一样。走到菩萨圣像前面，大礼参拜，诚心祷告。孙悟空呢，在旁边撞钟，唐僧已经参拜完了，孙悟空还在不停地撞，还调侃说这叫当一天和尚撞一天钟，心猿就是爱调皮捣蛋啊。

这寺院里有一个辈分非常高的老和尚，已经二百七十岁了，被庙里的徒子徒孙们尊称为院主。老院主出来见唐僧，态度很客气，但也有点倚老卖老，说我听说是东土大唐来的老爷，才出来见你啊。言下

之意要是一般的客人我可不见,这是很给你面子了。院主吩咐上茶,小和尚就捧出茶具,羊脂玉茶盘里放着珐琅镶金的茶杯,茶壶呢,是白铜做的,精致极了。倒出来的茶水,香味扑鼻,是上等好茶叶啊。

　　唐僧是丞相的外孙、状元的儿子,也见过世面,但一出生就出家当和尚,艰苦朴素的生活过惯了,见到这样的香茶、好茶具,就忍不住夸了两句,说好东西啊,真是美食美器!老院主听了很得意,故意谦虚地说,老爷从天朝上国而来,带着什么宝贝,也拿出来让我见见世面。唐僧说我们大唐没什么宝贝;就是有,路途遥远,也不会带啊。站在旁边的孙悟空忍不住了,插嘴说,我前天在包袱里看见那领袈裟,不就是件宝贝吗?拿出来给他们看看。

　　一听说袈裟是宝贝,观音院的所有和尚都不由得呵呵冷笑,我们哪一个没有几十件上好的袈裟啊!老院主更来劲了,一声吩咐,让徒孙们打开库房,抬出十二个大柜子,把里面的袈裟全拿出来展示,都是描金刺绣的上等丝织绫罗绸缎做的。孙悟空看了笑一笑,说都收起来,看看我们的。唐僧在旁边对孙悟空小声说,古人教导不要和别人斗富,我们两个人单身在外,他们人多势众,拿出袈裟惹起了他们的贪心,不是招灾惹祸吗？还是别拿出来了。孙悟空是傲来国出来的，哪在乎这个，说都在老孙身上，不顾唐僧阻拦，打开包袱把锦襕袈裟拿出来，一抖开，光华耀眼，如来佛祖给的宝贝当然不同凡间之物了。

后面的情节我们都知道，锦襕袈裟果然惹动了老院主的贪婪之心，先是要求留着看上一夜，然后和两个徒孙密谋定计，要舍去唐僧和孙悟空睡觉的那间禅房，趁他们睡着时放火把他们烧死。孙悟空是什么人啊？去南天门借来避火罩，护住了唐僧睡觉的禅房，再使法术弄一阵风，把观音院除了唐僧睡觉的那间房子以外的其他房子全烧了。

不过孙悟空也没想到，就在他去南天门还避火罩的那会儿，距离寺院二十里远的黑风山上，有一个黑熊精，是老院主的朋友。远远看见观音禅院着火，就赶来救火，但一到现场，却被锦襕袈裟的光芒所吸引，立刻救火心变贪婪心，不救火了，把袈裟席卷而去了。第二天孙悟空要袈裟，老院主拿不出来，撞墙死了。唐僧生气，念紧箍咒咒得孙悟空满地打滚。后来孙悟空听庙里的和尚说起黑风山的黑大王，心想一定是他偷走了袈裟，就让庙里的和尚服侍唐僧，自己去黑风山找妖怪要袈裟去了。

这就是第十六回的故事情节大概，回目叫：观音院僧谋宝贝　黑风山怪窃袈裟。这个故事要表达的意思很明确，就是孙悟空的炫耀心，引发了老和尚和黑熊精的贪婪心。贪婪心继续发酵，就是老和尚谋财害命的杀人心，黑熊精的偷盗抢劫心，最后惹出了一场大风波，寺院被烧毁，老和尚死于非命，黑熊失去自由。炫耀心和贪婪心，都是心猿躁动的一种负能量，西天取经的目的是全面克服心猿的胡乱躁动，炫耀心和贪婪心当然也是其中的一部分。

　　那么，孙悟空能够找到妖精讨回袈裟吗？请看下一讲。

第十七讲

三个宝贝箍儿，已经用了俩

第十七回的回目是：孙行者大闹黑风山　观世音收伏熊罴（pí）怪。

孙悟空要去黑风山找黑大王讨要袈裟，二十里山路，把腰扭一下的工夫就到了。孙悟空四面一看，山景清幽秀丽，没有妖气，倒有些仙佛的道气。听到有人说话的声音，孙悟空闪到一块大岩石后面，悄悄一看，只见一个黑大汉坐在上首，左首是一个道士，右首是一个白衣秀才。只听那个黑大汉笑着说，后天是我的生日，两位肯赏光来聚一聚吗？白衣秀才说，每年都来给大王祝寿，今年还用说吗？黑大汉更高兴了，接着说，今年和往年还不一样，昨天夜里我得到了一件宝物——锦襕佛衣，明天我先开个"佛衣会"，请朋友们来参观欣赏，后天接着过生日。道士听了拍手说，太好了，明天后天我都来。

孙悟空一听说要开"佛衣会"，这不就是偷了我的锦襕袈裟吗？不由得心头火起，从岩石后面一下子跳了出来，举起金箍棒就打，口里说，你们这伙贼妖怪，偷了我的袈裟，还要开什么"佛衣会"，赶快把袈裟还给我！那三个猝不及防，黑大汉化作一阵风走了，道士驾云跑了，只有白衣秀才反应慢，被金箍棒打死了，立刻现了原形，是一条白花蛇。

孙悟空把死蛇拎起来，扯成好几段，接着转过山坡，又过了两个山峰，发现了一个洞府，门上一块石板，有六个大字：黑风山黑风洞。孙悟空抡着棒子打门，那个黑大汉出来了，一身黑色的盔甲行头，手里拿的长枪，也不是红缨枪，是黑缨枪。孙悟空心想，这是个烧煤窑的煤黑子吗？这种描写，就是说这个妖王是个黑熊。

孙悟空大喝还我的袈裟来，妖王呵呵冷笑，说袈裟是我拿了，你是什么来历，敢来要我还？下面就是一首三十二联、六十四句的七言古诗，孙悟空自道来历，从"自小神通手段高，随风变化逞英豪"开始，一件件夸耀自己投师学艺，闹龙宫、闹地府、闹天宫造反的光荣历史，最后只有六句说到被如来压在五行山下五百年，出来后保唐僧取经。总结性的最后两句是："你去乾坤四海问一问，我是历代驰名第一妖！"

这种描写意思很深，表现孙悟空虽然被镇压了五百年，青春的激情、造反的气概，仍然十分强烈，他对过往的经历还是感到非常骄傲和自豪，自我定位还是妖，而且是历代驰名第一妖。这是孙悟空跟了唐僧、收了白龙马以后第一次和妖怪对阵，是从五行山下出来时间还不长久，保唐僧西天取经还刚上路时的精神状态。从写作艺术来说，这是对全书第一回到第七回孙悟空青春期成长过程的一次深情的回顾和礼赞。血色浪漫的青春永远是激动人心的！从另外一方面说，也说明生命的转型是艰难的，心猿的改造是长期的，所以西天取经的路程也是漫长的、曲折的。

孙悟空和黑熊精打了两次，基本上是打个平手，说明黑熊精也很有实力，不是一般的妖怪。第二次，孙悟空先打死一个小妖，截获了一个请帖，是黑熊精想要邀请观音禅院老院主参加"佛衣会"，黑熊精和老院主本来就是朋友，他也不知道老院主已经撞墙自杀了。孙悟空就变成老院主的模样，想借看佛衣的机会抢回袈裟。没想到黑熊精起了疑心，不一会小妖又来报告送请帖的被打死在路上了，这个老院主一定是孙悟空变的。孙悟空就现原形和黑熊精打了一场。

两次打斗，孙悟空都不能取胜，就去找观音菩萨，说你在那儿有个寺院，又纵容一个妖怪住在附近，偷了我们的袈裟，现在就向你要。孙悟空有点耍赖，这还是过去那股劲。观音菩萨未卜先知，责备孙悟空炫耀宝贝，惹出麻烦，烧了我的庙，不作检讨，还到我这儿胡搅蛮缠。这也是在巧妙地表现炫耀心是心猿躁动负能量这个主题思想，同时充满了生活趣味。

当然观音菩萨还是和孙悟空一起去降伏妖怪。路途上遇到那个第一次驾云逃跑了的道士，正拿着两粒炼好的金丹去给黑熊精祝寿。孙悟空认识他，一金箍棒把他打死了，原来是只大灰狼。孙悟空就向观音菩萨建议，让观音菩萨变成道士，自己变一粒金丹，骗黑熊精吞下假金丹，孙悟空就在妖怪肚子里翻筋斗折腾，逼着妖怪交出了锦襕袈裟。袈裟到手了，孙悟空就从妖怪的鼻孔里出来了。观音菩萨拿出如来佛祖给的三个箍儿里的禁箍儿，丢到黑熊精头上，一念咒，妖怪头疼难忍，只有投降。观音菩萨说我那落伽山还缺一个巡山的保安，收这只黑熊做守山大神吧。

这一回的许多描写，都很微妙有趣。比如，黑熊精和观音禅院的老和尚交朋友，他的黑风山黑风洞没有妖气，却幽静清雅。他见观音禅院起了火，就去救火，偷了袈裟却要开"佛衣会"。这些说明黑熊精本来就心向佛教很有善根；他能和孙悟空打成平手，本领也不弱，所以在过生日的那一天，入了佛门，成了观音菩萨的守山大神。熊的性格比较戆（zhuàng）直朴实，体力强，心眼少，所以有佛缘。白衣秀士是条蛇，狼修炼成道士，这是在调侃儒家和道教。儒家最没本事，蛇比狼弱，和熊更没法比了，所以一开始就被打死了。

在思想倾向上,《西游记》虽然三教并尊,但最推崇佛教,这是很明显的。

白衣秀士是被嘲弄的,就是说白面书生没啥本事。《水浒传》里被林冲杀了的梁山第一任寨主王伦,绰号就叫"白衣秀士"。第一回里提到的少华山三个造反头领,本领最差的杨春,绰号是"白花蛇"。这方面,《西游记》借鉴了《水浒传》。

观音菩萨变成那个灰狼成精的道士,孙悟空调侃说,妙啊,是妖精菩萨,还是菩萨妖精?观音菩萨的回答充满了深奥的哲理:"悟空,菩萨、妖精,总是一念。若论本来,皆属无有。"这个要解释起来,就比较艰深了。大家慢慢体会吧。下一讲,又是什么风景呢?

第十八讲

猪八戒，
你来了

第十八回开头，观音菩萨已经收走了黑熊精，孙悟空打入黑风洞，却没有一个小妖，原来观音菩萨念咒，黑熊精满地打滚的时候，那些小妖就都逃跑了。孙悟空只是一把火烧了黑风洞，就拿着袈裟回来见唐僧了。这样写，也有意思，表明黑熊精本来就是一个心向佛教、有善根的妖怪，他手下的小妖也没有多少罪恶，所以都能够保存性命。

接下来，唐僧和孙悟空，就到了高老庄了。这一回，写得朴实，又有些幽默，大多数描写都是中国传统社会里农村的生活场景和情况。一开始，孙悟空碰见一个急急赶路的少年，描写他头裹棉布，身穿蓝袄，拿着雨伞背着包，扎着裤脚，穿着三耳草鞋，雄赳赳地往前走。这种穿戴模样，四五十年以前的中国乡镇，还是常见的。

　　孙悟空拦住他问路，少年急着赶路，不想回答，孙悟空就抓住人家不放手，并且说，你有本事劈开我的手，你就走路。少年左扭右扭，也摆不脱孙悟空铁钳子一样的手。这样写出了孙悟空的顽皮甚至有点无赖的做派，很有点搞笑，过去中国的乡镇，也真有这种人呢。

　　后来知道，少年叫高才，是高太公家的仆人，主人派他出来寻找法师捉拿家里的妖怪女婿。看来高太公是个富农或者小地主。孙悟空知道以后，就说我们是大唐来的圣僧，能捉妖怪。高才就引着唐僧和孙悟空去见主人高太公。高太公向唐僧和孙悟空介绍妖怪女婿的情况，唐僧和孙悟空的回答，都是些紧贴生活实际的家常话，说起来，听起来，都很亲切。

　　高太公说自己没有儿子，只有三个女儿，大女儿、二女儿都出嫁了，剩下三女儿，想招个倒插门的女婿养老送终。来了个汉子，说自己上无父母，下无兄弟，愿意做上门女婿。说这个上门女婿很勤劳，也很能干：耕田耙地，不用牛，自己就扶着犁全干了；秋天收庄稼，也不用镰刀，一个人两只手就全干了。就是太能吃了，早饭要吃一百多个烧饼，一顿饭要吃三五斗米。唐僧就说，他能干活，自然就能吃了。这样的对话，是不是很生动活泼，让人感到生活气息浓厚。

高太公接着说，能吃就能吃吧，可这个女婿还会变模样啊。刚来的时候，是个又黑又胖的精壮汉子，后来就变了，嘴变长了，耳朵变大，走路都扇风了，脑袋后面还长出不少又粗又硬的鬃毛，简直就是一头猪的样子了。这让我们怎么见亲戚呀？他还呼风唤雨，飞沙走石，云里来，雾里去，把村庄里的人都吓坏了，都说我们家招了个妖怪女婿。我请法师降伏他，他倒把法师都吓跑了。现在把我女儿关在后面的宅子里，我们都见不着女儿，也不知是死是活？

还没有正式出场的猪八戒，就这样被描述得活灵活现了。连后来孙悟空对猪八戒的贬称"呆子"，也是从高太公嘴里首先说出来的。对了，这会还不叫猪八戒，叫猪刚鬣(liè)。孙悟空听了高太公的介绍以后，就去后院扭开了门上的锁，让高太公领走了女儿，自己变成高小姐的模样，坐在床上等着猪刚鬣。

到了夜里，猪刚鬣真回来了。孙悟空变的假"高小姐"就和老公唠嗑，耍小脾气，把猪刚鬣的大概情况，特别是他在外面的老窝福陵山云栈洞，都给套出来了。猪刚鬣说我给你家挣了多少家业呀，你穿的戴的，吃的用的，不都是我给你挣来的吗？假"高小姐"说我爹要找法师降伏你呢。猪刚鬣说我会天罡数变化，还有九齿钉钯，怕什么法师！假"高小姐"说，听说要请一个叫孙悟空的降伏你呢。

猪刚鬣一听"孙悟空"的名字就害怕了，说这个主儿厉害，那我得躲一躲，起身就走，孙悟空就现出原身追赶。这一回，还有下一回，没有多少光怪陆离神出鬼没的情节场面，就是旁敲侧击，写出了一个中国传统农业社会的农民形象。这是猪八戒性格的基本定位，后来西天取经路上的二师兄，很多表现都紧扣着这个定位。

猪八戒拿着个农民耙地的九齿钉钯做武器，农民的优点、缺点、长处、短处，如朴实、狡猾、懒惰、勤勉、贪财、贪吃、好色、吹牛、嫉妒、宽容、攒私房钱、占小便宜，平凡又不平凡，在一言一行中自然流露，让我们感到特别有趣，不禁哈哈大笑。漫漫长途的西天路上，取经小团队也真需要猪八戒这个开心果，调节气氛，让取经小团队，也让我们读者笑口常开。

那么，孙悟空追上了猪刚鬣吗？高老庄的妖怪女婿，又怎么成了大唐高僧的二徒弟的？请看下一讲。

第十九讲

鸟窝里的
佛爷是咋回事

《西游记》第十九回的回目是：云栈洞悟空收八戒　浮屠山玄奘受心经。

这一回一开头，孙悟空赶上了猪刚鬣，两人对阵，孙悟空喝问你是哪里的妖魔？猪刚鬣的自道来历，是一首三十二联、六十四句的七言古诗，说他自幼贪闲爱懒，后来遇到仙人指点，修仙了道，到天庭当了公务员，封为天蓬元帅，统领天河水兵。在蟠桃大会上喝醉了酒，跑到月宫调戏嫦娥，被玉帝问罪，本来要斩首，太白金星讲情，改为打两千锤后贬下凡尘，下凡后投错了胎，成了猪头人身。不过尽管天蓬元帅投错了猪胎，但他的神通本领仍然存在，还能腾云驾雾三十六变，不像唐僧投胎转世后成了啥也不会的凡夫俗子。

猪刚鬣和孙悟空打了一阵，天蓬元帅当然打不过齐天大圣，就跑进云栈洞闭门不出了。孙悟空呢，也只好回高老庄去见唐僧和高太公。孙悟空对高太公说了一段有趣的话，说你这老头啊，也有点不知好歹轻重。那个妖怪对我说，这几年他卖力干活，给你家挣了不少资产，饭量大一点算什么？他对你女儿也挺好。他是个天神下界，这样一个女婿，也不辱没你家，门当户对，你就认了他吧。高太公说实在名声不好听啊，人家动不动说我高家招了个妖怪女婿，受不了啊。孙悟空就说我和你说笑，逗你呢。我这一次去抓他回来，让他解除婚约。

　　孙悟空又跑到云栈洞，把门打破，猪刚鬣只好再出来拼命。这一回，有一首长诗，专门说九齿钉钯的来历，赞美这是一件由天神打造的兵器，威力巨大，铜头铁脑也能一钯筑出九个窟窿。孙悟空就说我伸出头来由你拿钉钯筑（打的意思），看是我的头硬还是你的钉钯厉害。猪刚鬣真举起钉钯朝孙悟空的头顶使足了劲筑了一下，只见钉钯火光闪耀，孙悟空毫发无伤。孙悟空夸耀说，当年玉皇大帝要杀我，刀砍斧剁都不顶事，何况你这个钉钯！猪刚鬣说你不是住在东胜神洲的花果山吗？我丈人难道跑那么远去请你来？孙悟空说你丈人没请我,是我保唐僧西天取经,路过你丈人家。

一听说保唐僧西天取经,猪刚鬣立刻丢了钉钯,拱手作揖,说我也是受了观音菩萨劝化,要保唐僧取经的,你带我去见师父吧。孙悟空有点不相信,要求猪刚鬣放火烧了老窝云栈洞,猪刚鬣就真的烧了。说起这云栈洞,其实是猪刚鬣第一个老婆、女妖怪卯二姐的,后来卯二姐病死了,老猪才去高老庄当上门女婿的。

这里和大家说一个知识,流行的《西游记》文本中卯二姐写成卵二姐。卵比卯多了两个点。《西游记》是从明朝到清朝,从手抄本到刻印本,流传过程中,有的字就搞错了,传错了,卯成了卵。现在专家们研究清楚了,天干地支和十二生肖互相对应,亥猪卯兔,能够衔接,所以猪刚鬣的第一个老婆是卯二姐,大概是个野兔精。这也能和天蓬元帅调戏过嫦娥暗暗照应,嫦娥身边不是有个玉兔吗?说卵二姐就有点搞笑了。为什么是卯二姐,不是卯大姐或卯三姐呢?因为后来猪八戒的第二个老婆是高家的三女儿,猪八戒最后成了唐僧的二徒弟。文章既要有变化,也要有所照应。

猪刚鬣这就成了唐僧的二徒弟,观音菩萨已经给他起名叫猪悟能,唐僧又给他起了一个名字,就成了猪八戒了。天蓬元帅，猪刚鬣，猪悟能，猪八戒，老猪的名字真不少。先进门的为大，师兄孙悟空挑的那副沉甸甸的行李担子，从此就落到老猪肩膀上了。后来有了三师弟沙和尚，行李担子是换成老沙挑呢还是由老猪挑到底呢？这作为一个问题考考大家，答案自己到书里去找。

回目的后一句不是"浮屠山玄奘受心经"吗？离开高老庄福陵山，就走到了浮屠山。浮屠山有一位住在大树树梢的鸟窝里面的乌巢禅师。因为距离不太远，猪八戒一直认识这位乌巢禅师。禅师见猪八戒成了唐僧的徒弟，从树顶的鸟窝里跳下来道喜祝贺。唐僧认为乌巢禅师也是一位佛爷，就急切地问禅师，我要去西天大雷音寺，离这儿还有多远啊？禅师说，远得很呢，而且路上豺狼虎豹、妖魔鬼怪多得很，不好走！不好走！唐僧又诚心细问，禅师就说，路途虽然遥远艰难，我传你一篇佛经，你经常念诵，就能化解困难。乌巢禅师传给唐僧的这篇佛经，就是有名的《心经》，只有二百六七十个字，却浓缩了佛教道理的精华。《心经》的汉语翻译本，最流行的，就是唐僧的原型——玄奘法师从印度的梵文翻译过来的。

乌巢禅师向唐僧传授完《心经》，就又跳上树顶他的鸟窝里去了。在树顶上又念诵了一首五言长诗，说西天取经路上妖魔横行。诗的最后几句是："野猪挑担子，水怪前头遇。多年老石猴，那里怀嗔怒。你问那相识，他知西去路。"这就是在调侃孙悟空、猪八戒啊，孙悟空就掏出金箍棒，举起来朝树上的鸟窝乱捣。可是书里面写：只见莲花生万朵，祥雾护千层。行者纵有搅海翻江力，也碰不掉鸟窝上的一根树枝、一缕葛藤。

这些描写都是什么意思呢？我们要知道"浮屠"就是"佛陀"的另一种翻译，乌巢就是心的归宿地，就像鸟儿要回窝里一样，人的心只有皈依佛门才能找到依靠归宿。浮屠山的乌巢禅师，就是心的象征，而且是已经觉悟了的禅心、佛心。孙悟空这只心猿呢，还在往西天走的路途上，离禅心、佛心，还有好远的距离呢，所以他的金箍棒虽然有巨大的威力，却连乌巢的一根树枝也打不下来。西天取经，说到底，是修心，所以乌巢禅师传给唐僧《心经》，说只要常念诵《心经》，就能战胜任何妖魔鬼怪。最根本的问题是修炼自己的心，西天取经只是形式。紧箍咒的正式名称叫定心真言，也是类似的意思。

那么，下一回，又是什么故事呢？接着看吧。

第二十讲

猪八戒立功了

第二十回开头，是一篇偈（jì）子。偈子是一种文章体裁，用类似诗歌的形式说佛教的道理。这篇偈子开头第一句，是"法本从心生"。后面的一段话，是说唐僧读懂了《心经》，获得了初步的觉悟，而且唐僧经常背诵《心经》，所以心里越来越亮堂。这是强调上一回唐僧见乌巢禅师的那段故事情节，对于理解《西游记》全书的主题，非常重要。

下面接着写唐僧和两个徒弟继续往西方走，披星戴月，风餐露宿，很快就到了炎热的夏天了。前两回猪八戒从明媚的春光中走来，加入取经团队，如今已经赤日炎炎似火烧了。这一回的写作，表面上好像比较平淡，其实很有艺术技巧。前面写猪八戒说肚子饿了，挑的担子越来越沉重，得赶快找人家借宿吃饭，孙悟空就说猪八戒是个恋家鬼，出家意志不坚定，想打退堂鼓了。唐僧听见了，就对猪八戒说你要是想在家不想出家，那就回去吧。猪八戒就跪下说，师父你别听师兄的话，他是故意埋汰我，我只是说肚子饿了，哪里说要回去呀？孙悟空和猪八戒师兄弟两个互相挤对的小插曲从此就开了头了。

后面师徒问路，和一个老人对话，老人说西面有座黄风岭，里面妖怪很多，你们取经只能往东面去。唐僧心里嘀咕，我们去西天取经，怎么能朝东面走呢？孙悟空夸耀自己的神通本领，老人就说有你这样的，你们也许能往西边走了。后来就在这个老人家里吃饭住宿，写孙悟空和猪八戒相貌丑陋，吓得人家家里人心惊肉跳；吃饭呢，猪八戒饭量极大，吃了很多，这些都是生活气息浓郁的场景，读起来亲切有趣。第二天一早告别上路，老人说你们要是遇上麻烦过不去，还到我家来。孙悟空回答说："我们出家人，不走回头路。"平常话里既表现决心，又深含哲理。

紧接着到了黄风岭，就出来一个老虎精，先和猪八戒打，打了几个回合后孙悟空也加入进来，老虎精就逃跑了。孙悟空和猪八戒追赶老虎精，却中了老虎精的金蝉脱壳之计，老虎精乘机把唐僧给抓走了。这

是从双叉岭脱难后,唐僧第二次被妖怪抓走,也是孙悟空保护唐僧取经以后,师父第一次身陷魔窟。双叉岭有个老虎精,这次黄风岭又有个老虎精。我们已经讲过,老虎是人心中负能量的象征,多么微妙啊!

这个老虎精却只是个先锋,上头还有大王。老虎精抓了唐僧,没有自己吃,而是去献给大王做午餐。可是这个大王却很胆小,一听说抓来的是去西天取经的唐三藏,就说他有个徒弟孙悟空,神通广大,你怎么惹得起他呀?他不敢马上吃唐僧,就下令把唐僧先捆起来，等过几天看他的徒弟来不来闹再说。

当然，孙悟空很快就打上门来了。大王胆小，先锋逞强，先锋带着五十个小妖出去对阵。结果呢，虎先锋被孙悟空赶到山沟里，正撞上在那儿看着行李马匹的猪八戒。猪八戒举起九齿钉钯，一钯就把老虎精打死了。孙悟空赶过来说，师弟，这算你的功劳！所以这一回的回目中说：半山中八戒争先。

我们看，这一回前一半文戏，情趣盎然；后一半武戏，曲折热闹，又能前后关联，意思深远。什么意

思呢？猪八戒刚参加取经团队不久，师兄和师父不是怀疑自己革命意志不坚定吗？我一出手就把老虎精打死了，立了一功。我表现得不错吧？

前面讲两界山的时候，我们已经说过，唐僧刚踏上取经路途，就一连遇上了三只老虎。第一只老虎（寅将军）被太白金星赶走了，第二只老虎被猎人刘伯钦打死了，第三只老虎则死在了孙悟空金箍棒底下。而老虎，其实是象征心中的坏思想、恶念头。猪八戒加入取经团队立的第一功，也是打死一只老虎，里面的意思就不言自明了。

孙悟空打死的是一只普通老虎，猪八戒打死的却是成了精的老虎。这就大同当中有了小异，敢于写类似的情节又能不呆板不雷同。就像《水浒传》里面写了武松打虎，又写李逵杀虎一样。

胆大的虎先锋被打死了，那个胆小的大王会有什么反应呢？当大王的怎么反而胆小呢？他到底是个什么妖怪呢？唐僧还在他手里头，孙悟空和猪八戒怎样去救师父呢？请看下一讲。

第二十一讲

菩萨号灵吉，
足下可明白

上一讲说到，老虎成精的先锋被猪八戒打死了，孙悟空拖着死老虎去妖王洞门口挑战，高叫还我师父来！妖王本来胆小，不想惹孙悟空。但听说自己的虎先锋被打死了，就勃然大怒，激发出勇气来了，说我还没吃你师父，你倒把我的先锋打死了，太可恨了！欺人太甚了！立刻全身披挂，拿着一杆三股钢叉出来会孙悟空。孙悟空一看，这个妖王头戴金盔，身披金甲，外面还罩一件黄袍子，全身黄，和黑风山的黑大王全身黑一个德行。大家先想想，作者为什么要这样写呢？

妖王和孙悟空打了三十个回合，孙悟空成功心切，就拔一把毫毛，变出一大群和自己一个模样的化身，一拥而上，把妖王团团包围，这叫身外身的法术。妖王当然慌了，急了，就使出自己的独门绝技了。他脸朝地，吸了三口气，又呼地一下吹出去。眨眼之间，一场九级的黄色风暴就平地而起了。

这是一场超级飓风，小说有一首四十八句的七言长诗来形容这场狂风的巨大威力。因为是神魔小说，诗歌里面用的全是神仙的名号和典故，就是说很多有名的神仙都被这场飓风给刮乱套了。什么"老君难顾炼丹炉""哪吒难取匣中剑"，连观音菩萨的普陀山，也是"白莲花卸海边飞，吹倒菩萨十二院"。最后一句特别有艺术性，是"万里江山都是颤"。这个"颤"字，用得多好啊！

孙悟空那些毫毛变成的小孙悟空，就被大风刮到半空中，像纺车一样团团乱转了。大家想毫毛的重量多轻啊，哪里经得起这么大的风暴呀。孙悟空赶紧身子一抖，把毫毛都收上身来，手举金箍棒来打妖王。那妖王就对着孙悟空的脸，"呼"的一声喷出一股黄风来。别看孙悟空火眼金睛，也立刻被吹得紧闭双眼，败下阵来。

猪八戒呢，他看着行李马匹，一见黄风大作，就伏在山坳里闭上眼睛念佛许愿。风停了，天亮了，才走出来东张西望。只见孙悟空过来了，对猪八戒说，这个妖怪的武艺也就那么回事，但他的风可真厉害，老孙也会呼风唤雨，从来没见过这么凶的恶风。我的眼珠子被他一口风吹得又酸又痛，这会儿还不停地流眼泪，得去找个眼科大夫要点眼药水。猪八戒说，这荒山野岭的，到哪儿去找眼科大夫呀？天都快黑了，先找个人家吃饭睡觉吧。

还好，刚走到南山坡下，就听到有狗叫声，然后就看见一处庄院。二人敲门，就有一个老头出来，后面跟着好几个年轻人，手里不是拿着铁锹，就是拿着扫把。孙悟空很有礼貌，躬身说我们是从东土大唐去西天取经的和尚，天晚了，到贵庄借宿一夜。老人说，这地方人烟稀少，我们以为是妖魔或者野兽来了，抱歉抱歉。就把孙悟空和猪八戒让进房屋，奉上茶水。

孙悟空说我们的师父被那个能吹黄风的妖怪给抓去了，我们去救师父，我被那妖怪的黄风吹了一口，眼睛酸痛流泪，你们这儿有眼科大夫吗？老人说，那是黄风大王，他的风厉害极了，是三昧神风，能吹天地暗，善刮鬼神愁，他吹了你，你还能活着？除非你是神仙。孙悟空回答说，我虽然不是神仙，神仙却还是我的晚辈呢。吹不死我，就是眼睛酸痛流泪。老人说我们这儿没有卖眼药的，但我自己有一种特效眼药，可以给你用。老人就拿出一个小罐来，给孙悟空点上了药。

《西游记》的一大艺术特点就是幽默有趣。孙悟空点上眼药，睁不开眼睛了，猪八戒就说你的明杖儿呢？明杖儿就是失明的人拿着探路的拐杖。孙悟空说你把我当瞎子呀？猪八戒就哑哑地暗笑，这话多生动传神啊！第二天一大早醒来，孙悟空的眼睛就治好了，火眼金睛比过去明亮了百倍。可是呢，发现庄子老人全没了。

猪八戒吃惊地说,这家人连夜搬家这么迅速彻底啊,拆房子连点响动也没听见啊!孙悟空吸吸地笑着说,呆子你看那树上有个什么纸帖子?猪八戒拿来一看,是护法伽蓝留下的,告诉孙悟空、猪八戒,庄子和老人都是我们变出来的,晚饭和眼药也是我们提供的,你们休息好了去救唐僧吧。护法伽蓝就是在暗中保护唐僧的神将团队里面的成员。孙悟空对猪八戒说,自从有了你,我好长时间没有叫他们服务了,他们又来和我耍花腔了。猪八戒说他们是暗中保护,当然不方便公开露面了,多亏了给咱们提供晚餐和旅馆,还治好了你的眼睛。大家看这些描写多么贴近生活又生动有趣啊,孙悟空吸吸地笑,这"吸吸"两个字用得多形象啊。

下面呢,孙悟空变成了一只蚊子,飞进妖王的老巢,安慰了被捆绑着哭泣的唐僧,听见妖王和手下的小妖谈话,小妖说孙悟空是不是去请什么神仙来降伏大王你啊?妖王说凭他请谁,除了灵吉菩萨,我谁也不怕。孙悟空一听,高兴坏了,这妖怪不打自招啊。可是这灵吉菩萨是谁啊?在哪儿住啊?

这时候,太白金星又变成个老头,告诉孙悟空灵吉菩萨在小须弥山。孙悟空一个筋斗云,去请来灵吉菩萨。菩萨用宝贝飞龙杖降伏了妖王,现出原形是一只黄毛貂鼠。黄毛貂鼠被带走了，唐僧自然就得救了。

这些情节里，埋藏着好多梗，大有深意。这次又是太白金星来指点迷津。我们前面说过，金星老儿就是奉玉帝之命帮助取经团队的天庭全权代表嘛，金星和伽蓝在关键时刻出手协助孙悟空，说明西天取经是天庭和西天都极其重视的事业。灵吉菩萨对孙悟空说，妖王是西天的一只老鼠，因偷吃佛祖的灯油，如来让我来管束它。这只老鼠不是家里的灰老鼠，而是山里的貂鼠。所以妖王穿一身黄，貂鼠的皮毛就是黄色的。妖王的武器是三股钢叉，这是比喻貂鼠的爪子。貂鼠是老鼠的一种，又处在犯错被流放期间，所以他胆子小，胆小如鼠嘛。但毕竟他是西天灵山的老鼠，后台硬，山大王老虎就只能尊他为王，自己当先锋了。

最后一条，孙悟空当过齐天大圣，交了很多神仙朋友，他怎么对灵吉菩萨一点也不知道呢？原来，这又是微妙的象征艺术，灵吉，就是"好心眼"的意思。妖王吹出的狂风，象征人心的邪恶，生命本能里面的负能量，只有心灵吉祥，就是发扬正能量，才能修成正果，取得真经。明朝人、清朝人都指出过，灵吉菩萨能治黄风怪，就是说要制住心里的邪风，就得心眼正、思想好。请看下一讲。

第二十二讲

老沙归队，取经队伍到齐了

唐僧在五行山放出了孙悟空，在鹰愁涧换了坐骑，观音禅院遭遇黑熊精时还只有孙悟空一个徒弟。然后收了猪八戒，就碰上黄风怪，这时候是两个徒弟。下面这一回，就是沙和尚要加入取经团队了。这种故事结构很有艺术匠心，就是每收一个徒弟之前，都要插上一次别的妖怪，没有让三个徒弟一个接着一个地归队，那样写就呆板没意思了。

黑熊精全身一团黑，黑风山黑风洞，因为它是一只黑熊。黄风大王全身一色黄，黄风岭黄风洞，因为它是一只黄毛貂鼠。这两次的妖怪，遥遥地形成了一种对比，这是汉语特别讲究对仗手法的体现。同时，也有变化，黑风洞里的小妖，最后都早早逃命去了；黄风洞里的小妖，最后却都被孙悟空和猪八戒打死了。

黑熊精本来心向佛教,有善根;貂鼠精却是灵山的小偷,存恶根;因此他们的部下,也就命运不同了。看来跟对领导很重要啊!

从黄风岭走到流沙河,已经从夏天走到了秋天。流沙河里的水怪沙悟净,像当年鹰愁涧里的小白龙一样,也是突然从水里蹿出来,要吃唐僧,也是孙悟空抱起唐僧跑了。不过这时已经有了猪八戒,他就举起九尺钉钯和水怪打起来。孙悟空在岸上看得手痒痒,就对唐僧说,你一个人坐着,不要害怕,我也和那妖怪耍一会。唐僧还是挺害怕的,让孙悟空不要走,但孙悟空实在忍不住了,蹿到流沙河上空一金箍棒打下去。水怪正和猪八戒大战呢,见对方突然来了帮手,就一下子钻进河底下去了。

猪八戒抱怨孙悟空,说你这个急猴子,我马上要打败他、捉住他了,你一掺和,他钻进水里去了,怎么办?猪八戒这样说当然有点吹牛,但也表现出了他加入团队的时间还不太长,热乎劲还没有减退。然后大家商量下一步怎么办,唐僧说河水又宽又急,得熟悉这条河的引领引领,才能过得去。孙悟空说,我正是这样想的,要捉住这个水怪,先不杀他,让他把师父送过河去。猪八戒就对孙悟空说,你本事大,你下去捉他，我看着师父。

孙悟空叫猪八戒"贤弟"，说水里头的事我可不敢吹牛，我下水要念避水咒，或者变成水里的鱼什么的，那就不能战斗了。猪八戒说我当过天蓬元帅，水里的本事还行，但我怕下去一个人，那妖怪要是水里头还有家人老小，一窝蜂上来打我，我可对付不了。孙悟空说你下去假装打不过他，引他来追你，只要引出水面，我来打他。

就这样按照计划实行了，猪八戒下去和水怪打斗了一会，逐渐从水底打到了水面。可是孙悟空这一次还是急了一点，没等到水怪完全离开水面就出手了，水怪又一下子钻进水里面去了。猪八戒再下去打，水怪就学乖了，再也不肯到河面上打了，而猪八戒和水怪的本事半斤八两，猪八戒对孙悟空说："我把吃奶的劲都使出来了，也只和他打个平手。"

孙悟空就去请观音菩萨了。观音菩萨说，流沙河的沙悟净是我收了要参加你们团队的呀，你这猴子又没有提取经的事吧？孙悟空说他在水里头，是猪八戒去和他打的，大概没提。观音菩萨让孙悟空向路上的妖怪提取经的事，是《西游记》作者设计的一个巧妙的情节扣子，以后的妖精一听取经人来了，就都要吃唐僧肉了。

观音菩萨就派徒弟惠岸行者,拿了个葫芦,跟孙悟空去流沙河,把沙悟净叫出来,跪在唐僧面前,唐僧给他剃了头发,这叫摩顶受戒。经过这个仪式,就正式拜师入门当徒弟了。唐僧看他剃了头还挺有个样,就又给他起个名字叫沙和尚,后来也简称沙僧。惠岸行者让沙和尚把脖子上套着的九个骷髅拿下来,围成一个圈,把观音菩萨给的葫芦放在当中,就成了一只法船,唐僧站上去,猪八戒与沙和尚左右搀扶着,就安全顺利地渡过了八百里流沙河。

沙和尚脖子上那九个骷髅,是他当水怪吃了九个取经人留下的头骨。要是按照《西游记》成书以前流传的戏曲文本,那九个取经人是唐僧九次投胎转世的肉身,那就是沙和尚吃过唐僧九次了。《西游记》当然没有这么说,而是写过了流沙河,那九个骷髅化成阴风消失了。不过在连环画和影视剧里,还是让沙和尚戴着九个骷髅走了十万八千里,那已经成了沙和尚的标志物了。

这一回也有不少耐人寻味的描写。猪八戒与沙和尚打斗,也是第一次沙和尚自道来历,是一首五十二句的七言诗,沙和尚与猪八戒一样,从凡人修道成仙,到天庭当公务员——卷帘大将,他在蟠桃会上打碎了琉璃酒杯,被贬到下界为妖。第二次打斗,沙和尚夸耀自己的武器降妖杖,是一首二十四句的七言诗。这和收猪八戒时大同小异,前后构成一种对仗艺术。

　　孙悟空和猪八戒说,无论你驾云还是我的筋斗云,都不能把师父背过流沙河。说肉体凡胎,重于泰山,师父必须经历各种磨难苦恼,才能到西天取得真经,咱们两个只能保护他身在命在,别的是代替不了的。这些都含有深深的哲理,微妙地照应了《西游记》要

表达的主题。

收孙悟空是唐僧自主,收小白龙是观音菩萨亲自来,收猪八戒是猪八戒听说取经人后自己投诚,收沙和尚是观音菩萨派惠岸行者前去。都是观音菩萨度化安排的徒弟,但作者对他们的表现手法不雷同,各有特色。《西游记》真不愧是经典!

取经团队到此就齐整了,该来的都来了。下面又会发生什么事呢?请看下一讲。

第二十三讲

队伍刚凑齐，就遇到大考验

第二十三回的回目是：三藏不忘本　四圣试禅心。故事情节简洁明快，说沙和尚加入取经团队，西天取经的小集体聚齐了，开头是一首七言律诗，用了不少宗教术语而富有哲理。比如"木母金公原自合，黄婆赤子本无差"。木母指猪八戒，金公指孙悟空，黄婆指沙僧，赤子指唐僧。这里借用了道教的术语来指代几个主人公。

诗歌后面，还有几句富含哲理的话，比如，说唐僧师徒"了悟真如，顿开尘锁"，"了悟"就是彻底觉悟，"真如"就是彻底明白了佛教真理，这样就可以不再受俗人世界思想的影响。"顿开"是摆脱的意思，"尘锁"是比喻世俗思想像枷锁一样束缚着人们的心灵。

但唐僧师徒真的那么快就能摆脱俗人思想和追求的影响吗？那还需要走十万八千里路去西天取经吗？让躁动不宁的心猿变成通明透亮的心灵，谈何容易啊！这一回，就是写一次严峻的考试，一次大考。

唐僧师徒奔走在前往西天的路途上，"历遍了青山绿水，看不尽野草闲花"，这也是一语双关。一天傍晚，到一户山野中的庄院投宿，是松树林内的几间房屋，粉泥墙壁，砖砌围墙，房屋高大，雕梁画栋，一看就是个富贵人家。可是到了门口，静悄悄的，不见人影。唐僧很讲礼貌，说不能随便闯入私人住宅，就在门外静悄悄地等候。等了半天，老不见有人，孙悟空忍不住，跳进门里面看。这时，就听见一个女人娇滴滴的声音传出来，说什么人啊？怎么擅自撞进我寡妇家的门啊？接着出来一个半老徐娘，虽不年轻但长得还很漂亮，打扮得也十分华丽。

孙悟空赶忙低头行礼，说我们是东土大唐派往西天拜佛求经的和尚，天色晚了，到贵府借宿一晚，明天一早就走。妇人听了满脸堆笑，说你们几个人啊？都赶快进来吧。下面是一篇由对仗句子组成的骈体文，描写这个女人打扮入时，容貌美丽，是从猪八戒色眯眯"偷看"的角度写的。

这个妇人热情地请唐僧师徒四人坐下，就有小丫鬟出来倒茶招待，黄金的茶盘，白玉的茶杯，茶香扑鼻。妇人很大方，自我介绍说自己娘家姓贾，丈夫家姓莫。贾谐音"假"，莫就是没有的意思。这两个姓是一种象征艺术。妇人又说丈夫死了，没有儿子，只有三个女儿，家里很富有，家财万贯，良田千顷，我家四个女的，你们四个男的，你们干脆还俗，都招到我们家做上门女婿吧。

唐僧听了，装聋作哑，低下头，闭住眼，像泥塑木雕了。妇人见他不回答，就继续夸耀自己家里多么富有，有多少田地，多大果园，多少骡马牛羊，多少绫罗绸缎，多少金银珠宝，十辈子也花不完用不尽。又自我介绍，说自己四十五岁，三个女儿分别是二十岁、十八岁、十六岁。女儿们不仅会描花刺绣，还会吟诗作赋。都配得上你们，你们就招到我们家吧，何必辛辛苦苦去取什么经呢？

唐僧呢，书中对他的两个比喻很有趣，说他像"被打雷惊坏了的孩子""被暴雨淋坏了的蛤蟆"，呆呆的，傻傻的，就会翻白眼儿了。这时候猪八戒忍不住了，他听说这样的富贵和美女，早就针戳（chuō）屁股，扭来扭去坐不住了。就站起来拉了唐僧一把，说这位娘子说的这些话，师父你怎么一点也不理睬啊？你也表个态啊。唐僧一听，猛地抬起头来，斥责猪八戒，说我们出家人，怎么能贪图美色和富贵！

下面呢，妇人和唐僧各自吟了一首诗，分别赞美在家享受和出家修行的好处，然后妇人生气了，对唐僧说就是你发了誓一定要去取经，难道你手下的人就不能有一个留下来做我们家的女婿？唐僧就按顺序问三个徒弟谁愿意留下来，孙悟空与沙和尚都坚决表态，决心去西天取经；猪八戒说不要耍我，大家再商量吧。那个妇人就生气进里面去，把唐僧他们晾在外头了。

猪八戒就埋怨唐僧不灵活，先含糊答应了，吃了饭喂了马睡了觉多好，然后就拉了白龙马说要到后头找草地喂马去。到了后面，妇人正在那儿呢，妇人说你师父不通情理，你留下来吧。猪八戒说我早就愿意了，就叫妇人"娘"了。丈母娘还没有正式呢，就直接叫娘，多急不可耐呀！孙悟空早变成一只蜻蜓跟着猪八戒，把一切都看在眼里了。蜻蜓的眼睛很大，"蜻蜓"两个字又谐音"清听"。后面妇人就带着三个女儿出来拜见几位长老。沙和尚就说，我们商议了，让姓猪的留在你们家当女婿。猪八戒还装模作样说别耍我，再商议。孙悟空说你娘都叫了，还商议什么。

妇人引猪八戒到后面去，让猪八戒蒙上红盖头，三个女儿从身边走过，拉住哪个算哪个。结果三个女儿灵巧无比，猪八戒蒙着头一个也摸不着，反而跌撞得鼻青脸肿，头重脚轻。猪八戒说，姐姐们不要我，娘你招了我吧。妇人说你也太过分了，连丈母娘都要啊。这也是增加点笑料。妇人说那就试穿衣服吧，我三个女儿的珍珠衫，你能穿得下谁的，谁就是你老婆。猪八戒刚套上一件汗衫，汗衫立刻变成了几条绳子，把猪八戒捆得结结实实在树上整整吊了一夜。第二天早上，唐僧、孙悟空、沙和尚一觉醒来，哪有什么庄院、房子、妇人啊，他们仨都睡在树林里草地上呢，猪八戒则被吊在树上大喊救命呢。树上还飘着一张字帖，是一首七言律诗。这首诗我上小学的时候就背得滚瓜烂熟了：

黎山老母不思凡，南海菩萨请下山。
普贤文殊皆是客，化成美女在林间。
圣僧有德还无俗，八戒无禅更有凡。
从此静心须改过，若生怠慢路途难。

南海菩萨就是观音菩萨，和文殊、普贤是在中国民间影响最大的三位菩萨。黎山老母是民间传说的一位女神。因为有老母两个字，《西游记》的作者就让黎山老母变成中年妇人，另外三位菩萨变成少女，来考验取经团队。

美色的引诱，是对人性最严峻的考验。性爱的欲望源于人的本能，是繁衍后代、传续种族的生命基础，因此具有强大的驱动力，能够让当事人冲动得不顾一切。色胆包天，说的就是这个意思。因此，所有的宗教和道德都对美色的引诱保持高度警惕，反复教导信徒们要克制这种欲望。这也是制服心猿意马躁动最重要的一个内容。中国文化里有许多这方面的格言，流传最广的是"万恶淫为首"。西天取经是神圣的事业，核心是控制心猿意马的躁动，需要具备能抵御一切欲望引诱的坚强意志，所以取经团队刚刚集合到一起，四位菩萨就变成美女来举行大考。

下一回，又是什么样的故事呢？

第二十四讲

旧人情，
欠不得

第二十四回，唐僧师徒走到了一座幽静清雅的大山，大家都说山里一定住着高人，不是佛子，就是神仙。唐僧甚至情急地说，是不是已经到了西天灵山了，能见到如来佛祖，取得真经了？孙悟空回答说，十万八千里，连十分之一都还没走完，远得很呢。唐僧说，那什么时候才能走到啊？孙悟空的回答又是对《西游记》主题思想的画龙点睛，说师父你从小走到老，老了再变小，像这样来回千百次也难以走到，只要你心眼诚实，信念坚定，念头一转，回头一看，灵山就在眼前。这还是小说作者借孙悟空的话在巧妙地暗示，西天取经取的不是别的，就是转变自己的心猿意马。

这座山里有一座道观，就是道士的修行场所，佛教的叫寺庙，道教的叫宫观。道观的主人还真不是一般的神仙，而是一个能和元始天尊、太上老君平起平坐的最高级别的道教神仙。这个神仙是地仙之祖镇元子。元始天尊、太上老君住在天上，镇元子住在地上，天和地，是平等的。道观的山门外有一块石碑，上面有十个大字：万寿山福地，五庄观洞天。这让我们想起孙悟空的出生地：花果山福地，水帘洞洞天。

唐僧师徒到达的时候，镇元大仙带着大部分徒弟出门了，去天上参加元始天尊主持召开的学术讨论会了，只留下两个最小的徒弟清风和明月看家。大仙临走时对两个小徒弟说，我走后，会有我的一个老朋友路过咱们的宫观，你们替我好好招待一下。清风和明月问是个什么样的朋友，镇元大仙说就是去西天取经的唐三藏。

徒弟们感到奇怪了，说我们是道教，您怎么会和佛教的和尚是老朋友呢？镇元大仙说你们不知道，这个唐僧不是一般人，他的前身是如来佛祖的二徒弟金蝉子。五百年前我和他共同参加一个学术会议，他亲自倒了香茶敬献给我，成为好朋友。看来佛教和道教也在一起开学术研讨会啊，当然这也是明朝三教合一时代背景的文学体现。

镇元大仙要用什么回报老朋友的旧人情呢？他有自己独特的宝贝。五庄观后面的园子里，有一棵盘古开天辟地时就萌发的人参果树。这棵人参果树和王母娘娘最高级的蟠桃树一样，三千年一开花，三千年一结果，再三千年才成熟。树上结的人参果的功效也和蟠桃一样，吃一个就能长生不老。但王母娘娘的这种蟠桃树有一千二百棵，镇元大仙的人参果树就一棵，而且九千年才结三十个果子，这就更加稀罕珍贵了。

唐僧师徒进了五庄观，唐僧到正殿上香表示对道教尊敬，一看上面只供奉着"天地"两个字，没有一般道观里的神仙塑像,就问两个道童是怎么回事。清风和明月笑着说,三清四帝是我们师父的朋友故旧,其他的神更是晚辈了,哪里敢接受我们的供奉呀!孙悟空听了就发怒,厉声说你们这两个道童摆什么架子捣什么鬼!唐僧怕孙悟空和道童吵起来,就把三个徒弟打发出去放马和烧火做饭。

两个道童私下商量,怪不得师父走时嘱咐我们要提防唐僧的几个徒弟,让我们要背着他的徒弟们送人参果给唐僧。唐僧的这三个徒弟一个个丑形八怪,态度凶狠。趁着他们出去了,把人参果送给唐僧吃吧。两个道童悄悄去后面园子里敲下两个果子,回来献给唐僧,说这是我们园子里长的人参果,您尝尝吧。没想到人参果的外形长得像刚出生的婴儿,唐僧已经投胎转世成凡人了,不认识人参果,说这太造孽了,我怎么能吃婴儿呢!无论两个道童怎么解释,唐僧坚决不肯吃。

珍贵的东西都特别娇嫩，这人参果不能放，一放就变僵了，不能吃了。两个道童见唐僧不吃，没有办法，就拿上果子到自己的房间一人一个吃了，一边吃一边嘲笑唐僧肉眼凡胎，连人参果也不认得，倒便宜我们了。

　　俗话说隔墙有耳，两个道童的话被隔壁正在厨房里烧火做饭的猪八戒给听到了。他当过天蓬元帅啊，没吃过，可听说过人参果。他就招手叫孙悟空，说这儿园子里有宝贝啊，师父不认得不肯吃，那道童也不让让咱们，就自己吃了。孙悟空听他一说，就跑到后面园子里偷来三个果子，孙悟空挺讲哥们义气，没有忘了沙和尚，师兄弟一人一个。

　　可是这猪八戒呢，自己吃得快，吃完了又说没尝到味，让孙悟空再去偷两个来。孙悟空说这么珍贵稀罕的东西，咱们吃了人家的三个已经够可以了，该知足了，不肯再去偷。猪八戒就唠唠叨叨，被两个道童听见了，去园子里一数果子，发现被偷了。两个道童回来指着唐僧破口大骂起来，说请你吃，你不吃，背后去偷吃！唐僧说我害怕不敢吃，怎么会去偷吃呢？道童说是你的徒弟偷了我们的果子。唐僧就叫悟空，说你们三个进来。

　　下一回，故事会怎样发展呢？

第二十五讲

偷吃个果子，就这样较真

上一讲说到，两个道童发现园子里的人参果被偷了，去质问唐僧，唐僧把三个徒弟叫进来询问。三个人一开始抵赖，猪八戒首先说："我老实。不晓得，不曾见。"猪八戒是中国农民的化身嘛，农民的朴实和狡猾表现得栩栩如生。沙和尚不作声，孙悟空发笑。唐僧对徒弟们说，我们出家人不说谎，你们真偷吃了他的果子，赔个礼道个歉吧，何必抵赖呢？孙悟空一听有道理，好汉做事好汉当，就说是猪八戒听见两个道童说人参果，他想吃一个尝尝，我就去弄了三个来，我们师兄弟三个一人一个吃了。

清风和明月听他们承认了，更加破口大骂起来，说我们的人参果树九千年才结出三十个果子，你们偷吃，坏透了！贼心不死，还当和尚呢，不要脸！骂起来没个完了。

孙悟空是傲来国出来的,大闹天宫时偷蟠桃偷仙酒偷金丹,也没这样被人骂过呀,早就想举起金箍棒了,当着唐僧,只好忍着。后来实在忍无可忍,就使个分身法,拔根毫毛变出一个替身陪着师父挨骂,真身跑到园子里,拿出金箍棒对着人参果树猛打了一下,再用狠劲一推,人参果树就倒下了。这人参果本来就是见金而落,见土而入,金箍棒一打,树枝一接触地面,人参果就一个也不见了,全钻到地底下了。孙悟空的真身又悄悄地回到了唐僧身边。

那两个道童骂得自己都累了,也不见和尚们回嘴,心里又嘀咕了,我们像骂鸡一样骂了这半天,这些和尚都一声不吭,别是我们数错了果子,冤枉了他们吧?再数一数去。说像骂鸡一样骂人,好生动好形象啊。两个道童又去后园一看,可就吓得趴在地下了。树倒了,果子一个也没了,传家宝树断根绝种了啊!师父回来了,我们怎么交代啊?

过了好半天,清风和明月两个才强打精神,想出了办法。说咱们两个人,他们四个人,打是肯定打不过他们。咱们假装认错,给他们道个歉,说我们数错了,果子没少。等他们煮熟了饭端碗吃的时候,咱们两个站在房间门外头，一边一个，一下子把门关了，从外面上锁，再把外面的几层门全关了上锁。他们就逃不掉了，等师父回来，由师父处理吧，咱们两个就没责任了。

计划一步一步施行，唐僧师徒被锁在好几道门里头了。两个道童又把前山门、二山门全关了，才到正殿门外破口大骂，说你们偷吃了果子不说，又推倒了我们的树，像你们这样的，要是还能去西天取回经来，除非再转世投生一次！骂到天黑了，才回房子里去睡觉。

后面呢，等到半夜，孙悟空弄手段，把门打开，用瞌睡虫让两个道童昏睡不醒，师徒四人离开了万寿

山五庄观，连夜逃走上路了。第二天，镇元大仙回来了，赶上他们，用"袖里乾坤"的法术，把唐僧师徒连同马和行李，一袖子全装回来了。镇元大仙把唐僧师徒全捆起来，说唐僧管教不严，先打他。孙悟空挺身而出，说果子是我偷的，树是我推的，和我师父没关系，要打就打我吧。镇元大仙笑着说 你倒还有点孝心，那就打你。孙悟空当然不怕打了，到了夜里又弄手段，师徒四人又逃跑了。

天亮了，镇元大仙又赶上去把师徒几个抓回来，支起油锅，要油炸孙悟空。孙悟空又把院子里的石狮子变成自己的模样，五庄观的道士们费了九牛二虎之力，抬起假"孙悟空"推到油锅里头，只听"轰隆"一声，油锅被石狮子砸破了。镇元大仙非常生气，说孙猴子难缠，就算了，炸他师父。孙悟空就现身了，镇元大仙气哼哼地说，我知道你有本事，但是你推倒了我的人参果树，就是见了你们的西天佛祖，也得赔我的树！孙悟空就说，你不早说啊，这点事算什么，我想办法，让你的人参果树重新复活就是了。

故事到这儿，就转变方向，变成孙悟空去寻找各路神仙，想办法让人参果树复活了。这是下一回的事了。这一回的描写，特点就是非常逗趣，好玩。猪八戒说谎耍赖啊，道童骂人啊，镇元大仙打孙悟空啊，孙悟空砸油锅啊……都幽默诙谐，又搞笑，又生动。这是《西游记》特别有魅力，能吸引人的一个重要艺术特点，就是明朝和清朝的评点家反复说的那个"有趣"的"趣"字。

那么，孙悟空能让人参果树起死回生吗？请看下一讲。

第二十六讲

镇元大仙啊，赔大了吧

上一回讲到，孙悟空和镇元大仙说定，自己去寻访医活人参果树的药方，唐僧和猪八戒、沙和尚当然留在五庄观，和镇元大仙坐着聊天，其实就是做人质。唐僧对孙悟空惹的祸憋了一肚子火气，就问孙悟空你去寻找药方需要多长时间？孙悟空回答说需要三天。唐僧说就依你三天，三天以后你要是不回来，我就念紧箍咒。

孙悟空到哪儿去访求药方啊？有一句俗语叫"方从海上来"。中国是个大陆国家，先民的发源地和生产活动中心离海洋比较遥远。特别是在过去的农业社会，人们对远方辽阔的海洋充满了神秘感和好奇心，想象海洋中有无穷无尽神秘的事物。从战国时期的《山海经》开始，就不断传说演义着海外有各种神奇的地方，有神仙，有长生不老药，等等。秦始皇不是好几次造大船，派方士去海外寻访不死药吗？

延续这个文化传统，《西游记》就写孙悟空去海里的三座仙岛寻访药方。哪三座仙岛呢？就是大名鼎鼎的蓬莱、方丈和瀛洲。孙悟空首先来到蓬莱仙岛，福、禄、寿三星就住在这座岛上。福星、禄星、寿星，是典型的中国文化创造出来的神仙，就是主宰福气、官位、长寿的三个神仙，在我们的绘画、工艺品、建筑当中随时可以遇到。

孙悟空来到蓬莱，看见福星和禄星正在下棋，寿星站在旁边观看。这个小小的情节，包含着一种哲理，就是当局者迷，旁观者清。为了福分和官位挖空心思谋划竞争，到头来往往劳心伤神，活不长久，只有置身事外在旁边观看的人才能长命百岁。孙悟空和福、禄、寿三星都是老朋友，在当齐天大圣的时候就已经认识了。

三星见孙悟空来了，立刻站起来欢迎，说听说你皈依了佛门，保护唐僧西天取经，走到哪儿了？怎么有工夫到这儿来了？孙悟空说走到万寿山五庄观了，遇到点麻烦。三星都很惊讶，说那是镇元大仙的福山宝地啊，怎么会有麻烦呢？莫非你偷吃了他的人参果了？孙悟空说，吃果子算什么，我把他的树给推倒了，打斗了一番，现在讲和了，我答应还他一棵活树。这不是找你们帮忙，求个医树的药方。

三星一听，都说你这猴子真能闯祸啊，那镇元大仙是地仙之祖，人参果树是仙根灵苗，好娇贵啊，你要是搞死了凡间的东西，我们有炼的金丹帮你医活，这人参果树可没办法。孙悟空一听就双眉紧锁了。三星说我们这儿没办法，别处可能有啊，大圣再往别处去寻访，用不着发愁啊。孙悟空说我的师父只给了三天期限，过了期限他要念紧箍咒啊。三星笑起来说，要不是这个法子拘束着你，你又钻天了。我们也好久没有去拜访镇元大仙了，现在就去看看他，顺便也向你师父讨个人情，你就放心去寻访吧。

下面就有三星去万寿山五庄观的故事，有不少搞笑的情节穿插，就是利用汉字的谐音，写猪八戒和三星开玩笑，搞恶作剧。猪八戒当过天蓬元帅，和三星当然也是老相识了。比如猪八戒一见三星，就对寿星说，你怎么不戴帽子啊？我们知道福星和禄星戴着象征福气和官位的高帽子，寿星是光着头，前额凸出来的。猪八戒就把自己的和尚帽子扣到寿星头上，说这叫加官进禄。加官的官是当大官的官，帽子又叫冠，就是用两个同音字来搞笑的。大家读《西游记》，要善于欣赏这些幽默风趣的情节。

孙悟空呢，又先后去了方丈和瀛洲两个仙岛，方丈岛的神仙叫东华大帝君，瀛洲岛的神仙是一伙九个仙人，叫九老。大家都热情欢迎孙悟空，但都说没有能够医活人参果树的办法。书中也穿插着一些幽默的故事情节，比如，写东华大帝君的徒弟是汉武帝时的滑稽大王东方朔，传说他后来也成了神仙，偷过王母娘娘的蟠桃，而且偷了三次。孙悟空就叫东方朔小贼，东方朔反唇相讥，叫孙悟空老贼。写东方朔是东华大帝君的徒弟，是从两个人的名号和姓名都有东字来附会的。

在海上三岛没有找到解救的办法，孙悟空就去南海求观音菩萨了。观音菩萨先责备孙悟空就知道闯祸，然后说你怎么不先来找我，却去海上三仙岛瞎耽误工夫呢？孙悟空一听观音菩萨这个口气，有门啊，观音菩萨有方子让人参果树活过来啊。赶紧再恳求观音菩萨。菩萨就说我手里托的这个净瓶，里面的甘露水，就能治疗救活一切仙树灵苗。孙悟空说有先例吗？做过试验吗？菩萨说我和太上老君打过赌，他把我的杨柳枝拿去，在他的炼丹炉里烘干烤焦后还给我，我拿来插在瓶子里，一昼夜就复原了。这可能是在南天门时太上老君说观音菩萨的净瓶是个瓷器，不如自己的金刚圈，观音菩萨不服气，才又打这个赌吧。

孙悟空和观音菩萨去了五庄观，真就用净瓶里的甘露水把人参果树救活了，复原了，钻到地底下的果子又回到树枝上了。镇元大仙高兴坏了，让徒弟们打下十个人参果，请观音菩萨、三星、唐僧师徒四人一人吃一个，自己陪吃一个，徒弟们分吃一个。算上前面清风、明月吃的两个，孙悟空偷的三个，镇元大仙

先后消费了十五个人参果啊！为了还五百年前一杯茶的人情债，镇元大仙亏大了！

偷吃人参果的故事，整整三回书，幽默风趣，到底要说明什么道理呢？其实，这个故事，是和前面四圣试禅心的故事互相联系的。四圣试禅心不是对色欲的考试吗？偷吃人参果就是食欲惹出来的麻烦。《孟子》这本书里面引用了告子的一句话："食色，性也"。就是说贪吃和好色是人的两大本能，吃是为了身体存活，色的功能是繁殖后代。本能是最强烈的，要追求意义，成就伟大的事业，必须对这两种本能的冲动予以控制，这是制服心猿意马胡乱躁动的核心内容。四圣试禅心只有一回书，简洁明快；偷吃人参果有三回书，曲折离奇，艺术技巧多灵活多高明啊！两个故事里面蕴含的思想意义，都是取经人刚组成团队后对心猿意马的考验和克服。

接下来，又是什么考验呢？请看下一讲。

第二十七讲

白骨精，你究竟是女的还是男的

这一讲我们来讲讲家喻户晓的"三打白骨精"的故事。这是《西游记》中最有名的故事之一。不管是西游记主题的绘画作品，还是影视作品，白骨精这个形象都是人们关注的一大焦点。

这一回的故事情节其实很简单。唐僧师徒离开了万寿山五庄观，又来到了一座险峻的高山里，这座山，"虎狼成阵走，麂鹿作群行""千尺大蟒，万丈长蛇"，把唐僧看得很是心惊。孙悟空舞动金箍棒，驱散了这些骇人的狼虫虎豹。这时候的唐僧也说饿了，让孙悟空去化斋。孙悟空觉得，这前不着村后不着店的，也没地方去化斋啊。当时师徒二人还起了点口角。可以说，这一回，从这里开始，不管是险恶的环境，还是师徒的心境，都是很不安定的，预示着一场团队内的风暴即将来临。

孙悟空发现在远处高山的向阳处有一片桃林，于是就驾云前去摘桃。这时，山里的一个妖精就变成了一个美女来迷惑唐僧师徒，结果，猪八戒好色的毛病又犯了。在关键时刻，孙悟空回来了，一棒打死了妖精，但实际上妖精逃跑了，留下的只是一具假尸体。

可是，在猪八戒的挑唆下，唐僧认为孙悟空滥杀无辜，念起了紧箍咒，要赶走孙悟空。在孙悟空的恳求下，唐僧才暂时留下了他。妖精第二次变成个老婆婆，孙悟空又是一棒打死了她，那妖精又是留下一具假尸体，自己跑了。唐僧很生气，说孙悟空滥杀无辜，又念起了紧箍咒，要赶走孙悟空，可是孙悟空还是没有走。

妖精第三次变成一个老头儿，这一次孙悟空把妖精真的打死了，妖精现了原形，是一堆白骨，《西游记》里的说法是"一堆粉骷髅"，脊梁上有"白骨夫人"四个字。可是，猪八戒又来挑唆，本来是现了原形的妖精，猪八戒非说是孙悟空为了掩饰自己行凶杀人，才把好人变成妖精模样。耳根子软的唐僧，这下是真的下了决心，要赶孙悟空走。无论孙悟空怎么辩解，唐僧也执意不听。最后，唐僧写下文书，不再认孙悟空当徒弟，孙悟空只好回花果山去了。我们注意到，这是第三次打死妖精，也是第三次唐僧要赶走孙悟空。"三"是个关键词，值得细心品味。

在我们看的连环画、影视作品中，都把这个妖精表现为一个女妖精，是因为"白骨夫人"这四个字，既然称"夫人"，当然是女的了。"白骨精"这个词也是从"白骨夫人"这里来的，其实《西游记》里并没有"白骨精"这个说法。"白骨夫人"的性别，书中也没有明确提及。

"三打白骨精"的故事读起来很简单，可是，却有着非常重要的作用。简单地说，孙悟空三次杀死白骨精变成的人形，是比喻孙悟空消灭了负能量、坏思想。

白骨精并不是一个女妖精，"白骨夫人"只是一种象征。正因如此，白骨精就没有像后面的女妖精要和唐僧成亲结婚，而是一开始就要吃唐僧肉。吃了唐僧肉能长生不老的说法也是从这一回才开始有的。

那么，"白骨夫人"所象征的人的私心杂念，具体到这一回是指什么呢？指的就是取经团队的内部团结问题。

你还记得我们前面讲过蟠桃代表心吧？你看，孙悟空一离开去摘桃子，白骨精就出现了。后来，唐僧吃了几个桃子，耳根子就更软了，只听信猪八戒的挑唆，怎么都不信孙悟空的话，就连白骨精现了原形也说是孙悟空的障眼法。

唐僧师徒五个，包括白龙马，原来都是犯了错误的、本能强悍的所谓英雄好汉，让他们结为一个团体，去为一个共同的崇高目标奋斗，不经过内部的冲突和磨合，就团结一致、同心同德，其实是不可能的。

孙悟空被赶走了，只剩下猪八戒与沙和尚，他们能保护得了唐僧吗？会发生什么样的故事呢？请看下一讲。

1 【2019 广东中考题】

阅读下面名著选段，完成小题。

① 正行之际，忽闻得有人言语。八戒仔细看时，看来是行者在山凹里，聚集群妖。……那呆子有些怕他，又不敢明明的见他；却往草崖边，溜阿溜的，溜在那一千二三百猴子当中挤着，也跟那些猴子磕头。

② 不知孙大圣坐得高，眼又乖猾，看得他明白，便问："那班部中乱拜的是个夷人。是那里来的？拿上来！"说不了，那些小猴，一窝峰，把个八戒推将上来，按倒在地。行者道："你是那里来的夷人？"八戒低着头道："不敢，承问了；不是夷人，是熟人，熟人。"行者道："我这大圣部下的群猴，都是一般模样。你这嘴脸生得各样，相貌有些雷堆，定是别处来的妖魔。既是别处来的，若要投我部下，先来递个脚色手本，报了名字，我好留你在这随班点扎。若不留你，你敢在这里乱拜！"八戒低着头，拱着嘴道："不羞！就拿出这副嘴脸来了！我和你兄弟也做了几年，又推认不得，说是甚么夷人！"行者笑道："抬起头来我看。"那呆子把嘴往上一伸道："你看么！你认不得我，好道认得嘴耶！"行者忍不住笑道："猪八戒。"他听见一声叫，就一毂辘跳将起来道："正是，正是！我是猪八戒！"他又思量道："认得就好说话了。"

③ 行者道："你不跟唐僧取经去，却来这里怎的？想是你冲撞了师父，师父也贬你回来了？有甚贬书，拿来我看。"八戒道："不曾冲撞他。他也没甚么贬书，也不曾赶我。"行者道："既无贬书，又不曾赶你，你来我这里怎的？"八戒道："师父想你，着我来请你的。"（节选自《西游记》）

（1）第③段中的"这里"是指 _____；猪八戒来到此地是为了请孙悟空去降服 _____。

参考答案：花果山；黄袍怪

答题小贴士

　　身在花果山，心在取经路，精准地概括了这一回书。孙悟空受到的排挤和责备是每个人在生活和工作中都会遇到的，有自身原因，也有外界因素。二人交心，其利断金。可取经团队此刻处于涣散、离心状态，八戒未能代替悟空保唐僧取经，可见取经这活儿是个团队协作的差事，不是个人英雄主义的战场。孙悟空是个好员工，这么大本领仍被撵走，足见取经事业不仅是个体成长、自我完善的过程，更是与人相处、团队协作的过程，值得大家细思。

　　（2）《西游记》的语言风格诙谐幽默，请从选文中举出一例，并作简要分析。

　　参考答案：示例一：如"溜阿溜的，溜在那一千二三百猴子当中挤着"中，"溜"和"挤"等动作滑稽可笑，把八戒不敢见悟空的心理刻画得淋漓尽致。

　　示例二：如"你看么！你认不得我，好道认得嘴耶！"中的"好道认得嘴"通过俏皮的语言，突出猪八戒的外貌特征，表现出其憨厚可爱，让人忍俊不禁。

答题小贴士

　　《西游记》是文学经典，通过浪漫幻诞的神怪故事，来展现、演绎、思考和探索青春成长的根本问题。其语言包含着生活气息和生活哲理，在嬉笑怒骂间尽显青春本色、生命壮美，让人感到魅力无穷。就像《西游记》第二十八回《花果山群妖聚义　黑松林三藏逢魔》，悟空和八戒的精彩对话，正是取经团队三打白骨精时闹了不团结、有分崩离析之势时所产生的，悟空的离队是八戒撺掇唐僧所致，实际上有他强烈地嫉妒心在作祟。而八戒去花果山请悟空归队，又是在白龙马的苦求下所进行的，后来请回了大师兄，才将妖怪降服，团队内心整合，心神合一，同仇敌忾，众志成城，再赴取经路。考生在答题时，应注意把这些前后情节和人物心理的处境和变化结合起来作答,紧扣小说内容、结构和主题,才是万全之计。

(3)《西游记》中很多人物保持动物性,又有神的本领,还兼有人的特点,请从孙悟空和猪八戒中任选其一。结合原著简要分析。

参考答案:孙悟空:①动物性:长得一副猴相,雷公嘴、毛脸,具有猴子机敏、乖巧、好动的习性;②神的本领(神性):神通广大,火眼金睛,会驾筋斗云,有七十二般变化;③人的特点(人性):心高气傲,容易冲动,爱捉弄人,信奉"一日为师终身为父"等。

猪八戒:①动物性:猪八戒嘴脸和猪相似,有猪的贪吃、贪睡、懒惰等特点;②神的本领(神性):天蓬元帅出身,会变身术,能腾云驾雾;③人的特点(人性):爱耍小聪明,爱在师父面前进孙悟空的谗言,动不动就喊"散伙"。

答题小贴士

《李卓吾批评西游记》第一回总批点出:"不入飞鸟之丛,不从走兽之类。"(第一回)是得人不为圣贤,即为禽兽……人何可不为圣贤,而甘为禽兽乎?第一百回又说:"你看若猴若猪若马,俱成正果。独有人反信不及,倒去为猴为猪为马,却不是大颠倒乎?"《西游记》的另一个主题意在勉励人们要学以成人,做一个名副其实的万物之灵,通过这些经典阅读益人神智,开拓胸襟,学以致用。所以,我们在体会神魔怪志小说的时候,要注意这些象征、隐喻的本质特征和艺术特点,结合作者、作品、时代和读过这部小说的名家评述来深入思考。

2 【2019 四川成都中考题】

在叙述中插入诗词,是《西游记》行文的一个特点。下面是从《西游记》

中摘录的有关孙悟空的诗句,请概括出相应的故事情节。

(1)渴饮熔铜捱岁月,饥餐铁弹度时光。天灾苦困遭磨折,人事凄凉喜命长。

参考答案:被定五行山

(2)棒架威风长,枪来野性狂。一个是混元真大圣,一个是正果善财郎。

参考答案:大战红孩儿

答题小贴士

《西游记》里穿插有不少诗词,其实这些诗词是小说不可缺少的部分,和小说的人物情节密切结合,暗含象征隐喻。如果读懂了,更增加无穷趣味。比如第七回"八卦炉中逃大圣",孙悟空从太上老君的炼丹炉中跑出来,再次大闹天宫,"打得那九曜星闭门闭户,四天王无影无踪",然后就有三首诗赞美孙悟空和金箍棒;第十四回唐僧把孙悟空从五行山下放出来,这一回开头也是一首长诗;第三十一回猪八戒去花果山请孙悟空回来降伏奎木狼,开头又有一首词。这些总容易被人们忽略,却因此丢失了很多触碰小说主旨和艺术特色的"通关要塞"。需要注意的是,诗词之外,小说的回目也往往画龙点睛揭示隐喻之意,在复习和阅读文本时应多留心、体味。

3 【2018 长沙中考题】

《西游记》中有一个有趣的现象:被孙悟空直接打死的妖魔鬼怪并不多,被太上老君菩萨甚至如来佛祖收走的倒是不少。请谈谈你对这个现象的看法。

参考答案： 这一现象体现了人们和社会对犯错之人的包容与拯救之心，给予犯错之人一个改过自新、向善求美的机会，让整个故事少了一份血腥，多了一些温情。

答题小贴士

我们常听人说，孙悟空的神通和本领后不如前，变小了。《西游记》前七回里的孙悟空，闹龙宫、闹地府、大闹天宫，所向披靡，最后太上老君用金刚圈暗算，二郎神的哮天犬偷袭，才被擒拿住，关到老君的炼丹炉里。可是七七四十九天以后，又从炉子里跳出来，打得天将们闭门闭户，狼狈不堪。那真是何等神通广大，武艺高强，所向无敌！可是到了西天取经路上，孙悟空独自降伏的妖怪却并不多，而总要各路仙佛帮助。这自然有组织情节的写作要求，因为如果每一次遇到妖怪都轻而易举地被战胜，那小说就不好看了。这个问题不仅隐藏着文化的奥秘，也用了不少艺术的"秘密武器"。

4 【2018 宁波中考题】

阅读《西游记》第十四回选段，完成题目。

他见三藏只管绪叨叨，按不住心头火发道："你既是这等，说我做不得和尚，上不得西天，不必恁般绪咭恶我，我回去便了！"那三藏却不曾答应，他就使一个性子，将身一纵，说一声"老孙去也！"三藏急抬头，早已不见。只闻得呼的一声，回东而去。

（1）结合选段中的相关语句分析孙悟空的性格。

参考答案： 选段通过"按不住心头火发""使一个性子""将身一纵"

以及"不必恁般绪聒恶我,我回去便了"等语句,表现了孙悟空任性(急躁、率性)的性格。

答题小贴士

　　《西游记》前七回写猴王出世,学本领,孙悟空的人生目标时做英雄。从石猴敢为天下先而跳进水帘洞,到萌生大志要超脱生死轮回,决心远渡重洋访道求仙并克服困难实践成功,都体现了顽强的生命意志和心理素质,也就是"英雄本色"。有了神通本领之后,做英雄的冲动更加强烈,因为有了本钱了。闹龙宫、闹幽冥、闹天宫,都是英雄壮举。最后面对如来佛时,孙悟空豪情四溢地宣称"皇帝轮流做,明年到我家",要取代玉皇大帝。人生目标时"强者""英雄",说得直截了当。谁是最大的强者呢？那当然是地位和权力都至高无上的宇宙统治者玉皇大帝了,也就是人间皇帝的神话版。这是历代"英雄"奋斗的终极目标,因为已经想象不出还有什么更高的目标了。而取经之后的孙悟空,随着离西天越来越近,他那种横行无忌的"妖味"逐渐淡化,在规矩内努力奋斗的"佛味"越来越浓。人在长大,表现本领的方式也不同。所以在取经过程中,大家可以明显感到孙悟空性格和处事的一些变化,这些语言、动作、神态、心理描写,这与《西游记》主旨紧密相连,需要大家对这些"艺术密码"做以系统了解,方可从容作答。

　　(2)整部小说写到孙悟空三次离开取经团队,选段写的是第一次。请写出孙悟空另一次离队时的表现,结合选段说明他的成长变化。

　　参考答案:示例1:孙悟空打死白骨精后,唐僧赶他走,孙悟空向师父下拜告别,嘱咐沙师弟,止不住流泪,表现了孙悟空重师徒之情。与第一次离队的表现相比,孙悟空由任性急躁变得成熟稳重说明他成长了。

示例2：孙悟空打死了一群草寇，唐僧赶他走，孙悟空苦求不成，离开后又回来向师父求饶，被拒后，向观音菩萨求助。与第一次离队的表现相比，孙悟空能理性地处理问题，说明他成长了。

答题小贴士

孙悟空被压五行山下五百年，就相当于一个成年的"冠"礼。西天取经，就进入了成年社会。青少年时期可以肆无忌惮、为所欲为，也会必然伴随着某些破坏性。西天取经时期，则是一个从青少年到成年的发展过程，青春的野性逐渐被成人社会的要求磨平。一个最明显的变化是，青少年时代崇拜"力量"和"勇敢"；而成人社会则更强调"谋略"和"关系"，更能"以退为进"。这是成长的智慧、启示。

5 【2018 河南中考题】

有人评价《西游记》"极幻之事中蕴含极真之理"。请从下面两个具有奇幻色彩的故事中任选一个，简述故事情节，并指出其中蕴含的"极真之理"。

①悟彻菩提真妙理；②尸魔三戏唐三藏

参考答案：①"故事情节"：孙悟空向菩提祖师学艺，悟得祖师敲他三下的暗示，半夜跪在祖师榻前求学长生之道；后来祖师传他七十二般变化和筋斗云的口诀，他自悟自修，学成之后返回花果山。

"极真之理"：求学之道，名师引路不可少，个人领悟和勤学更重要。

答题小贴士

孙悟空的第一个师傅是菩提祖师。"菩提"是智慧和觉悟的意思，是梵语音译，智慧来自心，菩提祖师其实就是心灵智慧觉悟的象征。小说中对菩提祖师的描写,正是这样处理的。

②"故事情节":尸魔(白骨精)为了吃唐僧肉,先后变化成美丽女子、老妇人和老公公来接近唐僧,都被孙悟空识破并打死了。

"极真之理":坏人无论如何伪装,最终都会被识破,得到应有的惩罚。

答题小贴士

《西游记》里的一些女妖怪,成为唐僧西天取经途中必须排除的障碍。这些女妖怪有很丰富的文化内涵和巧妙的象征意义。悟空第三次把白骨精打死,但唐僧却在猪八戒的挑唆下把孙悟空赶走了,正象征"斩三尸"是很难的,是不可能一次成功的。而这个故事里主要的"尸",就是取经团队的内部凝聚力问题。

6 【2018 湖北省四市中考题】

那呆子急纵云头,径回城里。半霎时,到了馆驿。此时人静月明。两廊下寻不见师父。只见白马睡在那厢,浑身水湿,后腿有盘子大小一点青痕。八戒失惊道:"……这亡人又不曾走路,怎么身上有汗,腿有青痕?想是歹人打劫师父,把马打坏了。"那白马认得是八戒,忽然口吐人言,叫声"师兄!"这呆子吓了一跌,扒起来,往外要走,被那马探探身,一口咬住皂衣,道:"哥啊,你莫怕我。"八戒战兢兢的道:"兄弟,你怎么今日说起话来了?你但说话,必有大不祥之事。" 小龙道:"你知师父有难么?"八戒道:"我不知。"小龙道:"你是不知……那妖精变做一个俊俏文人,撞入朝中,与皇帝认了亲眷。把我师父变作一个斑斓猛虎,见被众臣捉住,锁在朝房铁笼里面。我听得这般苦恼,心如刀割。

你两日又不在不知,恐一时伤了性命。只得化龙身去救,不期到朝里,又寻不见师父。及到银安殿外,遇见妖精,我又变做个宫娥模样,哄那怪物。那怪物叫我舞刀他看,遂尔留心,砍他一刀,早被他闪过,双手举个满堂红,把我战败。我又飞刀砍去,他又把刀接了,摔下满堂红,把我后腿上着了一下;故此钻在御水河,逃得性命。腿上青是他满堂红打的。"

(1) 白龙马为何会随唐僧西天取经?

参考答案:白龙马(前身是龙王三太子)犯了死罪,经观音菩萨求情而免罪,让它变身为白龙马给唐僧当坐骑,随唐僧西天取经来赎罪。

答题小贴士

心猿意马需要驯服。西天取经中,唐僧师徒五人(包括白龙马)都成了"心猿"需要驯服的象征,孙悟空是猿猴,白龙马是神马,实际上就是"心猿意马"的一种艺术表现。

(2) 选文中的白马勇敢、忠诚,《格列佛游记》中慧骃国里的马是什么的化身。

参考答案:智慧、理性、高贵、友爱、善良等。

(3) 中国古典文学研究家周汝昌分别以一个字概括了几部名著的精神实质,将《三国演义》归纳为"忠"字,将《水浒传》归纳为"义"字,将《红楼梦》归纳为"情"字。请你用一个字或者一个词语归纳《西游记》,并简述理由。

参考答案:① 诚。唐僧师徒四人历经九九八十一难,始终不改初心,用诚心求取真经,最终感化天地,功德圆满。

② 专。为了求取真经，师徒四人克服重重艰难险阻，用心专一，毫不动摇。

③ 恒。为了求取真经，他们坚持不懈，以一颗恒心感天动地。

④ 勇。师徒四人敢做常人不敢为之事，勇敢面对妖魔鬼怪，具有大无畏精神。

⑤ 合作。西天取经之路充满险恶，但唐僧师徒最终能取得真经，功德圆满，靠的是四人团结合作，齐心协力。

答题小贴士

《李卓吾批评西游记》第一回总批说道："读《西游记》者，不知作者宗旨，定作戏论。余为一一拈出，庶几不埋没了作者之意。即如第一回，有无限妙处。若得其意，胜如罄翻一大藏了也。篇中云：'释厄传'，见此书读之可释厄也。……何以言释厄，只是能解脱便是。"可见"释厄"或"解脱"便是一种概括。其又言，从"天生石猴"变成"美猴王"，"石"字为何不见了？这又是一层深意。石猴，石猴，石代表"心"刚正不阿、中正平和的一面，猴表示"心"飘忽不定、变化无常的一面。心不刚，斩世缘不断，不可以入道。所以入道之初，悟空以石猴著称，而"悟彻菩提真妙理"之后，石猴成了孙悟空，已经得道成仙，跳出轮回，固然再无须"刚"字相称，故也就把"石"字隐了。

7 【2020年江苏省南通市中考题】名著阅读

（1）阅读《西游记》的节选文字，概括孙悟空在不同阶段的形象特点。

（节选文字一）那猴在山中，却会行走跳跃，食草木，饮涧泉，采山花，觅树果；与狼虫为伴，虎豹为群，獐鹿为友，猕猴为亲；夜宿石崖之下，朝游峰洞之中。

参考答案：石猴的形象特点为：活泼好动、机灵可爱。

答题小贴士

这是小说第一回猴王出世时的选段，把群猴生动、活泼、可爱的一面展现得淋漓尽致，"青松林下任他顽，绿水涧边随洗濯"，是《西游记》全书对青春、对生命激情、对人的本能——"心猿"由衷的礼赞，青春万岁，令人心醉。

（节选文字二）大圣道："他虽年久修长，也不应久占在此。常言道：'皇帝轮流做，明年到我家。'只教他搬出去，将天宫让与我，便罢了；若还不让，定要搅乱，永不清平！"

参考答案：齐天大圣的形象特点为：蔑视权威，具有反抗精神。

答题小贴士

孙悟空被太上老君投入炼丹炉锻炼，却炼就了金刚不坏之躯；被如来佛祖压到五行山下，却意味着西天路上再度辉煌。道教、佛教，乃至玉皇大帝实际上代表的儒家意识形态，不都在给这位青年造反英雄的磨练淬砺加分？

（节选文字三）行者道："……我老孙身回水帘洞，心逐取经僧。那师父步步有难，处处该灾。你趁早儿告诵我！"

参考答案：孙行者的形象特点为：忠诚不二、有情有义。

答题小贴士

前面悟空驱赶八戒、不肯归队是托词和假言，真心实是要与之同往，才复将其又擒回来"问讯"。这是其一。美猴王真有"用之则行,舍之则藏"的儒家风范,该为孙大圣点一大赞。

8 【2020年四川省遂宁市中考题】名著阅读

(1) 有位读者阅读《西游记》时,有感而发,写了下面一段对话:

"大圣,此去欲何?""踏南天,碎灵霄。""若一去不回……""便一去不回!"

① 从理解孙悟空形象的角度来看,这位读者写此对话的意图是什么?

参考答案:突出孙悟空大闹天宫时,准备决一死战的大无畏精神。

② 有同学计划拍摄一部关于孙悟空的电影,想借用这段对话,为此向你征求意见。本着尊重原著内容的原则,你会建议他把这段对话安排在(　　)

A. 孙悟空去龙宫借宝,冥府销名之后
B. 孙悟空得知弼马温官职的真相之后
C. 孙悟空坏了王母娘娘的蟠桃会之后
D. 孙悟空逃出太上老君的八卦炉之后

参考答案:D

答题小贴士

"妖猴刀砍斧剁,雷打火烧,一毫不能伤损",其中大有深意。孙悟空乃受"天真地秀,日精月华"石破惊天而出,基因强大,天赋绝好,故此"性"

不坏，是上天垂青、庇佑的天之骄子，也是赞颂人类主体能动性的可贵与强大。小说中用"光明一颗摩尼珠，剑戟刀枪伤不着。也能善，也能恶，眼前善恶凭他作。善时成佛与成仙，恶处披毛并带角。"来表达这一层深意，可见主观能动性是一柄双刃剑，须要符合客观规律性才能"安全运行"。

【2020年贵州省黔西南州中考题】名著阅读

猪八戒有很多缺点，如好吃懒做，爱搬弄是非，爱占小便宜等，但他仍然深受人们喜爱。原来他也有不少优点，

比如（　　）、（　　）是一个惹人发笑的喜剧形象。

参考答案：忠勇善良、能干脏活累活（或憨厚淳朴、知错就改）

答题小贴士

张书绅在《新说西游记》中说，八戒的可爱，读了让人喷饭。无他，荆棘岭、稀柿衕两处情节就很难叙述精彩，正是取经一路的寂寞也令人难耐。而其中之妙不在其聪明上，正在于其"呆"。漫漫取经路，开心找老猪。

【2020年重庆市B卷中考题】名著阅读

（1）阅读《西游记》选段，按要求填空。

A 捻了两拳，念个咒语，口里喷出火来，鼻子里浓烟迸出，闸闸眼，火焰齐生。那五辆车子上，火光涌出。连喷了几口，只见那红焰焰。大火烧空，把一座火云洞，被那烟火迷漫，真个是煤（hàn）天炽地。B 慌了道："哥哥，不停当！这一钻在火里，莫想得活；把我弄做个

烧熟的,加上香料,尽他受用哩!快走!快走!"说声走,他也不顾行者,跑过涧去了。

A指_____(填人名)　　B指_____(填人名)。

参考答案:(1)A.红孩儿(或圣婴大王)
　　　　　　 B.八戒(或猪八戒、猪悟能、悟能)

答题小贴士

汪憺漪《西游证道书》云:"圣婴大王之号甚新。圣也,婴也,大王也。分之则三,合之则一。溯其始,则由婴而得圣,由圣而得大王;要其终,则大王去而圣存,圣去而婴存。然则人可以不大王,不可以不圣;可以不圣,不可以不婴。"说得有点像绕口令,但是大道至简,还是突出《西游记》的"人禽之辨""禽圣之别",头可断,血可流,赤子之心胜却人间无数,大家仔细品读。

(2)根据《西游记》第四回《官封弼马心何足　名注齐天意未宁》的故事情节,简析孙悟空的形象特征。

参考答案:①自尊好强:嫌弼马温官小,毅然弃官;②有反抗精神:敢于挑战天庭,自号齐天大圣;③尽职尽责:尽心养马,使马膘肥体壮;④神通广大:在对阵巨灵神等天兵天将时展示出各种变化。(答对两点即可)

答题小贴士

本回孙悟空第一次走向职场,猴王养马,乃"心猿意马"的象征。此所以标目"心何足""意未宁"也。然而,青春的血性,英雄的骄傲,又写得如此风华大茂、意态昂扬,让人心旌摇动,向往之情不止。

【2020年陕西省中考题】名著阅读

"白龙马／蹄朝西／驮着唐三藏／跟着仨徒弟／西天取经上大路／一走就是几万里……"熟悉的歌词让大家想起古典小说《西游记》,请回答下面的问题。

(1) 小说中的白龙马在取经过程中表现出哪些优秀品质?请简要概括。

(2) 下列《西游记》的部分回目,其情节与白龙马相关的一项是(　　)

A. 四海千山皆拱伏　九幽十类尽除名
B. 邪魔侵正法　意马忆心猿
C. 二僧荡怪闹龙宫　群圣除邪获宝贝
D. 诸神遭毒手　弥勒缚妖魔

参考答案:(1)忠诚,勇敢,坚毅,吃苦耐劳。(2)B

答题小贴士

(1) 在《西游记》中,白龙马在人们的眼中通常是无足轻重的形象,常常被人们忽略,最典型的例子就是大家常常把赴西天取经的称为唐僧师徒四人。白龙马虽不及孙悟空和猪八戒形象那么鲜活,但他却是这个集体中不可缺少的一员。在取经集体中,白龙马是西行路上时间最长的一个,是取经事业的最忠实的行动者和见证人。白龙马的特点是沉稳,忠诚,勇敢,坚毅,吃苦耐劳,耐得住性子。

(2) 在《西游记》中,与白龙马相关的情节并不多,在第三十回"邪魔侵正法　意马忆心猿"中,黄袍怪变为一个美男子,前往宝象国探望岳丈国王，并将唐僧变为猛虎。此时孙悟空等其他弟子都不在唐僧身边。在这种情况下，为了解救唐僧，白龙马变身为宫娥，举刀暗算黄袍怪不成，打斗数合不敌，被打中后腿，入水逃走。后来见到猪八戒，白龙马劝猪八戒去找回孙悟空，解救唐僧。

12 【2021年河南省平顶山市中考题】名著阅读

《西游记》中的人物形象立体丰满，从下面两个故事中任选一个，结合唐僧的表现，从两个方面谈谈你对唐僧的认识。

①四圣试禅心　　　　②婴儿戏化禅心乱

参考答案：①示例一：在"四圣试禅心"的过程中，唐僧坚决拒绝留下做女婿，不为美色富贵所动，体现出他取经意志的坚定；另一方面，当那妇人发怒，要求必须留下一人做女婿时，他又唯唯诺诺，问徒弟三人谁愿意留下来，由此看出他的软弱、无主见。

示例二：在"四圣试禅心"的过程中，唐僧坚决拒绝留下做女婿，不为美色富贵所动，体现出他取经意志的坚定；另一方面，在猪八戒犯错被吊在树上时，他能原谅猪八戒的过错，让徒弟解去救猪八戒，由此看出他的宽容。

②示例：唐僧对于孙悟空反复说有妖怪并多次让自己下马上马这些事感到很生气，而对红孩儿的哭诉信以为真，表明他不辨真假；唐僧一听见孩童的呼救声，就想搭救，表明他为人慈悲、心地善良。

答题小贴士

示例一所在的回目叫"四圣试禅心",一个"试"字,说明这仅仅是一次"摸底考试"。后面还有众多女妖轮番登场,将色心进行全方位扫描、考核。这一回"小试牛刀",别人都轻松过关,只有八戒"没上岸""翻了船",从一个侧面说明了唐僧取经的意志还是很坚定的。同时,也可以看出唐僧于徒弟还是比较宽容的。

示例二所在的回目是"婴儿戏化禅心乱",可见唐僧只是从善良的本心出发,没有识破红孩儿的把戏。

3 【2021年河北中考题】名著阅读

从《西游记》中,有人读出了"取经惟诚,伏怪以力"的感悟。结合你对这部名著的阅读,谈谈对"取经惟诚,伏怪以力"这句话的理解。

参考答案: 西天取经之路漫漫悠长,一路上会遇到各种各样难以想象的考验、困难和危险,只有内心坚定,矢志不移的人,才会坚持到最后。以唐僧为核心的取经团队经历了众多的考验却矢志不移西天取经的志向,一路靠团队的力量降魔伏怪,方能在最后取到真经。

答题小贴士

这是在《西游记》作者吴承恩的故居的一副对联,形象地体现了《西游记》中人物的精神:凭借勇力降伏妖怪,以诚心取得真经。这副对联是康有为的弟子、书法家肖娴书写的,对联体现出《西游记》的本意,也向人们揭示一个人间真谛:"战胜邪恶要靠力量,取得成功凭借毅力"。

14 【2021年浙江省宁波市中考题】名著阅读

团队往往面临来自内部或外部的冲突;解决冲突的过程,体现了团队的合作精神。请从《西游记》《哈利波特与死亡圣器》《飞向太空港》中任选一部,结合作品内容,作出阐释。

参考答案:在小说《西游记》中,孙悟空三打白骨精,唐僧不辨是非,以为孙悟空滥杀无辜,怒逐孙悟空。后来唐僧遭难,猪八戒用激将法请回孙悟空,徒弟们合力救下来唐僧,唐僧和孙悟空也重归于好。(其他作品阐释从略)

15 【2021年浙江省台州市中考题】名著阅读

保加利亚作家柳德米尔·斯托亚诺夫说过,优秀的文学作品创作出的人物形象,往往能让成千上万的读者在他身上找到自己。你从下列作品中的哪个人物身上看到了自己的影子?请结合作品中的相关情节和自身实际谈一谈。

A.《水浒传》　　　　B.《西游记》　　　　C.《简·爱》

参考答案:我从《西游记》中的孙悟空身上看到自己的影子。孙悟空重情重义,在西天取经的路上,多次被师父唐僧所误解,甚至几次被赶走,但他依旧忠心耿耿,一路降妖除魔,保护师父前往西天取经。我也是一个有情有义的人,在班里同学遇到困难的时候,总会尽我所能,出手相助。(其他作品答案从略)

【2021年四川省南充市中考题】名著阅读

阅读名著选段，按要求回答问题。

材料一：

李逵道："叵耐这厮无礼，却在这里夺人的包裹行李，却坏我的名目，学使我两把板斧，且教他先吃我一斧！"劈手夺过一把斧来便砍。

材料二：

大众听他两张口一样声，俱说一遍，众亦莫辨。惟如来则通知之，正欲道破，忽见南下彩云之间，来了观音，参拜我佛。我佛合掌道："观音尊者，你看那两个行者，谁是真假？"

1. 李逵口中"这厮"是_____（填名字），如来佛祖所说的"假行者"指的是_____（填名字），从所填二人中任选一人，谈谈其这样做的目的是_____。

2. 针对上题所填二人的行为，谈谈你的看法。

参考答案：1. 李鬼、六耳猕猴

（选择李鬼：）李鬼假扮李逵是为了借李逵的名号打家劫舍、劫人钱财。

（选择六耳猕猴：）六耳猕猴假扮孙悟空是为了取得真经，修成正果。

2. 无论是出于什么目的，冒充别人的行为都是不对的。我们应该做一个诚实的人，每个人都应该通过自己的努力，实现自己的愿望。

17 【2021年天津市中考题】

请根据阅读积累,在下面表格的横线处填写相应的作品或人物。

作品	人物	文段或评述
《红星照耀中国》	(1)	(1)因为是学生领袖,在天津被捕,监禁一年。和同时被捕入狱的爱国青年有很多,其中有一个是天津女子师范的学生,思想激进,她现在是他的妻子和同志。
《骆驼祥子》	(2)	(2)没想到事情破的这么快,自己的计划才使了不到一半,而老头子已经点破了题!怎办呢?她的脸红起来,黑红,加上半残的粉,与青亮的灯光,好像一块煮老了的猪肝,颜色复杂而难看。
《儒林外史》	(3)	书中写了两个历尽辛酸的老童生,头撞贡院号板的周进和中举发疯的(3)。他们滑稽可笑的举止背后隐藏着深刻的悲剧内涵。
(4)《_____》	悟净	那悟净不敢怠慢,即将颈项下挂的骷髅取下,用索子结作九宫,把菩萨的葫芦安在当中,请师父下岸。那长老遂登法船,坐在上面,果然稳似轻舟。

参考答案:(1)周恩来 (2)虎妞 (3)范进 (4)西游记

讲给少年的
西游记 （二）

梁归智 著

化学工业出版社
·北京·

第二十八讲	花果山啊，我的家	002
第二十九讲	那个中秋夜，月亮暗又明	007
第三十讲	心猿和意马，全是正能量	011
第三十一讲	白虎终于变宝象了	017
第三十二讲	猪八戒，你真是个开心果	023
第三十三讲	小妖，太精细伶俐了会吃亏	028
第三十四讲	狐狸老太，你冤吗	033
第三十五讲	金角、银角，原来要说这个	037
第三十六讲	僧官是个多大的官	044
第三十七讲	月夜，出来一个鬼	047
第三十八讲	猴哥与八戒，是互掐还是戏耍	051
第三十九讲	妖怪还做绝育手术啊	056
第四十讲	这个孩子有点刁	060

			目录
第四十一讲	老孙这一遭栽了	064	
第四十二讲	菩萨，你好会算计	070	
第四十三讲	裙带贪腐案，龙王你知罪吗	076	
第四十四讲	两个关键词，车力和脊关	081	
第四十五讲	怎能这样戏耍我们？太过分了吧	087	
第四十六讲	正法胜外道，心猿纵身跳	091	
第四十七讲	西天一半路，想想深和浅	100	
第四十八讲	唐长老，这次你想错了	106	
第四十九讲	菩萨，是放手，还是交班	112	
第五十讲	这圈子到底是啥意思啊	122	
第五十一讲	这个圈子咋就这么厉害呀	128	
第五十二讲	如来佛祖和太上老君，你俩玩什么游戏	133	
第五十三讲	笑死我了！唐僧八戒怀了鬼胎	145	
第五十四讲	爱，是不能忘记的	149	

第二十八讲

花果山啊，我的家

第二十八回的回目是：花果山群妖聚义　黑松林三藏逢魔。

这一回的故事，分为两大部分：一部分是孙悟空被唐僧驱逐后，返回久别的花果山重整家业；另一部分是唐僧和猪八戒、沙和尚遭遇妖魔。就像过去小说里常说的：花开两朵，各表一枝。

这一回一开头，就把孙悟空写成一个悲情英雄。一方面，孙悟空虽然被唐僧赶走，思想感情上却是恋恋不舍，思念唐僧，感叹不已。这与孙悟空刚跟唐僧时，因为打死六个强盗后不能忍耐唐僧的责备，就纵身而去；或者收了白龙马时，对观音菩萨说我不想保唐僧去西天了，其思想感情已经大不相同。孙悟空对唐僧，其实就是对取经事业，已经有了强烈的恋恋不舍之情，他其实希望坚持下去,不想半途而废。此时,孙悟空的修行已经取得了一定的成果,对新的人生方向和理想道路有了认同。他重回花果山为妖,做山大王,其实是迫不得已的。

另一方面,孙悟空大闹天宫失败后,二郎神对花果山烧山围剿,四万七千只猴子的猴子王国,已经只剩下了两千多,昔日生气勃勃的花果山,变得树木枯萎,岩石倒塌,破败不堪,让人触目惊心。按照过去的斗争哲学,可以说十分生动又深刻地表现了下层人民在反抗起义失败后,会遭到多么残酷的屠杀和镇压,下场是多么悲惨。

天兵天将的剿杀是过去的事了,眼下又有新的迫害,就是人间的猎人不断围捕猎杀群猴。有四只老猴子还在领导着剩下的猴子苦苦挣扎,苟延残喘,现在大圣爷爷又回来了,当然喜从天降。

孙悟空立刻让群猴布了石头阵,等猎人们上山时,作法术卷起一阵狂风,猴子们堆砌的石头漫天飞舞,滚动下山,猎人们就全军覆没,都被石头砸死了。孙悟空让猴子们剥了死人的衣服,切了砸死的马的肉来吃。又竖立起一面旗帜,上面写"重修花果山,复整水帘洞",种树栽花,召旧纳新,花果山又欣欣向荣

起来。

　　这些描写很生动形象，也很有分寸。比如，孙悟空对猎人的报复，是搞成一场"自然灾害"的样子，孙悟空自己并没有亲手杀人。对被杀死的猎人，尸体扔到了万丈深水潭里，只吃了马肉，没有吃人肉。这表明，孙悟空前一段的修行，还是积淀下了一些成果。不过，孙悟空面对被砸死的猎人，鼓掌大笑着说：唐僧老是教育我要行善，不要作恶，我打死几个妖精，他就怪我行凶，今天一回家，却砸死这么多猎人！

　　这种描写是很深刻的。一方面，这说明要完全制伏心猿意马，改恶从善，修行成功，那是非常漫长而

艰难的过程，发生反复，也很容易；另一方面，又表现了善和恶的悖论，正因为猎人捕杀猴子，自己才被砸死啊。孙悟空不也是在以恶制恶吗？受到压迫，将被杀害，难道不应该反抗反击吗？其中的对错是非，其实非常复杂。

　　书中还有一些巧妙的写法，可能大家没有注意到。比如，孙悟空用大风卷起石头砸死猎人，就有一首《西江月》的词形容场面的血腥，却在每一句里都嵌一两个中药名，分别是乌头、海马、人参、官桂、朱砂、附子、槟榔、轻粉、红娘子。这些中药名会让读者生出熟悉之感，从而冲淡了杀伐之气。

这一回另外一部分描写，就是唐僧和猪八戒、沙和尚两个徒弟，继续走路，猪八戒开始很积极，精神抖擞，挥舞着钉钯砍伐草木，开辟崎岖的山路。但不久，他就感受到了做大师兄其实很不容易，利益很少，责任很大。猪八戒去化斋，找不到人家，就自己躺到草丛里呼呼大睡起来。猪八戒有了亲身体验，竟然怀念起被自己挤对走了的孙悟空，感叹起"当家才知柴米价"来。

　　后面唐僧就撞进妖怪的老窝，被妖王捆起来，准备当午餐吃了。猪八戒与沙和尚赶来寻找师父，和妖王打了起来。猪八戒与沙和尚能打过妖王吗？这是个什么妖王呢？唐僧的命运，又将是什么样的呢？请看下一讲。

第二十九讲

那个中秋夜，月亮暗又明

上一回末尾，猪八戒与沙和尚两人联手，和抓了唐僧的妖王打斗，只战个平手。第二十九回开头，接着说其实就是二十个猪八戒、沙和尚，也打不过这个妖王，能战成平手，是因为有那一伙暗中保护唐僧的护法神，悄悄地在帮他们两个。

洞外在战斗，洞内的唐僧在哭：我被妖怪捆绑在这儿，悟能、悟净，你们什么时候能救我出去啊？这时，却有一个三十岁左右的女子，走过来问唐僧，说师父是哪儿的，怎么被捆在这儿？唐僧说，你不用问了，我被抓到你家里，要吃就吃吧，还问什么。

女子却说，我不是妖怪，我是三百里外宝象国的三公主，名叫百花羞。十三年前的中秋夜，我正在花园赏月，被这个妖王一阵风弄到这儿，强逼成亲，生儿育女，可我日夜在思念我的父母啊。你是哪儿来的？唐僧听女子这样说，就说我是东土大唐派去西天取经的和尚，被你老公抓来了。两个徒弟也不知道在哪儿找我呢。

　　女子就对唐僧说，我想办法放了你，你捎一封家信给我父王吧。唐僧一听，当然满口答应。百花羞写了家信，交给了唐僧，并给唐僧松了绑，让唐僧从后门出去，先找个地方悄悄躲着，等两个徒弟来找，再一块走吧。然后，公主就编了个谎，走到前门叫停了战斗。她对妖王说我做了个梦，有个金甲神人责备我许了愿没有还，我就把那个抓来的和尚放了，算我还了愿。妖王说，这点事就由你吧，我吃谁不是吃啊，

再抓一个人吧。然后妖王回头对猪八戒、沙和尚说，我不是怕你们，我的夫人要我放了你师父，你们找师父去吧，走得远远的，再碰上可饶不了你们。

猪八戒、沙和尚本来已经打得挺吃力了，一听这个话，二话不说回头就走，在草丛里找见师父，三个人匆忙赶路，往宝象国的方向去了。到了宝象国，见了国王倒换关文，就是送上唐太宗颁发的外交文件，请宝象国国王盖图章，允许出关。

这是西天路上第一次倒换关文，前面经过的鞑靼国、乌斯藏国，走的都是荒山野岭，没经过首都，就不用倒换关文了。因为是第一次，书中就通过国王阅读，把唐太宗颁发的外交文件全文都展示出来，就是叙述误杀了泾河龙王的因果，观音菩萨指示，要我派人去西天取经，回来超度冤魂，请经过的国家放行。最后还有颁发文件的日期：大唐贞观一十三年秋吉日。

办完了出关手续，唐僧就拿出了百花羞公主的家信，一说情况，国王痛哭失声，激动得连信封也拆不开。他让翰林学士朗读，把后宫的皇后、妃子都叫出来听。这封家信也全文展示了，内容就是公主对唐僧说过的话。

接下来，国王要派兵马捉拿妖怪救回公主，文武百官谁也不吭声，最后说我们凡人的兵马怎么能打得过妖怪呢？唐圣僧能去西天取经，一定能降妖伏怪。唐僧赶紧说我只会念经，不会捉妖。国王说那你一个人怎么敢去西天取经？唐僧就说我还有两个徒弟保护呢，他俩长得太丑，怕吓着陛下，让他们在宫门外等着呢。国王就让猪八戒、沙和尚进来，问他们谁能捉妖。猪八戒又忘乎所以了，当着国王和大臣们显摆三十六变的本事，又领了国王的圣旨，腾云驾雾捉妖怪救公主去了。沙和尚头脑清醒，对唐僧说前两天我们和妖怪交手，我和师兄两个人联手，才和他打了个平手，师兄一个人去，怎么能行呢？就追猪八戒去了。

　　接着就是这一回末尾了，猪八戒、沙和尚打破洞门叫战，妖王大怒，说我放了你们，你们为什么又回来送死？猪八戒大声吆喝，说我们奉国王旨意来救公主，快把公主放出来。可是一交手，猪八戒很快就感到力软筋疲了，就对沙和尚说你先打着，我去方便一下，就先溜号了，结果沙和尚很快就被妖王活捉了。原来这一次那些暗中帮忙的神现在都在宝象国京城保护唐僧呢，猪八戒、沙和尚根本不是对手。那么下一回又会怎么样呢？

第三十讲

心猿和意马，
全是正能量

妖王把沙和尚活捉了，心想这两个和尚怎么会来要公主呢？这一定是我老婆写了信，让唐僧带到宝象国了。这个下贱女人跟了我十三年了，孩子也生了俩了，还不和我同心同德，太可气了！妖王就变了脸，审问公主。公主当然死不承认，妖王说我已经把沙和尚抓住了，你还敢抵赖吗？小说中描写得很有趣，说人面临死亡威胁了，谁肯乖乖地去死，只有抵赖到底了。公主说那我和你去问问沙僧，问问他我是不是让唐僧带了信。妖王就抓住公主的头发，拖到被捆绑的沙和尚面前，喝问：你说，是不是这个女人让你师父带了信给宝象国国王了？

小说就写沙和尚心想，公主放了师父，我要是说出来带信之事，公主就死定了，这不是恩将仇报吗？

我跟了师父也没立什么功,就拼了命报答师父吧。沙僧就大义凛然地说:你不要冤枉好人,她哪儿带过什么信啊,是我师父倒换关文的时候,国王拿出了公主的画像,问我师父有没有见过这个失踪的女儿,我师父才说起来,国王才让我们来找你要回公主的。沙和尚品德高尚勇于牺牲啊,要是换成猪八戒,会是什么情况呢?

妖王信了沙和尚的话,就向公主赔礼道歉,后来就说我也该去认认老丈人了。公主说你长得这么凶恶

可怕，要是去了不把我父王吓死了，你还是别去了。妖王就摇身一变，变成一个英俊潇洒的美男子，说你看这个模样还不能见老丈人吗？公主说这样当然可以，但喝了酒不要现了原形啊。看来变化之术，不是整容，更不是换基因，就是化妆敷面膜。时间一长，一不小心或者喝酒出了汗，油彩化了，就原形毕露了。

妖王就真的去宝象国了。到了朝堂门口，说你们通报一下，三驸马认亲来了。国王和唐僧一听，这不是妖怪来了吗？猪八戒、沙和尚怎么一走就没消息了？看来大事不妙。唐僧对国王说，妖怪能腾云驾雾，你不让他进来也不灵啊。是福还是祸，是祸躲不过，让他进来吧。

妖王一进来，大家一看，这哪儿像妖怪啊？这不就是一个又俊朗又潇洒又文雅的帅小伙吗？国王更觉得这位三驸马简直就是治理国家的栋梁之材啊！国王就问，你是哪里人啊？什么时候和我女儿结婚的？怎么一直不和我联系啊？妖王就编了一套话，说我自小文武双全，十三年前在山里打猎，遇到一只老虎背上驮着一个女子，我把老虎射伤了，和女子成了亲，可是她从来没有说自己是公主。没想到受了伤的老虎，修炼了几年，变成人的模样，又出来骗人了。说着一指唐僧，说这就是那只老虎！然后要来一碗水，含了一口朝着唐僧一喷，叫一声"变"，唐僧立马就变成一只斑斓猛虎了。朝堂上的武将们费了好大劲，才把老虎关进了铁笼子里面。

国王感谢三驸马，下令在银安殿大摆宴席，又让宫娥美女唱歌跳舞，陪着驸马喝酒。喝到半夜，酒喝多了，妖王就野性发作，现了原形，抓过来一个宫女，"咔嚓"一口，就把脑袋咬下来了。其他的宫女吓得四散逃命。宫里都知道了驸马也是妖怪，可唐僧也是老虎啊，整个宫殿都关门闭户了。

不得已，白龙马就脱去马形，变成一个宫娥给妖王斟酒，后来又舞剑，舞着舞着一剑向妖王刺去。没想到妖王武艺高强啊，拔起宫殿里的满堂红，就是铁打的又涂了朱漆的蜡烛架子，和小白龙打了起来。小白龙打不过妖王，后腿上挨了一下，赶紧跳进皇宫前面的护城河里，跑回旅馆去又变成马了。

这时候猪八戒回来了，他什么都不知道，还想着让师父启奏国王派兵捉妖呢。他回到旅馆，找不见师父，到了马厩里，白龙马就咬住他的衣服，口吐人言，把发生的事都告诉他了。猪八戒一听，心想：师父被妖怪变成老虎了，沙和尚被妖怪抓走了，我又打不过妖怪。就对白龙马说：到这个份上，只有散伙了，你回西海，我回高老庄找我老婆去。白龙马就死死地咬住猪八戒的衣服，说千万别说散伙的话，你去花果山把大师兄请回来，就能降伏妖怪救师父了。

猪八戒有点为难，说在白虎岭他打死了白骨夫人，他怪我撺掇师父念紧箍咒，恨死我了。我去请他，他用金箍棒打我，我不就死了吗？白龙马说大师兄是个

有仁有义的猴王，他一定不会打你的，你去请他吧。猪八戒就说你都这么尽心，我要是不去，显得我不尽心了。我去请他试试吧。能放下身段去请被自己挤对走了的人，凭这一点，猪八戒就表现出了圣贤的基因，比我们大多数人强。

这一回的末尾，猪八戒就到达花果山了。那么，猪八戒是怎么对孙悟空说的？他能请回孙悟空吗？请看下一讲。

第三十一讲

白虎终于变宝象了

第三十回后半段,猪八戒在白龙马的苦求下,硬着头皮去了花果山,见了孙悟空不敢说唐僧遭了磨难求他去搭救,只说唐僧后悔了,想念孙悟空,请他回去。孙悟空对猪八戒一会儿耍威风,一会儿又表现师兄弟的情分,最后拒绝返回,却又派小猴尾随猪八戒,听到猪八戒骂自己,又把他抓回来。每个情节,每句话,无论猪八戒还是孙悟空,都体贴人情,栩栩如生,幽默风趣,活灵活现。

第三十一回一开头,孙悟空就对猪八戒说出了真心话,说老孙身子回到水帘洞,心思一直追随取经僧。师父步步有难,处处有灾,你趁早实话实说。猪八戒就把遇黄袍怪,替宝象国公主捎家信,沙和尚被抓,唐僧被变成老虎,白龙马变宫女刺杀魔王失败,求自

己来请孙悟空,前因后果,一一道来。

孙悟空听了就说,我不是和你们说过,碰上妖怪提我的名头,妖怪就不敢伤害师父吗?猪八戒乘机用"激将法",说我提了呀,我越提,那妖怪越狠,说要抽你的筋剥你的皮,油锅里头炸你吃呢。孙悟空是傲来国的,性格的特点就是傲呀,当然就被激怒了。这样一来,孙悟空去降伏妖怪,就不是为了救唐僧,而是给自己报仇雪恨了。这就是回目上说的"猪八戒义激猴王"。

其实，大家心里头都明白，这些说法都是互相给台阶下。孙悟空愿意去降妖，根本的原因，还是他已经把保唐僧去西天取经当成了自己的事业和追求，他生命价值的转型已经不能再走回头路了。孙悟空的许多话，说得特别感人。他对挽留他的小猴们说，天上地下都知道我保唐僧取经，我是唐僧的徒弟。师父不是赶我走，是给我放假，让我回来看看，玩耍几天。联系前面唐僧狠心念紧箍咒，绝情撵走孙悟空的情节，孙悟空现在这样说，是不是能让人声泪俱下呢？

路过东洋大海，孙悟空说要下海去洗个澡，因为这一段在花果山，身上已经有妖气了，师父爱干净，恐怕嫌我。白龙马说孙悟空是个有仁有义的猴王，通过这些细节，表现得入木三分。孙悟空成了几百年来人人喜爱的艺术形象，不仅在于他的勇敢无畏、神通广大让人获得一种精神满足，更在于孙悟空的这些至情至性让人敬仰和热爱。这其实就是从宣泄生命本能向珍视价值意义转型的生动体现。

后面孙悟空和妖王打斗，去南天门做了调查，原来妖王是二十八宿里面的奎木狼，百花羞的前身是天宫的玉女，两个人有私情，玉女投胎转世成了宝象国的公主，奎木狼下界为妖摄走公主，都是天上私情的变相实行。奎木狼被玉皇大帝召了回去，罚他去给太上老君烧火。

孙悟空把公主带回宝象国，向国王说明这是前世姻缘。孙悟空走到变成老虎的唐僧面前，嘲弄说师父你不是一心向善吗？怎么变成吃人的老虎了？猪八戒、沙和尚在旁边苦求，孙悟空喷水让唐僧恢复了人形。唐僧立刻说："悟空，你从哪里来？"又说："亏了你呀，取经成功后上奏唐王，你的功劳第一！"

从第二十七回在白虎岭孙悟空打死白骨精被唐僧赶走，到第三十一回猪八戒请回孙悟空除妖后与唐僧

在宝象国和解，取经小团队的内部磨合，整整用了五回书的篇幅。这说明能让来自五湖四海、各有背景、各有个性、各有盘算的成员组成一个集体，同心协力，为一个共同的崇高目标奋斗，是一件非常难的事情。三打白骨精发生在白虎岭，唐僧被妖王变成老虎，都是象征"斩三尸"（也就是消灭私心杂念）是多么困难，与唐僧一踏上取经路就连续遭遇老虎的情节前后呼应。

宝象国的名称是象征吉祥如意。在佛教的经书里，佛祖又被称为象王，六牙象代表六种修行方法和境界。第二十九回有一篇描写宝象国繁荣富丽华贵的长诗，并不是单纯写景,而有颂扬修行觉悟就会获得"宝象"光明前途的言外之意。从白虎岭到宝象国,是取经团队终于从人各一心转变为同心同德这一艰难过程的暗示。

团队磨合了,下一回开头就总结说"师徒们一心同体,共诣西方",那么,下面又会发生什么样的故事呢?

第三十二讲

猪八戒，你真是个开心果

美色考验过了，人参果偷吃过了，小团队磨合了，唐僧师徒一路向西。第三十二回一开头，就是一首词赞美大好春光，也是象征取经队伍的精神面貌焕然一新。当然，路程还很长，目的地还很远，新的困难和考验还会接踵而至。眼前又是一座高山，唐僧就说，徒弟们仔细，恐怕有虎狼出没。孙悟空说师父你还记得乌巢禅师传授的《心经》吗？内有"心无挂碍""远离颠倒梦想"之语，有我老孙在，天塌下来也不怕。这些描写，还是旁敲侧击，象征心猿归正，大家合力同心，自然六贼无踪了。

这时，却有一个樵夫拦住去路，主动报信，说你们要小心，前面有妖怪，很厉害，专门要吃取经的和尚。大家还记得猴王刚开始海外求学，不也是遇到一个樵夫指点路径，才见到菩提祖师吗？遇到樵夫，一定不寻常，这也是中国古代小说里的一个套路。

孙悟空和樵夫对话，大大咧咧，调侃夸口，说管他什么妖怪，老孙自有办法。樵夫说前面的山是平顶山，山中有个莲花洞，里面有两个魔头，把你们师徒四人已经画了像，四处张贴，跟通缉犯人似的，要捉拿你们呢。妖怪有五件宝贝，厉害得很，可不能掉以轻心。后来樵夫现了真身，原来就是暗中保护唐僧那伙护法神里面的一员，四值功曹里面的日值功曹。

在宝象国重新归队以后，孙悟空实际上已经确立了在取经团队里的核心地位，成了真正的心猿。两个师弟，特别是猪八戒，再也没有自己想当大师兄的心了，只想着尽量少担点责任少费点心，能偷点懒就偷点懒。唐僧也明白了，不依靠大徒弟孙悟空，自己是去不了西天的。孙悟空呢，当然更是鬼灵精，早就洞察了形势，一看机会来了，就要玩弄一点小计谋，让师父自觉自愿授予自己对两个师弟的调度使用权。

孙悟空就揉眼睛，装哭相了。猪八戒眼睛尖，就说咱们散伙吧，沙僧你回流沙河，我回高老庄，把白龙马卖了给师父养老送终。唐僧说你胡说什么，猪八戒说你看天不怕地不怕的孙行者都哭了，一定是妖魔特别厉害。唐僧就问孙悟空，怎么回事，你也吓唬我啊？孙悟空回答说，日值功曹报信了，妖怪真的很厉害，我一个对付不了，咱们改日再去西天吧。唐僧一听真急了，说都快走一半路了，怎么可以半途而废。悟空，你说你一个孤掌难鸣，这不是还有八戒、沙僧吗？都是徒弟，以后随你调度使用，大家同心协力，去西天成正果。

孙悟空就是要唐僧的这句话，从此，两个师弟乖乖听大师兄的吧。他立刻就派猪八戒去巡山，就是先到前面探路，打听有几个妖怪，莲花洞具体在哪？猪八戒呢，就雄赳赳地扛起九齿钉钯，直奔大路去巡山了。孙悟空太了解猪八戒了，猪八戒一走，孙悟空就变成个蟭蟟（jiāoliáo）虫，落在猪八戒耳朵根上和他一起走了。

猪八戒后面的一言一行，当然都被孙悟空现场耳闻目睹了。猪八戒一拐弯，就骂唐僧、孙悟空与沙和尚，说你们倒自在，就捉弄我老猪，让我探路，有妖怪还不躲着点走，还自己往虎口里头钻啊？我才不傻呢，我找个地方睡觉去，睡醒了编一套话，蒙那个老和尚和弼马温孙猴子去。走到一个红草坡，猪八戒就用钉钯扒拉出一个地铺来，躺下呼呼大睡。

孙悟空一看猪八戒这个德行，就变成一只啄木鸟，啄猪八戒的嘴唇和耳朵根。猪八戒气得大骂啄木鸟，说弼马温欺负我，你也来欺负我。就演习自己编的谎话，把一块大石头当成唐僧、孙悟空与沙和尚，自己模仿着一问一答。那情景好玩极了。

猪八戒返回去见了唐僧按照自己演习好的一表演，马上就被孙悟空给揭穿了，唐僧当然也批评猪八戒。猪八戒做检讨，再次出发去巡山，一路上老是怀疑孙悟空又变了什么在监视他，见了一只老鸦，遇到刮一阵风吹倒了枯树，都以为是孙悟空变的，自惊自扰，自说自话，特别有趣。

最后呢，真遇上妖怪了。原来这两个妖怪是师兄弟，一个叫金角大王，一个叫银角大王。听说吃了唐僧肉能长生不老，他们就画了唐僧师徒四人的肖像，让小妖们核对来往行人，要捉拿取经的和尚。猪八戒被发现了，就和银角大王打，猪八戒发狠劲，银角大王也发怵，可是小妖们一拥而上，猪八戒慌了，回头就跑，绊了一跤，就被活捉了。

这一回，从头到尾，都是幽默搞笑的写法，猪八戒是主角，成了读者的开心果，也成了取经团队的开心果。要是没有猪八戒，光是正经的唐三藏，木讷的沙和尚，孙悟空想弄个噱头搞笑一下也没搭档对手呀。那样的话，十万八千里的漫漫取经路，是不是太枯燥乏味了一点？

金角大王和银角大王到底是哪里来的妖怪？他们已经捉住了猪八戒，下一回，又会怎么样呢？

第三十三讲

小妖，
太精细伶俐了会吃亏

　　第三十三回，仍然延续上一回的幽默搞笑风格。银角大王抓住了猪八戒，金角大王看了说这是个没用的，抓住孙悟空，才能吃到唐僧肉。猪八戒就接话说，我没用，就放了我吧。银角大王说，不能放，虽然没有用，也是唐僧一伙的。把他浸泡到后边的水池子里，把毛泡得没有了，撒上多多的盐，腌着，等晒干了，喝酒的时候吃腌猪肉。大家看是不是很搞笑啊？

　　唐僧在山坡前坐着，感觉耳朵发热，心跳加速，问孙悟空，说悟能巡山去，怎么还不回来啊？孙悟空说大概他一直往前走了，咱们慢慢追他去吧。唐僧、孙悟空与沙和尚起身走路，那边银角大王就看见了。银角大王用手指一下唐僧，唐僧就在马上打个寒噤，孙悟空拿出金箍棒，上下左右舞弄棍术招式，施展神通，镇压妖气。银角大王感到害怕，说孙悟空太厉害，打肯定打不过他，只能用计谋来对付。

什么计谋呢？银角大王就变成了一个摔断了腿的老道士，躺在路边上，等唐僧骑马过来了就喊叫"救命"。唐僧当然以慈悲为怀，让老道士骑马，自己走路。道士说，我摔坏了腿不能骑马。唐僧让沙和尚背，道士说：我怕他那张脸，让雷公脸的师父背我吧。

妖怪让孙悟空背，就是要算计孙悟空。孙悟空早就认出道士是妖怪变的，背上了妖怪，准备找机会摔死他。没想到妖怪先下手为强，在孙悟空背上念咒作法，先移来须弥山压孙悟空，孙悟空头一偏，用左肩扛住；妖怪又移来峨眉山，孙悟空用右肩接住。妖怪一看两座山都没有压倒孙悟空，就移来第三座山，这一下泰山压顶，就把孙悟空压住了。妖怪现了原形，去抓唐僧，沙和尚打不过妖怪，与唐僧一起被抓到莲花洞去了。

银角大王对金角大王说，全抓来了，孙悟空也用山压住了，可以吃唐僧肉了。金角大王说兄弟好手段，最好把孙悟空也抓来一起吃。金角大王有个紫金葫芦，银角大王有个白玉净瓶，都是能装人的宝贝，就是打开葫芦盖和瓶盖，底儿朝天，口儿朝地，叫对方的名字，对方只要一应声，就被装进去了，再盖上盖子，贴上咒语帖子，被装进去的无论人还是神，过一时三刻就化成脓水了。

金角大王和银角大王派了两个小妖，一个叫精细鬼，一个叫伶俐虫，一个拿葫芦，一个拿净瓶，去装孙悟空。孙悟空呢，名头大，管理那三座大山的山神和土地神，知道了原来妖怪用自己的山压了齐天大圣，早慌了，都赶来向孙悟空道歉求饶，把山移走，孙悟空已经恢复自由了。

孙悟空就变成一个老道士，对两个小妖说自己是蓬莱山的神仙，问小妖干什么来了？小妖说大王派我们去装孙行者，一个葫芦，一个净瓶，都能装一千个人。这会儿江湖上都叫唐僧给孙悟空起的名字行者。孙悟空就用毫毛变出一个葫芦，又大又好看。小妖说你的葫芦虽然又大又好看，但没用。孙悟空说我的葫芦能装天。两个小妖一听，问真的吗？天还能装？你装一下给我们看看。

孙悟空就念动真言，要求玉皇大帝把天给我装上半个时辰，帮助我降妖捉怪。玉皇大帝说这个泼猴，尽提些无理要求，天怎么能装？哪吒就启奏玉帝，说孙悟空保唐僧去西天取经，这是比山高比海深的伟大事业，应该全力帮助他。只要用真武大帝的旗子在南天门上一展，把日月星辰都遮蔽了，骗那妖怪说天已经被装进葫芦里了。

事情就按照哪吒说的操作实行了，一下子世界变得伸手不见五指，孙悟空对两个小妖说天已经被我装进葫芦里了，你们现在站在渤海岸边呢，一挪脚就葬身大海了，你们可不敢动啊。吓得两个小妖说老神仙，赶快把天放出来吧，我们知道你的葫芦能装天了。孙悟空念动真言，哪吒把旗子收起来，就又是太阳高照的大中午了。

两个小妖不是一个叫精细鬼一个叫伶俐虫吗？两个人商议，用咱们装人的葫芦换他装天的葫芦，他要是不愿意，把净瓶也给他，两件换一件，咱们也赚了。孙悟空装模作样，矫情一番就用装天的大葫芦交换了装人的小葫芦和净瓶。

为什么妖怪骗孙悟空，孙悟空骗小妖，都要变成道士呢？为什么须弥山和峨眉山都没有压住孙悟空，泰山就压住了呢？精细鬼和伶俐虫换了宝贝，接下来会发生什么事情呢？请看下一讲。

第三十四讲

狐狸老太，
你冤吗

清朝人评点《西游记》，说这本书写了好多孙悟空和妖魔的互相斗法术赌变化，但最新奇热闹的，就是第三十四回。魔王的宝贝有五件，孙行者的姓名有三个；魔王的宝贝得失无常，行者的姓名变换不定，真是波浪千层，古怪百出。特别是狐狸老奶奶这一段，妙想天开，笔墨飞舞，奥妙莫测。

金角大王和银角大王两个妖怪，一共有五件宝贝：紫金葫芦、白玉净瓶、七星剑、芭蕉扇和幌金绳。两个小妖用装人的紫金葫芦和白玉净瓶换了孙悟空装天的葫芦，孙悟空宝贝骗到手，就隐身不见了。小妖拿着葫芦要试验一下装天，学着孙悟空把葫芦往空中一抛，葫芦扑的掉了下来。孙悟空又把身子一抖，收回毫毛，装天的葫芦就不见了。两个小妖吓得魂不附体，硬着头皮去向大王报告。这一段描写两个小妖试验用葫芦装天，商量是逃跑还是回去认错，害怕得不得了又鼓起勇气的心理活动和对话，既幽默，又生动。

两个妖王还真宽宏大度，两个小妖庆幸地说，打没打，骂没骂，就饶了，我们真是造化大大的。五件宝贝，骗走两件，还有三件，芭蕉扇和七星剑在妖王身边，幌金绳却保存在妖王母亲那里。妖王说那两个废物不能用，另外派了两个小妖去老奶奶那儿取幌金绳，顺便就请老奶奶来吃唐僧肉。老奶奶是妖王从小妖们的角度称呼的。

孙悟空早就变成一只苍蝇，跟着小妖来到莲花洞，一切都听到了看到了，就又跟随小妖去请老奶奶。在

路上，孙悟空把小妖打死，自己变成小妖前去把老妖婆打死了。老妖婆现了原形，是一只九尾狐狸，大概是妖王认的干妈。幌金绳就这样落到了孙悟空的手里。三件宝贝到手，孙悟空又变成狐狸老奶奶，去了莲花洞。两个妖王大礼参拜，请母亲吃唐僧肉，孙悟空却说要吃猪八戒的耳朵。猪八戒喊叫"他是孙悟空变的"，小妖也来报告说老奶奶被打死在路上了。妖王和孙悟空打斗，孙悟空用幌金绳捆妖王，妖王却会松绳咒，收回幌金绳，反过来用这件宝贝把孙悟空擒拿住吊了起来，紫金葫芦和白玉净瓶也被搜出来收了回去。

孙悟空却用毫毛变的替身吊着，真身变成小妖，趁妖王喝酒又真假调包，把幌金绳重新骗到手，跑到洞外叫战，说自己是孙悟空的兄弟者行孙。银角大王出去用紫金葫芦叫者行孙，孙悟空以为用化名就装不进去，答应了一声，谁知道只要应声，就被装进了葫芦。不过孙悟空在葫芦里用计策，哄妖王打开葫芦看，乘机跑了出来，又变成小妖，瞅机会又用毫毛变的假葫芦调换了真葫芦。孙悟空化名行者孙，拿着真葫芦和妖王拿的假葫芦比，说我的葫芦是公的，你的是母的，母的怕公的，结果就把银角大王装进了葫芦。这就是清朝人说的魔王五件宝贝得失无常，行者的三个姓名变换不定，古怪百出，搞怪搞笑。

　　大的情节古怪百出，小的细节也处处幽默调侃。猪八戒能认出变成小妖的孙悟空，是因为猪八戒吊得高，能看见孙悟空的猴子红屁股没变过来，孙悟空就去厨房用炉灰把红屁股抹成了黑屁股。孙悟空变成小妖去请老奶奶，必须跪下叩头，就自己难为情了老半天，说我老孙一辈子英雄好汉，就拜过三个人，西天拜佛祖，南海拜观音，两界山师父救了我，拜了他四拜，今天却要拜这个老妖婆，真亏了！

　　《西游记》最大的一个艺术特点，就是这种娱乐心态和喜剧精神。明朝人、清朝人反复说的一个字就是"趣"。《西游记》在各个阶层都大受欢迎，几百年来热读流传，这是其中一个重要原因。我们读《西游记》，一定要好好欣赏这一点。下一回，又是个什么情况呢？

第三十五讲

金角、银角，原来要说这个

　　银角大王被孙悟空装进了紫金葫芦，金角大王悲痛得跌倒在地。书里面一直写金角大王比较胆小，银角大王很勇敢，这样写的好处，就是让两个妖王的性格对比鲜明，不混淆雷同。金角大王要为兄弟报仇，拿上七星剑和芭蕉扇与孙悟空对阵，说孙悟空已经知道了窍门，装人的净瓶没用了，留在了洞里。

　　金角大王和孙悟空打了二十多个回合，招呼手下的小妖们一拥而上。孙悟空呢，就用身上的毫毛变出许多化身，把小妖们打得落花流水。金角大王急了，就用芭蕉扇煽（shān）起来，立刻熊熊烈火平地腾腾而起。孙悟空一看，毫毛可经不住火烧，赶紧身子一抖，把毫毛收了回来，却留下一根毫毛变的化身在火里头挣扎，自己的真身跑进莲花洞，打死了许多小妖，放在洞里的玉净瓶发光,被孙悟空发现,又顺手牵羊拿走了。

金角大王回到莲花洞,看见到处是死去的小妖,痛哭失声,哭累了,就靠着石头桌子睡着了。孙悟空偷偷跑回来,一看妖王在睡觉,芭蕉扇插在肩膀后边,七星剑靠着放在桌子旁边。孙悟空轻轻走过来,"呼"地一下,就把芭蕉扇拔走了。被惊醒了的金角大王再和孙悟空大战,最后败阵逃跑。孙悟空进了洞里边,把被捆着吊着的唐僧、猪八戒与沙和尚解救出来。

故事没有完,金角大王去了原来九尾狐狸住的压龙洞,召集在那里的大小女妖,九尾狐狸的兄弟也带领部下前来,一起杀回莲花洞找孙悟空报仇。结果一场大战,狐狸精被猪八戒用九齿钉钯筑死,众小妖被沙和尚打散。孙悟空拿出玉净瓶,大叫"金角大王",妖王以为是部下喊叫,答应一声,就被装进瓶子里面了。加这一段,是为了让猪八戒与沙和尚也立点功劳,不要老让孙悟空唱独角戏。

从第三十二回开始,到第三十五回结束,一共四回书,孙悟空单打独斗,消灭了有五件宝贝的两个妖王,取得完全胜利。除了让哪吒帮了个小忙,孙悟空没有请其他神仙出手相助,全靠自己的智慧和本领,独立降妖，大获全胜。而全部故事，都写得幽默风趣，处处搞笑。明朝人评点说，这样写有深刻含义，就是孙悟空经过从白虎岭到宝象国的去而复归，马上除强魔，建大功，表示取经团队内部凝聚力大大加强，心猿的正能量完全发挥了出来。

不过，还有更微妙的意思隐藏在文章后面。第三十三讲的末尾，我们提过问题，让大家思考：为什么妖怪和孙悟空，都先后变成道士迷惑对方，为什么

不变和尚呢？为什么须弥山和峨眉山没有压住孙悟空，最后泰山压顶就困住了他呢？还有，为什么第三十三回的回目是"外道迷真性"，第三十五回的回目是"外道施威欺正性"，这"外道"指什么？另外，为什么叫平顶山？为什么叫莲花洞？

　　这些问题的答案，都隐藏在第三十五回的结尾中。在结尾处，孙悟空除掉了金角大王和银角大王，获得了五件宝贝，保护唐僧上马，又踏上了去西天的路程。突然，从路边出来一个老头，拦住他们说，和尚，还我的宝贝来。

猪八戒惊叫老妖怪要宝贝来了！孙悟空却认得老头是太上老君。太上老君说两个妖王都是自己的童子，一个负责烧金炉，一个负责烧银炉，偷了我的宝贝下凡为妖。孙悟空就说，你这老官儿，家教不严，放纵家属乱搞。太上老君就说了，这是观音菩萨找我借了三次，故意让他们在这儿为妖，考验你们取经心诚不诚，意志坚不坚定。

孙悟空听了，还了太上老君宝贝，一边说，这个菩萨，当时她还说路途艰难，实在过不去了亲自帮我呢，今日个反而安排妖怪来害我。真是没法说！最后

说了一句讽刺观音菩萨的俏皮话,说她这样颠三倒四,真该她一辈子嫁不出去,没有丈夫心疼,一个人过!真是调侃到家了。

幽默文章的背后,是巧妙的暗示:两个妖王是道教祖师爷的童子,当然要变道士不变和尚,孙悟空顺竿儿爬,骗小妖的宝贝时也就变个道士。孙悟空皈依了佛门,须弥山和峨眉山都是佛教的山,所以他不怕;泰山呢,是道教的山,就把他压住了。观音菩萨借太上老君的童子考验取经团队,是佛教和道教联手作业,所以山叫平顶山,洞叫莲花洞。平顶,就是佛教和道

教不相上下精诚合作，莲花象征西天取经是大家都要支持的正能量。"外道"并不是说道教是邪门，而是说如果放纵了内心的负能量就背离正道，道是道理、道路的意思。

那么，这一次要考验和清除的"外道"是什么呢？这里完全象征和影射的是世人对财富的贪婪。五件宝贝都是太上老君炼金丹用的，金丹，第一个字不就是金吗？除了金丹，道士也炼金子银子呀，两个童子不就是一个管金炉，一个管银炉，所以叫金角大王和银角大王吗？核心就是"金银"两个字。五件宝贝都比喻财富。葫芦和瓶子，一个金一个玉，幌金绳也是金，七星剑上那七个星，不也是金子做的？芭蕉扇煽火干什么？炼金子银子啊。它煽出的熊熊烈火，就是世人对财富的贪婪之火。清朝人就点出过，说这样写，就是要表示占有金银财宝是人最强烈的欲望，只有克服了这个，才能去西天，见如来佛祖。

太上老君要回宝贝，打开葫芦盖和净瓶盖，倒出两股仙气，又变成金银二童子，随着老君炼金丹和金子银子去了。一切都是一场游戏和梦幻啊，怪不得这几回的情节总是那么八卦搞笑呢。下一回，又要上演什么呢？

第三十六讲

僧官是个多大的官

第三十六回开始了新的故事。前面一个单元平顶山宝象国四回书的风格，是离奇搞笑，吸引眼球，第三十六回就改为比较朴实日常的场景。变化故事氛围，是很高明的写作方法。唐僧师徒又来到了一个国家，见到一座寺庙。这座寺庙不在城里，在山坳里，但楼台亭阁，雄伟壮丽。走近一看，匾额上雕刻着"敕建宝林寺"五个大字。原来，唐僧师徒到达的这个新国家叫乌鸡国，见到了一座乌鸡国国家级的寺庙，"敕建"就是国王亲自下令修建的意思。

唐僧走进寺庙，合掌行礼，请求借宿，寺庙的住持大和尚态度十分恶劣，不仅不让住宿，而且说了许多难听的话抢白唐僧，搞得文质彬彬的唐僧用袖子擦眼泪，忍气吞声地退了出来。孙悟空见状闯了进去，把金箍棒变成一根柱子那么粗,矗立在院子当中;又把一只石狮子打得粉碎,命令庙里全体和尚穿上礼服,排队出来迎接唐僧进庙。那个寺院的总头目,小说里叫他僧官,就是和尚官。因为是皇家的寺院,住持的大和尚也就以官自居了。

这一部分描写,也有一些调侃逗趣的段子,有很多有趣的语言。比如,孙悟空押着和尚们出来迎接唐僧。猪八戒就说,师父进去,眼泪汪汪,嘴上能挂个油瓶,怎么师兄进去,他们就磕头迎接?唐僧回答说,呆子,你难道不知道,鬼也怕恶人呢。

这一回还有一些耐人寻味的情节和描写。一开头,还没有看见寺院以前,唐僧走进一座巍峨的高山,就念了一首七言律诗感叹取经路途遥远艰难。这首诗和第二十八回的词《西江月》一样,每一句都有中药名,益智、王不留行、三棱子、马兜铃、荆芥、茯苓、竹沥、茴香。这些中药名巧妙地概括了唐僧奉唐王的命令去西天取经的事情。比如三棱子比喻收了三个徒弟,马兜铃比喻白龙马。

住进了宝林寺以后,又写唐僧带着三个徒弟站在院子里欣赏月色,唐僧吟了一首十联、二十句的七言古诗,而孙悟空与沙和尚接着师父的感叹,分别吟了一首七言绝句。唐僧听了两个徒弟的诗句，就茅塞顿开，打通了觉悟的窍门。最后却是猪八戒吟了一首八句的诗，语言粗俗，却深含哲理，说这月亮圆了缺，缺了又圆，就像我吃得多，性格笨，最后却能修行成功，"摆尾摇头直上天"。

我们读《西游记》时，对这些描写一般都不太注意。其实这里面都包含着深刻的哲理，暗示着《西游记》驯服心猿意马的主题。猪八戒最笨，但也许猪八戒最容易达到觉悟的境界。而那个僧官，住持皇家的寺院，地位很高，却作威作福，也就距离佛教真谛最远。

猪八戒念完了诗，唐僧就说你们三个先睡吧，我要在这幽静的月夜念念佛经，弥补一下因为每天走路耽误了的功课。夜深沉，月光冷，就又引出新的角色上场了。那是什么呢？请看下一讲。

第三十七讲

月夜，出来一个鬼

唐僧在月夜念诵佛经，夜深深，月西沉，有一种独特的意境。念完了经正准备去睡觉，门外突然刮起一阵狂风，风声中听到有人叫"师父"。唐僧看见一个浑身上下水淋淋的男人流着眼泪站立在那里。唐僧大吃一惊，说你是哪里来的妖怪？如不趁早离开，我有三个神通广大的徒弟，他们要是看见你，让你粉身碎骨。那个男人说，我不是妖怪，师父，你再细看看我。唐僧仔细一看，才看清这个湿淋淋的男人头戴冲天冠，身穿黄色的龙袍，原来是一国之君。唐僧高叫陛下，上去搀扶，却扑了一个空，回头一看，那个人还站在那里。

这就是鬼，而不是妖魔，因他没有肉体，只有魂魄。这个国王的鬼魂向唐僧诉说，自己是乌鸡国的国王，五年前全国大旱，来了一个道人，能呼风唤雨。国王请道人登坛作法求雨，十分灵验。只见他令牌一响，立刻大雨滂沱，解决了旱情。国王感谢道人，和他结拜为兄弟，同吃同住。这样过了两年，春暖花开之时，二人在御花园携手散步。不知道人往井里面扔了一件什么东西，只见井里面发出万道金光，道人哄国王到井边探头看宝贝，从后面把国王一下子猛推到了井里，用石板盖住井口，在上面种了一棵芭蕉树。如今国王已经死了三年了。

唐僧说，你是一国之君，三年不见，难道满朝文武大臣和后宫的皇后妃子，就不找你吗？鬼魂说师父你不知道，那个道士害死我以后，就变成我的模样，占了我的江山社稷，大臣后妃都认不出来啊。唐僧又说，你怎么不在地府里向阎王告状呢？鬼魂说这个妖怪神通大，关系广，十殿阎王都是他的朋友，全护着他，不理我的状子啊。

唐僧说，那你来找我有什么用啊？鬼魂说是夜游神一阵神风把我吹进来的，他说你有个徒弟是齐天大圣，能够降妖除怪。唐僧说，这倒是，要说捉妖怪，我这个徒弟还真是行家里手。可是妖怪变成你的模样当了三年皇帝，大臣后妃都没有怀疑，我徒弟就是有本事，也没有证据，理不直气不壮啊。鬼魂说那个道士变成我的样子，就是少了一件东西，没有了我手里拿的白玉圭（guī）。白玉圭就是一个上头尖下面方的小玉板，是皇帝身份的象征。我现在把玉圭留给你，明天当朝太子要出城来打猎，让你的徒弟把玉圭给他看，说明前因后果。他是我的亲生儿子，可以做个朝廷里的内应。

听完这些话以后，唐僧突然醒了，原来刚才是做了一个梦。唐僧叫醒三个徒弟，开门一看，台阶上真有一个白玉圭。第二天太子真的带领人马出城来打猎，孙悟空变成一只小白兔，太子一箭射中，白兔带箭飞跑，把太子引到了宝林寺。孙悟空又安排唐僧在太子面前端坐不动，引得太子发怒审问。唐僧说我是来献宝的，宝贝叫"立帝货"，能知道过去未来的事情。孙悟空就变成一个两寸长的小人，也就是"立帝货"，意思就是能让皇帝重新坐到皇位上面的人。

孙悟空这个"立帝货"就对太子说，现在坐在龙椅上的人不是你的父王，是三年前那个求雨的道士。你亲爹的鬼魂给我师父托梦，让我帮你降伏妖怪呢。你爹怕你不相信，还留下了白玉圭。唐僧就把白玉圭拿出来，孙悟空又让太子马上悄悄进后宫去问母亲皇后娘娘，问一下三年前相比，如今国王对皇后的亲热劲有没有变化。

原来，假国王怕太子和皇后闲聊后，自己露出马脚，这三年都不让太子和皇后见面。太子立刻一个人骑马回城，悄悄进了后宫，见到母后问，父王三年前和现在对你的态度有没有变化啊？皇后大吃一惊，说儿啊，你三年都不来看我，今天怎么问这个话啊？太子就说大唐圣僧唐三藏的徒弟齐天大圣让我来问，他说现在龙椅上坐的人不是我父王，是那个道士变的。皇后说儿啊，你要是不问，我死也不明白啊。你父王对我，三年之前温又暖，三年之后冷如冰啊。太子得了准信，就出城再见孙悟空，说好明天唐僧师徒去朝堂上倒换关文的时候，孙悟空向假国王发难问罪，太子做内应。

那么，第二天到底会发生什么情况呢？请看下一讲。

第三十八讲

猴哥与八戒，是互掐还是戏耍

第三十八回延续上一回的情节，有两部分内容。一部分比较简单，说太子进宫问了母后，再返回寺院与孙悟空商量除妖的对策，时间已晚，没有猎物，不敢回宫，害怕假国王追究问罪。孙悟空跳到半空，叫来山神和土地神，命令他们给太子赠送猎物。太子回城路途中，就毫不费力地捕捉到了千百只各种飞禽走兽。这和前面国王鬼魂说妖怪仗着和阎王有交情，让自己告状无门一样，都是利用人脉、关系网在搞政治斗争。

另一部分内容是这一回的主要情节。孙悟空想了想，明天要在朝堂上揭露妖怪谋害国王，篡夺王位，有些证据不足啊。只是一个白玉圭，也是孤证不立啊。妖怪要是反咬一口，说你是敌国入侵，造谣污蔑，谋夺我乌鸡国的江山社稷，也很有迷惑性、煽动性啊。需要硬证据，只有把御花园里的国王尸首找出来，妖怪就没法抵赖了。

去御花园下到水井里打捞国王的尸首，不是什么难事，但高傲的齐天大圣怎么能降低身份干这种事情？还是让猪八戒去吧，他当过天蓬元帅，水里头的买卖也轻车熟路。但师父有些护短，得先说动了师父，让他老人家同意。

小说里描写的有趣极了，说已经夜深了，大家都

睡下了,孙悟空就叫师父,唐僧还没有睡着,但知道孙悟空花样多,就装睡不答应。书中怎么写呢?说孙悟空摸着唐僧的光头,使劲乱摇,叫师父你真的睡着了?唐僧生气地睁开眼,说你搞什么搞?孙悟空就说明天这件事情,细想想还有很大问题啊。我想了个办法,就是怕您老护短。唐僧说我护什么短啊?孙悟空说您老人家看猪八戒长得夯笨,就老护着他。我想着这会儿叫上八戒去御花园,到井里头把国王的尸首捞出来,明天那妖怪就没法抵赖了。唐僧说,倒是个好主意,就怕八戒不肯去。孙悟空说我说什么来着?还没问他,你怎么就说他不肯去?师父你就装睡,我去和八戒说,他一准愿意去。唐僧就说由你们瞎折腾去吧。

孙悟空就叫醒了猪八戒,说有一桩好买卖,你愿不愿意去?猪八戒一听好买卖,立刻来神了,说什么好买卖?孙悟空说白天太子告诉我,妖怪有一件宝贝很厉害,我们这会儿得先把这件宝贝偷了来,明天才能治住妖怪。你愿不愿意跟我去偷宝贝?猪八戒说,咱们先说好了,得了宝贝,我就要了,不和你分。孙悟空说你要宝贝干什么?猪八戒说,我笨嘴拙舌,不像你乖巧会说话,要是有一天化不到斋饭,有这个宝贝,就能换饭吃。孙悟空说好吧,老孙就图个名,宝贝归你。

孙悟空和猪八戒就到了御花园，孙悟空说宝贝在井里头藏着呢。猪八戒就用九齿钉钯筑倒芭蕉树，搬开石板，孙悟空把金箍棒变长，伸到井里面，猪八戒爬竿似的下到井底下去了。

在井底，猪八戒遇到了井龙王，猪八戒向龙王要宝贝。井龙王说我可比不了江河湖海的龙王，穷兮兮的，哪里有宝贝给你。又说，倒是有一件宝贝，只是拿不出来，得你自己去看。猪八戒听说有宝贝，跟着龙王走出水晶宫，见走廊里放着乌鸡国王的尸首，容貌如生。龙王说这就是宝贝，你背走吧。猪八戒说这是什么宝贝啊？龙王说你背上去，齐天大圣要是能让他复活，再坐龙椅，你要什么宝贝他能不给你呀？猪八戒说那我背，但你得先给我烧埋钱。井龙王说我没钱。猪八戒说那我就不背。井龙王就让夜叉把国王的尸首抬出来，关闭了水晶宫，井里就漆黑一片，只剩下猪八戒和国王的尸首了。

猪八戒就叫孙悟空，快伸下棍子来把我拉上去吧。孙悟空问有宝贝吗？猪八戒说哪里有什么宝贝，井龙王让我背国王的尸首呢。孙悟空说这就是宝贝，你背上来。猪八戒说我不背。孙悟空说那我回去了，你待着吧。猪八戒没办法，只好驮着死国王顺着金箍棒爬上来，又被孙悟空强迫着驮回了宝林寺。

猪八戒一肚子气，原来这猴子哄我偷宝贝，是让我驮死国王。我凭什么驮他呀？我得想法子报复一下这个死猴子。那么猪八戒将如何报复孙悟空呢？请看下一讲。

第三十九讲

妖怪还做绝育手术啊

上一回讲到孙悟空哄猪八戒去偷宝贝，把个死了三年的国王从御花园的深井里驮回了宝林寺。这是为了第二天做证据，指控妖怪害王篡位。猪八戒要报复孙悟空，就对唐僧说，师兄对我说了，他能让国王重回阳世，再活过来。唐僧对孙悟空说，你让他活过来吧，也是你的功德一件。孙悟空说这国王已经死了三年了，哪里还能起死回生？猪八戒就说，师父，你念念紧箍咒，猴子就能让他起死回生了。唐僧就真的念起来。金箍儿勒得孙悟空眼睛发胀，脑门生疼，就连声说：别念了，别念了，我让他活过来。

唐僧问你准备怎么医活他呀？孙悟空说我到阴司里找阎王查他的魂魄在哪儿。猪八戒又在旁边插嘴，说师父别信他的，他原来说不用去阴司，在阳世就能医活。唐僧偏听偏信，就又念紧箍咒，孙悟空说：别念了，别念了，我在阳世里医活他。猪八戒在旁边说，不要停，不要停，只管念。孙悟空骂猪八戒，你撺掇师父想咒死我啊？猪八戒笑得直跳脚，说猴哥啊，你知道捉弄我，不知道我也会捉弄你呀！

孙悟空就一个筋斗云翻上南天门，直闯兜率宫，找太上老君要了一粒金丹，回来让国王起死回生了。写孙悟空向太上老君要金丹的过程也是充满了笑点。比如，孙悟空把金丹噙到嘴里，太上老君以为孙悟空自己吃了，还要和他要第二颗，就急得直敲打孙悟空。孙悟空吐出金丹，说了一段特别幽默的话："嘴脸！小家子样！哪个吃你的哩！能值几个钱？虚多实少的。在这里不是？"

死了三年的乌鸡国国王被金丹救活过来了，孙悟空让猪八戒把取经的担子分成两副，让国王穿上和尚的衣服，挑一副担子，装成一个唐僧新收的徒弟。猪八戒就把担子分成一副轻的一副重的，让国王挑重的，自己挑轻的。

下面就是进都城入皇宫倒换关文了。见了假"国王"，孙悟空指着真国王，说出了他的来历，假"国王"一听，就驾云逃跑了。孙悟空让真国王与满朝文武大臣相认，坐上龙椅再统江山，然后就跳到空中去追打妖怪。

妖怪打不过孙悟空，跑回金銮殿变成一个假"唐僧"，两个唐僧真假难辨，猪八戒就对孙悟空说，你忍着点，让师父念紧箍咒，不会念就是假的。假唐僧瞎哼哼，猪八戒说这个师父是假的，举起九齿钉钯就筑，妖怪又现出原身跑了。孙悟空、猪八戒、沙和尚三个连忙追赶，把妖怪团团围住，眼看要把妖怪打死了。

这时候，文殊菩萨从天而降，让妖怪现了原形，原来是他的坐骑青毛狮子。孙悟空责备文殊菩萨管教不严，文殊菩萨又说了一大篇前因后果，说狮子让国王淹死三年是替文殊菩萨报私仇，冤冤相报命里注定的。其实说得漏洞百出，一个凡人国王，能把文殊菩萨捆起来扔到河里面浸泡了三天都脱不了身，过后让坐骑来报复，你还当什么菩萨呀？文殊菩萨就是乱编故事，要救自己坐骑的命。

孙悟空最后对文殊菩萨说，就算是因果报应，可你的狮子做了三年国王，后宫的皇后妃子都让他睡过，不乱了种了？后妃们以后生下半人半狮的怪物怎么办？文殊菩萨就笑了，说我这个狮子做过阉割绝育手术的，它是个狮子里面的太监。猪八戒还真往狮子那个地方摸了一把，笑着说，还真是的。前面皇后说假"国王"对她冷淡无情，也是照应这个设计。是不是挺幽默搞笑的？

就像一副对联，第三十六回到第三十九回乌鸡国的故事，是下联；前面平顶山莲花洞那四回，是上联。上联的写法，乌龙百出，让人笑喷了，思想内涵却象征影射，十分隐蔽；下联的写法，稍微有点沉重，内容更接近生活现实，要表达什么意思也比较明确。上联微妙地暗示不要贪图财富，下联赤裸裸表现贪图权力造成的孽障。无论是前面那个僧官的作威作福，还是妖怪害死国王篡权夺位，都是说追求权力的欲望，是心猿意马躁动产生的负能量，必须加以克服，才能取得真经。接下来，又会是什么故事发生呢？请看下一讲。

第四十讲

这个孩子有点刁

讲究对仗艺术，是中国传统文学的一大特点。《西游记》写取经团队聚齐了以后，遇到的磨难考验，接下来的故事，是对仗结构：四圣试禅心的色欲考验，和偷吃人参果的食欲考验相对。白骨精和宝象国，互相联系又暗暗对仗，是取经团队内部磨合的曲折过程。下面平顶山四回对仗乌鸡国四回，分别写克服财富和权力两大贪欲的艰难。再下来火云洞的红孩儿三回，黑水河的鼍（tuó）龙一回，一个火灾，一个水难，一长一短两个故事，写法灵活，仍然是对仗文章。

"吃唐僧肉能长生不老"的说法，是从白虎岭的白骨精开始的，金角大王和银角大王，也因此要抓唐僧。此外像黄风岭的老虎精、宝象国的黄袍怪，抓唐僧只是吃人肉当午餐晚餐，和吃其他凡人没有区别。

其他几个故事，更和吃唐僧肉没有关系。

红孩儿和黑水河鼍龙，又接上了抓唐僧是因为唐僧肉有特殊营养价值的说法。第四十回写道，唐僧师徒又走进了高山峻岭，孙悟空看见头顶上一朵红云盘旋，就让唐僧赶快下马，和猪八戒、沙和尚一起把唐僧团团围住。后来红云飘走了，孙悟空说是过路的妖怪，让唐僧上马。这样搞了两次，弄得唐僧好不光火，要念紧箍咒，被沙僧劝住了。

红云上面还真有一个想吃唐僧肉的妖怪，那就是红孩儿。他见孙悟空保护严密，抓唐僧不容易，就变成一个小孩子吊在树上，直喊"救命"，骗得唐僧把他放了下来，又让孙悟空背着走。

这和银角大王当年的伎俩一样，时间过去久了，唐僧、孙悟空都忘记了吧？红孩儿也是在孙悟空背上施展神通，变得沉甸甸千斤重，想压倒孙悟空。不过这一次，没有压住孙悟空，却被孙悟空摔到石头上粉身碎骨，但红孩儿的真身早跑了，而且乘机就弄了一阵狂风，把唐僧摄走了。这就与银角大王那次区别开来，避免了重复。

这一次，是孙悟空心冷了，对猪八戒、沙和尚说，咱们该散伙了。猪八戒立刻接茬，说散了好，漫漫长途，谁知道什么时候是个头。却是沙和尚大义凛然坚决反对，说咱们前生都有罪，受观音菩萨劝化，西天取经，将功折罪，奔前程，成正果，怎么能半途而废呢？孙悟空说你这个态度，倒弄得我进退两难了，八戒你说呢？猪八戒说我刚才随口乱说呢，不能散，还是得去救师父。有的读者说，这一段其实是写孙悟空乘机试探两个师弟的决心和态度，还意图加强自己的威信，希望以后再遇到情况时，师弟们能支持自己。

后面出来一伙山神、土地神，一个个破衣烂衫，说我们这儿基层干部多，每隔十里地就有一个山神和一个土地神，三百里的山区就有三十个山神和三十个土地神。有个红孩儿，又号圣婴大王，他是牛魔王和铁扇公主的儿子，在火焰山修炼了三百年，炼出了"三昧真火"，厉害极了。他不停地勒索盘剥我们，让我们上贡，搞得我们都赤贫了，衣不蔽体了。大圣你神通广大，帮我们除了他吧。

看来玉皇大帝统治的地域过于广大辽阔了，鞭长莫及，顾不过来；官员任命太多，能力却太差，地方基层政权都被黑社会渗透把持了。不过孙悟空听了可高兴了，说这么说起来，妖怪和我是亲戚，我当年和牛魔王结拜，他是大哥，我是小弟，红孩儿是他的儿子，那红孩儿还得叫我老叔呢。他怎么敢伤我师父？找他去，让他放出来。沙和尚说三年不上门，当亲也不亲。你和牛魔王都分手五百年了，他儿子哪还认你是老叔呢？孙悟空就让沙和尚看守行李马匹，和猪八戒找红孩儿去了。那么，孙悟空能找到红孩儿吗？红孩儿会认孙悟空这个叔叔吗？请看下一讲。

第四十一讲

老孙这一遭栽了

孙悟空和猪八戒很快找到了红孩儿的巢穴，或者叫老窝、根据地。石碑上刻着大字：号山枯松涧火云洞。红孩儿炼了三昧真火，所以连岸上的松树也枝叶枯黄，洞口老是红云滚滚。前面红孩儿想抓唐僧时，不就是驾一朵红色的云吗？"号山"的名字或者是比喻大火熊熊发出像狂风呼号的声音吧？不是说火仗风势越烧越旺吗？

孙悟空高叫，快送出我师父来。小妖慌忙报告，红孩儿正让小妖们刷洗唐僧，准备蒸熟了吃呢，立刻全副武装出来迎战。不过他还有个特殊的出门仪式，先让小妖们推出五辆小车子来。

孙悟空抬眼一看这个侄子，还真长得挺帅。小说里有一首六联十二句的七言诗形容红孩儿的模样，说他"面如傅粉""唇若涂朱",就是白净的面孔,红润的嘴唇;头发乌黑,眉毛秀气,眼如闪电,声如雷鸣,身穿绣着龙和凤的战袍,手里拿着火尖枪,体态比起哪吒来还丰满点,简直就是一个英俊无双的"小鲜肉"啊。

孙悟空先礼后兵,叫红孩儿"贤侄"(就是好侄儿),说五百年前我和你爹拜过把子啊,你还得叫我一声"老叔"呢,怎么把我师父抓来了,赶快放出来吧。红孩儿哪信这种天方夜谭啊,举起火尖枪就朝孙悟空刺过来了。孙悟空说好啊,你这个侄儿不识抬举不是?那就尝尝金箍棒的厉害吧。

大战了二十多个回合,红孩儿就只有招架之功没有还手之力了,姜还是老的辣啊。猪八戒在旁边一看,让孙猴子打死了妖怪,就没了我的功劳了,举起九齿钉耙也朝红孩儿筑了过来。红孩儿败阵而走,往洞口退,到了洞口,就举起拳头,朝自己的鼻子上捶了两拳。猪八戒说你这孩子,想捶出血来涂红了脸,去告我们欺负小孩吗?猪八戒小时候是不是自己这样干过呢?

没想到,红孩儿马上嘴里喷火、鼻孔冒烟,那五辆预先推出来的小车立刻燃起了熊熊大火,到处烟火弥漫,火焰喷射器威力巨大啊。猪八戒也不管孙悟空死活了,拖着钉钯,憋足了浑身力气一跳,跳过哗哗流水的山涧那边,没命地逃走了。孙悟空念着避火的咒语,迎着火焰去打妖怪。红孩儿一看,直对着孙悟空的脸连着喷了好几口火,火势更凶了,孙悟空也只

有先退出战场了。

猪八戒已经逃到沙和尚看守行李马匹的山沟沟里了,见孙悟空来了,就说这妖怪枪法不咋地,就是火厉害。沙和尚提了个合理化建议,说他火厉害,那就用水治他啊。孙悟空就请来四海龙王,隐藏在空中。孙悟空又去火云洞叫战,红孩儿出战,没打几个回合,就又喷出火来用火攻了。孙悟空就高叫"龙王放水",立刻就满世界倾盆大雨了。

可是没想到,这大雨落到红孩儿喷出的大火上,跟火上浇油似的,火反而烧得越来越旺了。孙悟空这一次因为有龙王放水,就没有认真防备,被烟一熏,头昏眼花,就跳到山涧的水里面去躲避。结果呢,先是烈火烧浓烟熏,后是冷水浸泡,冷热相激,孙悟空这个玉皇大帝都杀不死的身子,就一口气上不来,死了一般。

水面上漂起孙悟空的身子,沙和尚那个哭啊,说师兄你本是亿万年长生不老的身子,怎么成了中途短命人了?猪八戒笑着说,你别哭,这猴子是装死吓唬我们呢。他会七十二变,就有七十二条命。你扯着他的脚,等我摆布他。原来猪八戒给孙悟空做起人工呼吸来了,孙悟空本来就是冷水逼住不顺气了,猪八戒一按摩，孙悟空就活过来了。

孙悟空说这个妖怪的火龙王都灭不了，只有去请观音菩萨了。我这会儿腰酸背疼，驾不了筋斗云，去不了南海，你们俩谁跑一趟吧。猪八戒说我去。没想到红孩儿也在想，他们请龙王没成功，一定还会再请别人，就跳到空中观看动静。见猪八戒驾着云往南边去了，心想一定是请观音菩萨。红孩儿是本地人，就抄近路，赶到猪八戒前面，变成观音菩萨，把猪八戒骗了回来，拿根绳子一吊，也准备蒸熟吃猪肉了。

孙悟空那边呢，一股风刮过去，觉得不对，就忍着身体疼痛，又去火云洞叫阵。红孩儿带领小妖们一拥而上，孙悟空就变成个包袱躺到洞口了。红孩儿说穷和尚的包袱大概没啥值钱玩意，拿进来随便丢那儿吧。孙悟空呢，又用毫毛变个假包袱充数，真身就变成个苍蝇落在门轴上观察动静。那么，接下来又会发生什么事情呢？请看下一讲。

第四十二讲

菩萨，
你好会算计

上一讲说到，孙悟空变成一个苍蝇，落在火云洞的门轴上，打入敌人的内部了。一会儿，就见红孩儿叫六健将（就是六个得力小妖），说你们记得老大王的家吧？六个小妖说记得啊。红孩儿说你们请老大王去，说我拿了唐僧，请他来，蒸了唐僧肉吃，可以长生不老。

孙悟空一听，老大王不就是说牛魔王吗？我还记得老牛的模样。就飞到六个小妖前面几十里处的山坳里，摇身一变，变成了牛魔王的模样，又拔毫毛变几个小妖，驾着猎鹰，牵着猎狗，手拿弓箭，正在打猎的样子。

六健将正往前走呢，忽然看见"牛魔王"正在打猎，高兴得连忙跪倒，说老大王，我们正要去请你呢，我们大王请你去吃唐僧肉呢。这么巧就遇上了，省了我们走路了。假"牛魔王"说，好啊，你们大王很孝顺啊，同我回家去，我换件衣裳。六健将叩头说，老大王就不用回去换衣裳了，就这样跟我们去吧，去得晚了我们大王要怪我们不会办事了。假"牛魔王"说，

既然这样,那就依你们吧。

不一会儿,返回火云洞,六健将报告老大王请来了。红孩儿一听,说这么快啊,你们真会办事。立刻吩咐全洞的小妖排起队,打旗子,敲锣鼓,行大礼迎接老大王进洞。进来以后,红孩儿又跪下叩头,行大礼参拜。参拜完了,就说我昨天获得一个人,是去西天取经的唐僧,都说吃他一块肉,就寿比南山,孩儿不敢独自吃,特请父王来共享。假"牛魔王"故意装

作大吃一惊,说那唐僧有个徒弟孙悟空,是大闹过天宫的齐天大圣啊,神通广大,法力无边,你抓了他的师父,他知道了,也不和你打,拿金箍棒往山腰里戳个窟窿,你就无家可归,我也没人养老了。

红孩儿说:父王你怎么长他人的志气,灭孩儿的威风啊?那孙悟空,我也和他交过手了,差点让我用三昧真火烧死。猪八戒去请观音菩萨,我变成菩萨等着他,也抓回来了。那孙悟空又来和我打,叫我打得连包袱都丢下逃跑了。假"牛魔王"说你不知道啊,他还会七十二变,他要是变成我的模样来了,你也认不出来啊。红孩儿说,父王放心,他叫我烧怕了,就是铁胆铜心,也不敢来了。

话说到这儿,就该吃唐僧肉了。假"牛魔王"就说:儿啊,你果然有本事,可是我今天还不吃唐僧肉。红孩儿问为什么不吃啊?假"牛魔王"说我年老了,你母亲常劝我做些善事,我现在吃斋了。红孩儿一听,就起疑心了,心想父王吃人为生,已经活了一千多年了,怎么忽然吃起斋了?就问六健将,你们是从哪儿请来老大王的?六健将说在路上,老大王正打猎呢。

红孩儿一听,说不好,老大王可能是假的,就问假"牛魔王":父王我出生时的具体年月日时辰是哪天、什么时候啊？孙悟空这一下回答不出来了，就说父王年纪大了，记性不好，回头问你母亲吧。红孩儿说父王平常对我的生辰八字记得滚瓜烂熟，怎么现在说忘记了？一定是假的！一声吆喝，全洞的小妖都拿起刀枪扎过来。孙悟空现了原形，哈哈大笑说，哪有儿子打老子的道理呀？红孩儿叫了孙悟空半天父王，满脸羞惭，也不愿意再打，由着孙悟空去了。

孙悟空占了便宜，腰也不疼了，去南海请来观音菩萨，把红孩儿收去作善财童子了。写观音菩萨收红孩儿，情节很多：又是让惠岸行者去找托塔李天王借来天罡刀，变成莲花宝座骗红孩儿坐啊；又是把净瓶甩到海里借来一个大海的水，到了号山变出一个假的南海普陀山啊；又把如来佛祖给的三个宝贝箍儿的最后一个金箍儿，变成项圈、手镯、脚镯套在红孩儿身上啊；最后还用法力让红孩儿两只手合掌在胸前再也分不开，一步一拜，拜回普陀山才解了法术复原啊。这些描写，里面隐藏了不少微妙的佛教道理的暗示，最主要的，是表示红孩儿其实很有潜力，有培养前途，但还在少年阶段，不服管教的心气还很顽强，也就是他的心猿意马的躁动，和当年大闹天宫时的孙悟空差不多，不花大力气，是降伏不了的。红孩儿能喷三昧真火，其实就是象征人心欲望像烈火一样凶猛。

观音菩萨几次帮助取经团队，镇元大仙那一次，得到吃一个人参果的酬谢；偷袈裟那一次，收了黑熊精做守山大神；这一次又收了红孩儿做善财童子。大慈大悲救苦救难的观音菩萨，每一次都没有白出手，都有丰厚的回报啊。第四十三回前面写唐僧获救，听说是观音菩萨收了红孩儿，立刻跪下朝南礼拜。孙悟空说，不用谢她，倒是我们让她得了一个童子。这种调侃很耐人寻味。

下一回黑水河的故事，又有什么寓意呢？请看下一讲。

第四十三讲

裙带贪腐案，龙王你知罪吗

红孩儿的火，是心火炎炎、欲望腾腾的象征，写了三回书。水火相济，下面第四十三回，是黑水河的鼍龙，变成艄公，把唐僧和猪八戒摄入河底，要吃唐僧肉。鼍龙得手以后，志得意满地说，我谋划了好长时间啊，今天好不容易才得了手。这个取经的唐僧，轮回转世十次，每一世都是修行的大善人，只要能吃他身上的一块肉，就能长生不老。为了得到他，我等的时间也太长了，今天终于达到目的了！

这一节描写，说明积德行善，而且是轮回转世多次不断积累，善果就特别大。可是这样的善果也有点奇特，不是让这个行善的人得到回报，而是他的肉体变得有了特殊营养价值，反而成了招灾惹祸的目标。就像蟠桃啊，人参果啊，辛辛苦苦努力成长，却成了被吃掉的盘中餐。

在小说里，当然不做这种推理思考，而是因此成为一个故事往下发展的情节扣子。西天路上就有了许多妖怪都要捉拿唐僧，吃他的肉，孙悟空就得费尽心机保护唐僧，和这些妖怪打斗。因此也就建功立业，西天取经也就成了艰难又伟大的事业。

鼍龙和红孩儿一样，得了好东西，不是自己独吞，首先想到要请长辈共享，这两个妖怪，都挺有孝心呢。红孩儿请牛魔王，是他亲爹；鼍龙呢，是请他舅舅。唐僧和猪八戒被鼍龙抓到水底以后，是沙和尚下到黑水河里去和鼍龙打斗，因为孙悟空水里头的本事不行，沙和尚可是流沙河里出来的。唐僧遭难以后，孙悟空才说自己看着艄公有点不对劲，可能也和他水里的道行浅有关系。

鼍龙的舅舅是谁，孙悟空本来不知道。可是出来一个黑水河的河神，说我的住宅被鼍龙抢占了，他年轻力壮，我年老体衰，打不过他。我去告状，西海龙王是鼍龙的舅舅，不准我的状子，让我把住宅让给他外甥住。我要越级上告吧，又职位太低，见不着玉皇大帝，够不着啊。大圣正好你来了，请求你替我主持公道吧。

孙悟空一听,这一下好办了,西海龙王搞裙带贪腐案,四海龙王互相包庇,还敢纵容外甥抓我师父,这还得了?找西海龙王去,问他个大大的罪名。孙悟空去西海,正好碰上鼍龙派一个黑鱼精给他舅舅送请帖呢,被孙悟空一棒子打死。小说写得形象得很,说黑鱼精立刻被打得脑浆迸出,腮帮子裂开,咕嘟的一声,一条死鱼就漂到水面上了。

孙悟空拿着鼍龙写的请帖,这下子罪证就更确凿了。西海龙王听说齐天大圣来了,热情迎接,说请大圣喝茶。孙悟空说我还没喝你的茶,你倒先喝了我的酒了。龙王笑着说大圣什么时候请我喝过酒啊?孙悟空说你没有喝我的酒,可有了喝酒的罪了。也不用多说,把请帖递给龙王,你自己看吧。

西海龙王一看,吓得立刻跪下了,连忙说我这个外甥,就是被魏征梦中杀了的泾河龙王的第九个儿子。泾河龙王被杀,我妹妹守了寡,我把她接过来,还有她身边这个小儿子,抚养教育。前年我妹妹病死了,我打发这个外甥去黑水河修身养性,没想到他年幼无知、胆大妄为,抓了大唐圣僧啊。抢占黑水河神宅子的事,龙王就含糊不提了。孙悟空就问,你妹妹嫁过几次啊?怎么生了这么多儿子啊?都在哪儿为非作歹啊？龙王赶紧说就嫁了一次，嫁给泾河龙王，生了九个儿子，大圣没听说龙生九种，九种各别吗？那八个都是好的，有正当职业，就这个小的还没成人。龙生九种是说九个儿子品种都不一样，这个最小的鼍龙，就是扬子鳄，俗名叫猪婆龙。

孙悟空见龙王战战兢兢，就说，既然是这种情况，也情有可原。我饶了你，赶快把我师父救出来。龙王就叫太子摩昂点兵前往黑水河，把那个畜生给我抓回来。又让赶快准备筵席，向孙大圣赔礼道歉。孙悟空说我既然已经说饶了你，就不吃筵席了，我也得赶紧回去，就和你儿子一块走吧。龙王赶紧捧上一杯上等香茶，请大圣喝茶。

摩昂太子去了黑水河，与表弟鼍龙一场打斗，鼍龙被活捉，押回西海。沙和尚跳下水救出唐僧、猪八戒，黑水河神夺回宅子，用阻水法送唐僧过了黑水河。阻水法大概就是让河水两边分开，当中出现一条通道吧。

黑水河鼍龙作怪的情节比较单纯，只用一回的篇幅，这和三回书的红孩儿故事构成一个简洁明快一个曲折离奇不同风格的对比，是高明的写作方法。两个故事的思想内涵，彼此联系相辅相成，烈火熊熊，黑水沉沉，都是表现对不断滋生的贪婪欲望，要作长期的斗争。不过鼍龙是泾河龙王的儿子，泾河龙王当年为了面子争强好胜，犯了天条被杀。鼍龙的胡作非为，也有点父亲的罪孽在儿子身上继续发作的意味。

一些具体细节，也生动有趣。比如，鼍龙的武器是竹节钢鞭，是模拟扬子鳄后背上的纹路。摩昂龙太子的武器三棱简，是从龙身上的鳞甲想象比方。这一回开头，红孩儿的事情完结不久，刚听到黑水河的流水声，又写孙悟空提示唐僧别忘记乌巢禅师传授的《心经》，说师父你忘了经文里面说"眼耳鼻舌身意"招来"六贼纷纷"，暗暗衔接唐僧刚从五行山下放出猴王，孙悟空打死"六贼"的情节，照应西天取经其实是降伏心猿意马的大主题。

火灾，水难，都经过了，后面又要面临什么考验呢？请看下一讲。

第四十四讲

两个关键词，车力和脊关

第四十四回的回目是：法身元运逢车力　心正妖邪度脊关。

许多人读《西游记》，大都不求甚解，光注意热闹的故事情节，对好多说法、字眼，特别是回目，扫一眼就过去了。到底说啥意思呢？连想也不愿意去想。这样子读书，就不可能真正理解热闹故事背后的深刻内涵，也难以真正欣赏领会到作品微妙的艺术魅力。这一回的回目，到底在说啥呢？

我们先不解答，还是看故事。唐僧师徒渡过了黑水河，又到了柳树发芽、梅花落瓣的早春时节。前面不是高山峻岭，而是一座城池，唐僧在马上，忽然听到有千百人呼喊的声音，就像黄河纤夫拉纤喊号子一样。

孙悟空跳到空中从云头上往下一看，只见城门外广阔的沙滩空地上，拥挤着一大群和尚，正在喊号子拉纤呢，不过不是拉船，而是拉车。车子里面装满了砖头瓦片、土坯一类的东西，那沙滩坡度很陡，当中有一条夹脊小路，前后是两个高耸的关口。坡度陡，路狭窄，很难拉，所以那些和尚们喊着号子，让大家把劲用到一块去。大家注意，夹脊小路的"脊"字，也就是回目后一句中"脊关"的那个"脊"字。

孙悟空还看见，那些和尚都破衣烂衫，面目憔悴，这时候来了两个青年道士，衣服光鲜，红光满面，与那些和尚形成鲜明对比。一看见那两个道士，和尚们立刻使出了吃奶的劲，拼命拉车，使劲喊号子。很明显，道士是监工的，和尚们非常怕道士。

孙悟空就摇身一变，变成一个道士，迎着那两个道士走过去。孙悟空对两个道士躬身行礼，问到哪里能化到斋饭？两个道士听了哈哈大笑，说远方来的道友啊，你说什么呀？我们这儿上到国王大臣，下到平民百姓，谁不把我们道教的人奉为上宾啊？哪里还用化斋呀？孙悟空说怎么会这样呢？道士说二十年前此地大旱，来了三位道长，分别叫虎力大仙、鹿力大仙、羊力大仙，他们能呼风唤雨，点石成金，解决了旱情，国王封三位道长为国师，和他们结拜为兄弟。那些和

尚无能，国王就兴道灭佛，拆了他们的庙，让他们给我们做苦力。

孙悟空听了，就流泪说我有个叔叔，自幼出家为僧，流落他乡，我就是来寻亲的，他是不是也在那些拉车的里面呀？两个道士说那你去问问吧，要是有，我们行个方便，放了他。孙悟空就去找那些做苦力的和尚说话去了。和尚向孙悟空诉苦，说我们就是在劳力营里啊，逃又逃不掉，已经有好多人不堪忍受自杀了。剩下我们这五百号人，自杀都不行啊，上吊绳子断，刀砍不流血，一闭眼，就见六丁六甲、护法伽蓝对我们说，你们先忍一忍，很快就会有唐僧的大徒弟孙悟空来解救你们了。

孙悟空听了很开心，就去对两个道士说，这五百个和尚都是我的亲戚，你们把他们都放了。两个道士当然不答应，孙悟空就耳朵里取出来金箍棒，把两个道士打死了。那些和尚一看，都吓得齐声喊叫不得了啊，打死皇亲了！孙悟空就现出原身，和尚们一看，立刻跪下叩头，说大圣爷爷救命！孙悟空说你们没见过我，怎么会认得我呢？和尚们说太白金星天天给我们托梦，说大圣爷爷的模样，我们早就牢记在心了。

下面就写孙悟空使神通，把和尚们做苦力拉的所有木头车子都打得粉碎。这里有个关键句,是"将车儿拽过两关,穿过夹脊,提起来,摔得粉碎"。这句话里面的"两关",是指前面说过的和尚拉车子要经过的土路前后两个高耸的关口,"夹脊"就是指那条坡度陡、路面窄的小路。

有个奥妙的地方,就是这"两关"和"夹脊"是一语双关的。我们现在回头看这一回的回目:法身元运逢车力 心正妖邪度脊关。这是把佛教和道教两家的宗教术语糅合在一起,传达这一次磨难考验的思想内涵。唐僧师徒这次来到一个灭佛兴道的国家,这个国家叫车迟国。车迟的意思,就是法轮不转了,因为这个国家在打击消灭佛教啊。"法身元运"也是杂糅佛教和道教的术语,这里就指孙悟空保护唐僧西天取经的正能量,他们碰上了灭佛的车迟国的国王和妖道,要面临考验经历斗争,这是"法身元运逢车力"的意思,字面上,是说孙悟空他们,碰上了被迫做苦力推车的和尚。

佛教和道教都通过打坐调整呼吸练习气功来修行,让心静下来,进入超脱世俗的精神状态。"双关"和"夹脊"就是练习气功的术语,意思是静坐运气时,真气要通过所谓"夹脊小路",就是有很多关节阻碍的脊梁骨狭窄的通道，到达头顶的"泥丸宫"，就是百会穴，再到达下面的涌泉穴，这个穴位在脚掌心，最后回到肚挤眼下面的丹田穴，经脉就全面打通了。双关就指泥丸宫和涌泉穴上下两个穴位，像两个关口一样很难到达通过。

孙悟空运用神通，打碎了妖道强迫和尚做苦力的小车，用"拽过两关""穿过夹脊"这种说法，就一方面指小说里写的和尚们拉车的土路，另一方面，预示孙悟空要和三个妖道较量，最后战胜妖道，让佛教的法轮重新转动起来。到了第四十七回开头，车迟国的三妖已经被歼灭，国王贴出榜文，招请和尚，五百个做苦力的和尚进城应聘，孙悟空对国王说，这些和尚就是老孙先前救的。书中又特别重复"车辆是老孙运转双关，穿夹脊，摔碎了"，是有意点明一语双关的含义。

那么孙悟空将怎样和兴道灭佛的三个妖道较量斗争呢？请看下一讲。

第四十五讲

怎能这样戏耍我们？太过分了吧

中国历史上，发生过多次佛教和道教的矛盾冲突。有的皇帝兴佛灭道，有的皇帝兴道灭佛。比如，著名的"三武一宗"灭佛事件，就是北魏太武帝拓跋焘、北周武帝宇文邕、唐武宗李炎和后周世宗柴荣四个皇帝，都曾打击过佛教。明朝也有皇帝相信道士能炼长生不老药，支持道教排斥佛教。但总体上，明朝和清朝两个朝代，儒、佛、道三家已经基本上和平共处、三教合一了。

《西游记》写如来佛和观音菩萨的佛教、太上老君的道教，都拥护和支持实际上遵循儒家伦理的玉皇大帝领导的天庭，就是三教合一的体现。不过唐僧西天取经的主体故事，毕竟是佛教主导的，所以也就有一些相对来说更抬高佛教的倾向。前面降伏孙悟空时，太上老君的炼丹炉显然比如来佛祖的五行山差得远。孙悟空推倒了人参果树,道教地仙之祖的镇元子、神仙之宗的蓬莱岛三星都没有办法,佛教的观音菩萨一来,就让果树起死回生了。

无论佛教还是道教,内部都有主流正宗和旁门邪派的区别。两教的主流正宗互相尊重甚至联手,对旁门邪派都是排斥打击的。其实,二者就是体制内的利益共同体,超越了名义上的门户之分。

车迟国的三个妖道,就是道教里面的旁门邪派。当然,打着道教的旗号,就得尊重道教的祖师爷。第四十四回后边和第四十五回前边的故事,就写虎力大仙、鹿力大仙、羊力大仙三个妖道,领着手下的许多道士在三清观里面连夜举行道教仪式,在三清圣像前摆了许多供献食品。孙悟空发现了,就作法掀起一阵大风,让道士们停止了宗教仪式回去休息,然后拉上两个师弟,跑到三清观搬走三清圣像,三人变成三清模样,拿起供品大吃大喝。

三清分别是玉清元始天尊、上清灵宝天尊、太清道德天尊,是道教的祖师爷和最高领导。道德天尊就是太上老君,灵宝天尊在《西游记》里称为灵宝道君。太上老君的原型是春秋时期中国最早的哲学家老子,传说他名叫李耳,又叫老聃,传下了五千言《道德经》,成为道家的创始人。但在道教的神谱里,太上老君虽然是三清之一,却排序第三。这是宗教神话复杂演变的产物。

对这个矛盾,《封神演义》做了处理,老子、元始天尊和通天教主是同门师兄弟,元始天尊掌管阐教,通天教主掌管截教,老子不掌教。但是大师兄元始天尊有了疑难,还要请老子出山协助。到了万仙阵,又有"老子一气化三清"的故事,三清就都成了老子一个人的化身了。

《西游记》没有认真对待太上老君既是道教最高领袖又是"三清"之一的矛盾,含糊处理,太上老君似乎是道教的最高领袖,但在提到三清时又遵循传说中的排序。元始天尊和灵宝道君只是在说到"三清"时提一下名字,没有具体故事情节。车迟国三清观的故事里就是这样,孙悟空变成元始天尊,猪八戒变成太上老君,沙和尚变成灵宝道君,享受供品。谁知道后来走漏了风声,三个妖道带领道士们出来,以为三清真身降临,苦苦请求天尊赏赐金丹圣水。孙悟空又恶搞,和猪八戒、沙和尚一人尿了一泡尿,让道士们当作圣水喝。这就是回目说的"三清观大圣留名"。

这个故事就是搞笑逗趣，对道教做无伤大雅的调侃，讲一些逗得大家哈哈大笑的段子。猪八戒把三清的圣像扔到茅坑里，还念了一段顺口溜，说："你平日家受用无穷，做个清净道士；今日里不免享些秽物，也做个受臭气的天尊。"这是文学，不是贬低道教推崇佛教的宗教斗争。孙悟空不也调侃过观音菩萨，说该她一辈子嫁不出去没有丈夫吗？后来不又当面对如来佛说你是妖怪的外甥吗？

最后西洋镜揭穿了，第二天到了朝堂上，就变成孙悟空和三个道士比拼法术较量神通了。这是第四十五回后一半和第四十六回的故事。请看下一讲。

第四十六讲

正法胜外道，
心猿纵身跳

　　孙悟空和三个妖道斗法，一共四个回合。第一个回合，是国家又有旱情，双方比赛谁能让天上降下大雨。这一部分在第四十五回。虎力大仙首先登上高台，烧符纸，发令牌，掌管风、云、雷、电的各路天神，以及四海龙王，先后来到。小说中写因为道士修炼的"五雷法"是真的，所以众神听到信号，就前来降雨。

　　孙悟空用毫毛变成化身陪着唐僧，真身跳到半空。众神一看齐天大圣到来，立刻遵从号令，改弦更张，风也不刮了，云也不兴了，电闪雷鸣更是踪影全无，晴空万里，哪里有一点儿下雨的感觉。道士连发令牌，毫无影响，只好说今日龙神都不在家。轮到和尚了，孙悟空也不登坛，也不发令牌，把金箍棒往天空举起来，举一下，风起；举两下，云生；举三下，电闪雷鸣；

举四下,大雨倾盆而下。

　　道士狡辩,说这还是我们请来的云神、雨神,只是迟到了,让和尚正好赶上了,其实还是我们求来的雨。孙悟空说这也不用争辩,现在四海龙王没有得到我的号令,不敢离开,你能叫得龙王显露真身,给陛下开开眼,就算是你求来的雨。国王一听大喜,说我还从来没有见过真龙,你们谁能让龙现身,谁有功;叫不来的,有罪。道士当然叫破嗓子也没用。孙大圣一声吆喝,四条真龙立刻穿云飞来,在金銮殿上空盘旋翻腾。吓得国王烧香礼拜,请龙神返回大海。

　　这一部分描写情节热闹,文采飞扬。风生,云起,打雷闪电,大雨滂沱,以及最后真龙现身,各有一段骈体文描写,场面壮观,激动人心,真是吸引眼球。

　　第四十六回虎力大仙要比赛在五十张桌子搭的高台上坐禅,这一场唐僧唱主角,孙悟空变化祥云把唐僧送上去。鹿力大仙捣鬼,变化臭虫去干扰唐僧,结果被孙悟空破解,反过来变一条大蜈蚣爬进虎力大仙的鼻凹里,道士一个跟头翻了下来。和尚又完胜了道士。

　　下面鹿力大仙提出比赛隔板猜枚,就是猜猜藏进柜子里的东西是什么。第一次皇后放进去龙袍凤袄，孙悟空进去变成破衣烂衫。第二次国王放了一个桃子，孙悟空隐身进去吃了桃，让唐僧回答是个桃核。第三次让一个小道童藏身在内，孙悟空又把小道童剃掉头发，成了小和尚。唐僧师徒再次打败三个妖道。

最后，虎力大仙比砍头，鹿力大仙比剖开肚子挖

出心，羊力大仙比下油锅洗澡，结果都被孙悟空施展手段，三个妖道全部死于非命，现了原形。

这些描写都荒诞离奇，又夹杂了许多调侃打趣的幽默，同时紧密结合人物的性格特点。孙悟空的头脑机灵手段老辣，唐僧的道行修养有大德风范，国王的昏庸无道，都与具体情节巧妙又恰当地融为一体，既生动，又自然。

比如，最后孙悟空和羊力大仙比赛滚油锅里洗澡，孙悟空见猪八戒与沙和尚看着油锅说笑，以为他俩在嘲笑自己，就装作被油炸得没有了。国王命令把唐僧、猪八戒、沙和尚捆起来杀头，唐僧要求死前祭奠孙悟空，念了一首怀念的七言律诗。猪八戒却气哼哼地骂："闯祸的泼猴子，无知的弼马温！该死的泼猴子，油烹的弼马温！猴儿了帐，马温断根！"这些描写，其实就是搞笑的段子。

车迟国三回书的风格情调，与平顶山金角大王、银角大王那四回有些接近。内容似乎荒诞玄幻，但蕴含的思想却比较幽深隐蔽，需要去发掘。这两次的妖怪，都很强悍，金角、银角兄弟俩有五件宝贝；虎力、鹿力、羊力是三雄结合。但这两次降魔，孙悟空都没有找哪个神仙帮忙，而全靠自己的能力完胜。金角、银角影射财富的诱惑，车迟国的三妖，又象征什么呢？

第四十四回的回目，前文讲过了。第四十六回的回目是：外道弄强欺正法　心猿显圣灭诸邪。前面已经说过，虽然这几个妖怪是道士，但外道并不是针对道教，而是指生命本能里面的各种负能量。正法就是正能量。取经团队集合以来，已经经受了色欲、食欲、财富、权力、内部团结等各种考验。车迟国的这一次就是综合性的大考，没有具体指什么，却是更高层次的心灵测试。心猿显圣伏诸邪，以唐僧和孙悟空为核心的取经团队，表现非常出色，心猿意马中的正能量完全占了上风，各种负能量也就是"诸邪"大大减少了，被降伏了。

如果说花果山的石猴在水帘洞前的勇敢一跳，是生命本能的敢为天下先，那么经过西天取经路途的跋涉，心猿已经进入了全新的境界。六丁六甲、护教伽蓝和太白金星都给受迫害的和尚托梦，说孙悟空是你们的大救星，正说明这只当年大闹天宫的心猿已经转型升华，成为天庭和西天都寄予厚望，能显圣灭邪的"正法"化身啊！

虎力、鹿力、羊力的三种称号，也是化用佛教和道教的一些典故。佛经里用羊车、鹿车、牛车比喻修行所达到境界的不同层次，道教也加以引申，说虎、鹿、羊是"炼三车"，就是修炼的三个阶段。车迟国的故事用虎、鹿、羊比喻负能量，用虎取代牛，因为牛在佛教里更有特殊的象征意义，这在后面牛魔王的故事里面再加演义，虎则可以和前面已经写过的唐僧遭遇的一系列虎难前后呼应。

最后孙悟空对车迟国国王说："今日灭了妖邪，

方知是禅门有道。向后来，再不可胡为乱信。望你把三教归一，也敬僧，也敬道，也养育人才。我保你江山永固。"这是点明主题的话，《西游记》是三教合一的，因为三教虽然各有一套说法，最后的目标却是共同的，就是让心猿意马抑制负能量，弘扬正能量。

下面，又会发生什么呢？请看下一讲。

第四十七讲

西天一半路，
想想深和浅

我做《西游记》演讲，常向听的人提一个问题：唐僧西天取经，全程十万八千里，你们知道走到哪里，遇到哪一个妖怪，就正好走完了五万四千里，也就是走了全程的一半了？

小说用非常巧妙的艺术手法，回答了这个问题，但如果你只是走马观花地看那些热闹的变化和打斗，就不一定会注意到这些细节了。唐僧师徒离开了车迟国都城，一路向西，节令从出发时的早春走到夏末秋初了，也就是走过整个春天和夏天了。这么长的时间都没有再遇到妖魔鬼怪，其实暗示经过降伏消灭虎力、鹿力、羊力三个妖怪，取经团队的觉悟境界，已经上了一个大台阶，阶段性的修行，成果已经很丰硕。

这天傍晚，又走到一条大河边了，耳朵里只听见滔滔水响,这说明这条河水流很急。猪八戒拿了个鹅卵石抛进水里试水深浅,石头沉下去没有一点声响,说明这条河很深。孙悟空跳到半空,火眼金睛竟然看不到边。孙悟空说我这双眼睛,白天能看一千里,夜晚能看五百里,这条河太宽了。又宽又深又急的一条大河啊!还好,看见有一块石碑,走近一看,上面刻着字:径过八百里,亘古少人行。原来有八百里宽啊,这会天快黑了,怪不得孙悟空没看出来。

听见不远处有敲击乐器的声音,是那种庙里的乐器。唐僧说这一定是有人家在做佛教活动,咱们过去借宿吧。师徒们就走进一个村庄了,看到一户灯火明亮的人家,唐僧说徒弟们丑陋,自告奋勇去敲门询问。一个老者出来接待,问唐僧哪儿来的,唐僧回答从东土大唐而来,前往西天拜佛求经。实话实说啊,没想到老人生气了,说你这个和尚说谎不脸红啊,那东土大唐距离我们这儿五万四千里路,你一个人那么容易就走来了?

取经团队已经走到了十万八千里路程的中间节点,就是这样交代出来的。那这是哪儿啊?那块石碑上还有三个大字,我们前面没说,就是通天河。

后面的情节大家都很熟悉了。村庄叫陈家庄,这

个老人姓陈，六十三岁了，才有一个八岁的女儿，老人的弟弟五十八岁了，也才有个七岁的儿子。通天河里有个妖怪叫灵感大王，每年要吃一对童男童女。村里的人家轮流奉献，今年轮到这兄弟俩了。孙悟空让抱出小男孩来，一转眼，就又出现一个一模一样的小男孩，当然是孙悟空变的。孙悟空自告奋勇，说替这个小男孩去让妖怪吃，后来又逼迫猪八戒变成小女孩，师兄弟两人就一起让村里人敲锣打鼓地送到河边等妖怪来吃了。

《西游记》中的这一段当然有许多有趣的情节了。比如，猪八戒变小女孩，变得不像，头和脸还差不多，身体还是个大肚子，孙悟空吹了一口仙气，才彻底变过来。此外，还有一些暗藏着深刻意思的情节，一般读者是看不出来也难以领会到的。但这些情节却暗示着全书重要的情节转变、微妙的结构艺术和独特的思想内涵。我们先把这些耐人寻味的情节列出来，大家先思考一下，里面的暗示或者象征意味是什么？答案呢，到后面再告诉大家。

为什么这个村庄叫陈家庄，两个老人姓陈呢？

这姓陈的兄弟俩叫什么名字？为什么叫这名字呢？

为什么这条河叫通天河呢？

通天河岸两边是一个国家还是两个国家？国家叫什么名字？这样安排有什么特殊的用意吗？

回目"金木垂慈救小童"，我们以前说过，金指孙悟空，木指猪八戒，为什么说他们"垂慈"呢？这两个字里面有什么更深刻的含义吗？

请看下一讲。

第四十八讲

唐长老，这次你想错了

第四十八回紧接着上一回的情节，孙悟空和猪八戒变的小男孩和小女孩被抬到灵感大王的庙里，放在牌位前面，就等妖怪来吃了。猪八戒想溜走，孙悟空说咱们答应了人家，就得说话算数。这就是好汉和俗人的区别啊。

正说着呢，呼呼风响，妖王就来了。孙悟空笑吟吟地和妖王言来语去，妖王心想，往年吃的童男童女见我一来早吓死了，今年的这个童男怎么这么胆大啊？反而不敢吃了，说往年我都是先吃童男后吃童女，今年我要先吃童女。猪八戒一听就慌了，说大王还是照往年的旧例吧，不要坏了规矩。这些描写，是一种喜剧性的幽默，逗大家开心。

妖王可不听猪八戒的，伸出大手就来抓童女。猪八戒大惊，现了原形拿九齿钉钯就筑。妖王是来享受美食的，没带武器，也没防备，身上的盔甲就被筑破了。孙悟空也现了本相，一看，被九齿钉钯筑下来的，是两块鱼鳞。妖王问：你们是哪里来的和尚？敢来破坏我的好事？孙悟空说，我们是东土大唐圣僧唐三藏的徒弟，去西天取经，路过陈家，听说你这个泼妖魔，年年要吃童男童女，我们慈悲，拯救生灵，特来捉你这个妖怪。妖怪一听，就化作一阵狂风，钻进通天河里去了。

妖怪回到河底的宅子里，情绪低落，手下的水怪们问大王你今年怎么了？妖怪就说今年碰上对头了，西天取经唐僧的徒弟假变童男童女，差点要了我的命。早就听说吃一块唐僧肉就能长生不老，没想到他有这么厉害的徒弟，坏了我的名声，别说唐僧肉了，连童男童女也吃不成了。

这时候就有一个鳜（guì）鱼精，书里面叫它"鳜婆"，就是一条年老的母鳜鱼，献了一条计策。她说，大王啊，你会呼风唤雨，一定也会下雪结冰吧？妖王说那还不容易！鳜鱼婆就说，大王你今夜三更天就作法，刮一阵大风，下一场大雪，把通天河冻得梆梆的，再选几个会变化的水族，变成人在河面上来来往往，

走路过河。那唐僧急着去西天取经，一定学样。等他踩着冰过河的时候，大王在冰底下等着，一下子把冰面裂开，唐僧一掉进河里，大王还不是手到擒来。那时候要蒸要煮，想怎么吃，还不随您的意了。妖王一听大喜，说真是好主意，要是这条计策真的成功了，我和你结拜为兄妹，共同享受美味，吃唐僧肉。

妖王照计划来，《西游记》的作者按顺序写，用了不少篇幅描写下大雪，结冰，河冻，陈家二老留客款待。前后有四篇骈体文章，有的长，有的短，形容刻画天气怎么冷，大雪纷飞怎么风景无限，在陈家花园怎么游玩欣赏雪景，墙壁上挂着和下雪有关的典故图画，等等。

唐僧果然心急，说唐王派我去西天取经，这都好几年过去了，西天都还没有走到。现在下了大雪，河面结了冰，已经人来人往，咱们也踩着冰过河吧。两个老人说，着什么急啊，等几天太阳出来，冰雪融化，我们准备船只，送你们渡过河去。唐僧说这会刚入冬，天气只会一天比一天冷，等到雪化冰消，要到猴年马月啊。咱们到河边看看去。

后边跟着一篇骈体文，描写通天河冻得挺结实。唐僧看见河面上人来人往的，陈老说河对岸是西梁女国,河这边是车迟国,两国的物品价格不一样,这些人两头跑,搞跨国商品贸易挣钱呢。唐僧就下了决心,踩着冰过通天河。猪八戒干过农活,经验丰富,用稻草包了马蹄子,在冰上行走就不打滑,驮着唐僧过河了。

通天河里的妖怪早就等着呢,唐僧果然中计被妖怪抓到水底下去了。猪八戒、沙和尚和白龙马都是水里头出身,孙悟空本来就在半空中半云半雾地走,当然都没有沉下水去,全上岸了。师兄弟三人拉着白龙马,驮着行李,又返回陈家庄陈老家里去了。陈老一见没了唐僧,着急得很,说我们一再苦留,就是要走,这可怎么办呀!孙悟空说这一准是那个灵感大王捣的鬼,把我师父抓走了。等我寻这个妖怪去,一来救我师父,二来也给你们除了后患。

清代人评点这一回,说这一回是写急躁带来的危害,唐僧太急着走,反而出了问题。仅仅是急躁吗?那么,孙悟空将如何降伏妖怪救出唐僧呢?请看下一讲。

第四十九讲

菩萨，是放手，还是交班

过去一些谈《西游记》的人，爱说《西游记》有个老套路，孙悟空遇上妖魔鬼怪降伏不了，就请观音菩萨来。其实，这是人云亦云，没有深入认真阅读小说带来的误会。西天取经八十一难，观音菩萨一共救过取经团队几次呢？亲自到场，只有五次，其中把小白龙变成马，是早就安排好的。要说实打实的救助，不过四次：降伏黑熊精，复活人参果树，收走红孩儿，还有就是收了第四十九回的这个灵感大王。此外四圣试禅心，是当考官，还是参加集体行动；后面第七十一回赶去，那是救自己的坐骑逃一条活命，和帮助取经团队无关。派惠岸行者收沙和尚，也是消除误会，执行原定计划。

我们以前也调侃过，说观音菩萨几次出手，其实都有自己的利益在内，收了两个门人，吃了一个人参果。那么这一次到通天河呢？大家对故事都很熟悉，灵感大王是观音菩萨莲花池里的金鱼偷跑出去，到通天河兴风作浪。把金鱼抓回来，重新放进普陀山的莲花池，还是肥水不能流入外人田。

《西游记》这样写，幽默风趣，把家庭社会的人情世故都融化在神怪的故事情节里面，体现经典文学作品高超的艺术性。第四十九回的回目是：三藏有灾沉水宅　观音救难现鱼篮。这一回是前面两回情节发展的延续和收官，思想内涵和写作技巧，都是暗藏玄机，刻意安排，体现通天河故事，在八十一难中是重要的枢纽，有深远的意义。

这一回的情节发展，并不复杂。孙悟空水里的本事不行，让猪八戒、沙和尚下到通天河水底和灵感大王打斗。猪八戒与沙和尚两个人联手，才和妖王打个平手，将其引出水面，孙悟空金箍棒打下去，妖怪立刻招架不住逃回水底。沙和尚说这个妖怪出了水面本事不行，到了水里十分厉害。这其实是十分微妙的艺术表现，就是扣住"如鱼得水"四个字做文章。鱼儿离不开水啊，瓜儿离不开秧嘛。

每一个情节都精心设计，因为通天河是取经路程的中间节点，要作一次承前启后的表演，既对前面的内容作总结性的提示，又对后面的内容作预言性的暗示。

猪八戒、沙和尚与金鱼精在水底交战，有三首诗，分别赞美猪八戒的九齿钉钯、沙和尚的降妖宝杖和妖王的铜锤。猪八戒、沙和尚加入取经团队的时候，孙悟空与猪八戒打，有诗说钉钯的来历；猪八戒与沙和尚打，有诗说降妖宝杖的来历。现在取经路程已经走了一半，再一次赞美九齿钉钯和降妖宝杖，这是在曲折地表示，猪八戒与沙和尚都已经为取经事业做了不少贡献，他们的个人修行也进步很多了。

孙悟空变成长脚虾婆，在通天河水底听见唐僧在石头匣子里哭泣，用一首七言律诗概括唐僧的几次水灾：刚出生就成了江流儿，黑水河被抓到水底，现在通天河又陷身冰水。佛教故事中佛祖释迦牟尼修行成道时，肉体飞过了恒河，后来觉悟了就叫到达彼岸。描写唐僧总结三次水灾，是暗示通天河是取经路程已经走完一半的标志性地点，过了通天河，也就是两只脚已经有一只脚踩到了彼岸。这也是一种千里伏线，遥遥暗接第九十八回在西天凌云渡掉入水中脱胎换骨，以及第九十九回再到通天河被老鼋（yuán）甩入河中后最后一次脱离水灾登上彼岸。回目"三藏有灾沉水宅"就是点题。

孙悟空去南海请观音菩萨，特别设计了未梳妆的鱼篮观音的形象，又特别描写南海普陀山的全部护法神二十四路诸天、惠岸行者、守山大神、善财童子、捧珠龙女全部出现迎接孙悟空，都是一种暗示：过了通天河，取经事业的功果已经完成了一半，值得庆贺，但也是某种告别仪式。因此回目突出"观音救难现鱼篮"，也是点题：这可是最后一次救了。

什么告别仪式呢？就是观音菩萨这位取经事业的组织者，她的任务也已经基本完成。观音菩萨对取经团队扶上马送一程的"保姆"作用，到此为止了。后一半路程，那要靠取经团队自己努力奋斗了，而且已经距离西天越来越近，观音菩萨要交班了，交给如来佛祖亲自负责了。过了通天河，观音菩萨再没有亲自出手救援取经团队，顶多变个老妈妈给孙悟空指点一下门路。相反，如来佛祖或直接或间接出手援助取经团队好几次。

现在我们可以回答第四十七讲末尾提出来让大家思考的问题。

通天河岸上的村庄叫陈家庄，全村人都姓陈，是为了对接唐僧的姓氏。第四十七回特别写到唐僧知道了老人姓陈后，说这是贫僧华宗；老人反问长老也姓陈？唐

僧回答是，我俗姓陈。俗姓就是出家以前姓陈。和尚出了家，正式姓氏，就是释迦牟尼的释，称为释子。唐太宗又把国家的标志唐赐做姓，唐僧其实有三个姓：俗姓陈，佛姓释，国姓唐。

　　陈家两兄弟的名字是"澄清"两个字各取其一，这里的寓意是，过了通天河，取经路程已经走完一半，意味着取经团队个人修行也已经完成了一半的功课，他们躁动的心猿意马已经得到了相当制约，他们的心灵已经相当干净了，也就是澄清了。

为什么取经路途的中点是通天河呢？寓意就是走过了一半路程，通往西天的路越来越近了，通天就是通往西天。但这不意味着后一半路程变得容易，相反，未来的考验更加严峻。

通天河的此岸还在车迟国，在车迟国消灭了虎力、鹿力、羊力三妖，是正法战胜外道的一次阶段性成果。陈家庄属元会县管辖。"元会"两个字意在象征，元，是本质、源头的意思，已经接触到信仰的本质了，不忘初心了。但过了通天河，不是车迟国了，而是另外一个世界——西梁女国。女又是阴阳的阴之化身，阴代表负能量，新的磨难会更加具有挑战性。

第四十七回的回目用"金木垂慈"的突出字眼，说孙悟空和猪八戒已经不仅具有而且主动发扬"慈善"的价值观了。他们对灵感大王也公开说，我们是因为有慈悲心，才要拯救生灵，来收拾你这个要吃童男童女的坏东西。通天河以前的磨难，孙悟空是在被动地保护唐僧不被妖魔侵害，或者接受各种考验，没有主动发挥正能量的善心去做什么事，乌鸡国也是国王的鬼魂求上了门才出手降妖的。但通天河却是孙悟空和猪八戒主动变成童男童女，发挥善心，甘冒风险，不怕牺牲，为民除害。

孙悟空和猪八戒原来都是吃人的妖怪，现在变成了"垂慈"价值观的体现者，说明经过一半路程的磨炼斗争修行，心猿意马已经发生了本质性的变化和提升。第四十九回特别让鳜鱼婆对金鱼精这样称呼孙悟空：混元一气上方太乙金仙美猴王齐天大圣。这么尊贵的称呼，就是暗示走完取经的一半路程，孙悟空的个人修行已经达到的高度。第十四回孙悟空刚被唐僧放出又赌气离开去了东洋大海，龙王对孙悟空说你如果不保唐僧去西天取经，你就永远是个妖仙，难成正果。刚上路和走了一半路，对比鲜明。

但妖魔还没有彻底剪除，还会继续危害众生的时候，唐僧就急着离去，结果落入魔窟，直到这时候，孙悟空才对陈老说，干脆剪草除根，替你们全村除掉后患。这又说明取经团队到底还是只走了一半路，还没有完全明心见性，没有彻底明白西天取经的终极目的是什么，是形式上的经书，还是慈悲救世的价值理念？

因此，过了通天河，他们将面临新的考验，经受新的磨难。后一半路程，将怎样开始？取经团队能够获得最后的成功吗？请看下一讲。

第五十讲

这圈子到底是啥意思啊

从第五十回起,就进入了西天取经路的后半程。这一回开始,是一首意味深长的词《南柯子》。开头两句是:"心地频频扫,尘情细细除"。尘情就是世俗的情怀。后面又有这样的句子:"勿令猿马气声粗"。意思很明显,前一半路程已经结束,虽然修行取得了很大的成果,但已经是过去时了。新的问题要产生,新的困难会出现,新的考验将面临。心猿意马还没有彻底降伏,还会粗声大气地吼叫,狂奔乱跑地躁动,也许比过去更厉害。特意选择"南柯子"这个词牌,是用"南柯一梦"的典故,说前一半路程的旧梦已经做完了,新的南柯大梦又要敲锣打鼓,开场上演了。

过通天河的时候,是初秋,这一回开头,就说已经是寒冬腊月了。又遇到了高山，唐僧又说要小心，孙悟空的回答和以往不太一样，说我们师兄弟三人，性和意合，归正求真，荡妖除魔，不用担心。突出强调取经团队已经团结一致，觉悟大大提高，因此战斗力更强。这一方面是对前一半路程已经取得成绩的总结，也是对未来的期待。

但事情的发展演变，往往出乎意料。唐僧说肚子饿了，孙悟空要去化斋，出发前却有了新的动作。他用金箍棒在地上画了一个圆圈，嘱咐唐僧和猪八戒、沙和尚在圈子里边，不要走出圈外，说我画的圈就是铜墙铁壁，妖魔鬼怪，豺狼虎豹，都进不去。但如果自己走出了圈子，那就一定会遭遇毒手。原来不远处的山坳里有楼台房屋，孙悟空却说那里笼罩着云雾，透露出凶险，可能是妖魔点化的。

我们都知道讲故事的套路，前面说千万不要做什么，后面就一定会不遵守诺言，去做那不应该做的事情。孙悟空驾云去千里之外化斋，说明他们已经走到了千里之内没有人烟的荒山老林。唐僧在猪八戒撺掇下，走出了孙悟空画的圈子，走向山坳里的楼房。

猪八戒率先走进门，上了楼，看见床上是一堆死

人的骷髅白骨。他不知警惕，却被放在桌子上的三件华美的绸缎丝绵背心吸引住，见四周无人，就拿下楼来，对唐僧与沙和尚说，天气这么冷，咱们把这背心穿上吧。唐僧说不行，这是偷盗。猪八戒耍赖，说我就穿上试试，试完了脱下来还他。

沙和尚说那我也试试。结果就像四圣试禅心时猪八戒试穿珍珠衫一样，背心变成了紧紧捆绑的绳子，不过这一次被捆起来的，不仅有猪八戒，还有沙和尚。背心的主人，不是考试的菩萨，而是吃人的妖魔。两次试穿衣服都变成绳子，一次是取经成员刚刚聚拢结合为团队的时候，一次是刚刚走完取经行程一半的时候，前后呼应，意思深远。唐僧师徒三人立刻被从里面走出来的妖王当小偷抓住了。妖王审问后，知道自投罗网的是唐僧，当然更要吃唐僧肉了。

孙悟空化斋回来，不见了师父，本地的山神、土地神出来，告诉这里是什么山什么洞，里面的妖王已经把你师父抓进去了。孙悟空找妖王叫阵，妖王出来交手，最后却拿出一个白森森的金属圈子，把孙悟空的金箍棒套走了。孙悟空变得赤手空拳，只有翻筋斗逃命。

孙悟空用金箍棒画了一个圈子,唐僧走出了圈子遭遇磨难。妖怪却有一个圈子,套走了孙悟空的金箍棒。这个圈子,那个圈子,圈子到底是什么意思呢?请看下一讲。

第五十一讲

这个圈子咋就这么厉害呀

孙悟空的金箍棒被妖怪的圈子套走，没有了武器，这是孙悟空出道以来从没有发生过的事情。妖怪认得孙悟空是当年大闹过天宫的齐天大圣，孙悟空就猜想这个妖怪是不是天宫里偷跑出来的，以前的黄袍怪不就是例子吗？那就上天宫查档案去！

孙悟空这一次去南天门，和以前几次的写法不同。黄袍怪奎木狼那一次，书中写孙悟空进了南天门到了通明殿下，在殿外见到了四大天师，说了情况后，四大天师进灵霄宝殿启奏玉皇大帝，然后玉帝下令查勘天宫各处的公务员。孙悟空本人，并没有进灵霄宝殿面见玉皇大帝。至于其他故事里去南天门找广目天王借避火罩，念咒语让五方揭谛向天庭要求装天降妖，都是简略的写法，孙悟空都没有面见玉帝。

这一回却不同，非常具体详细地写了孙悟空在南天门外见到广目天王和四大元帅，又到了灵霄宝殿外见到四大天师和南斗、北斗的天神，孙悟空对天师说要是查出来是天将下界为妖，就要问玉帝一个管教不严的罪名，天师说你这个猴头还是这样耍赖放刁。

可是孙悟空进了灵霄宝殿见了玉皇大帝，却对玉帝很有礼貌，称玉帝为"天尊"，最后还说老孙"不胜战栗"之至。这是臣子对皇帝说的表示尊重皇权的套话。这样写当然也是一种幽默调侃，所以四大天师笑孙悟空前倨后恭，孙悟空回答说因为我没有金箍棒了。其实这样写也是照应全书的结构主题，微妙地传达一种意思，就是取经路途走过一半了，孙悟空的思想已经改造了不少，他已经更加融入了体制内，对体制的权威变得尊重了。

没有查出天庭有哪个成员私自下界，玉皇大帝让孙悟空选几个天将去帮助降妖。这表示天庭对取经事业的大力支持，取经本来就是促进思想改造，让社会安定天下太平，是对天庭大为有利的事情嘛。

孙悟空点了天宫中本领最大的托塔李天王和哪

吒三太子去助战降妖，一番打斗以后，哪吒的六件兵器又被妖怪用那个圈子套走。圈子能套兵器宝贝，孙悟空又请火神用火攻，没想到火神的火是靠火龙火马火弓火箭这些火焰喷射器操作的，不像红孩儿鼻子嘴巴里喷火，火焰喷射器就被妖怪的圈子套走了。再请水神，黄河的河伯拿一个杯子倾倒了半条黄河的水去淹妖怪的洞府，妖怪用圈子挡在洞口，水就流不进去，虽然没有套走东西，但水淹的法子也不灵。这就是第五十一回回目说的：心猿空用千般计　水火无功难炼魔。

　　这一回情节热闹，哪吒，火神，水神，先后和妖怪打斗，具体场面都写得很精彩。其中还穿插一些人情世故的幽默调侃。比如，哪吒的兵器被妖怪套走了，孙悟空笑着说妖怪的圈子还真厉害。哪吒生气地说，我们为了你丢了兵器宝贝，你还笑！孙悟空回答说，我现在也很烦啊，但也不能哭啊，那就只有笑了。

　　火神是火德星君亲自出马，水神却是水德星君派手下的黄河河伯前去。这样写避免雷同，也考虑到情节的合理性。水有各种江河湖海，可以具体写哪一个河神海神，火却不太好分出哪一个具体的火神。河伯倾倒了半条黄河的水，淹不着妖怪，反而淹了农田。孙悟空让河伯赶快把水收回去，河伯却回答，我只会放水，不会收水。这也是一种幽默的段子，把人们常说的"覆水难收"这个成语情节化，也照应了历史上黄河泛滥很难治理的自然现象。

　　这一回开头有一首七言律诗。其中先后连续出现了五组相同的四字结构的话：同幼同生、同住同修、

同慈同念、同缘同相、同见同知。这是比喻取经团队在走了一半路过了通天河以后,内部的凝聚力已经大大增强。但最后两句说:"岂料如今无主杖,空拳赤脚怎兴隆?"表面上,这两句就是说孙悟空的金箍棒被套走了,赤手空拳怎么能降妖呢?该怎么办呀?但其中显然有更深刻的暗示,大家想一想,那又是什么呢?请看下一讲。

第五十二讲

如来佛祖和太上老君，你俩玩什么游戏

　　火也治不住圈子，水也治不住圈子，怎么办啊？把那个圈子偷过来不就结了？天神们都笑着说，要讲偷，谁能比得过你齐天大圣啊？孙悟空也笑了，就变成一只苍蝇，飞进妖王的洞府，一眼看见金箍棒在那儿立着呢，好像久别重逢的亲人好友，立刻拿起来现原身打了出来。众位天神说你的金箍棒拿回来了，我们的兵器啥时候能到手啊？孙悟空说不难不难，我有了金箍棒，先打死这个魔头再说。

　　妖王带领小妖们也出洞追来了，一面追，一面骂孙悟空擅入民宅白昼抢劫。孙悟空回骂说你弄个圈套抢我们的东西，还反咬一口了，哪一件是你的东西？孙悟空和妖王就枪来棒往打了一场，有一篇骈体文赞叹这场打斗，写得文采飞扬，和逗趣的对话互相对照，雅俗共赏。

打到天快黑了，妖王说暂时休战，不管孙悟空打得正在兴头上，虚晃一枪退回洞府把大门关闭了。夜幕降临，孙悟空变成一只蟋蟀，进入妖王洞府，想偷妖王的圈子。可是这个妖王警惕性高，把圈子套在胳膊上不褪下来，孙悟空变成一只跳蚤，在妖王胳膊上咬了两次，妖王嘴里骂，却把圈子往胳膊上头捋。孙悟空一看圈子偷不成，就把哪吒和火神的家当都给偷出来了，还一边用火神的喷射器放火。妖王跳起来拿着圈子到处灭火，可是火烧得快啊，火虽然灭了，洞里的小妖已经被烧死了一大半。

第二天，哪吒与火神拿回了家伙，要报仇雪恨，催着孙悟空再去叫战。妖王正因为烧死了许多小妖烦恼，立刻出来迎战。这次打斗开始，有一篇长达七十句的七言诗，是孙悟空面对妖王夸耀自己的过往历史，与第十七回面对黑熊精夸耀的那一篇六十二句的七言诗遥相衔接对照，主要篇幅都是回顾大闹天宫的峥嵘岁月，但在结尾时却有了明显的差别。

第五十二回的自白诗中明显增加了对如来、观音、唐僧的歌颂和对自己的反省，比如，"其实如来多法力，果然智慧广无量。""金蝉长老临凡世，东土差他拜佛乡。""观音劝我皈依善，秉教迦持不放狂。"承认过去闹天宫是自不量力的"放狂"，最后两句更作了自我定位："泼魔休弄獐狐智，还我唐僧拜法王。"第十七回那首诗，最后一句却是"我是历代驰名第一妖"。前后对照十分鲜明，走过了取经一半路程的孙悟空，已经从"妖"变成了佛教的护法神，立场从根本上改变了。

接下来的文章很有趣，一见到妖王，孙悟空这边的众位天神一拥而上，妖王拿出圈子一抛，把孙悟空和众位天神的兵器又全套走了。这一次不但是孙悟空的金箍棒，哪吒与火神的兵器，连李天王的宝刀和雷公打雷的发雷器也全都套走了。丢失了兵器的众位天神互相埋怨性急浮躁，只有黄河河伯没有丢东西，在一旁默默无言。孙悟空安慰大家，说我再去查一下这个妖怪的出身来历。哪吒说前天玉皇大帝已经把天上的户口本全查了，没有查出来啊，还能到哪儿查去啊？孙悟空说佛法无边，我找如来佛祖去，让他用慧眼观看天下四大部洲，一定能查出来。

孙悟空就一个筋斗云，去西天灵山了。取经后一

半路程的第一难,如来佛祖就上场了,看来观音菩萨真的交班了。这是孙悟空第一次来到西天,书中写孙悟空观看欣赏灵山的好风景,也有一篇骈体文刻画描写。这是南天门下镇压猴王隔了五百年以后,如来佛第一次和孙悟空打照面。可能真是不打不相识,如来佛祖和孙悟空对话像是

老朋友唠嗑。如来说妖怪的出处我知道,但不能告诉你,你这家伙嘴巴不牢,你对他说是我揭他的老底,他来灵山和我吵闹,我不是自找麻烦吗?这样吧,我让十八罗汉跟你去,拿宝贝"金丹砂"把他制住。

孙悟空出来一点名，怎么只有十六个罗汉呀？孙悟空叫喊是哪两个偷懒不去啊？正嚷呢，降龙罗汉和伏虎罗汉出来了，说如来吩咐我们话呢，你这个猴子乱嚷什么？可是下面的一幕让人大跌眼镜，罗汉的"金丹砂"也被妖怪的圈子套走了。这时候，降龙罗汉和伏虎罗汉才说，如来佛祖嘱咐我们了，要是"金丹砂"也被套走，告诉孙悟空找太上老君去，妖怪是他的东西。孙悟空说如来怎么这么啰唆，早告诉我不就完事了？立刻去兜率宫请来太上老君，把妖怪收走了，原来是老君的坐骑青牛，那个圈子就是金刚圈。孙悟空说好你个太上老君啊，当年在南天门打我的是这个圈，今天又是这个圈。

从第五十回到第五十二回，这三回书写西天取经后一半路程遭遇的第一次磨难，其中隐藏的思想和艺术奥妙很多。前面透露过一点，下面作一下补充综述。

我们倒着说。为什么如来佛祖不对孙悟空直接说妖王的来历，却要让十八罗汉输了一阵，才告诉孙悟空去请太上老君呢？这里面有很深的人情世故。佛教和道教，是各自独立的两大宗教，三教合一，互相尊重，彼此要给面子。如来佛祖让罗汉输一阵，才告诉孙悟空去找太上老君，就是佛教领袖向道教领袖示弱，表示还是你比我厉害啊。这也是神佛世界的潜规则，大家都心照不宣。

金刚圈能套走各种兵器宝贝，那当年在南天门，太上老君为什么不把金箍棒套走，却只是打了孙悟空一下呢？这里面的意思也很深。大闹天宫时，孙悟空是体制外的造反者；西天取经路上，他的身份变了，成了体制内的护法者，老君的青牛，却从体制内跑到了体制外。体制有两大要素，一个是规则和制度，大家都要遵守共同制定的规则和制度，才成其为体制；这也就衍生了第二个要素，就是关系。

体制内的本领大小，不是耍蛮斗狠，而是善于灵活运用各种明规则和潜规则，也就是能建立关系网并彼此利用。金刚圈在太上老君手里，他不能套走金箍棒，到了青牛精手里，就能套了。这里暗示的，就是圈子象征体制，体制内的要讲规则，不能为所欲为地乱套；体制外的张扬生命的野性，就是要为所欲为。体制内的对付体制外的，不能套，也套不了，他本来就不在关系的圈子里面，所以只能硬碰硬往死里打；体制外的对付体制内的，就没什么规矩，怎么有利就怎么来。玉皇大帝只能查体制内的户口本，查不出青牛，如来佛祖慧眼洞察一切，就全部掌握。

第五十回孙悟空用金箍棒画了个圈子，嘱咐唐僧不能走出圈子，唐僧走出去了，就被妖怪抓走了，孙悟空的金箍棒，也被妖怪用金刚圈套走了。两个圈子，象征微妙，走出体制内的圈子，就要落入体制外的圈子，从而陷入困境。

唐僧和猪八戒、沙和尚走出圈子，贪图便宜偷丝绵背心，表示他们的思想出了问题。孙悟空去化斋饭，也没有好好化，把人家给全家蒸的米饭硬是要蛮耍赖给抢走了，表现孙悟空的思想也出了问题，他自己也不守规矩出圈了。所以，第五十回的回目是：情乱性

从因爱欲　神昏心动遇魔头。这是提纲挈领揭示主题的话，说取经团队走上后一半路途，出现了严重的思想反复，性乱了，情昏了，心动了，各种欲望又张牙舞爪了，心猿意马又蠢蠢欲动了，于是凶恶的妖怪也就出现了。那么，接下来会发生什么事情呢？请看下一讲。

第五十三讲

笑死我了！唐僧八戒怀了鬼胎

　　幽默风趣是《西游记》的一大语言特点，无论写唐僧师徒还是妖魔鬼怪，写观音菩萨还是玉皇大帝，大调侃，小搞笑，穿插在文前句后，字里行间，真让读者捧腹不禁，笑口常开。但让人一看就笑，从头笑到尾的，就是第五十三回，回目是：禅主吞餐怀鬼孕 黄婆运水解邪胎。

　　这回开头，交代完降伏青牛怪以后的一些收尾情节，就说师徒继续西行，走过了冬季，春光又扑面而来，有一篇描写花红柳绿紫燕黄莺的骈体文赞美春天。这不仅是单纯写风景，也是对后面的故事情节发展铺垫一种情调。不仅自然的春天来了，唐僧师徒也要遭遇一些人生的春意。

　　人生的春意是什么？那就是和性有关的事情，

性方面活动的最后结果,就是生孩子。这一回就写唐僧和猪八戒误打误撞怀了孕要打胎。男人怎么会怀胎呢?原来取经团队已经到了没有男人的西梁女国。西梁女国的人种延续,是二十岁以上的女子,去喝子母河的水,就会怀孕生孩子。唐僧师徒不知道,过了河以后,唐僧和猪八戒口渴,喝了河里的水,不一会,两个人的肚子就大了。孙悟空与沙和尚领着肚痛难忍的唐僧、猪八戒走进村子里一户人家,这家的老婆婆告诉他们,你们俩怀孕了,准备生孩子吧。

唐僧听了大惊失色,猪八戒喊爹叫娘,说我们是男人的身体,没有产孩子的门户,孩子从哪儿出来啊?孙悟空笑嘻嘻地说,瓜熟蒂落,到时候一定会从胳膊肘、腋窝下面裂开个口子出来。唐僧哼哼着问老婆婆,哪儿有医院,让我的徒弟去买堕胎药打下胎来吧。老婆婆说堕胎药打不下来,只有村子正南面有一座山,山中有一个洞,洞里有一眼泉水,只要喝一口泉水,就能打了胎气。但前几年来了个道士,把泉水霸占住了,要想得到一碗泉水,就得给他送厚礼,你们哪儿有钱送礼啊?

孙悟空听说后,就去山里找道士讨要泉水,没想到道士是牛魔王的兄弟,红孩儿的叔叔,记恨孙悟空降伏了红孩儿，不肯给泉水，和孙悟空打了起来。道士打不过孙悟空，但他的武器很特殊，叫如意钩，只要孙悟空用吊桶到井里一打水，他就伸过钩子钩孙悟空的脚，把孙悟空钩倒在地。孙悟空站起来打他，他就跑了，孙悟空要打水，他又钩，搞得孙悟空把吊桶也掉进井里面去了。

孙悟空想了想，就回到旅店，叫上沙和尚，借了店婆的吊桶，重新去打水。孙悟空和道士打斗，沙和尚去井里打水，道士的徒弟来阻拦，被沙和尚用降妖宝杖打断了胳膊。孙悟空把道士打倒在地，把他的如意钩折断，看在牛魔王的份上，没有杀他。

有了落胎泉的泉水，唐僧和猪八戒就把胎给打掉了，这就是回目里说的"怀鬼孕"和"解邪胎"。"黄婆运水"是说最后从井里打上泉水带回旅店的人是沙和尚。《西游记》中用"黄婆"来作为沙和尚的代称。在这一回，黄婆也可以和稳婆在字面上互相关联。稳婆是过去对接生婆的一种说法。沙和尚打回了落胎泉的水，唐僧和猪八戒喝了才堕了胎，沙和尚不就相当于接生婆吗？

这一回有不少情节既很逗趣，又耐人寻味。女儿国没有男人，男人被称为"人种"。所以女人只要一见到男人，就会如饥似渴。渡过子母河时，撑船的是女人，对唐僧师徒始终笑嘻嘻的，对摆渡钱给多给少也不讨价还价，表现女人对男人的天然渴望。唐僧师徒走进了老婆婆家，立刻就有几个女人笑嘻嘻地来围观。老婆婆后来对唐僧师徒说，你们住进我家算你们运气好，我们家的人都老了，对那种事要求不强烈了。要是住进别的人家，遇上年轻的，就强迫你们亲热，要是不答应，就会杀了你们。

　　为什么刚踏上取经的后一半路程，刚降伏了青牛精，就是过子母河怀孕打胎呢？这样安排有什么用意呢？这一回和后面的故事又有什么内在的联系呢？请看下一讲。

第五十四讲

爱，
是不能忘记的

上一回唐僧师徒渡过子母河，误饮子母河水，后来进了村庄，去解阳山破儿洞取到落胎泉的泉水，解决了问题，这一回就离开村庄进入都城了。都城里有迎阳馆，就是西梁女国设立的接待外国客人的国家宾馆。阳指男人，女儿国希望男人来访，一般来说，国外来宾也大多是男性。迎阳馆和解阳山也是一种文字上的前后呼应。

迎阳馆的驿丞（也就是宾馆负责人）听说唐僧是大唐派往西天拜佛求经的，态度非常客气恭敬，立刻去向女王报告。女王说昨夜她做了一个好梦，应在了今天，就是要招大唐的御弟做夫婿，登王位，自己做王后。驿丞说唐僧的确相貌堂堂、英俊帅气，但他的三个徒弟十分丑陋。女王说留下唐僧招亲，让他的徒弟们去取经，立刻派当朝太师做媒，驿丞主婚，去宾馆和唐僧沟通。

唐僧的反应和四圣试禅心时一样，低头不语，装聋作哑。猪八戒在旁边插科打诨，说我师父是得道的罗汉，不爱你的富贵和美色，招了我吧。太师和驿丞说，你长得太丑了，我们女王不中意。猪八戒说："粗柳簸箕细柳斗，世上谁见男儿丑。"孙悟空说呆子不要胡说了，问问师父的意思吧。

唐僧说我要是在这儿贪图富贵，谁去取经啊？让大唐皇帝落空吗？太师说，我们女王说了，只留您一个人，让你的徒弟们继续去取经。孙悟空说好啊，就这样定了，给我们倒换关文，留下我师父，我们取经回来还要来向你们讨回去的路费呢。猪八戒说不要光说嘴，先安排筵席请我们吃谢亲酒。太师和驿丞欢天喜地向女王报告好消息去了。

唐僧就骂孙悟空，说你怎么捉弄我，我宁死也要去西天，不能留下来。孙悟空说女王是人，不是妖怪，我也不能动粗杀人。只有先假装答应了，让她在关文上签字盖章放行，你再说要送我们出城，到了城门外，我用定身法把她们都定住不能动，等咱们走远了，再解除定身法。

女王听了太师的汇报，急不可耐，立刻亲自到宾馆迎接唐僧，并吩咐大摆筵席，款待唐僧的徒弟们。后面有两篇骈文，一篇是通过女王含情脉脉的眼睛表现唐僧的英俊，另外一篇是通过猪八戒色眯眯的眼睛描写女王的美貌。还真是郎才女貌，很般配啊！

女儿国的女人对男人都是赤裸裸的热情，女王当着众人，伸手就拉住唐僧的手，娇滴滴地说，御弟哥哥，请上龙车，跟我同回金銮宝殿，匹配夫妇去吧。书里面描写唐僧的反应是"战兢兢立站不住，似醉如痴"。这种措辞很微妙，就是表现唐僧在女王的美色和柔情面前已经有点把持不住了，已经不是禅心静如古井水，而是凡心荡漾如春水了。

后面就描写朝廷大开筵席，猪八戒放开肚子，大吃大喝。筵席结束，女王就在关文上面签字盖章，履行外交放行程序。女王看见关文上已经有宝象国、乌鸡国和车迟国三个国家的印章，又见唐太宗写的外交照会上面没有三个徒弟的姓名，问唐僧是怎么回事？唐僧回答说他们是在路途中才加入的，孙悟空是东胜神洲傲来国人，猪八戒是西牛贺洲乌斯庄人，沙和尚是西牛贺洲流沙河人。女王就把三个人的姓名写到了关文上面。

从写作方面来说，这照应得很周密。一是已经走过了一半路程，借这个机会把前面经过的国家回顾总结一下；二是既然唐僧不去西天取经了，把三个徒弟的姓名写到派遣文件上，才比较合情合理。

唐僧提出送三个徒弟出城，女王和唐僧坐了龙车凤辇，带领满朝大臣送到城外，唐僧走下龙车，向女王拱手告别，说我还是要去西天取经的。女王大惊失色，孙悟空还没有使用定身法，忽然从路旁闪出一个女子，弄一阵旋风，呜的一声，把唐僧摄走了。孙悟空、猪八戒、沙和尚就拉上白龙马，腾云驾雾，追赶救师父去了。女儿国的君臣们如梦初醒，女王又惭愧，又留恋，爱是不能忘记的，但也没有办法，只有回去继续过没有男人的日子，靠喝子母河的水延续种族了。

把唐僧摄去的是谁？孙悟空能救出师父吗？请看下一讲。

讲给少年的
西游记 三

梁归智 著

化学工业出版社
·北京·

第五十五讲	这个妖怪真厉害	002
第五十六讲	你懂"神狂"和"道昧"吗	008
第五十七讲	原来是假作真时真亦假	013
第五十八讲	"二心"才是关键词	018
第五十九讲	铁扇公主是个美女	026
第六十讲	牛魔王,你就是酒色财气啊	033
第六十一讲	佛祖,你惦记大白牛多久了	039
第六十二讲	你看懂了平凡中的伟大吗	045
第六十三讲	第三次告白,你懂的	050
第六十四讲	诗歌之美,在于表达爱情	056
第六十五讲	雷音寺也有假,还有啥不能假	060
第六十六讲	学术之美,在于让人一头雾水	065
第六十七讲	本来面目:越简单的才越难啊	071

第六十八讲	不羡朱紫贵，要读好文章	078
第六十九讲	当中医的，读过这一回吗	082
第七十讲	问世间，情为何物	087
第七十一讲	菩萨，你怎么又来了	092
第七十二讲	温泉洗澡，爽吗	097
第七十三讲	谁是幕后总导演	104
第七十四讲	太白金星，报信不露真身	113
第七十五讲	我写小说挺开心，你作论文别犯傻	118
第七十六讲	英雄进步了，是啥意思	124
第七十七讲	妖精的外甥，这是阴谋还是阳谋	129
第七十八讲	比丘，比丘，境界啊	134
第七十九讲	猪八戒，这下吃喝够了吧	138
第八十讲	"半截"才是关键词	144
第八十一讲	唐僧生病的暗示	149

第五十五讲

这个妖怪真厉害

上一回结尾写道，刚到了西梁女国都城之外，唐僧和女王拱手告别之际，突然出来一个妖怪，一阵风把唐僧摄走了。孙悟空师兄弟三人跟着旋风追赶，到了一座高山，风停了，妖怪已把唐僧摄回洞里面去了。只见前面有一个石头屏风，后面是两扇石门，门上有字：毒敌山琵琶洞。孙悟空让猪八戒与沙和尚牵着马在外面等候，自己摇身一变，变成一只蜜蜂从门缝飞进洞里面去打探虚实。

蜜蜂飞过一层门，又飞进二层门，就看见有花园，有亭子，亭子当中坐着一个女妖怪，左右站立着几个丫鬟。有两个丫鬟捧着两个盘子进来，里面放着蒸好的包子。唐僧被人从后面的房子里面扶了出来，脸发黄，眼流泪。女妖怪走下亭子，用纤纤玉手拉住唐僧，说这里虽然不如西梁女国的宫殿富贵奢华，却很清静，你正好念佛经，我和你做个一起修道的伙伴，百年好合。又指着盘子里的包子说，一盘是人肉馅的，一盘是豆沙馅的，你吃哪一种？唐僧心想，妖怪不比女王是人身，我要是不吭声，恐怕会加害我，就回答说我吃素。妖怪把豆沙馅的包子掰开给唐僧，唐僧也拿起一个肉馅的给妖怪，但没有掰开。妖怪问你怎么不给我掰开，唐僧说我是出家人，不敢破荤。这是说包子是肉馅，而和尚是禁止吃肉的。妖怪说那你怎么喝子母河的水呢？意思是你都怀了孩子打过胎，还说什么出家人不敢破荤。唐僧念了两句诗，意思说那是无奈。

孙悟空见唐僧和妖怪搭话，恐怕师父经不住引诱，就现了原身拿出金箍棒，女妖怪立刻喷出一道烟，罩住唐僧所在，又拿出一把三股钢叉，和孙悟空打起来。他们从洞内一直打到洞外，猪八戒看见了，让沙和尚看着行李马匹，自己拿出九齿钉钯加入了战斗。妖怪鼻子喷火，嘴里吐烟，烟火腾腾里好像有好多只手。孙悟空、猪八戒两个打一个，打了许多回合，竟然不分胜败。后来妖怪不知道用一个什么东西，把孙悟空的头扎了一下，孙悟空就头疼难忍，败下阵来。

猪八戒说：猴哥，你平常不是说你的头千锤百炼

什么都不怕吗？孙悟空说：是啊，当年玉皇大帝让天兵刀砍斧劈雷打，后来在老君的炼丹炉子里烧，都伤不了我丝毫，今天这妖怪不知道用什么东西扎了我一下，就这么疼。猪八戒还要去洞口叫战，孙悟空说头疼不能战斗，师兄弟三人就在山坡下露宿了一夜。

这一夜呢，妖怪就纠缠唐僧，要和唐僧亲热。书中有一篇骈文，描写女妖怎样纠缠唐僧，而唐僧心如槁木死灰，不受引诱。最后妖怪恼了，就把唐僧捆起来拖到走廊里撂着，自己睡觉去了。

第二天天亮了，孙悟空感觉头不疼了，只是有些痒，又变成蜜蜂飞进去观察动静。见唐僧被捆在走廊里撂着呢。孙悟空问唐僧，昨天晚上成了好事没有？唐僧说，她纠缠了我半夜不成，就恼了，才把我捆在这儿。你救我出去吧。

唐僧和孙悟空的对话惊醒了妖怪，孙悟空变的蜜蜂就飞出洞外，现了原身，对猪八戒说妖怪引诱师父没成功，师父被捆在走廊了。猪八戒笑着说，还是个真和尚，那我们救他去。说着拿起九齿钉钯，打碎了妖怪的洞门。妖怪出来，又和孙悟空、猪八戒打斗，这一次把猪八戒的嘴扎了一下，猪八戒疼痛难忍，孙悟空也怕再挨扎，两个又败下阵来。

这时,观音菩萨变成一个老妈妈来指点孙悟空,说妖怪是个蝎子精,三股钢叉是她的钳子一样的脚,扎人士用尾巴上长的毒钩子。在灵山,如来佛祖的手都被她扎了一下,如来也疼痛难忍,让金刚去抓她,她就跑这儿来了。观音说自己也怕她扎,让孙悟空去南天门请昴(mǎo)日星官,他是这妖怪的克星。

后面孙悟空就请来昴日星官,昴日星官现出原形,是一个长着两个鸡冠子的大公鸡,朝着妖怪叫了一声,妖怪就现了原形,是个琵琶大小的蝎子。大公鸡再叫一声,蝎子就死了。蝎子的形状像一个琵琶,尾部有毒钩,蜇人放毒,疼痛难忍。对妖怪本领的写法,说她打斗起来好像有许多只手,以及毒敌山的山名,琵琶洞的洞名,都是照应蝎子的特点。公鸡是蝎子的天敌,能啄死蝎子,所以写昴日星官现了原形叫两声,蝎子就死了。

取经团队刚聚齐的时候,有四圣试禅心,现在取经路程已经走了一半,就有更严峻的考验。这一次唐僧既喝了子母河的水而经受打胎之苦,面对女儿国国王的柔情又有些心动,说明这次的考验更加难以通过。正因为唐僧对女王有点心动了,所以就被蝎子精摄走了,二者其实暗含因果关系。面对蝎子精的引诱,唐僧和妖怪关于吃包子的对话，后面又被纠缠一夜，更是险象环生，不过最后总算基本过关。所以第五十六回开头，就这样总结："话说唐三藏咬钉嚼铁，以死命留得一个不坏之身；感蒙行者等打死蝎子精，救出琵琶洞"。咬钉嚼铁，用牙齿咬断铁钉子，又用了"死命"这样的字眼，可见抵抗色欲的诱惑需要多么大的力量，当然这里是说精神的力量。

从结构来说，青牛精是三回一个故事；子母河、女儿国、琵琶洞是互相联系又各自独立的三回，前三回，后三回，也是一种对仗，共同演义取经进入后半程开局的考验，比起前半程来，难度显然更大了。接下来，取经团队又将面临什么样的考验呢？

第五十六讲

你懂"神狂"和"道昧"吗

取经路程以通天河为中间节点,分成前一半和后一半。前后两阶段的磨难考验,其实也有一种大体上的对仗结构。前面讲的几回克服色欲引诱的故事,对应着四圣试禅心,也暗含了偷吃人参果,当然突出的是情爱诱惑,但喝子母河的水,猪八戒在女儿国大吃大喝,唐僧和蝎子精关于人肉包子的对话,也暗点了贪吃的问题,还是"食色,性也"的画龙点睛。

消灭蝎子精以后三回真假猴王的故事,对应的是白虎岭到宝象国那几回。孙悟空第二次被唐僧驱逐,也是取经团队在后一半路程需要再次内部磨合提高觉悟,才能继续勇往直前的主题表现。

前后对仗,但不是重复,故事情节有相似的地方,思想内涵却大为不同了,可以说是"欲穷千里目,更上一层楼"。第五十六回一开始,是一首七言律诗,其中说:"猿马牢收休放荡,精神谨慎莫峥嵘"。这是点明主题的话,心猿意马又开始狂乱躁动了,驯服它们并不容易。

师徒前行,又遇到了一座高山,猪八戒想早点找人家投宿休息,嫌白龙马走得慢,但白龙马不听他的,孙悟空说我来,一晃金箍棒,马就向前狂奔了。书里面说这是因为孙悟空当过弼马温,所以马都怕他。其实,这个情节,也是象征,就是心猿意马都放纵了,要出大问题了。

果然,白龙马驮着唐僧往前狂跑,就遇到了一伙劫路的强盗,有三十多个。强盗把唐僧吊到树上,拷打要钱。唐僧就编谎话,说我的徒弟在后面,马上就来了,他的包袱里有银子。孙悟空来了,和强盗们胡说乱侃,又互相打棍子,也挺热闹,但结果是孙悟空用金箍棒把两个强盗头目打死了,其他的强盗就逃跑了。

唐僧责怪孙悟空行凶杀人,让猪八戒埋了强盗的尸体,就念经祷告,超度亡灵,最后还说你们到了阴司告状,说清楚是姓孙的杀了你们,和我姓陈的无关。孙悟空就接过来说了一大篇狠话恶言,说你们惹恼了我，被我打死了，阎王、天神都是我的朋友和熟人，凭你们怎么告去！唐僧就说，我这样祷告，是教育你要有好生之德（就是要珍惜生命的意思），做个善良的人，你怎么这样说？

下面就有两句关键的话，说孙大圣有不和睦的心思，猪八戒、沙和尚也有嫉妒的情感，唐僧师徒这个团队变得"面是背非"，就是当面一套背后一套，大家都各耍心眼，闹不团结。

晚上投宿一户人家，房东杨老汉的儿子偏偏就是那伙强盗中的一员。杨老汉款待了唐僧师徒，一见强盗儿子回来了，杨老汉就从后门放走了唐僧师徒。杨老汉的儿子带领同伙去追杀，结果却被孙悟空全部打死。唐僧大怒，说杨老汉招待我们吃饭，又放走我们，你却杀了他的儿子，让他无人送终，又杀了这么多人，没有一点善念，怎么能去西天取经？于是他念了十几遍紧箍咒，把孙悟空赶走了。

我们看这些情节，表面上和孙悟空刚跟了唐僧时打死六贼，后来又在白虎岭三打白骨精的情况相似，实质却根本不一样。打死六贼，表示要与眼、耳、鼻、舌、身、意这"六贼"做斗争；三打白骨精是"斩三尸"，都是象征艺术。这一次，却是孙悟空真的行凶，打死了凡人，是真的杀生，这完全挑战了唐僧信仰的底线。以孙悟空的神通，对付几个凡人强盗，一个定身法就解决问题了，却无端过激，杀生害命作孽，这样的思想境界，的确不符合去西天取经的条件。取经要实现的目标，就是要教育众生制服心猿意马，改恶从善啊。

第五十六回的回目是：神狂诛草寇　道昧放心猿。这里说得很清楚，孙悟空杀死凡人强盗，是精神发狂，这种行为说明对于"道"，也就是西天取经的核心理念和目标是完全不一致，背道而驰的。孙悟空，乃至整个取经团队，都"神狂"了，"道昧"了，这是从青牛精故事中走出"圈子"就遭遇妖魔"圈子"的进一步发展。当然，一语双关，"道昧放心猿"表面上也可以理解为孙悟空又被唐僧赶走了，取经团队再一次失去了主心骨。那么，接下来又会发生什么事情呢？

第五十七讲

原来是假作真时真亦假

对真假猴王的故事,网上有各种奇谈怪论,都是因为压根没有搞明白《西游记》这部书到底要说什么,或者说《西游记》要表达什么样的中心思想。

上一回唐僧赶走了孙悟空,这下又轮到猪八戒去化斋了。他驾云升空仔细观看,望去尽是崇山峻岭,看不到人家,只好下来对唐僧说没地方化斋。唐僧说化不到斋,去找点水来喝也行,渴死了。猪八戒就拿了钵盂去南山的山涧里打水。

猪八戒走了一会,唐僧感到口渴得难以忍受,说他"可怜口干舌苦难熬",还有一首七言律诗"为证"。显然,唐僧口渴,是象征他陷入了"神狂""道昧"的精神危机。

沙和尚见师父口渴难忍,就让唐僧一个人坐着,自己去找猪八戒。沙和尚一走,唐僧正在苦苦熬煎,忽然一声响亮,见孙悟空双手捧着一个瓷杯,跪在唐僧面前,叫声师父,说没有了老孙,你连杯水也喝不着啊,这杯水快喝了吧。唐僧在原则问题上不让步,说我不喝你的水,我渴死了是我的命,你走吧。孙悟空说没有我,你去不了西天。唐僧就骂泼猴头,只管来缠我干什么!接着就写孙悟空变了脸,拿出金箍棒在唐僧后背上砑(yà)了一下,唐僧就昏了过去,孙悟空提起白马旁边放着的两个包袱,一个筋斗云就不知去向了。这个"砑"字,本义是犬牙(也就是狗牙)形状的石头,这里作动词用,就是轻轻地按了一下。

　　猪八戒与沙和尚回来了,一见唐僧倒在地上,行李也抢走了。猪八戒以为师父被强盗打死了,就要去卖了白龙马买棺材。沙和尚抱着师父一边以脸温脸一边痛哭,却发现师父口鼻中还吐热气,不一会儿唐僧就苏醒过来了。唐僧对猪八戒和沙和尚说,悟空回来打了我一棍,把包袱也抢走了。包袱里有唐太宗颁发的外交照会,还有观音菩萨给的锦襕袈裟,不要回来可不行啊。猪八戒说我去过花果山,我去要。唐僧说你和那个猴子不和睦,让悟净去要吧。又对沙和尚说,你去了和他好好说,他要是不给,你就去找观音菩萨,让菩萨和他要。

话分两头,孙悟空被唐僧赶走后,不好意思再回花果山,怕小猴们笑话自己,就去南海普陀落伽山找观音菩萨诉苦。孙悟空见了菩萨就泪如泉涌痛哭失声,诉说前因后果。孙悟空哭得这么伤心,还是有生以来第一次,大家想一想说明了什么呢?观音菩萨听了以后说,唐僧西天取经,行善是原则啊,你打死妖怪是功劳,强盗是人,你有的是神通,为什么要打死他们?我公道评论,还是你的不对。观音菩萨用慧眼观看以后,就说唐僧马上要遭遇灾难,会来找你,你先在我这儿待几天等候时机吧。

那边沙和尚驾云去了花果山,见"孙悟空"坐在一块大石头上,正在高声朗诵唐太宗颁发的外交照会,周围是无数的小猴子。沙和尚就高声说,师父的关文,师兄你念它干什么?没想到"孙悟空"冷笑着说我念熟了关文,自己组织一个团队去西天取经。后边就走出骑在白龙马上的"唐僧",跟着"猪八戒"与"沙和尚",一模一样。沙和尚一看,别的还罢了,我沙和尚行不更名坐不改姓,哪里又出来一个沙和尚?拿出降妖宝杖,就把那个"沙和尚"打死了,假"沙和尚"现了原形,是个猴子变的。沙和尚逃出重围,去南海找观音菩萨去了。

到了南海,刚拜见过观音菩萨,见孙悟空在旁边呢,沙和尚大怒,举起宝杖就打孙悟空,说你这个泼猴,又赶在我前面来欺骗菩萨了。观音菩萨说悟空一直在我这儿没有离开啊,怎么会去花果山另外组织取经团队呢?就让沙和尚与孙悟空一起回花果山看个究竟。

这一回有些细节写得耐人寻味。比如,前面说过假"孙悟空"用金箍棒打唐僧时的那个"砑"字,要是换成打字,唐僧不就成了肉饼了,哪还能活过来啊?但为什么假"猴王"这样手下留情呢?沙和尚驾云去花果山,花果山不就在东洋大海吗?沙僧听到波浪声,低头看,只见黑雾弥漫,阴气盛行,这一方面暗示花果山已经被妖魔侵占,另一方面也是取经团队全体成员此时此刻精神状态的象征,他们现在都是"神狂""道昧"。注意不仅仅是真假猴王,还有真假唐僧、真假猪八戒、真假沙和尚、真假白龙马,也就是取经团队每一个成员都在经受"二心"的干扰和考验。沙和尚打死了假"沙僧",是个猴子变的,假"猴王"就让小猴们剥了皮拿肉煎炒,和众猴一起吃掉。回头看孙悟空上次回到花果山砸死猎人后,是把尸体扔到了山谷的河流里。大家仔细琢磨一下这些细节描写,就是深入的艺术欣赏。请看下一讲。

第五十八讲

"二心"才是关键词

第五十八回的回目是：二心搅乱大乾坤　一体难修真寂灭。

孙悟空与沙和尚拜别观音菩萨，前往花果山。一到那里，两个孙悟空立刻打得难解难分。沙和尚难以分别真假，害怕伤了真的，也不敢出手助战，去找行李包裹，又找不到，只好回去向唐僧报告情况。

孙悟空原是从观音菩萨那儿来的，就说去找观音菩萨分辨真假，那一个也这样说。两个猴王就首先打到南海普陀山，刚一到达，观音菩萨和徒弟惠岸行者以及善财童子、捧珠龙女，一起走下莲花台，出门迎面大喝"孽畜往哪里走！"这是先声夺人以威势恐吓，没想到两个猴王都毫不畏惧，异口同声说对方是假的，自己是真的。观音菩萨的慧眼这时却也分辨不出来哪个是真哪个是假。菩萨想了想,让两个猴王分开站在两边,又命惠岸行者和善财童子一人各自帮着一个,就是紧贴着拉住对方的胳膊。观音菩萨就念紧箍咒,观音菩萨已经暗暗吩咐了惠岸行者和善财童子,观察哪一个首先头疼,哪一个是后来装的。没想到菩萨一念咒,两个猴王同时大叫"头疼",即时反应分秒不差,叫声表情完全相同。

观音菩萨就没辙了,只好说你当年大闹过天宫,那些天将都和你交过手,一定认得你,你们俩到天宫分辨去吧。两个猴王打进了南天门,玉皇大帝色厉内荏地走下灵霄宝殿,喝问:你两个因为什么到我这儿来找死?写得很生动,当年一个齐天大圣,已经把天宫闹得不可开交,现在来了两个,这还得了?嘴头上硬说来找死,其实心里在"咚咚"打鼓。两个猴王都说我现在皈依佛门了,不和你为难,妖怪变成我的模样,请陛下给分辨一下。玉皇大帝就传唤托塔李天王,拿照妖镜来照,让假的消灭真的留存。没想到照妖镜里也是两个孙悟空一模一样毫无差别,玉皇大帝只好让天兵天将把两个猴王赶出灵霄宝殿。

两个孙悟空又打到西天路上,去见唐僧。唐僧已经听沙和尚汇报了情况,知道是妖怪变了假"孙悟空"

打了自己一棍,有些懊悔错怪了孙悟空。听到半空中两个猴王打闹着来了,猪八戒先跳到半空去看,沙和尚就对唐僧说,等他们来了,我和八戒一人拉住一个,师父你就念紧箍咒,看哪一个不头疼就是假的。

这是情理之中应该发生的事情,当然观音菩萨已经用这个法子试过了,唐僧念咒照样分辨不出来。两个猴王又打着往阴间找阎王查生死簿去了。沙僧没有找回行李,猪八戒说原来你不知道水帘洞里面能放东西,还是我去拿吧。唐僧说拿回行李后咱们就上路,孙悟空就是回来我也不用他了。虽然打了自己一棍子的是妖怪变的,但孙悟空打死凡人强盗(特别是杨老汉的儿子),说明他没有善心,这一点没有改变。

真假孙悟空打到了阴间,十殿阎工都出来了,说当年大圣不是把生死簿都撕了吗?现在到哪儿查去?正嚷着,地藏王菩萨来了,说我有一头家养的宠物叫谛听,它只要伏在地下一听,宇宙万事万物,都能听出真假。

谛听立刻就听出来了,却趴到地藏王菩萨耳朵边说我听是听出来了,但如果说出来,这个妖怪和孙大圣的本事没有差别,他闹起来,阴司里的神哪儿能治住他?最后说了一句"佛法无边"。地藏王菩萨明白了,就对两个猴王说，只有去西天佛祖那儿才能分清真假。

最后一幕就是西天大雷音寺了，观音菩萨也赶来了，如来佛祖对观音菩萨说了一通你们的慧眼还有局限，只能看清宇宙万事，还不能辨别宇宙万物，然后说假孙悟空是六耳猕猴。假孙悟空听见如来说出了他的本相，变成一只蜜蜂逃走，被如来祭起一个金钵盂罩住了。揭起钵盂，孙悟空就举起金箍棒，把六耳猕猴给打死了。

最后的结局，是如来佛祖让观音菩萨送孙悟空去见唐僧，说没有孙悟空保护去不了西天，猪八戒也从花果山拿回了包袱，并且说把假"唐僧"和假"猪八戒"都打死了。下一回开头就是总结性的话，说唐僧遵照观音菩萨的教旨，收了孙悟空，取经团队又剪断二心，锁牢猿马，同心合力，赶奔西天。

这"剪断二心"，就是三回真假猴王故事的关键词。六耳猕猴其实是孙悟空心中还没有完全消除的恶念头、坏思想、负能量的化身，六耳也就是眼、耳、鼻、舌、身、意"六贼"的象征，假"唐僧"、假"猪八戒"、假"沙和尚"、假"白龙马"的出现是同样的意思。最后孙悟空打死了六耳猕猴，沙和尚打死了假"沙和尚"，猪八戒打死了假"唐僧"和假"八戒"，

就把每个人的"二心"都消灭了,当然白龙马就不用明确说打假"唐僧"的时候把假"白龙马"也一起打死了。这样,取经团队就基本上把心猿意马锁住了,能够真正同心同德追求共同的崇高目标了。从第五十回到第五十八回,取经团队开始后一半路程经历的各种严峻考验就告一个段落。当然,目的地还没有到达,挫折还会有,考验也没有结束,但后面的经历,是更多体现已经完成的修行发挥威力,更上一层楼,让心灵更加纯洁、境界更加完美。

一些细节和遣词造句都紧紧扣住"二心"来设计,十分巧妙。六耳猕猴是孙悟空心灵一部分的化身,所以观音菩萨和唐僧一念紧箍咒,两个猴王同时感觉头疼。书里描写如来佛祖说六耳猕猴有遥感能力,意思是能够预先听到观音对惠岸行者和善财童子的吩咐,所以观音一念咒,也能立刻喊头疼,其实是艺术的障眼法。假猴王对唐僧只是用金箍棒砑了一下,没有用力狠打,因为孙悟空和唐僧毕竟已经同甘苦共患难很久了,感情是第一位的,不满怨恨是第二位的。

照妖镜照不出原形,谛听却能听出来,意思是镜子只能照形状,照不出内心,谛听却像中医号脉听心跳，能察觉内心的变化。谛听的意思就是能听出真谛，揭示真相。回目"二心搅乱大乾坤　一体难修真寂灭"，暗示只要存在二心，必然问题多多；良心与邪心共同存在于一个身体内，就难以修成正果。《西游记》真是文学经典！接下来，又将是什么样的故事呢？

第五十九讲

铁扇公主是个美女

从第五十九回到第六十一回的三回书,回目分别叫孙行者一调(diào)、二调、三调芭蕉扇。为了能过火焰山,孙悟空闪转腾挪,费尽心机。从第五十九回开始,经过内部再一次思想整顿和关系磨合,气象一新的取经团队走过了炎热的夏季,迎来了秋天。可是奇怪,到了秋天怎么不见天气变得凉快,反而是越来越热呢?

前面有一座村庄,红瓦盖顶,红砖砌墙,红油门扇,红漆家具,这地方可是里里外外一片红啊。孙悟空走进一户庄院向一个老人打听情况,举止非常有礼貌,这是表现消除"二心"以后的精神新气象。老者告诉孙悟空,六十里外是八百里火焰山,寸草不生,所以这里炎热无比。

门外有个少年推着一辆红色的车子卖年糕,年糕又红又烫手。孙悟空买了一块糕,问不是寸草不生吗?哪儿来的粮食打年糕呢?那个少年告诉孙悟空,有个铁扇仙,她有一把芭蕉扇,能扇灭火焰山的火,扇得刮风下雨,这样才能种庄稼长粮食。老人又说铁扇仙住在一千多里外的翠云山,我们备了礼物去求她灭火扇风降雨,来回要走一个多月呢。

这点距离对孙悟空来说当然不算事,扭一下身子就去了翠云山,顶头就遇到一个樵夫,樵夫告诉孙悟空我们这儿管铁扇公主叫罗刹女,因为我们不求她灭火下雨。有所求的地方叫她铁扇仙,无所求的就叫她罗刹女,人情势利啊。樵夫又说罗刹女的丈夫是大力牛魔王。孙悟空一听就皱眉了,不是冤家不聚头。我们应注意到,让樵夫出现通报消息是大有深意的,当年指点孙悟空见到菩提祖师的就是一个樵夫。

后面孙悟空求见铁扇公主,要借扇子用一下。铁扇公主一听是孙悟空,勃然大怒,说我的红孩儿被你弄得成了观音菩萨的善财童子,让我们母子再也见不着面,我正要找你报仇呢,你还想借扇子,没门!先伸过你的猴头来让我砍几剑出出气。孙悟空真的伸过头来让铁扇公主砍,"乒乒乓乓"砍了十几剑,

孙悟空说让你砍过了,借给我扇子吧。铁扇公主说我的扇子不借人,孙悟空就拿出金箍棒和她打起来了。

　　铁扇公主当然打不过孙悟空,就拿出芭蕉扇对着孙悟空扇了一下,孙悟空就像飓风中的一片树叶,被吹到了五万里外的小须弥山了。当年降伏黄风怪的灵吉菩萨在这儿住。灵吉菩萨说这还是你孙大圣啊,只吹了五万里就停住了,要是别人,得八万四千里才能停下来呢。我这儿有如来佛祖给的定风丹,如今送给你吧,这样一来芭蕉扇就扇不动你了。

　　孙悟空又回到翠云山芭蕉洞叫门借扇子,铁扇公主吃惊说这猴子回来得好快啊,这次我多扇他几扇子。可是这一次任凭她怎么扇,孙悟空岿然不动。铁扇公主逃回洞府紧闭洞门,刚才打闹了半天口渴想喝茶,孙悟空变的小虫就乘机飞进茶杯里进到铁扇公主肚子里面去了。孙悟空在肚子里一折腾,铁扇公主就受不了了,拿出芭蕉扇让女童举着站在旁边,孙悟空从铁扇公主嘴里头飞出来,拿上扇子领着唐僧他们去火焰山灭火过山去了。

没想到孙悟空举起芭蕉扇，三扇子扇下去，火焰山变得更加烈焰冲天，孙悟空没防备，两条腿上的毫毛都被烧光了，再长出来大概也得一年半载吧。这时候，火焰山的土地神出来了，一个道士打扮的老头，是给唐僧师徒送饭来了。他告诉孙悟空，这是把假扇子，你被铁扇公主骗了，要得到真扇子，你找牛魔王去吧。

孙悟空和铁扇公主第一次打照面,有一首词描写铁扇公主,但只是写她的衣服打扮,没有说她长什么样,最后一句说"凶比月婆容貌"。凶是因为铁扇公主这会正生气呢。月婆是谁呢?字面上就是半老徐娘的嫦娥。要是按照樵夫说的罗刹女的名字,是吃人肉的女妖,一般来说让人觉得长相很凶恶的。但后面牛魔王说铁扇公主修行很好,是个得道的女仙。佛经里面说有十个罗刹女,好几个长得如仙女、吉祥天女,是很好看的。红孩儿是牛魔王和铁扇公主的儿子,是个"小鲜肉"、小帅哥,一点没有显示父亲的遗传,应该是继承了母亲铁扇公主的基因。所以铁扇公主应该长得很美丽,要不好色的牛魔王也不会娶她做老婆吧?孙悟空能找到牛魔王借来芭蕉扇吗?请看下一讲。

第六十讲

牛魔王，
你就是酒色财气啊

上一回末尾，说火焰山的土地神是个道士打扮。这又是怎么回事呢？第六十回开头，孙悟空问土地神这火焰山是不是牛魔王放的火？土地神说大圣赦免我无罪，我才敢说。孙悟空说你说吧，土地神说这火焰山是孙大圣你放的火啊。孙悟空说你胡说八道，我是放火的人吗？再说我是东胜神洲的，怎么会跑到这儿来放火？

土地神说：大圣你不认识我了，我是给太上老君管理炼丹炉的道人，五百年前大圣从炼丹炉里跳出来，踢倒了炉子，有几块垫炉子的砖掉了下来，就成了这座火焰山。太上老君责怪我，把我贬到这儿来当土地神。猪八戒说，怪不得你这身行头，原来是道士变的土地神。

这个情节很巧妙,火焰山挡住了取经的路,红孩儿的三昧真火也是在火焰山炼出来的,追根究底,却是躁动的心猿造成了欲望的熊熊大火。孙悟空降伏了红孩儿,现在又要降伏铁扇公主和牛魔王,其实都是在降伏自己心头躁动的欲望之火。如果不理解这些影射,就会对故事情节的合理性感到迷惑。我小时候就想过,孙悟空怎么不去南海把红孩儿叫来,他父母一

见了红孩儿,不就一切问题都解决了?

孙悟空找牛魔王,去了积雷山。铁扇公主虽然美丽,毕竟人老珠黄了,牛魔王又找了一个小老婆,不过他是去当倒插门的女婿,就跟猪八戒在高老庄时一样。原来积雷山有个万岁狐王,狐王死了,只有一个女儿,叫玉面公主,继承了狐王的万贯家财,要找个顶门户的男子汉。牛魔王在江湖上名头很响亮,玉面公主情愿倒赔家私,招赘上门。

孙悟空到了积雷山,看见有一个女子在松树下摘花。此处有一段骈文形容女子的容貌,可真是个美人,又年轻又漂亮。孙悟空假称自己是铁扇公主派来请牛魔王回去的,女子一听就满面通红,破口大骂,说牛王招到我家,还不到两年,也不知道送了这个贱货多少金银珠宝,绫罗绸缎,年供柴,月供米,还不知足,又来请牛王干什么!这就是玉面公主啊,看来她虽然倒赔家私,名分上还是尊铁扇公主为正室夫人,自己只是小妾。

孙悟空为了引牛魔王出来,故意吓唬玉面公主,骂玉面公主是赔钱嫁汉,又拿出金箍棒比画,吓得玉面公主跑回洞府和牛魔王又哭又闹。牛魔王当然就出来看是什么人,见到是孙悟空,说你害我的儿子,欺我的妻子,赶我的爱妾,旧恨新仇,还想借芭蕉扇,看棍吧。五百年前的结拜兄弟一场大战,棋逢敌手,打得正上瘾,山头上有人叫牛魔王去参加宴会。牛魔王就对孙悟空说我要去参加朋友的宴会,咱们的账回头再算。

孙悟空就变化了在后面跟着牛魔王,原来牛魔王的朋友是碧波潭的龙王。碧波潭虽比不上大江大海,但也是一个独立小王国,江湖上的一个小山头。在江湖上混,需要拉帮结派,江湖上的"大腕"牛魔王自然就成了贵客嘉宾。要去水里做客,牛魔王骑的是辟水金睛兽。

孙悟空就趁牛魔王在宴会上酒酣耳热的空档,变成牛魔王的模样,骑了辟水金睛兽,跑回翠屏山摩云洞,和铁扇公主卿卿我我,骗走了芭蕉扇,才现出原形。铁扇公主认错丈夫,羞愧难当,又被骗走了宝贝,气倒在床上了。牛魔王酒后不见了坐骑,猜到是孙悟空偷走了,料想孙悟空会变化成自己去骗铁扇公主,连忙赶回翠屏山。牛魔王出席宴会没带兵器,就拿了铁扇公主的两把宝剑,去追赶孙悟空。

辟水金睛兽的"辟"字,专家们根据明代刻本《西游记》考证,应该是"完璧归赵"的"璧"字,不是通行本上"开天辟地"的"辟"那个字,更不是"避而不见"的"避"字。特别给大家说明一下。

这一回的描写贴近生活,生动有趣。牛魔王的江湖地位,他和大老婆、小老婆之间的情感纠纷,家庭矛盾,孙悟空的随机应变机智灵活,都栩栩如生,引人入胜。故事后面隐藏的意思,却很深刻,就是牛魔王的情况,象征了酒、色、财、气这四种人最向往、追求迷恋又极易产生危害的东西。

牛魔王已经有大老婆铁扇公主,但他又招赘在玉面公主家,既是贪财,又是好色;他去碧波潭赴宴,贪杯好酒,结果被孙悟空钻了空子,偷走了辟水金睛兽;他和孙悟空斗气,不肯借芭蕉扇,招惹出无穷的是非恩怨。

　　孙悟空与牛魔王的冲突，在荒诞离奇的情节后面，是在与酒、色、财、气这四种人生的欲望做艰苦斗争，这是制约心猿意马躁动的组成部分，是去西天取经获得成功的必修功课。那么，下一回又是什么样的故事？又要传达什么样的主题思想呢？

第六十一讲

佛祖，你惦记大白牛多久了

第六十一回的故事情节比较单纯，就是孙悟空在各路佛兵天将的协助下，终于降伏了牛魔王，扇灭了火焰山。其中蕴含的思想和情调，却波澜起伏；文章的场面气氛，也精心设计；更有许多言外之意，十分耐人寻味。

孙悟空变成牛魔王，从铁扇公主那儿骗来了芭蕉扇，但他只知道了把扇子变大的口诀，不知道变小的口诀。出了芭蕉洞，把扇子变大，有一丈二尺长，只有扛在肩膀上走。牛魔王从后边赶来，一看这个情形，心想如果径直上前，孙悟空只要拿扇子扇一下，自己就被扇到千万里以外了，于是变成猪八戒的模样，去迎接孙悟空。

孙悟空扇子到手，志得意满，得胜的猫儿欢似虎，就放松了警惕，把芭蕉扇交给了"猪八戒"。牛魔王立刻现了原形,先拿扇子扇孙悟空,孙悟空已经把定风丹吞到了肚子里,自然扇不动。牛魔王把芭蕉扇变小放在口里,就和孙悟空剑来棒往,有一篇精彩的骈文描写了这场打斗。

唐僧那边见孙悟空久久不回,让猪八戒去看看情形,顺便搭把手。猪八戒不认识路,火焰山的土地神自告奋勇前行领路。见孙悟空正和牛魔王苦战,听说牛魔王变成自己的模样骗了孙悟空,猪八戒就格外来劲,九齿钉钯十分凶猛。但牛魔王也不示弱,与孙悟空、

猪八戒打斗了一夜，直打到积雷山，玉面公主让摩云洞里的小妖们出来助战，就把孙悟空和猪八戒打败了。

下面的描写就成了意志的较量，精神的搏斗。被打败的猪八戒想打退堂鼓，说过不了火焰山，回去绕路走吧，火焰山土地神却说绕路就是入了旁门，不是修行了。于是孙悟空发狠，也就是鼓劲，说了一段鼓舞人心的韵文，其实是谈佛教的道理，如"牛王本是心猿变""趁清凉，息火焰，打破顽空参佛面"。

猪八戒受了鼓舞，也说了一段韵文，同样是用一些

有特殊含义的佛教术语自我鼓劲,如"是,是,是!去,去,去!管甚牛王会不会"。这些话鼓舞了士气,孙悟空和猪八戒再次攻打摩云洞,牛魔王出来迎战,有一篇韵文描写打斗的激烈。这一次猪八戒奋发了精神,牛魔王败阵,想退回摩云洞,又被土地神率领阴兵挡住。牛魔王也会七十二变,就变成天鹅飞走,孙悟空变成海东青(一种凶猛的老鹰)来扑天鹅。接下来相生相克的变化,就是当年二郎神与孙悟空赌赛变化的重现,不过这一次

是孙悟空扮演二郎神的角色,是进攻的一方、体制内的一方,牛魔王是逃跑的一方、体制外的一方。

牛魔王最后现出原身,是一只大白牛,头如峻岭,两只牛角像铁塔,长一千多丈,高八百多丈。孙悟空也变得身高万丈,头如泰山,眼如日月,和大白牛往来赌斗。保护唐僧的神将都来助战围困,牛魔王回不了积雷山摩云洞,就逃往翠云山芭蕉洞。摩云洞就被猪八戒和土地神率领的阴兵攻破,玉面公主被猪八戒

筑死，现出原形，是一只玉面狐狸。

猪八戒发狠，打破芭蕉洞的大门，铁扇公主对牛魔王说不如把扇子交出去，让他们退兵吧。牛魔王说扇子小，仇恨深，我再去和他们拼。牛魔王出洞，孙悟空、猪八戒、保护唐僧的众神将、火焰山土地神的阴兵，一起上前，把牛魔王团团包围。牛魔王突围而走，东西南北来了四大金刚，往上跑，天上来了托塔李天王和哪吒。牛魔王又现原身成了巨大白牛，哪吒跳到了牛背上，用斩妖剑砍下一个牛头，又长出一个来，砍了十几剑，长出十几个头。哪吒就把风火轮挂到牛角上用火烧，后来牛魔王受不住了，才高喊投降，叫铁扇公主交出芭蕉扇。

大白牛被李天王和哪吒牵去西天交给了如来佛祖，孙悟空用芭蕉扇扇灭了火焰山。蒙蒙细雨中，铁扇公主恳求还给她芭蕉扇，猪八戒说："我们拿过山去，不会卖钱买点心吃？雨蒙蒙的，还不回去！"铁扇公主一再恳求，土地神说让她把火焰山的大火永远熄灭。铁扇公主说连着扇四十九扇，火焰山的大火就永远熄灭了。孙悟空扇了四十九扇后，把扇子还给了铁扇公主。结尾说铁扇公主隐姓埋名修行，最后也成了正果。

请看下一讲。

第六十二讲

你看懂了平凡中的伟大吗

　　火焰山三回的前面,是真假猴王的三回,这两部分都情节曲折精彩,内容波澜壮阔,内涵深刻微妙,是《西游记》后半部分的重头戏,宣示全书主题的浓墨重彩。在结构上,这两个部分像一副高手书写的对联,上联和下联功力悉敌,难分高下。

　　火焰山后面,是祭赛国碧波潭两回,情节相对简单,进展也比较明快。这又和前半部分红孩儿的三回与黑水河的一回遥遥相对,都是相当复杂的火难以后就接上比较单纯的水灾,所谓水火既济。既济是周易的第六十三卦,最吉祥。

　　第六十三回开头是一首《临江仙》,选用这个词牌,也是江水的字眼能和故事里的碧波潭互相关联的意思。词里面说"休教神水涸,莫纵火光愁""水火调停无损处,五行联络如钩",用传统文化的理论概念和故事情节里面的火难水灾互相照应,引发联想,让离奇荒诞的小说显示深厚的文化哲理内涵。

唐僧师徒走过了八百里火焰山,到了一个国家的都城,又遇到了披枷带锁的和尚。不过这一次不是道教迫害佛教,而是金光寺宝塔上面的珍宝舍利子丢失,塔顶不再有金光闪耀,国家的威望受到严重损害,周围的国家都不再来朝拜。国王怀疑是庙里的和尚偷走了宝贝,因此问罪惩罚。

唐僧早已许过愿,取经路上遇庙拜佛,遇塔扫塔。对金光寺的这座宝塔,自然也不例外。十三层的塔唐僧亲自扫了十层,有些累了,孙悟空说顶上的三层我替你扫吧。

孙悟空上去扫塔,却在塔顶抓住了两个小妖,一审问,是碧波潭的老龙王派来探听消息的。这个碧波潭龙王,就是请牛魔王赴宴喝酒的那一位,他的女儿招了个九头怪作驸马,驸马和老丈人合谋,偷了金光寺塔顶的舍利子。鹰能抓蛇,龙从蛇演义出来,龙王巴结九头鸟,由这儿附会。牛魔王曾对龙王说过孙悟空神通广大,如今牛魔王已经被降伏,老龙王做贼心虚,就派了两个小妖来探听消息,看孙悟空是不是已

经到达。

第二天唐僧师徒去朝廷倒换关文,告诉国王抓到了偷塔顶宝贝的贼。国王大喜,让孙悟空坐上轿子,抬到金光寺去提审关押在庙里的两个小妖。猪八戒调侃孙悟空,说你坐着轿子,被人抬着,恢复了你美猴王的身份了。

两个小妖跪在朝堂上,招认供状,距离都城一百多里地的乱石山碧波潭,潭里老龙王的女儿招了九头驸马,偷了金光寺塔顶的舍利子,公主又偷来王母娘娘的灵芝滋养舍利。两个小妖一个是鲇鱼怪,一个是黑鱼精。

国王大摆筵席,特别问唐僧师徒的法号姓名。唐僧详细回答自己俗家姓陈,法名玄奘,唐王赐姓唐,赐号三藏;三个徒弟都是观音菩萨度化起名,分别叫孙悟空、猪悟能、沙悟净,我又给他们起小名,分别叫行者、八戒、和尚。然后唐僧坐了上席,孙悟空坐了左席,猪八戒、沙和尚坐了右席,都是素食。国王和百官吃荤席相陪,乐队演奏,国王敬酒,唐僧不喝,三个徒弟喝了素酒。猪八戒仍然狼吞虎咽,吃得杯盘狼藉。

吃完饭,商议谁去擒拿妖怪讨回宝贝,唐僧说让大徒弟孙悟空去。猪八戒自告奋勇,说我也去,让沙和尚留下来保护师父。唐僧高兴地说八戒这一向变得很勤紧啊!

这些场面的描写,不离奇,不神秘,就是日常的生活情景。为什么要详细写这些好像平淡无味的内容呢?其中却有深刻的动机。就是在经过真假猴王剪灭"二心"和降伏牛魔王扇灭火焰山之后,取经团队的修行又迈上了一个大台阶,进入了奋斗的新阶段,精神面貌也焕然一新了，因此通过唐僧郑重地介绍每个成员的俗名、法名、来历，在国家隆重的宴会上再次庄严亮相，昭示取经事业的伟大意义和全体成员的决心。那么，接下来的故事，又会怎么样展开呢？

第六十三讲

第三次告白，你懂的

孙悟空与猪八戒腾云驾雾，抓着两个小妖，转眼来到乱石山碧波潭。对这一处，没有风景描写，但乱石山的山名，是一派原始的荒野偏僻感觉。碧波潭的水名，又有幽深宁静的风韵，展现的是体制外世界不受管束自在任性的氛围。孙悟空把两个小妖一个割了耳朵，一个割了嘴唇，扔下潭去给龙王报信传话，赶快送出舍利子，饶你不死。

老龙王听了，吓得魂不附体，九头驸马却毫不服气，说我学了武艺，也在海内会过一些豪杰，见过世面，等我出去拿他。九头怪拿了武器月牙铲，跳出水面。月牙铲这种武器，铲头如月牙，体积比较小，是从飞鸟的利爪和鸟喙的形状想象附会的。九头怪就问孙悟空，你住在哪里，什么来历，如何来到祭赛国，给那国王当守塔的奴才？孙悟空的回答，自报家门，是一首十八联、三十六句的七言古诗。

这首古诗，遥遥衔接前面两次类似的表达。一次是第十七回孙悟空对黑熊精说的三十二联、六十四句的七言古诗，另一次是第五十二回孙悟空对青牛怪说的三十五联、七十句的七言古诗。三首古诗，表现了孙悟空三个不同阶段的思想境界。

遭遇黑熊精时，孙悟空还刚从五行山下出来不久，还沉浸在大闹天宫造反豪情的青春记忆中，所以那首诗基本上是对过往峥嵘岁月的自豪和赞美，只有几句说到被如来压到五行山下的失败结局。最后两句仍然是："你去乾坤四海问一问，我是历代驰名第一妖！"

和青牛怪对阵时，已经走完了西天取经的一半行程，也就是说思想转型已经有了相当的成果，所以那首七言古诗中减少了对造反经历的回忆留恋，增加了对如来佛祖、观音菩萨的赞美，感谢他们让自己改恶从善，开始了新的人生。最后的句子，表明自己身份已经彻底转变，不再是妖，而是和妖对立的保护唐僧西天取经的佛教护法。

到了这一回，经过真假猴王剪灭"二心"和降伏牛魔王扇灭火焰山，孙悟空其实已经基本修行成功了。

因此这一次对九头怪的自道来历,就完全没有了对大闹天宫的回顾,而是歌颂如来佛祖的"无边智慧",感谢观音菩萨对自己的"劝解"拯救,让自己能够从五行山下"逃命",落实到现在讨伐偷盗佛宝妖魔行动的正义性。书中这样写道:"路逢西域祭赛城,屈害僧人三代命。我等慈悲问旧情,乃因塔上无光映。""所以相寻索战争,不须再问孙爷姓。"

降妖的动力不再是被动地保护唐僧,事实上这一次也没有妖魔要危害唐僧,而是孙悟空和取经团队出于佛教的根本宗旨"慈悲",主动出击,索宝降妖,为民除害。这是通天河救小孩行动的继续和发扬光大。三首七言古诗,三次自我表述,是孙悟空人生成长经历的三次见证,也可以说是三个里程碑。

具体情节描写,是孙悟空和猪八戒双战九头怪,九头怪打不过,就现了原形,有九个脑袋九张嘴,伸出一个头,咬住了猪八戒的鬃毛,拖回了碧波潭。孙悟空下水变成螃蟹,用钳子弄断了捆绑猪八戒的绳索。猪八戒打进水晶宫,九头怪和龙王全家反击,猪八戒退到水面上,老龙王来追赶,被孙悟空打死。

这时二郎神带领梅山六兄弟打猎路过,孙悟空让猪八戒上前说齐天大圣进拜,诚意十足。二郎神与孙悟空见面，把酒言欢，然后帮助孙悟空、猪八戒剿灭了碧波潭群妖。具体情节是猪八戒打死龙子，梅山六兄弟等人打死龙孙，九头怪现原形，二郎神用弹弓打伤了它，哮天犬又咬下九头鸟的一个脑袋，九头鸟滴血逃走。孙悟空变成九头驸马，从龙王公主手中骗回舍利子和灵芝草，猪八戒筑死公主。最后孙悟空抓了龙婆去祭赛国，把金光寺改名为伏龙寺，龙婆成了守塔的奴隶。祭赛国的国名取义，也许是从宝塔顶有舍

利子放光,赛过了邻国,邻国都来朝拜的意思?

二郎神曾经是降伏孙悟空这个齐天大圣的二郎小圣,但"小圣"是俗称,正式称号是"二郎显圣"。第六回"小圣施威降大圣"中小圣和显圣混用,这一回称呼二郎神只说"显圣"不再提"小圣",自然有微妙的暗示。二郎神本是孙悟空的生死对头,花果山四万七千只猴子被二郎神杀得只剩下两千多只,可谓血海深仇。这一次邂逅二郎神,孙悟空就不好自己直接出面,要让猪八戒去斡旋(wò xuán)。二郎神和梅山六兄弟立刻热情欢迎,梅山六兄弟称呼二郎神为"大哥",称呼孙悟空为"孙二哥",拿出随身携带的酒肴食品款待孙悟空和猪八戒。孙悟空对二郎神,也以兄长相称。

这些描写十分耐人寻味。孙悟空的人生已经转型,和二郎神成了同一个阵营里的战友,过去的一切恩怨已经烟消云散了。孙悟空甚至对二郎神说,向蒙莫大之恩,一直没有机会报答。所谓二郎神的"莫大之恩",就是擒拿孙悟空剿杀花果山群猴啊,这是怎么个说法呢?因为孙悟空的思想、价值观和立场已经完全改变,如果没有二郎神当年的擒拿,孙悟空就仍然在妖的阵营内,也就不会改邪归正,皈依佛门,成就正果。从这个角度来说，二郎神是孙悟空的恩人，对孙悟空生命价值的改变升华，二郎神是第一个出了力的人。

真假猴王以后的故事，有了更多的象征意义，更加微妙的思想内涵，这是我们读《西游记》应该特别注意的。请看下一讲。

第六十四讲

诗歌之美，
在于表达爱情

第六十四回的回目是：荆棘岭悟能努力　木仙庵三藏谈诗。

这一回的情调境界很特殊，有点像《三国演义》中刘备去卧龙岗三顾茅庐那一回，在不是耍阴谋就是拼打斗要杀要剐的长篇演义中，忽然出来一段月白风清、吟诗作赋的闲散文字。

这一回的开头别出心裁，离开祭赛国都城继续向西，却有一些伏龙寺的和尚要跟随唐僧去西天取经。孙悟空弄个手段，用毫毛变出许多老虎拦路吼叫，才阻挡住这些和尚。这是对降龙伏虎这个说法的情节化演义，伏龙寺已经消灭了恶龙，但心头的老虎仍然存在，也就是修行的功课没有全做完，还会有许多困难要克服。前面故事里多次出现的老虎象征，这里又用新的写法来表现。

　　接下来取经团队遇到了一次自然环境的障碍，一道漫长的山岭横贯在面前，山岭中长满了荆棘，没有一点空隙，根本无路可走。这个地方叫荆棘岭，长达八百里。流沙河是八百里，通天河是八百里，火焰山是八百里，这儿又是八百里。

　　自从遭遇牛魔王以来，猪八戒的精神面貌也发生了很大变化，过了这个坎，不仅是孙悟空，取经团队全体成员的进步都很明显。猪八戒在高老庄当过农民，而且是个好农民，他对这些荒山野地的问题比孙悟空有办法。猪八戒念个咒语，把身体长了二十多丈高，九齿钉钯变得三十丈长，拽开大步，用钉钯把荆棘两边搂开，就这样一天不歇手，走了一百多里路。看到一块石碑上刻着字："荆棘蓬攀八百里，古来有路少人行"。猪八戒豪迈地接了两句："自今八戒能开破，直透西方路尽平！"

　　第二天接着干，猪八戒毫不懈怠，又开辟道路，直走了一天一夜。天色晚了，走到一段空地，中间有一座古庙，庙门外青松翠柏，桃花梅花盛开。大家刚想进庙里歇一会，孙悟空说这里凶多吉少，不能久停。果然一阵阴风中出来一个老人，后面跟着一个鬼使，头上顶着一盘面饼。老人口称自己是荆棘岭的土地神,来给师父们送饭。孙悟空火眼金睛,看出蹊跷,大喝你是什么土地神!举金箍棒就打,老人却变成一阵阴风,把唐僧摄走了。

唐僧被摄到了一座幽静的石头房子里,出来了几个老人,说我们不是坏人,今夜月白风清,特请你来参加一个诗歌大会。这几个老人一个接着一个吟诗,都是意境优美的七言律诗。唐僧也吟诗唱和,并且应这些老人的要求,作了一段佛教禅理的学术讲座。后来又出来一个美丽的女子,大家叫她杏仙,也加入进来吟诗作赋。

渐渐地,杏仙就流露出对唐僧的爱慕之情,往唐僧身上靠,低声悄语地说,如此好风景好时光,怎么能辜负呢?几个老人就说杏仙对圣僧有意,我们做媒人,今晚就拜堂成亲!唐僧很生气,但被他们几个人围绕纠缠,直折腾了半夜也脱不了身。看看东方有些发白,才听见孙悟空在喊"师父",唐僧答应一声"我在这里呢!"女子,老人,房屋,就忽然不见了。

天亮了,孙悟空师兄弟三人,牵着白龙马,驮着行李,从密密的丛林里走过来,与唐僧会合。唐僧说了一夜的情况,几个老人的名字,分别叫十八公、孤直公、凌空子、拂云叟。后来走到一座山峰下，看见石头上有"木仙庵"三个字。唐僧认得，说昨天夜里就是在这儿开的诗歌大会。孙悟空仔细一看，周围有几棵大树，说松树就是十八公，柏树就是孤直公，桧树是凌空子，竹子是拂云叟，杏树是杏仙。夜来的作诗比赛，每个人吟的诗都是歌颂赞美他本身树种的，其中有不少相关历史典故，要读懂这些诗，还真得下点功夫。猪八戒举起九齿钉钯，把这些树全部筑倒，只见树根下鲜血淋漓。

读者一般对这一回的结尾不太理解，说这几个树妖并没有对唐僧怎么样，只是开了一个诗歌会，为什么要杀死他们呢？这就是没有弄明白这一回故事的象征意义，要传达什么意思。

荆棘针刺，是象征人心中各种此起彼伏的欲望念头，尖锐锋利，伤害人纯洁的本性。树妖们吟诗作赋，象征各种诱导人产生情爱欲望的文学作品，特别是诗歌作品。古代这方面的作品很多，特别能煽情，往往让人失去理智，成为欲望的俘虏。前面已经有不少故事演义色欲对取经团队的考验，这一回，就表现得更加曲折深入了。下一回，又是什么情况呢？请期待。

第六十五讲

雷音寺也有假，还有啥不能假

第六十五回的回目是：妖邪假设小雷音　四众皆遭大厄难。

这回开头，有总结上一回的话："话表唐三藏一念虔诚，且休言天神保护，似这草木之灵，尚来引送，雅会一宵，脱出荆棘针刺，再无萝藦（luó luǒ）攀缠。"说得明白，树妖的诗歌大会是引导取经团队明白一种道理，摆脱心灵的荆棘针刺。下一难，就到了小雷音寺。

已经是大好春光，又遇到高山峻岭，这一次，是突出这座山格外高，说远远望去，山和天连接在了一起。唐僧说山连着天，孙悟空却引古诗"止有天在上，更无山与齐"，说山再高也不可能与天一样高。好像是写景闲谈，其实含有哲理，和这两回的故事要表达什么有关系。

进入山中,就看见雄伟的寺庙,有一篇韵文描写寺庙既辉煌又清雅。孙悟空却说怎么祥云瑞气中又有一点凶气呢?劝唐僧先停一下。唐僧说莫不是已经到达了西天雷音寺?一看寺庙牌匾,果然是雷音寺,慌得唐僧下马就拜。孙悟空说你再仔细看看,是四个字,不是三个字。唐僧再看,原来雷音寺前面还有一个小字,就说小雷音寺里也一定是一位佛祖,佛经里说有三千诸佛,又说每一位佛祖都有自己的道场,比如观音菩萨在南海,普贤菩萨在峨眉山,文殊菩萨在五台

山。这是在中国知名度最高的三位菩萨，再加上九华山的地藏菩萨，是四大菩萨。

遇佛拜佛，唐僧换上锦襕袈裟，步上寺院台阶。听到里面有人说唐僧你见了佛祖，怎么这样怠慢？听得唐僧和猪八戒、沙和尚都跪下来一步一拜，只有孙悟空拉着马在后面慢慢走，仔细观察。进入大殿，只见如来佛祖高坐莲台之上，左右排列着五百罗汉和菩萨金刚等。又听到莲台上的佛祖严厉地说那个孙悟空，见了如来怎么不参拜！孙悟空拿出金箍棒，说你们这伙孽畜，怎么敢假变佛祖，败坏如来的名声！上前就打。

只听一声响，莲台上抛下一副金铙钹（náo bó）。铙钹是一副圆盘状金属互相敲击的乐器，多为铜制，寺院里宗教活动时经常用到。民间乐队也用，体积小一点，叫镲（chǎ）。铙钹不是两片分开的金属制品吗？就一下子把孙悟空合扣在里边了。制服了孙悟空，妖怪就现了原形，把唐僧、猪八戒和沙和尚捉拿住捆起来了。妖王说过了三昼夜，扣在铙钹里的孙悟空就化成脓血了，那时候再把唐僧师徒三个蒸熟了吃。

孙悟空在铙钹里使尽了各种神通本事，把身体变大，铙钹也变大；变小，铙钹也随着小；用毫毛变钻头钻，纹丝不动。孙悟空念咒语，拘来保护唐僧的护法神将,从外头掀和撬,还是严丝合缝。金头揭谛去灵霄宝殿启奏玉皇大帝,玉帝派来二十八宿,照样掀不开。最后二十八宿里打头的亢金龙使尽了九牛二虎之力,硬是把自己头上长的尖角像锥子尖一样从铙钹两片合缝的地方钻进去,孙悟空用钻头在角上钻了个小洞,又变成一个小虫钻进洞里,亢金龙又用尽平生之力,把角从铙钹里拔了出来。孙悟空现了原身,立刻一金箍棒把铙钹打碎成一堆碎金烂铜。

响声惊动了妖魔，出来一场大战，妖魔自号"黄眉大王"，又称"黄眉老佛"，手拿狼牙棒，与孙悟空斗了五十多个回合，不分胜负。众神将一拥而上，妖王从腰间解下一个白布口袋，往上一扔，就把孙悟空、二十八宿、五方揭谛一包装了回去，一个个都捆绑了撂在地上。到了夜里，孙悟空变化脱身，变成一个蝙蝠，解救了唐僧师徒和众神，脱离魔窟。孙悟空又回去寻找行李担子，却惊动了妖魔，又一场大战，把大家重新用布口袋装了回来，只有孙悟空机灵，有了第一次的经验，这一次就早早抽身，翻筋斗云跑掉了。妖王也总结经验教训，对俘虏分头关押，唐僧师徒被吊在房梁上，众神被关进了地窖里。

　　这一回把二十八宿的名号全部列了出来，就是二十八种动物，打头的两个是亢金龙和女土蝠，就是龙和蝙蝠。亢金龙费尽力气把孙悟空从铙钹里救了出来，孙悟空欠了天宫一个大人情。孙悟空被妖王用布包袱装回去后，夜晚变成一只蝙蝠营救大家，这是照应二十八宿第二位的女土蝠。这些小地方，《西游记》也是涉笔成趣，精心设计。那么，下一回，又将有什么样的精彩节目上演呢？

第六十六讲

学术之美，在于让人一头雾水

上一回讲到孙悟空逃了出来，到哪里去搬救兵呢？天宫派来的二十八宿两次被妖王用口袋装了回去，再去天宫恐怕也没有用。过了通天河，观音菩萨其实已经放手交班了，虽然没有明说，大概神情言语之间，孙悟空也有感觉。去西天取经，如来佛祖是考官，老找考官答难题，脸皮也太厚了点吧？孙悟空交游广泛，想起南赡部洲武当山的北方真武大帝，号称"荡魔天尊"，以前也没有麻烦过他，找他帮一次忙吧。第六十六回就是从孙悟空前往武当山开始。

这武当山，就在湖北省十堰市丹江口，离原始森林神农架不远。北方真武的民间传说也不少，有各种说法。有一本道教经书里说他是太上老君第八十二次化身；明代小说《四游记》里的《北游记》，专门讲述真武祖师的出身经历传奇,说他是玉皇大帝的一部分魂魄转世下凡。

《西游记》本回介绍,说真武祖师是净乐国王和善胜皇后梦吞日光怀孕,怀胎十四个月而诞生,长大后舍弃皇宫入山修道,功完行满,白日飞升。被玉皇大帝封为真武,镇守北方,龟蛇合形。

孙悟空到了武当山,真武祖师手下的五百个灵官迎接入太和宫。孙悟空说明来意,真武祖师说我

奉命镇守北方,不敢擅离职守,但也不能让大圣空来一趟,我派手下的龟、蛇二将和五大龙神前去,帮助大圣降妖。后面龟、蛇二将和五大龙神来到小雷音寺,与黄眉大王打斗,又被黄眉大王用布袋装去,关入地窖。

孙悟空又一次逃脱,落下云头,靠在山峰上没精打采,似睡非睡。这时,一直暗中保护唐僧的护法神之一——日值功曹前来唤醒孙悟空,说大圣赶快再搬救兵营救你师父吧,否则很危险了。原来保护唐僧的其他护法神都在前一次战斗中被妖王俘虏,只剩下功曹留在唐僧身边。平顶山莲花洞那一次,也是这位日值功曹,变成樵夫向孙悟空通风报信。大概既然是日值,就得每天上班,时刻留在唐僧身边,感到责任重大吧。孙悟空这一次真有些灰心丧气了,竟然在功曹面前流下了眼泪,说我真不知道该去求谁请谁了。日值功曹向孙悟空提出了一个可以求助的人选,是南赡部洲一座山里的国师王菩萨。

孙悟空去请这位菩萨,菩萨说最近收服了一个妖怪,害怕自己走了后手下的神镇压不住出问题,就派徒弟小张太子带领四大神将去帮孙悟空降妖。小张太子和四大神将来到小雷音寺,一场打斗,又被黄眉大王的袋子装走了。

孙悟空又一次逃脱，站在西山坡上"怅望悲啼"，齐天大圣竟然又一次流眼泪了！说明这一次的魔障确实十分严重。这时，黄眉大王的主人弥勒佛出现了。弥勒佛让孙悟空叫战，引妖王追赶，弥勒佛变出一片瓜地，自己变成瓜农，让孙悟空变成一个瓜，妖王吃瓜，孙悟空到了妖王肚子里，拳打脚踢，妖王就被弥勒佛收走了。书中没有说是什么瓜，连环画和影视剧都表现为西瓜。

这一回先后请真武祖师和国师王菩萨降妖，分别是道教和佛教的尊神，是《西游记》三教并尊的体现，也是增加了一些看点花絮。这两位尊神都没有亲自出马，都是派部下出战，因为妖王需要弥勒佛降伏，真武祖师和国师王菩萨都是神界"大腕"，也不能写他们被妖王用袋子装走，那就丢了领导的脸面，坏了体制的规矩了。

小雷音寺两回书，情节曲折又紧凑，其实和木仙庵一回书又构成"对仗"文章。木仙庵的故事针砭有些文艺作品对人心的消极影响，小雷音寺假变佛祖，是对伪学术假大师的嘲弄。佛教是世界性宗教，《大藏经》卷帙浩繁，各种教派各有说法，理论也各成体系，谁家是真理，谁家是邪说，其实也是公说公有理，婆说婆有理。小雷音寺的妖王变成佛祖，变出小雷音寺，就是对这种情况的艺术演义。

这对当下学术界出现的各种情况也很有现实意义。就像有人说的："学术之美，在于让人一头雾水。"孙悟空降伏黄眉大王，格外困难，两次流泪，很耐人寻味。小西天金碧辉煌炫人眼目的楼阁、讲堂、宝座，最后都被孙悟空一把火烧成了灰烬，是不是有点理想

化？消灭伪学术有那么容易吗？黄眉大王被弥勒佛收走了，会不会哪一天又跑出来，自称"红眼佛祖"出世，搞一个新雷音寺呢？唐僧师徒要见到真佛，取得真经，还将经历什么样的困难和考验呢？

第六十七讲

本来面目：越简单的才越难啊

第六十七回的回目是：拯救驼罗禅性稳　脱离秽污道心清。

这一回写得像小品文，故事讲得挺单纯，句子常来点小幽默。唐僧师徒离开了小西天，走了一个多月，春夏之交，满世界绿色浓郁。天晚了，几人又要投宿，走进一座村庄，敲开一户人家，走出一个老人，听说他们要去西天拜佛求经，老人说，这里是小西天，要去大西天，眼下就有一道坎，很难走过去。什么坎呢？村庄西去不远，有一座七绝山，纵横八百里（又是一个八百里）。山上长满柿子树，每年熟了的柿子落下来，腐烂，变臭，把那条石头小路全填塞满了，下雨，下雪，年年积累，发霉变味，臭不可闻。现在是春天，没有到柿子成熟掉落的秋季，所以臭味还不是很强烈。

孙悟空对老人说,你是不想让我们住,吓唬人吧。老人看见孙悟空相貌丑陋,心里有点怕,却壮着胆子呵斥一声,说你这个嘴脸,还敢冲撞我老人家!孙悟空回答说我虽然长得丑,却有本事有手段,书中用一首诗表达孙悟空的自我夸耀。这首诗说到东胜神洲花果山,说到灵台方寸山,说自己出身不凡,学了降魔伏妖的大本事,最后一句自我定位是"变化无穷美石猴"。

老人听了孙悟空的自夸,改变了态度,热情招待唐僧师徒,摆出丰盛的晚餐。书里面列出了菜单,什

么面筋、豆腐、蔓菁、香稻米饭、醋烧葵汤。猪八戒私下对孙悟空说，老头开始不愿意留宿，后来这么款待我们，有原因吧？孙悟空说，这个小意思，明儿还要十个果盘、十个菜盘地送我们呢。

原来孙悟空已经看出来老人有求于自己，吃了饭一开聊，老人就说我们这儿叫驼罗庄，有五百多户人家，刚才听你说会拿妖怪，我们这儿就有个妖怪，请你替我们捉拿一下。孙悟空立刻起立作揖，说多谢你照顾我的生意。老人说三年多以前的六月，人们正忙着收割庄稼，一阵风起，来了个妖怪，见牛吃牛，见猪吃猪，碰上人，就吃人。又说先后请过和尚、道士捉妖，结果都被妖怪杀死，村里人花了不少钱，还惹了许多麻烦。书里有两篇韵文，分别描写和尚与道士捉妖失败的情形，风格幽默。

后面写孙悟空答应捉妖，和老人讨价还价，说笑逗趣，生活气息满满。正说着，妖怪就来了，后面大量篇幅，描写孙悟空捉妖的过程。猪八戒先是害怕，后来鼓起勇气，协助孙悟空战斗。这是一条大蟒蛇，还在成为妖怪的初级阶段，只在黑夜里能变成人形拿枪打斗，但还不会说话，孙悟空暗笑说是个聋子哑巴妖怪，还有许多诙谐幽默的描写，逗人发笑。

天一亮，妖怪就现了原形逃跑，钻进山洞，孙悟空和猪八戒分别在前后两个洞口围追堵截。最后大蟒蛇张开血盆大口，把孙悟空一口吞下。孙悟空在蟒蛇肚子里拿金箍棒一会儿横过来说是搭桥，一会儿竖立起来说是立桅杆撑船，把一条大蟒蛇活活折腾死了。

后面一部分，就是猪八戒变成一只大野猪，拱开被千年烂柿子腐败堆积沤烂、臭气熏天的七绝山中间的石板小路，让唐僧、孙悟空、沙和尚与白龙马通过。村子里的人不断运送大量食物供应老猪吃喝，保持体力，勇往直前，一直拱出八百里畅通道路。猪八戒自己说："休笑话，看老猪干这场臭功。"

这一回的故事，象征意义十分明显。村名驼罗村，驼罗是印度梵文词语"驼罗净土"的简称，是佛教理想的洁净世界。洁净的佛土却被脏臭的千年烂柿子所污染，又遭遇邪恶的蟒蛇毒害，是比喻人的心灵里充满了世俗的各种贪欲、色欲、凶心、恶念等又脏又毒的垃圾，污染毒化了原本纯洁的初心本心，向善追求的通道被堵塞了。孙悟空灭了蟒蛇，猪八戒拱开山路，才能前往西天净土求取真经。

孙悟空对老人夸耀自己，回归到花果山、灵台方寸山的起源之处，以自己最原初的出身形象石猴自我定位，而且是美石猴，把美猴王与石猴组合为一个词，十分巧妙地比喻只有回到初心，回到本来面目，才像石头一样淳朴，才是大美真美，才能获得真正的觉悟，才是西天取经的终极目的。所以回目说灭了蟒蛇拯救了驼罗村，就是让佛禅真性变得稳如泰山；拱开了肮脏的山路通往西天，也就让心灵觉悟获得了大道。这一回结尾是一首七言律诗，最后两句"六欲尘情皆剪绝，平安无阻拜莲台。"呼应了回目："拯救驼罗禅性稳　脱离秽污道心清"。那么接下来，故事又会怎样进展呢？

第六十八讲

不羡朱紫贵，要读好文章

前面几回，荆棘岭木仙庵，七绝山稀柿衕（tòng），各一回；碧波潭、小西天也分别只有两回，又学笔调一路简捷明快。从第六十八回到第七十一回，一共四回书，只讲朱紫国的一个故事，韵调就变得慢悠悠，情切切。这是结构文章的技巧，就像写诗唱歌讲究声调的抑扬，节奏的快慢，要调节变化一样。

走过了山区，就来到了城市，这也是场景境界交错变化。要是山连着山，城接着城，那多单调没劲啊。唐僧在马上问，前面是什么地方？孙悟空反过来调侃说，师父你怎么是不识字的文盲啊？亏你还敢领唐王的圣旨去西天取经！唐僧说我读的佛经多了去了，怎么说我不认字啊。孙悟空说那城头上插的杏黄旗，上头三个大字不是写得很清楚吗？唐僧说你这个泼猴胡说,那旗子被风吹得摇摆不定,怎么能看清是什么字？猪八戒与沙和尚也说,离得这么远,城墙还看不太清呢,哪能看见旗子上是什么字？孙悟空说,不就是"朱紫国"三个字吗？

北宋有人编了一首鼓励青少年努力学习的励志长诗,叫《神童诗》,过去流传很广。开头几句是:"天子重英豪,文章教尔曹。万般皆下品,惟有读书高。少小须勤学,文章可立身。满朝朱紫贵,尽是读书人。"为什么说"满朝朱紫贵"呢？因为过去的等级制度很严格,只有做了大官的人,穿的朝服是大红大紫绫罗绸缎的,一般老百姓只能用黑色白色等色彩朴素的布料做衣服。"朱紫"就成了荣华富贵的代名词。

唐僧师徒来到了朱紫国,这就是说来到了一个繁荣昌盛、经济富裕的国家。当然是来到了都城,有专门接待来宾的国家招待所,取经团队受到了礼貌周到的接待。宾馆的服务员提供了免费的食品,是大米、白面、青菜、豆腐、面筋、干笋、木耳,让他们自己到厨房去做饭。

唐僧时间观念很强,让徒弟们去做饭,自己换上正装,就是披上锦襕袈裟,换上新鞋,带上新帽子,抓紧时间进朝堂去倒换关文,办理出入境手续。下面就话分两头,把唐僧入朝见朱紫国王和孙悟空等三人在宾馆的活动交错起来写。

朱紫国王已经生病很久了，听说来了大唐的高僧，十分高兴，和唐僧交谈，问起了中国的发展历史，怎么演变到唐朝的，又为什么要去西天取经。唐僧的回答，是一篇基本上四字一句、共四十六句的韵文，也是一篇简明扼要的朝代歌。从三皇五帝说起，春秋战国、秦汉晋、南北朝，一直到大唐的高祖太宗，魏征梦斩泾河龙王，唐太宗游地府，引出要超度亡灵，进而引出去西天取经。

朱紫国王听了很感慨，说大唐有魏征这样的贤臣，又有唐僧这样的高僧，为君王和国家分忧解难，我已经病了三年了，也没有臣子帮我访求名医治病。传圣旨准备两份饭，唐僧的素斋，国王的膳食，国王陪唐僧一起吃饭。

宾馆里孙悟空又要捉弄猪八戒，哄他和自己一起上街买做饭的调和佐料，却看见鼓楼上张贴着招贤榜文，请名医给国王治病，如果治疗好了，国王和他平分天下，一国二君。孙悟空用隐身法揭了榜文，放到了站在墙根打瞌睡的猪八戒的怀里，自己却先回宾馆去了。

守卫在皇榜前的官员和武士，一阵旋风以后不见了榜文，到处寻找，发现在猪八戒的怀里，发生了许多有趣的情节，最后到宾馆找到了孙悟空，报告了朱紫国王。国王听了非常高兴，派了大臣、太监、武士去宾馆隆重迎请孙悟空。孙悟空拿足了架子，来到朝堂上，侃侃而谈，用一首七联、十四句的七言诗概括中医看病望、闻、问、切的治疗原理和程序，让朝臣们大为佩服。国王害怕孙悟空面貌丑陋不愿意把脉，孙悟空提出悬丝诊脉，就是在国王的手腕上系长长的丝线，从窗户上把丝线拉到另一个房间，孙悟空隔屋号脉，手摸着丝线，就能听到国王的脉搏，诊断出病情。

这一回充满了各种有趣的描写，逗笑的段子，匪夷所思的情节，读起来趣味满满，引人入胜。下一回，故事又会怎样发展呢？

第六十九讲

当中医的，
读过这一回吗

第六十九回的回目是：心主夜间修药物　君王筵上论妖邪。

这一回开头写，孙悟空拿三条金线给宦官，吩咐让后妃把线分别系到国王左手手腕的寸、关、尺三个部位上。手腕桡骨茎突出的地方为关，关前面的腕端为寸，关后面的肘端为尺，寸、关、尺三个部位的脉搏，分别叫寸脉、关脉、尺脉。寸脉测心，关脉测肝，尺脉测肾。系好丝线以后，把三个线头从窗户上给孙悟空。孙悟空就用自己的手指按在线头上号脉。号完左手，再换右手，右手的寸、关、尺分别关联着肺、胃、命门。

书里写孙悟空号脉时调停自己的呼吸，辨明虚实，说到一些相应的中医术语。脉搏号完，疾病已经诊断清楚，孙悟空说出国王各种症状后，国王听了非常高兴，因为完全符合自己的真实情况。孙悟空最后总结概括，说国王得的病名叫"双鸟失群病"，起因是惊恐忧郁思念。

大臣们问，什么叫"双鸟失群病"啊？孙悟空回答说，有一对夫妻鸟，原来一起飞，忽然来了暴风雨，两只鸟被冲散了，互相再也见不到对方，互相苦苦想念，这就叫想"双鸟失群病"。大臣们听了，齐声喝彩真是神僧神医啊！

病诊断出来了，下面就是治疗了。孙悟空提出的医疗方案却真是奇葩，他要求把所有八百味中药每一味都买三斤，以及全套的药碾、药磨等制作药丸的工具，送到宾馆由猪八戒与沙和尚接收，等药材齐备以后，由孙悟空自己配置药丸。孙悟空回宾馆去了，唐僧却被国王留在了宫中。唐僧对孙悟空说，这是扣下我当人质啊，徒弟，你一定要认真配药治病，别连累了我呀。

到了深夜，孙悟空让猪八戒从两千四百二十四斤中药材中拿出最苦的黄连一两，最毒的巴豆一两，让猪八戒与沙和尚把两味药碾成细末，又让把锅底的黑灰刮下半茶杯。最后让猪八戒再拿个茶杯去马圈,接半杯白龙马的尿。猪八戒去了半天,回来说马不肯尿啊。

孙悟空、沙和尚就和猪八戒一起去马圈,白龙马见三个人都来了,口吐人言,说我本是西海龙王的太子啊,犯了天条才变成马来驮唐僧取经,我的尿哪儿能随便撒呀?我在水里撒尿,鱼吃了就变成龙;我在山上撒尿,草就变成了灵芝。孙悟空说给国王治病也是贡献立功啊,白龙马才尿出少半茶杯来。孙悟空就和猪八戒、沙和尚把碾碎的黄连和巴豆以及刮下来的锅灰搅拌在一起,再用马尿做成三个药丸,每一个有核桃那么大。

第二天就到朝堂上给国王治病了,孙悟空拿出药丸,说这叫乌金丹,必须用无根水送到肚子里去。什么是无根水啊?孙悟空说就是天上下雨用碗接住的水。什么时候才下雨啊?孙悟空又跳到半空叫来东海龙王,龙王打了两个喷嚏,吐了些唾沫,文武百官和后妃宫女一个人拿一个杯子或者碗站在露天接着,最后归到一起一共有三茶杯无根水。东海龙王的唾液喷嚏,西海龙子的尿,倒是一家子的水分不会起化学反应。

国王用无根水送下三颗乌金丹，就肚子作响，大便了好几次，拉出了一团糯米饭团，很快就恢复健康了。国王大摆筵席，感谢唐僧师徒。猪八戒见国王老给孙悟空敬酒，不给自己敬酒，就忍不住说那药可是我碾的我捏的，药里头有马……还没说完，孙悟空就把自己的酒杯递给猪八戒，用酒把猪八戒还没有说出来的"尿"字给堵回去了。国王问猪长老说马什么呀？孙悟空就接过话说，他说药里头有马兜铃啊，并且说了这味中药能治什么病。国王一听，说马兜铃用得好，对症下药啊。第三十六回唐僧吟诗感叹，每句都有中药名，其中以马兜铃比喻白龙马，与这里的描写前后映照。

插图选自
《李卓吾先生批评西游记》
绘者佚名

最后就说到病的起因了。三年前端午节，国王与王后在御花园过节呢，来了个妖怪，点名要正宫王后金圣宫娘娘做压寨夫人，叫三声不给，就先吃国王，再吃全国老百姓。国王为了国家，只好献出了娘娘。自己却从此思念娘娘，一病不起。这么一说，国王肚子里打下来的糯米团就是三年前端午节的积食啊。讲到这里，就该孙悟空去降伏妖怪救回娘娘了。这就是下一回的故事了。

第七十讲

问世间，
情为何物

这一讲的题目，来自元好问的一首著名的词。这首词写一对大雁被猎人捕获，一只死了，另外一只逃脱了，却不肯逃走，撞到地上殉情自杀了。元好问听了很感动，填词咏叹，说："问世间，情为何物？直教生死相许！"

上一回末尾，朱紫国国王对孙悟空说，金圣宫娘娘被妖王抢走已经三年，自己相思成疾，也病了三年。孙悟空笑着说，你想要让娘娘回宫吗？我去降伏妖邪，救回娘娘如何？国王听了，立刻跪在孙悟空面前，说你要是能救回娘娘来，我情愿全家搬出宫当老百姓，让你当国君。猪八戒在旁边哈哈大笑，说这个国王怎么为了老婆，就不要江山了，还给和尚下跪？朱紫国国王真是一个情种啊！

孙悟空问妖怪抢走了娘娘以后，还有没有再来过？国王说妖王又来过好几次，每次要两个宫娥，说是服侍娘娘。正说着，一阵狂风刮起来，国王说妖怪又来了，立刻和文武百官以及唐僧躲了起来，剩下孙悟空师兄弟三人应付。

第七十回接着写，狂风过后，果然出现了一个妖怪，前来索要宫女。不过这个妖怪不是妖王自己，而是他手下的先锋。孙悟空和妖怪一交手，就把他的长枪打断成两截，妖怪乘风逃走了。孙悟空没有追赶，去见国王，问妖怪的老窝在哪里？国王说妖王自报过家门，在麒麟山獬豸（xiè zhì）洞，自己也曾经派军马去探听过消息，要走五十多天，距离三千里。

孙悟空立即前往，到达麒麟山，看到山坳里冒出一阵火光，又冒出一股青烟，最后是一道黄沙。黄沙飞入鼻孔里，孙悟空打了两个喷嚏，就找两个鹅卵石塞住鼻孔。这时，又看到一个小妖走来，一边走一边自言自语。孙悟空变成一个小虫，落到小妖背着的小包上，听小妖叨叨什么。

孙悟空听小妖抱怨大王心太毒，抢来了娘娘，却近不了身，就要宫娥来顶缸，要来两个，弄死了，再要。今年可好，来了对头，把先锋打败了，大王让我去朱

紫国下战书。那国王哪儿能对付得了我们大王，大王一弄烟火飞沙，肯定把朱紫国灭了，可怜那儿的百姓一个也活不了。

孙悟空听了，不明白小妖说妖王抢来娘娘却近不了身是什么意思，就变成一个道童，和小妖打招呼，问抢来的娘娘和大王配合了吗？小妖说别提了，抢来当天，就来了一个神仙，送给娘娘一件漂亮衣服，没想到娘娘一穿上就浑身长满了毒刺，大王再也不能挨近娘娘身体。可大王对娘娘还是一往情深，痴心不改啊。

孙悟空了解了情况，就打死了小妖，提上尸体去见国王。国王看了说我见过那个妖王，这个不是他。孙悟空笑了，说你给我一件皇后娘娘喜欢的旧物件，我去降妖时见了娘娘，好做见证，让娘娘相信我。国王拿出一对黄金宝串，说这是娘娘平日喜欢的，被抢走时没有戴。

孙悟空重返麒麟山，变成被打死的小妖，去见妖王，眼泪汪汪地说我去朱紫国下战书，被打了三十军棍，国王已经排列了千军万马，准备和你交战呢。妖王说我还怕什么军马，不过你先进里边去安慰一下娘娘吧，你就说朱紫国兵强马壮，我肯定打不过，娘娘就放心了。妖王让小妖这样安慰对自己冷淡无情又从来没有近身亲热过的娘娘，可真是一个痴情到极点了到妖怪，比起宝象国的黄袍怪，简直强太多了。

　　孙悟空到了后面，见了娘娘，就现出原身，拿出黄金宝串，对娘娘说明来历，问娘娘妖怪有什么厉害的武器宝贝。娘娘说他有三个连在一起的紫金铃，摇动第一个出火，摇动第二个出烟，摇动第三个出黄沙，非常厉害。孙悟空就让娘娘改变态度，请妖王来表示亲热，让妖王把紫金铃交给娘娘保管，自己好乘机偷走。

　　娘娘依照计策表演行事，妖王喜出望外，把紫金铃放在娘娘的梳妆台上，孙悟空变的小妖就乘机偷走了。可是孙悟空太性急了，紫金铃一到手，就拿掉里面塞的棉花，结果铃铛一摇，立刻烟呀、火呀、沙子呀，全冒出来了，吓得孙悟空丢下铃铛跑了。妖王拿回铃铛，让小妖们救火。接下来，情节又会怎么样发展呢？请看下一讲。

第七十一讲

菩萨，
你怎么又来了

接续上一回，妖王救完火以后，觉悟到是孙悟空变化成小妖，想偷盗自己的紫金铃，就加强了戒备，让小妖们弓上弦，刀出鞘，值班守夜。可是孙悟空会变化啊，变成一个苍蝇，飞进内室，见金圣宫娘娘在流泪感叹，思念朱紫国王，用一首七言律诗表现，里面有"前生烧了断头香""相思又比旧时狂"这样表现思念的诗句。孙悟空变的苍蝇落到娘娘身上，让娘娘打起精神，哄骗妖王，自己瞅机会再偷他的宝贝。

娘娘就亲自走到前面去，请妖王到自己房间里共度良宵。娘娘如此热情的态度是从来没有过的，妖王大概浑身都酥了。来到后面，娘娘让侍候的丫鬟侍女准备果品酒席，和妖王一起喝酒，又让女妖们唱歌跳舞。孙悟空又变成一个娘娘的贴身丫鬟，站立在旁边。

书中描写娘娘假装亲热，哄得妖王骨软肉酥，但娘娘浑身有刺，妖王只能看，不能摸，真是"猫咬尿泡——空欢喜"。

喝酒当中，娘娘假装关心地问妖王，宝贝没有损坏吧？妖王说我带在腰间呢。孙悟空听到后，就用毫毛变了许多臭虫、跳蚤、虱子在妖王衣服里面乱爬乱咬。妖王浑身发痒难受，娘娘就说大王脱下衣服，我帮你捉捉臭虫，挤挤虱子。妖王很不好意思，但痒得受不住，只好脱衣解带，只见各种小虫子爬得到处都是，特别是腰带上的紫金铃上面，更是密密麻麻。

孙悟空变的丫鬟就说，这个铃铛上面虫子特别多，我来给你捉一捉。妖王这个时候面红耳赤，哪儿还会想到别的，就把铃铛给了她。假丫鬟借机又调包了。妖王拿回来的是毫毛变的假宝贝，递给娘娘说，这一次收好了。娘娘接过来，放到衣服箱子里面锁起来了。

孙悟空得了手，现了原身，跑到洞门口叫战，大喊快把金圣宫娘娘送出来！这里有一些搞笑的段子，孙悟空说自己是朱紫国请来的外公，妖王就奇怪，说《百家姓》里面哪里有外这个姓啊？妖王出来和孙悟空对阵，妖王问你是哪里来的外公？孙悟空又自道来历，是一首三十二联、六十四句的七言诗，再一次回顾闹天宫的历史,虽然是自我夸耀本事大,但措辞是否定闹天宫的,说自己是"初心造反""惹下灾""罪犯凌迟杀斩灾",最后说现在皈依佛教,成了孙行者,保护唐僧西天取经,西方路上降妖怪,哪个妖怪不怕我呢!

妖王和孙悟空大战五十个回合,就回洞里去找娘娘拿紫金铃,娘娘也只有拿出来递过去,她也不知道这个是假的,妖王走了就痛哭起来。妖王出来拿铃铛要摇动作法,孙悟空也拿出一个一模一样的来,说你的那个是公的,我的这个是母的,让妖王先摇。妖王拿的是假的,当然不冒烟火也不出沙子,妖王大惊说原来这个宝贝怕老婆啊。孙悟空拿真的一摇,立刻烟火弥漫飞沙走石,妖王陷身火海,马上要没命了。关键时刻,观音菩萨来了,用杨柳枝蘸上净瓶里的水,洒下来,立刻烟消火灭了。

原来妖王是观音菩萨的坐骑金毛犼(hǒu)。这个犼是一种不常见的猛兽。麒麟山獬豸洞的名称就是照应这一点的。孙悟空当然又怪菩萨管教不严,观音菩萨也和文殊菩萨为他的狮子开脱一样,说了一段因果报应的故事,她的坐骑和金圣宫娘娘应该有三年的露水姻缘,朱紫国国王也应该遭受三年夫妻分离之苦。观音菩萨跟孙悟空要紫金铃,孙悟空要赖说我没见,

观音菩萨说那我念念紧箍咒。孙悟空就赶快把铃铛交了出来,观音菩萨挂到坐骑脖子底下,骑上去回南海普陀山了。

下面孙悟空作法术,把金圣宫娘娘带回了朱紫国,国王一见就上来拉手拥抱,立刻跌倒在地,娘娘身上都是刺啊。这时候来了一个叫张紫阳的神仙,用手一指,收回了仙衣,娘娘身上就没了刺,恢复正常了。

当年文殊菩萨的狮子,是做了阉割手术的。观音菩萨坐骑痴情的皇后娘娘,又被神仙施法浑身长了刺,都是要保证人类的种族纯洁啊。

一共四回的朱紫国故事,大部分篇幅都是生活场景,上街买东西啊,号脉开方子啊,国王劝酒感谢大夫啊,娘娘哄骗妖王的虚情假意啊,真正的打斗篇幅很少。这就与其他遭遇妖魔的故事有了不同的格调境界,读起来也不雷同,有新鲜感。这也与这个故事要表达的主题思想相协调,就是要超脱男女痴情,这很难。

朱紫国王和妖王,两个都是情种。国王思念皇后病了三年,情愿不要江山要老婆;妖王空对着不能近身的美人痴情了三年,始终不渝。所以连孙悟空变苍蝇,也要说是"痴苍蝇"。紫金铃是公的怕母的,和平顶山那一次说紫金葫芦是母的怕公的,正好构成有趣的对照。因为葫芦的主人是太上老君,铃铛的主人是观音菩萨,而且这一次就是表现男人对女人的痴情迷恋。

过了通天河,观音菩萨已经放手交班了,自己的坐骑跑出来捣乱,而且陷身火海,眼看没命了,只好最后一次跑来施以援手。不过大家看清楚,观音菩萨这一次是来救坐骑的,可不是来帮助取经团队啊。后面又有什么精彩故事?请看下一讲。

第七十二讲

温泉洗澡，爽吗

　　第七十二回的回目是：盘丝洞七情迷本　濯垢泉八戒忘形。

　　朱紫国这几回是在繁华的城市，这一回到了乡下，但也不是过去经常出现的高山峻岭，而是平原地段，虽然有点山坡，也不高，而且又到了春光明媚的季节。看见前面有房屋，唐僧说以往老是你们去化斋饭，山高路远，我想去也没那个能力。眼下地势平坦，人家也不远，我去化一次斋吧。孙悟空和猪八戒引经据典，说"一日为师，终身为父"啊，"有事弟子服其劳"啊，怎么能让您老人家去化斋呢？唐僧坚持要去，沙和尚就说，师父就这个性格脾气，就让他去吧。

　　唐僧换了衣帽，就是穿戴得整齐正式一点，手捧紫金钵盂，往前面的庄院走去。有一篇韵文描写唐僧眼中的村庄风景，石头桥下流水潺潺，大树底下茅屋整齐，明亮的窗户前，坐着四个女子在刺绣做针线活儿呢。唐僧就拐到树底下悄悄地看，因为古代讲究男女授受不亲，何况唐僧是个和尚呢。

站了好久，也不见有男人出来，唐僧心想我要是就这么空手退回去，不让徒弟们笑话我连一碗斋饭也化不来吗？这样想着，就硬着头皮走上了石板桥，再往前走几步，就又看见茅屋那头有一座亭子，亭子底下又有三个女子在踢气球。前后有两首诗和一篇韵文赞美这七个女子都很年轻漂亮。

唐僧又站了一会，还是不见有男人出来，就硬着头皮走到桥头上，高声叫女菩萨，贫僧来化缘讨点斋

饭吃。那七个女子一听,绣花的,踢球的,全过来了,一个个笑容满面,说我们可不敢在路边给你点饭就打发你走,那太不礼貌了,请进屋子里来吧。一个女子推开两扇石头门,引导唐僧进屋里了。

唐僧一进屋子,可就发怵了,里面的桌子凳子都是石头做的,冷气森森。女子一问,知道唐僧是东土大唐派往西天取经的,更热情了,立刻下厨房做饭。可是端出来的饭更把唐僧吓呆了,全是人肉、人油做的。唐僧想走,七个女子上来把唐僧推倒捆起来吊到了屋梁上。这还没完,女子一个个都脱了衣服,露出肚脐眼,里面冒出白亮的丝绳,一根根有鸡蛋那么粗,不一会就搭起一个天篷,把整个村子都罩起来了。

孙悟空见师父老不回来,又见前边白亮亮一片,心说坏了,师父肯定又遇上妖怪了。走过去一看,那丝绳有千百层厚,软绵绵的。孙悟空念咒语,把土地神叫出来摸摸情况。土地神说闪亮的那儿叫盘丝岭,岭上有个盘丝洞,里头有七个女妖怪。不远处还有一个温泉,原来是天上七仙女来洗澡的地方,后来被女妖怪给占了,七仙女也就不来了,让给妖怪了。

孙悟空就变成个苍蝇停在路上等候观察,一会儿就见白亮的天篷没有了,七个女子走了出来,一边走

一边说，咱们到温泉洗个澡，回来蒸那个胖和尚吃。孙悟空就飞到一个女子的头发上，到了温泉，七个女子脱了衣服下水里洗澡去了，孙悟空变成个大老鹰，把岸上七个女妖脱下来的衣服全叼走，飞回去了跟猪八戒、沙和尚说明了情况。听说女妖怪在洗澡，猪八戒就来劲了，说我去打死她们，不要留下后患。

猪八戒去了温泉，就脱了衣服跳到水里和七个女子一起洗澡，女子们追打他，他就变成一条鲇鱼，在女子的腿裆里钻来钻去。猪八戒当过天蓬元帅啊，水性很好啊，鲇鱼又特别光溜滑腻，七个女妖累得气喘吁吁，也捉不住滑溜溜的鲇鱼。猪八戒玩够了，就跳上岸现了原身，举起九齿钉钯要筑死七个女妖。生死关头，女妖们也顾不得羞耻了，站起来从肚脐眼里冒出丝绳，把猪八戒绊倒困住了。

但女妖们没衣服穿啊，就光着身子走回村子，从唐僧面前笑嘻嘻地走过去，到后面找旧衣服穿上，离开村子走了。猪八戒一看丝绳没了，就跌跌撞撞去找孙悟空、沙和尚，然后一起进村子，将唐僧解救了出来。

七个女妖都是蜘蛛精，她们有七个干儿子，就是七种昆虫。这七个干儿子留下来断后路，结果也被孙悟空用毫毛变成七种鸟给吃掉了。前面写女子绣花做针线,是暗示蜘蛛结网,踢气球是蜘蛛在网上跳来跳去弹弄水珠,肚脐眼里冒出丝绳当然是指蜘蛛能吐丝了,所以山洞叫盘丝洞。

这一回故事的象征意义比较明显,回目上说"七情迷本",七个蜘蛛就是人的七情的化身。哪七情呢?标准的说法是喜、怒、哀、惧、爱、恶、欲。温泉叫濯垢(zhuó gòu)泉,意思是洗掉脏东西,象征去除心灵思想滋生的欲望、念头、情感。唐僧被女妖怪玩弄,吊了起来,猪八戒跳到水里,变成鲇鱼在女妖怪的腿裆里钻来钻去,都是七情(特别是色欲、爱欲)考验人性的故事情节化。蜘蛛精走了,说明考验还要继续进行。请看下一讲。

第七十三讲

谁是幕后总导演

　　唐僧师徒离开盘丝洞,继续往西走,来到了一个道教的宫观,门上嵌着石板,上面是"黄花观"三个字。猪八戒说,佛教和道教虽然不是一家,却都是修行,进去看看。沙和尚也说,进去参观一下,方便的话,说不定也有斋饭吃。猪八戒与沙和尚出场时介绍过,他们开始修行时都是道教徒,从凡人而修道成功上天成神。孙悟空的第一个师父菩提祖师,三教合一,表面上也是道教神仙。

　　道观里的住持道士还真有点仙风道骨,他正在炮制丹药,见了唐僧师徒很客气,吩咐道童到后面洗茶杯,泡好茶,准备水果盘。这么一忙活,就惊动道观里面的人了。原来七个蜘蛛精和黄花观的道士同门学艺,是师兄师妹。她们离开了盘丝洞,就到了黄花观,正在裁剪布料做新衣服呢。问清了来的人中有一个白胖和尚，还有一个长嘴大耳朵的，立刻让道童去前面给道士使眼色，请他来后堂说话。

这个道士很守清规，对于师妹们问和尚的情况开始很不高兴，说你们是什么意思？我正招待客人，你

们把我叫进来，让我丢脸啊？七个女子跪下来，说了盘丝洞和濯垢泉的事情。原来道士说自己正在制作丹药，要避免和女人接触才不致影响药效，所以七个蜘蛛精来了黄花观以后，也一直没机会和师兄交流细谈。

道士听了师妹们的话，特别是猪八戒洗澡变鲇鱼的事情，非常生气，就准备下放了毒药的新茶和红枣。不过他还是很谨慎，又出来问了一下，证实了唐僧师徒的身份，才让端出新茶、红枣。孙悟空眼尖心细，看见道士自己是个黑枣，就要和道士换，见道士不肯换，他就不吃，仔细观察。唐僧、猪八戒、沙和尚喝了茶吃了枣都昏倒在地，孙悟空拿出金箍棒就打。七个女妖从后面出来，又敞开衣服，露出肚脐眼，突突冒丝绳，搭天篷。孙悟空撞破天篷走了，在空中观看，见黄花观都被白亮的天篷给罩起来了，天篷织得有经有纬，有弹性，很坚韧。

孙悟空又念咒语拘来土地神，问女妖到底是什么成精？土地神说是蜘蛛精。孙悟空就从尾巴上捋下七十根毛，变成七十个小孙悟空，每个手里拿一根头上分叉的双角叉儿棒，对着蜘蛛网织的天篷用力搅，一会儿就搅乱搅断了，从里面拖出七个大蜘蛛，每十个小孙悟空按一个蜘蛛。孙悟空说，先不要打她们，让她们放出我师父和师弟来。七个蜘蛛高声叫：师兄，还了他唐僧，救我们的命！道士从黄花观里面走出来说，我要吃唐僧肉，顾不上你们了。孙悟空大怒，举起金箍棒把七个蜘蛛打成肉泥了。

道士抽出宝剑大战孙悟空，打不过了，也就脱衣服。只见他举起两只臂膀，就露出了腋窝肋骨下长的一千只眼，每只眼都放出金光，如一团黄雾，把孙悟空给罩住了。孙悟空在里面左冲右突，都出不来，最后变成了穿山甲钻到地底下，钻了二十多里地，才摆脱了金光。

孙悟空感觉浑身骨软筋酥，不禁又眼中流泪。这时黎山老母变成一个给丈夫披麻戴孝的妇女，指点孙悟空去紫云山求毗（pí）蓝婆菩萨，可以降伏这个妖怪。毗蓝婆菩萨来了，用一根绣花针破了金光，道士现了原形，是一个大蜈蚣。蜈蚣是节肢动物，身体由许多节肢组成，每一节上都长有脚，俗称多足虫，身上还有毒腺。多节肢，多足，有毒能蜇人，道士能放金光的一千只眼是根据蜈蚣的这些特点演义的。

毗蓝婆菩萨破了妖怪的眼中金光，是用绣花针扎瞎了蜈蚣的一千只眼，把他带回山当门卫去了。她先前给了孙悟空三粒丹药,把唐僧、猪八戒、沙和尚三个救活了。毗蓝婆菩萨说她的绣花针可不一般,是从她儿子眼睛里炼出来的。孙悟空问令郎是谁呀?毗蓝婆菩萨说是昴日星官。后来孙悟空对猪八戒说,原来毗蓝婆菩萨是个老母鸡,怪不得能降伏蜈蚣呢。

蜘蛛精的丝网,象征情丝;蜈蚣精的一千只眼,象征色目。心里充满了对情色的想望和蠢蠢欲动,眼睛里就会冒出色眯眯的光。这两回,还是表现要降伏心猿意马的蠢动躁动,战胜情欲的诱惑是一个核心内容。

取经团队刚一聚齐,就有四圣试禅心。走完了一半路程,刚过了通天河,就有子母河、女儿国、琵琶洞的一连串色欲考验。经过剪断"二心"扇灭火焰山,修行已经踏上了高台阶,又有朱紫国国王和麒麟山妖王两个情种的象征,再接上盘丝洞情丝和蜈蚣精色目的纠缠。这是三个关键转折阶段的三次色欲考验,有的表现得很直接,有的是象征和影射。四圣试禅心,由黎山老母和观音菩萨领队。琵琶洞是观音菩萨指点孙悟空去请昴日星官治死蝎子精。在朱紫国孙悟空治好了情种国王的相思病,观音菩萨收走了情种妖王。这一次又是孙悟空挑断蜘蛛精的情丝打死蜘蛛精,扎

瞎色目收服蜈蚣精的则是昴日星官的母亲毗蓝婆菩萨。推荐毗蓝婆菩萨的是谁？却是四圣试禅心的第一领队黎山老母！

大家说，在色欲情丝这个核心试题上不断变换新花样，考验取经团队的幕后总导演，到底是谁呢？不管是黎山老母还是观音菩萨，这个考题的考试算结束了。后面的老鼠精和玉兔精，虽然也是要和唐僧成亲，其考核重点实际已经转移，另有用意了。第七十四回开头，是情欲考试的总结，说："三藏师徒们打开欲网，跳出情牢，放马西行。"这句话前面还有一首七言律诗点明主题，其中关键句是"断欲忘情即是禅"，一针见血，十分明白。下一回，又将是什么故事呢？

第七十四讲

太白金星，报信不露真身

从第七十四回到第七十七回，是讲狮驼国的故事。从行文结构来说，朱紫国的四回之后，是盘丝洞、黄花观的两回，再接上四回狮驼国，是繁—简—繁的调节。但朱紫国四回，上街买调和，诊脉开药方，酒筵调侃，变化侦察，和妖魔交锋打斗的篇幅有限，人物多，场景分散，整个行文的节奏缓慢平和。狮驼国四回，却焦点明确，场面集中，与三个妖魔轮番较量，紧张激烈。朱紫国与狮驼国，又构成巧妙的对比。

第七十四回的回目是：长庚传报魔头狠　行者施为变化能。这一回承前启后，有总结，有提示；有明写，有暗写。无论思想还是艺术，都有许多奥妙，值得仔细琢磨。

开头就说，又走到了一座高山，唐僧害怕，因为这座山太高了,用"峰插碧空""摩星碍日"八个字形容。山峰高得和星星接触了,都妨碍太阳的运行了。这时候,有一个老人还隔得挺远,就高声报信,说山上有一伙妖魔,把这儿的世人都吃光了,你们不能往前走了!唐僧听了,吓得跌下了马。

孙悟空要去向老人询问详情,却说自己相貌丑陋,怕吓着人家,就变成了一个俊秀的小和尚。和老人胡侃了半天,就是老人说妖魔厉害无比,孙悟空说我更厉害。话不投机,孙悟空现了原身,老人被他的相貌吓着了,不再说话。

猪八戒又去和老人攀谈,老人告诉他这儿叫狮驼岭,岭上有狮驼洞,里面有三个妖怪,手下有

四万八千小妖。猪八戒吓坏了，回去向唐僧汇报，老人就转眼不见了。孙悟空跳到空中一看，却是太白金星变成老人前来报信，这就是回目说的"长庚传报魔头狠"，长庚星是金星的别名，《西游记》就说太白金星姓李名长庚。孙悟空说既然妖魔这么厉害，你让玉皇大帝派些天兵天将来帮我。太白金星大包大揽，口气极大，说十万天兵天将也没问题。

后面孙悟空进山侦查，遇到一个巡逻的小妖，自己也变成一个小妖，探明了更详细的情况。小妖说大大王曾大闹天宫，张开大口，把十万天兵吓回了南天门；二大王的长鼻子，威力无穷；三大王有宝贝阴阳二气瓶，把人装进去，一时三刻就会溶化。三个妖魔原来是两伙，大魔王、二魔王住在狮驼洞。三魔王在四百里外的狮驼国，五百年前把这个国家的人全吃了，占领国土，成了妖魔国家。近来听见唐僧要来了，吃唐僧肉能长生不老，但他的徒弟孙悟空很厉害，才和大魔王、二魔王结拜兄弟，合成一伙，联合起来对付孙悟空，抓唐僧。

孙悟空把这个小妖打死后，穿上他的衣服，带上他的腰牌，来到狮驼洞外，看到四处布满营房，旌旗招展，有一万多妖魔军队驻扎在此。孙悟空发表演讲，说看见孙悟空在前面磨棍子呢，威力无比，准备先把洞前这一万小妖打死。况且那唐僧肉也轮不到咱们嘴里，何必去白送死呢？不如大家散了各奔东西吧。就用这一番大话来恫吓，把八千名小妖瓦解遣散了。

这些描写突破常规，寓意深远又微妙。神仙预先通报说妖魔厉害，已有先例。第三十二回"平顶山功曹传信"，是取经团队刚上路不久，经过内部摩擦整合以后的第一次严重考验，有开局的意思。这一回却是离西天已经不很遥远，快要成功的时候。日值功曹是奉玉皇大帝和观音菩萨之命暗中保护唐僧的神将，太白金星则是玉皇大帝派遣协助取经团队的天庭全权代表。前后两次通报消息，也是暗暗呼应的。

此前太白金星已经多次帮助过孙悟空，这一次又来，实际上是来告别，变相地提醒取经团队和如来佛祖、观音菩萨，取经事业即将大功告成，可别忘了天庭一直全力以赴地提供帮助，功不可没。太白金星对孙悟空许诺十万天兵天将也是有的，可是这一次实际上没有动用天庭的一兵一卒，也是有趣的情节。

开头渲染山高无比，唐僧吓得跌下了马，都是以前从来没有发生过的事。很明显，这是暗示狮驼国这一难，是西天取经路上磨难的顶峰，超过此前所有的磨难。这儿过去了，后面虽然还有些考验，那已经是收尾时的点缀了。

孙悟空和猪八戒一前一后去和太白金星变化的老头谈讲，也是一种变相的老朋友话别。太白金星曾经两次去花果山招安孙悟空；猪八戒犯了死罪，是太白金星保奏救了他的命。也就是说，孙悟空和猪八戒能改邪归正，发生和完成生命的转型，太白金星也有启蒙引导之功。现在你们即将取经成功超凡入圣了，也别忘了我这个老朋友吧。孙悟空变化以后才去见太白金星，象征孙悟空已经思想改造成功，丑恶的嘴脸已经转变为英俊的形象。

大魔头曾经大闹天宫，一口能吓退十万天兵天将，孙悟空当年不也是大闹天宫打败十万天兵天将吗？三魔头五百年前灭了狮驼国，孙悟空不也是五百年前出道造反吗？狮驼国有四万八千小妖，当年花果山有四万七千猴妖，狮驼国比花果山还多了一千，但孙悟空凭口舌恫吓就遣散了八千小妖。这些描写都是精心设计，意在言外。孙悟空对阵狮驼国三妖，实际上就是和自己的过去作战，克服了这一次磨难，孙悟空的生命转型就宣告完全成功。过了狮驼国，孙悟空其实已经从美猴王齐天大圣变成斗战胜佛了。下一回，故事又将如何发展呢？

第七十五讲

我写小说挺开心，你作论文别犯傻

第七十五回开篇，说孙悟空变成小妖，走进了狮驼洞。一开头，展示两幅对比鲜明的场景。一幅是洞口，用一篇韵文表现，满眼尸骨骷髅，活人剐肉，人肉煮汤，好不恐怖！进了二门，就是另外一幅画面，青松翠竹，仙花瑶草，幽雅秀丽。三个妖王各有一篇韵文形容，就是狮子、大象、大鹏鸟的特征刻画。这种对比也有寓意，就是妖怪行凶作恶和崇德养性修行，其实只有一门之隔。不觉悟是妖魔，觉悟了就是仙佛。狮驼国一难，就是孙悟空生命转型的最后一道门槛。

三个妖王左右排列着上百个大小头目，威风凛凛，杀气腾腾，这也是渲染狮驼国的妖怪实力雄厚，超过了此前遭遇的所有魔头。妖王问孙悟空变的小妖，派你打听孙行者的下落，探听到什么情况了？孙悟空就给自己做夸大版的广告宣传，说孙悟空在山涧旁边的石头上蘸着水磨棒子呢，十几丈长，准备磨好了来打大王。

大魔头首先就害怕了，说赶快把洞门外边的小妖们都叫进来，关上大门，让唐僧他们过去算了。这也许是因为在乌鸡国的时候他已经被孙悟空降伏过，心有余悸吧。小妖报告说门外的八千小妖已经都散伙了，老妖说那就赶快把大门关了吧。孙悟空又动心思了，要是关了门，我要脱身也难了，就说大王关门没用，孙悟空会变成苍蝇飞进来。为了加强效果，孙悟空拔毫毛变出一只苍蝇在洞里头乱飞。这一下热闹了，在老妖的指挥下，全洞的大小妖怪都拿着扫帚和丫钯追打苍蝇。

这是一场真人秀啊，真好玩，孙悟空自己也忍不住笑得前仰后合。这一笑不要紧，孙悟空的猴子嘴脸就露了一下。三魔头是大鹏鸟，眼光敏锐，就看见了，立刻说大家别扑打苍蝇了，这个小妖就是孙悟空变的。大魔头说三弟啊，自家的小妖天天见，你怎么不认识了？孙悟空已经完全恢复小妖的模样了，但三魔头说我刚才明明看见他的猴子嘴脸了，来人，把他捆起来，揭起他的衣服！

书里面交代说孙悟空的七十二变有局限，变鸟啊，虫啊，花啊，树啊，就全身都变过来了；变人，就只有脸变了，身体变不过来。衣服一掀起来，黄毛红屁股猴子尾巴都露出来了。三魔头就让小妖们抬出自己的宝贝阴阳二气瓶，把孙悟空装了进去，等着一时三刻以后孙悟空化成脓水。

后面就写孙悟空在瓶子里面折腾，最后想起收白龙马的时候，观音菩萨给自己的三根救命毫毛，拔下来变成金刚钻、竹片和绵绳。用竹片和绵绳做成小弓，牵着钻头，在瓶子底部钻了一个洞，瓶子里面的阴阳二气一下子泄漏了，各种法力功能都没了，孙悟空也跑出来了。

孙悟空这么折腾了半天，怕师父惦记，先回去看唐僧，只见唐僧跪在地上向天礼拜祷告，求上天保佑孙悟空平安顺利呢，孙悟空好感动啊！这也是取经团队同心同德的新气象。孙悟空叫上猪八戒，再去狮驼洞洞口叫战，大魔头出来迎战，最后现出原形，张开血盆大口，把孙悟空吞到肚子里去了。三魔头说大哥你吞吃孙猴子可不是好事，孙悟空在老魔肚子里面就接声了，说天气冷了，我准备在你的肚子里过冬了。老魔就喝毒酒，想药死孙悟空，孙悟空哪还怕毒酒啊，

张着嘴都接着喝了。喝了酒，就撒起酒疯来，在老魔肚子里面折腾开了，老魔就疼痛得昏倒在地了。

这一回，风格就是滑稽搞笑，孙悟空和妖怪斗法，一招一式，言语情节，都像是在说相声。我们反复说过，《西游记》的语言风格中，幽默风趣是一大特点，必须充分理解这种语言艺术，并且学会欣赏。千万不要死脑筋，用形式逻辑啊，简单推理啊，算算术啊，用这种思维和方法看《西游记》的故事情节，就会说这儿不合理啊，那儿有矛盾啊，是不是成书过程的问题啊，好多作者拼凑的啊，有的人还用这个作论文，拿学位，评职称。

就说孙悟空的变化之术吧，有时候写他变了脸变不了身子，比如这一回，还有第三十二回，就不要较真。作者这样写，就是为了好玩，逗笑，不能引申推理的。在通天河变小男孩，难道孙悟空还拖着猴子尾巴？猪八戒的身子变不过来，怎么孙悟空还吹口仙气，帮助他变过来了呢？说他变化人以外的东西没问题，那怎么大闹天宫时与二郎神斗，变庙宇，尾巴还没地方安置，搞到庙后头变旗杆，让二郎神给认出来了？这些其实都是逗趣的段子，就是让大家哈哈一笑。

又有人写文章说孙悟空的火眼金睛有时候灵，

有时候又不灵，编一些文本演变的理由，理论啊，考证啊，强加解释，其实都是没有理解《西游记》追求趣味性的艺术风格。比如，上一回太白金星变老头，孙悟空就认不出来，那是暗示哲理，上一讲我们讲过。乌鸡国的假国王，就是这一回的大魔头，变成唐僧，孙悟空也认不出来。这样写，其实就是为了逗趣，孙悟空认不出假唐僧，才能写猪八戒说让师父念紧箍咒，不会念的就是妖怪，让读者会心一笑。《西游记》的作者写小说，充满娱乐心态。请看下一讲。

第七十六讲

英雄进步了，是啥意思

第七十六回接续上一回，说孙悟空在大魔头的肚子里折腾，大魔头昏死过去，苏醒过来以后，向孙悟空求饶，称孙悟空为"大慈大悲齐天大圣菩萨"，孙悟空说你省几个字，叫孙外公吧。妖魔就叫外公外公，饶了我吧，愿意送你师父过山。接下来写："大圣虽英雄，甚为唐僧进步，他见妖魔哀告，好奉承的人，也就回了善念"。孙悟空说我饶了你，你怎么送我师父？大魔头说我们弟兄三个，抬一乘轿子把你师父送过山去。

这几句平常话，却包含深刻意思。说孙悟空本是个英雄好汉，英雄都是崇尚力量、意气用事的，也就是说由着性子来，不会因为你求饶我就饶了你。但孙

悟空已经"甚为唐僧进步",这是说在唐僧的长期教育下,孙悟空的思想进步了。怎么进步呢?就是"回了善念",有了善心了,虽然这里面还有"好奉承"的成分,毕竟已经发生了质变,价值观念向"善心"倾斜了。英雄进步了,而且是价值观进步了,就变成圣贤了。妖魔称孙悟空"大慈大悲齐天大圣菩萨",这本来是对观世音的称呼啊,言外之意就是,孙悟空已经有了与观世音同样的价值观和精神境界了。而这正是西天取经的根本目的,降伏心猿意马,改恶从善,让大慈大悲成为心灵的主旋律。

当然这是隐藏在故事深处的主题暗示,具体情节仍然古怪离奇。孙悟空答应饶了大魔头,要从大魔头的嘴里出来,可是三魔头教唆(jiào suō)大魔头等孙悟空经过口腔的时候,就咬死他。孙悟空呢,却先把金箍棒伸出来,结果大魔头没咬着孙悟空,却把牙都硌碎了。孙悟空就说我不出去了。

三魔头就用激将法,说你在人家肚子里折腾算什么本事啊?孙悟空就从大魔头的鼻孔里飞出来,但留了后手,用毫毛变了一根绳子在大魔头的心脏上打了一个结,把绳子也从他的鼻孔里拉出来。孙悟空一出来,三个妖魔围上来一起打。孙悟空就跳到云端，把绳子一拉，大魔头心痛如绞，跌倒在地。三个妖魔只有跪地求饶，答应送唐僧过山。孙悟空就收了毫毛，回去找唐僧，等妖魔抬轿子来送。孙悟空回来，却看见唐僧躺在地下打滚痛哭，猪八戒与沙和尚在分行李呢。原来猪八戒回来说孙悟空被妖魔吞吃了，没指望了，大家散伙吧。孙悟空打了猪八戒一个耳刮子，沙和尚也很惭愧。这一段描写，还是紧扣住狮驼国是取经团队遭遇最严峻一次考验这个主题设计的。

大魔头被降伏了，二魔头却不服气。孙悟空已经收回了毫毛，大魔头心头的绳结没了，没有了后顾之忧，二魔头就来挑战。孙悟空说妖魔是三兄弟，咱们也是三兄弟，我降伏了大魔头，二魔头来了，猪八戒该你上了。猪八戒出战，猪怎么能打得过大象呢？二魔头用长鼻子把猪八戒卷走了，捉回去扔到池塘里，准备泡褪了毛做腌猪肉。孙悟空变化了去救猪八戒，不过先变成勾魂的小鬼，把猪八戒攒的私房钱——四钱六分的一块银子从左耳朵眼里给诈出来了。

后面孙悟空再和二魔头交手，二魔头也用长鼻子卷住孙悟空，孙悟空把金箍棒变细，往大象的鼻子眼里戳，二魔头也被降伏。三个魔王就真抬了轿子，送唐僧过狮驼岭，往狮驼国前进。那么，妖魔真的会诚心诚意地送唐僧出狮驼国吗？又发生了什么事情？请看下一讲。

第七十七讲

妖精的外甥，这是阴谋还是阳谋

　　三个魔头用轿子抬着唐僧，孙悟空、猪八戒、沙和尚在后面跟着，从狮驼岭走到狮驼国。一到城门外，孙悟空就感觉不对了，城内有许多恶气杀气啊。原来三个魔头在城内埋伏了重兵，四万八千小妖，孙悟空遣散了八千，还有四万呢。三个妖魔一个暗号，立刻刀枪剑戟丫丫叉叉八面齐出了。一场大战，唐僧就不用说，早被妖魔抬进了城，猪八戒、沙和尚也被活捉，只有孙悟空翻筋斗云跑了。

　　没想到，这次孙悟空的筋斗云也不管用了。三魔头现了本相——一只大鹏鸟，两只翅膀扇两下，就赶上孙悟空了，伸出铁爪，把孙悟空抓了回去。在自然界，鹰一类的鸟类，本来就是猴子的天敌，一翅膀飞下来，就把猴子抓走了。

孙悟空一个筋斗云十万八千里，够厉害了吧？可是大鹏鸟扇一翅膀就九万里，扇两翅膀，就十八万里，远远超过孙悟空了。这就是艺无止境，强中更有强中手啊。

唐僧师徒全部被抓，妖魔就支起蒸笼来，要把和尚们蒸熟了吃。孙悟空早就用毫毛变的假孙悟空替换了真身，隐在云端里念咒语拘来北海龙王，把冷风吹到蒸锅底下，唐僧师徒就躺在蒸笼里吹电风扇了。

到了深夜，妖魔都睡觉去了，孙悟空打开蒸笼，放出唐僧、猪八戒、沙和尚，准备逃走，最后却惊动了妖怪，除了孙悟空，又全部落入魔掌了。这一次也不蒸他们了，猪八戒、沙和尚被绑在了大殿的柱子上，却把唐僧放到宫殿深处一个亭子里面的铁柜子当中，当作珍宝一样锁了起来。

三魔头想出了一条计策，在小妖当中散布流言，说唐僧已经被大王们夹生吃掉了，就是不蒸不煮不加工，就那样生吃了。这个话猪八戒与沙和尚也都听见了。孙悟空回来救人，听到这个消息，就绝望了，翻筋斗云去西天，见了如来佛祖，说师父已经被妖怪生吃了，没有师父了，经也不用取了，佛祖你念念松箍儿咒，把我头上的紧箍儿去掉，让我回花果山吧。

如来佛祖安排的取经大业哪儿能这么容易就停止啊？如来佛祖叫上文殊菩萨、普贤菩萨，一起来到狮驼国，原来大魔头是文殊菩萨的狮子，二魔头是普贤菩萨的白象，这两个首先就被收服了。三魔头是在野的，体制外的，还扑向如来要啄佛祖的头。如来佛祖用手一指，大鹏鸟就缩了筋了，飞也飞不走了，落也落不下来了，从此就停在佛祖头顶上盘旋，给佛祖挡雨遮风吧。孙悟空在西天对如来佛祖说，我听说那个三魔头是你的亲戚啊。如来佛祖说当年我在雪山修道的时候，被一只孔雀吞到了肚子里，我割开孔雀的脊背出来，这等于孔雀生了我一次，我就封孔雀为佛母菩萨。大鹏鸟是孔雀的弟弟。孙悟空说，这么算起来，三魔头是你的舅舅，你还是妖怪的外甥呢。

　　其实就像对牛魔王一样，如来佛祖早就盯上他这个"舅舅"了，趁着取经团队快要到达西天最后一次大考的机会，就把大鹏鸟从体制外收纳到体制内了。要不是预谋设局，孙悟空怎么不找那一伙暗中保护唐僧的神将了解情况？但那一伙神将要是不躲起来，孙悟空知道唐僧还在，就不会找如来佛祖念松箍儿咒，继续折腾，没准就把大鹏鸟打死了。那样一来的话，自己头上的永远遮阳伞就得不到了，再说，怎么着也是"舅舅"啊。

狮驼国的四万小妖，早就闻风而逃，被灭了五百年的人间王国，又可以移民重建了。这样一个结局，还有一个意思，就是狮驼国这一难，除了一开始孙悟空打死一个小妖外，四万八千个小妖都是逃了活命的。如来佛祖的宗旨是大慈大悲，怎么能杀生呢？

第七十五回中，孙悟空和大魔头对阵时，曾夸耀金箍棒的威力，是一首三十一联、六十二句的七言诗。这首诗赞美了金箍棒不平凡的来历，大闹天宫时的威

力，最后落实到西天路上降妖伏魔，最后两句是："全凭此棍保唐僧，天下妖魔都打遍"。这其实是换一个角度，表现孙悟空从造反英雄到佛教护法的转型。狮驼国之难，是西天路上的期末考试。孙悟空刚开始保护唐僧时，观音菩萨赠给孙悟空的三根救命毫毛，最后一次大考时，也发挥作用了，标志着有始有终。以后还有一些小考，那已经是进一步完善自我的提高班上的功课了。

第七十八讲

比丘，比丘，境界啊

过了狮驼国，就到了比丘国，一共两回书。前面的狮驼国是四回，后面的无底洞也是四回，这还是一种繁复和简洁互相调节，前后起伏的结构。

狮驼国号称国家，实际上已经沦陷为魔窟五百年之久，与狮驼岭没有什么区别。比丘国却是一个货真价实的人间王国。唐僧师徒进入都城，感到风俗奇怪，家家门口高高吊着一个鹅笼。孙悟空变成一个蜜蜂，飞上去一看，更奇怪了，每个鹅笼里都是一个五岁到七岁的小男孩，有的在睡觉，有的在吃果子，有的在哭。

住进了一家宾馆，唐僧就向宾馆经理打听鹅笼装小孩的事情。宾馆经理开始不敢说，但唐僧死缠着问，书里面描写"一把扯住驿丞，定要问个明白""执死定要问个详细"。驿丞（也就是宾馆经理）没办法，就让服务人员都出去，才悄悄告诉唐僧，说这是当今国王无道造孽。

原来三年前来了一个老人，是个道士模样，带着一个十六岁的美女，长得非常美丽，貌若观音，这好像又是写书的人拿观音菩萨开涮，其实另有深意。道人把女孩献给了国王，国王从此沉溺美色，封女孩为美后，宠爱无比，结果搞得身体越来越差，骨瘦如柴，精神疲惫。道人被封为国丈，献了一个海外秘方，从蓬莱仙岛等海外仙山采来药草配药，已经完成。但道人说必须用一千一百一十一个小男孩的心肝做药引煎汤服药，才能有效。那些鹅笼里的孩子就是挑选出来准备取心肝的。

唐僧听了以后，吓得骨软筋酥，伤心得泪流满面。沙和尚建议，明天见国王倒换关文时，当面劝谏国王，他要是不听，看那个国丈是不是个妖怪。孙悟空说沙师弟说得有理，我明天跟随师父一起进宫廷看看，随机应变。唐僧说我们远来的人，一见面就提这个事，恐怕国王一定不会听，还要治我们的罪。孙悟空说老孙自有法力，我现在就把这些鹅笼里的小孩转移隐藏起来，明天肯定就会有官员向国王报告这件事，我们就可以乘机行事。

唐僧听了，立刻向孙悟空弯腰鞠躬行礼，师父反过来拜徒弟，表现唐僧对营救小孩这件事十分迫切。孙悟空念咒语，叫来当地的城隍、土地神以及暗中保护唐僧的护法众神等，命令他们马上作法，把鹅笼隐藏到山坳树林里去，给孩子们一些水果吃，暗中保护，等我降伏了妖怪以后，你们再送回来。众神领命，立刻作法，满城中刮起大风，一千一百一十一个鹅笼就消失不见了。书中有一篇韵文和一首七言律诗进行描写赞叹。"悠悠荡荡，各寻门户救孩童；烈烈轰轰，都看鹅笼援骨血。""行者因师同救护，这场阴骘胜波罗。"阴骘（yīn zhì）的意思是做好事只有自己知道，不让别人知道，就是默默奉献。波罗，是梵文的音译，就是佛教修行的意思。鹅笼消失以后，唐僧又再三地感谢孙悟空。

第二天，唐僧就披上锦襕袈裟，拿上九环锡杖，去朝堂见国王倒换关文。有几句韵文描写赞叹唐僧的形象威仪，"诚如活佛真容貌"。孙悟空变成一个小虫，落在唐僧帽子上，一起去见国王。倒换关文以后，果然有官员向国王报告，说装小孩的鹅笼昨夜被一阵大风吹走不见了，随后那个道士国丈也来了。唐僧和国丈发生了一场理论交锋，就是唐僧和道士各自阐述佛教和道教的信仰宗旨，都用骈文的形式表现。

唐僧向国王告辞，孙悟空在唐僧耳朵边说国丈是个妖怪，你先回宾馆，我留下来观察动静。唐僧走后，道士就对国王说，鹅笼吹走没关系，这个取经的和尚，是更好的药引，用他的心肝更好。国王立刻派御林军去包围宾馆，宣唐僧前来取用心肝。

孙悟空变的小虫赶快飞回宾馆报告消息，唐僧听说后惊倒在地。孙悟空说现在只有师父做徒弟徒弟做师父，才能救你。唐僧说如果你能救我，我愿意做你的徒子徒孙。孙悟空变唐僧容易，唐僧是俗子凡胎，要变化必须多搞些程序。孙悟空让猪八戒去和些泥来，猪八戒怕出去打水和泥走漏风声，就尿了一泡尿和了泥。孙悟空拿一团泥先扣到自己脸上，做个脸模，再拿下来反扣到唐僧脸上，念动咒语，叫声变，唐僧就成了孙悟空的模样了，实际上是戴了一个骚臭的面具。这时候，御林军到了，假唐僧挺身而出，跟着御林军去朝堂了。那么，后面将怎样进展呢？请看下一讲。

第七十九讲

猪八戒，这下吃喝够了吧

孙悟空变的假"唐僧"到了朝堂，比丘国国王厚颜无耻地说，我得的这个病很严重，国丈给我搞到了仙药，但必须用长老你的心肝做药引子，请你无私奉献，你死后我给你盖祠堂享受香火，永远祭祀纪念你。

假"唐僧"面不改色，说我的心有好多呢，你要什么颜色的心？那个国丈在旁边说，要你的黑心。假"唐僧"说，拿刀来，我剖开胸膛看看，如果有黑心，就给你。值班的官员送来一把牛耳尖刀，假"唐僧"接过来，解开衣服，左手把肚子一抹，右手拿着尖刀"呼啦"一声，把肚皮割开，从里面就滚出一堆心来，吓得文武百官个个脸上变色，身体发抖。假"唐僧"把这些血淋淋的心一个一个拿出来给国王看，后面一共列出十七个心的名称，从红心、黄心、白心开始，后面都是表示品质的名称,利名心、好胜心、狠毒心等,都是负面的,最后说,更无一个黑心。吓得国王战战兢兢,说收回去,收回去!

这时孙悟空现了本相,对国王说我和尚都是一片好心,更无一片黑心,你这个国丈倒是黑心,我给你取出来看!那个国丈一看是闹天宫的齐天大圣孙悟空,立刻驾云就跑,孙悟空赶上去,两个在半空中打了起来,国丈的武器是一根蟠龙拐杖。有一篇韵文描写两个人的打斗,最后说"今番大闹比丘城,致令邪正分明白"。

打了二十多个回合,国丈就抵挡不住了,化为一道寒光落入皇宫内院,带走了妖后,一起化为寒光不知去向。孙悟空暂且不追赶,落下云头,来到朝堂,文武百官一起下拜,找到躲藏起来的国王。国王说长老你早上来的时候很英俊,现在怎么变样了?孙悟空说明来历,国王派人去宾馆接来唐僧师徒,孙悟空把唐僧的泥脸抓下来,吹口仙气,唐僧恢复原状,长长地呼吸了几口新鲜空气。

孙悟空问国王妖道从哪儿来的,国王说以前问过他,他说就住在城南七十里的柳林坡清华庄。孙悟空留下沙和尚保护唐僧,拉上猪八戒,驾云来到城南,只见一道清清的溪水，两岸是千千万万的杨柳树，这就是柳林坡了。但清华庄在哪儿啊？孙悟空拘来土地神，土地神告诉孙悟空到一棵杨树根下，左右各转三圈，手拍树叫开门，就出现了石门，推门进去，屏风上写着"清华仙府"。妖道和妖后正在里面说谋划了三年的好事，被猴头破坏了。

孙悟空举金箍棒，妖道用蟠龙拐杖招架，没打几个回合，猪八戒也举起九齿钉钯就筑，妖道招架不住，又化寒光逃跑。孙悟空、猪八戒正追赶，见前面祥云拥护，老寿星来了，已经把妖道收服，现了原形，是寿星骑的白鹿。猪八戒打入清华仙府，打死了妖后，是一只白面狐狸。

孙悟空让寿星领着白鹿，猪八戒提着死狐狸，去见比丘国国王，说你看看吧，这是你的国丈，那是你的美后。国王羞愧难当，恳求寿星祛病延年的办法，寿星拿出三颗吃剩下的仙枣给了国王，国王吃了以后就恢复健康了。城隍、土地神等送回了鹅笼，家家户户都欢天喜地认领自己家的宝贝儿子。书中写大家抬着猪八戒，扛着沙和尚，顶着孙悟空，捧着唐僧，牵马挑担，家家开宴会，天天流水席，整整留了他们一个多月。那些没轮上请客的人家，做了许多新衣服新

鞋袜新帽子送行。这一遭，猪八戒也大吃大喝享受够了吧。

这两回情节比较单纯，故事进展也很快，其中蕴含的意思，却很深刻。首先，比丘国这个国名，就含义深远。比丘，是指佛教出家受了具足戒的僧人。狮驼国通过了最严峻的一场考试以后，就来到了比丘国，是取经团队已经修行成功，拿到了具足戒（也就是拿到毕业证书的意思）。

比丘国这一次不再是妖魔抓走唐僧，孙悟空去营救的那个模式了，而是唐僧和孙悟空面对人民遭遇的苦难，主动出击，救苦救难。这实际上遥遥地衔接通天河那一回。不过在通天河只救了两个小孩，在比丘国却救了一千一百一十一个小孩。在通天河时妖魔还没有擒获，唐僧就急着离开；在比丘国却是唐僧死命追问驿丞，又对孙悟空以徒为师，再三拜谢，最后还带上猪八戒用尿和成的泥脸忍受了很长时间的臊气。这些情节都象征取经团队的觉悟修行，经过狮驼国的洗礼后，水平气象，已经今非昔比。

孙悟空在狮驼国已经完成了生命的转型，变成了一只完全正能量的心猿，在比丘国与唐僧颠倒了师徒身份，也是意味深长的情节暗示。唐僧礼拜孙悟空，是在礼拜大慈大悲的情怀，礼拜救苦救难的能力，礼拜斗战胜佛的境界和高度。孙悟空挖出了那么多心，意味着那些负能量的心都没有了，全部挖出来了，所以根本没有黑心。

这两回那些描写啊，诗句啊，阴鸷啊，波罗啊，唐僧的佛子风采啊，与妖道的理论较量啊，全部围绕、渲染同一个主题：取经团队已经成了佛教慈悲救难根本宗旨的实践者，因而时时处处闪耀着正能量的光辉。

通天河是完成了一半修行时的境界，比丘国则是已经基本完成了修行的境界。妖道是寿星的鹿，居住的清华仙府翠柳清溪，清幽静谧，也是从另一个角度衬托这两回渲染正能量完全占上风的整体意境。说妖狐变的美后美貌如观音菩萨，更是用笔曲折深隐，观音菩萨的金鱼吃小孩，鹿妖狐妖也要吃小孩，前后遥遥暗接。汉语的表现艺术，深不可测。请继续往下看。

第八十讲

"半截"
才是关键词

第五十回进入取经后一半路程，所遭遇的磨难中，青牛精、六耳猕猴、牛魔王、碧波潭、荆棘岭、木仙庵、朱紫国，都与吃唐僧肉没有关系。小雷音寺的黄眉怪，对孙悟空说如果你打不过我，我打死你们，我自己去见如来取经，也不是要吃唐僧肉。盘丝洞的蜘蛛精和黄花观的蜈蚣精，遭遇唐僧，虽然说了要吃唐僧肉，也是误打误撞，不是处心积虑。因为这些故事的重点，都是某种意义的象征，我们前面都讲解过。狮驼国三妖，是要吃唐僧的，但其实质内容，是取经团队特别是孙悟空的修行期末考试，通过讲解，大家也明白了。

狮驼国以后的磨难，就更是某种意义的影射和暗示，也有妖怪抓唐僧的情节，但无论是男妖怪要吃唐僧肉，或者女妖怪要和唐僧成亲，重点也不再是"食色,性也"的人性考验,而有另外的象征性含义。比如,在刚讲过的比丘国,虽然有鹿妖要取唐僧心肝的情节,其实是要表现取经团队境界的提高。接下来的无底洞老鼠精,表面上又是女妖怪要和唐僧成亲,其中要传达的,也是另外的意思。

第八十回,唐僧师徒又来到一座高山峻岭,唐僧观看山中风景,起了怀念故乡的感情,孙悟空批评唐僧,说你老想家,不像出家人了。猪八戒说西天老是走不到,大概如来佛祖舍不得他的三藏经书了,知道我们去取经,搬了家吧。这些描写,透露的信息,是取经团队对漫长的路途老是走不到,产生了急躁情绪。

紧接着就走进了一座黑松林,有一篇长韵文,描写松林的幽深丰富茂盛。唐僧说要休息一会,让孙悟空去化斋饭。孙悟空跳到半空,回头见唐僧头顶上祥云缭绕,感慨自己做了唐僧的徒弟,保护他去西天取经,很值得。偏偏是在比丘国之后这样写,当然是说经过狮驼国和比丘国,唐僧的修行也进入新境界了。

但接下来,却写孙悟空看见黑松林中升起一股黑气,而且越来越浓,把唐僧头上的祥云完全掩盖了。而地面上发生的事情,就是松林中传来"救人"的呼叫声,唐僧听见了,穿过古树葛藤,看见一棵大树上捆绑着一个女子，上半截用葛藤捆绑在树上，下半截埋在土里。女子有"沉鱼落雁之容，闭月羞花之貌"，这是古代诗文小说里形容美女的套话。女子说自己的家在二百里以外的贫婆国，父母带领全家来郊外扫墓，遇上一伙强盗把自己抓住了，因为强盗们都想让我做压寨夫人，互不相让，最后就把我捆在这儿了。

　　唐僧当然要解救了，猪八戒就来松绑，孙悟空从云端跳下来说不能救，这个女人是妖怪变化的。唐僧说明明是个女子，你怎么说是妖怪？孙悟空说我当年在花果山当妖怪的时候，像这样的把戏也干过啊，这是妖怪要吃人的老套路了。以前当然没有写过孙悟空在花果山吃人，这样说是强调孙悟空身份的转变，在花果山称王称霸，是妖怪；经过剪除"二心"扇灭火焰山，特别是过了狮驼国，他已经成佛入圣了。

　　唐僧对猪八戒说你师兄以往也说得不错，那就不用管她了。这样写比较合理，唐僧也不能不吸取经验教训啊。唐僧师徒继续往前走了，妖怪当然不甘心，就把两句话用法术单单吹到唐僧耳朵里："师父啊，你放着活人的性命还不救，昧心拜佛取何经？"这可是挑战唐僧信仰和价值观的底线啊，唐僧就坚持返回去，让八戒把女子解救下来了。大家说如果唐僧听了这两句话，还是不救女子，到了西天，如来佛祖会把佛经传给他吗？

后面就走到一座寺庙了。对这座寺庙的描写，特别耐人寻味。先是写庙宇东倒西歪，破烂衰败，有一篇韵文和一首七言律诗形容破败的样子。接着写唐僧壮着胆子，走进二层门，看到钟楼鼓楼都倒塌了，只剩下一口铜钟，掉下来扎在土里。钟的上半截被雨水冲刷得雪白，下半截被土气熏染，都是铜锈了以后的深绿黑青颜色。唐僧抚摸着铜钟，念叨了八句感叹的诗句，就是说铜钟也曾经辉煌过威风过，原来做铜钟的匠人到哪儿去了？想来是死了，所以没人管你了。

唐僧的感叹惊动了庙里面的和尚，书里面写是道人，意思是庙里面下层的服务人员。唐僧跟着来人进了第三层山门，有一篇韵文描写里面金碧辉煌的建筑，许多佛殿，威武庄严。唐僧问怎么里面和外面差别这么大啊？道人说山中有很多妖邪强盗，晚上来庙里过夜，庙里的和尚惹不起，就把外面两层让给他们了。这时唐僧看见山门上有五个大字：镇海禅林寺。

我现在告诉大家，理解无底洞的四回书，关键词是"半截"。这一回先是描写捆绑在树上的女子，她的下半身是埋在土里的，书里用的词是"半截"；然后写庙门里面那个掉下来的铜钟,是半截白半截青;最后写镇海禅林寺这座大庙,也是一半荒废颓败,一半辉煌庄严。这些描写,都是在暗示"半截"这个关键词。那么,这到底要表达什么意思呢?故事又会怎么发展呢?请继续往下看。

第八十一讲

唐僧生病的暗示

　　唐僧师徒住进了镇海寺，四个和尚却携带一个年轻貌美的女子，惹起全寺院僧人都来围观，书中写不少和尚围观都是为了贪看美女。但寺院的住持和尚也对这件事提出了疑问，唐僧做了解释，说这个女子是在黑松林营救的。住持和尚安排在天王殿天王塑像后面搭个草铺，作为女子夜里休息的地方。

　　这个细节描写很有艺术匠心。一是表现唐僧为了信仰敢于不避嫌疑承担责任。上一回孙悟空反对解救女子，就说我们出家人带一个年少美女同行，有被拿送官司的危险，唐僧说如果有什么事，都由我承担。二是安排女子在天王塑像后面搭草铺，暗暗照应了后面的情节，就是这个女子是托塔李天王的义女，她睡在天王像身后，天王不就是她的挡风墙吗？上一回描写黑松林的长篇韵文，最后一句是："就是托塔天王来到此，纵会降妖也失魂！"是同样的伏笔照应。

第二天一大早，本来是要离开寺院继续赶路的，结果却发生了意外，唐僧夜里出去解手，被凉风吹得感冒了。唐僧卧床不起，越来越严重，要写书信给唐太宗，说自己即将病死，不能继续去西天取经了，请唐太宗另外派人吧。孙悟空说哪个阎王小鬼敢来勾你的魂，我抽了他们的筋。唐僧说，我病重了，你不要再说这种大话。

后面，孙悟空对猪八戒说唐僧应该病三天，这是因果报应，因为他前世作为如来佛祖的二徒弟，听佛祖讲课时打盹儿，在左脚下丢了一粒米。猪八戒大惊说我吃饭泼泼洒洒，那该害多长时间的病啊？孙悟空说佛祖不与你众生为念。意思就是成了精英，就得严格要求，至于一般草根，佛祖懒得理你。

到了第四天，唐僧的病果然好了。准备告别的时候，却发现庙里的和尚一个个眼睛都哭红了。孙悟空一问情况，才知道这三天夜里，去敲钟击鼓的小和尚，都失踪了，第二天就在后面园子里发现了他们的衣服和骸骨，明显是被吃掉了。每天两个，已经有六个小和尚遭遇不幸。到了夜里，孙悟空就变成一个俊俏的小和尚，到佛殿前敲钟击鼓，念佛经。很快就来了一个年轻美貌的女子，来勾引"小和尚"，到了后花园，女子使个绊子腿，把"小和尚"绊倒，嘴里叫着"心肝哥哥"，就扑压上来。孙悟空现了原身，拿金箍棒就打，那女子架起两口宝剑，和孙悟空打起来。女妖打不过孙悟空，把一只绣花鞋变成替身演样孙悟空，真身却逃跑了。跑到后面，见唐僧正在睡觉，一阵妖风就把唐僧摄走了。猪八戒与沙和尚还在呼呼大睡，没有一点儿知觉。

孙悟空打倒女妖，却发现是一只绣花鞋，才知道上了当，赶紧去看，唐僧已经人去床空。孙悟空非常生气，把猪八戒与沙和尚从梦中打醒，说打死你们，打死你们！沙僧求情，说师兄打死我们，谁给你看行李马匹啊？打虎还得亲兄弟啊，你本事再大，也需要帮手啊。

孙悟空饶了两个师弟，说就是你们不听我的话，救下的那个女妖抓走了师父。第二天，三个人一起返回黑松林去寻师捉妖，却毫无踪迹。山神和土地神出来，说千里之外有一座陷空山，山中有个洞叫无底洞，是洞里的妖怪跑到黑松林来变化美女迷惑你们的。孙悟空师兄弟三人，加上白龙马，就腾云驾雾去陷空山了。那么接下来的故事会怎样发展呢？这一回写唐僧生病，又有什么言外之意呢？请看下一讲。

讲给少年的
西游记 ㈣

梁归智 著

化学工业出版社
·北京·

第八十二讲	无底洞是洞天福地吗	002
第八十三讲	老鼠精为什么叫"半截观音"	008
第八十四讲	这样别致的总结，你会写吗	013
第八十五讲	老调重弹有意思吗	017
第八十六讲	不伦不类有深意	021
第八十七讲	敬天做善事，快乐又幸福	028
第八十八讲	收学生，当老师，好吗	033
第八十九讲	钉钯会的对称美学	037
第九十讲	好为人师，惹出狮子	041
第九十一讲	陈玄奘，你要严肃检讨	046
第九十二讲	天庭说，我们是最给力的	051
第九十三讲	那半钩新月，这一座彩楼	060
第九十四讲	荣华啊！富贵啊！情欲啊	065

第九十五讲	嫦娥姐姐啥时候组团了	069
第九十六讲	你为饭局太多烦恼过吗	074
第九十七讲	唐三藏法师,第一次挨打是什么滋味	079
第九十八讲	到了西天,讲究还真多	084
第九十九讲	不圆满就是圆满	090
第一百讲	就这样,回来了,又离去了	097
第一零一讲	谁说我的本事不如以前了	105
第一零二讲	《西游记》里最神秘的神仙	113
第一零三讲	《西游记》的主题:从英雄到圣贤	116
第一零四讲	对仗,就是美 ——《西游记》的结构	119
第一零五讲	汉语,能如此美妙 ——《西游记》的语言艺术	124
第一零六讲	他们曾这样评说《西游记》	129
第一零七讲	《西游记》是谁写的	134
第一零八讲	《西游记》能排第几	138

第八十二讲

无底洞是洞天福地吗

第八十二回接续上一回的情节。前文写道孙悟空师兄弟三人来到了陷空山，见山势险峻，猪八戒首先跳下山，寻着一条小路，去摸情况。走了五六里远，看见两个打扮有点奇怪的女子在井边打水，就走上前去叫一声"妖怪"。那两个女子大怒，手里正拿着抬水的扁担呢，举起来就打。猪八戒没有带他的九齿钉钯，被打了几下，就跑回去对孙悟空说，山坳里有两个女妖怪在井上打水呢，我叫了一声"妖怪"，头上挨了两扁担。孙悟空说你叫人家妖怪，不打你打谁？

孙悟空对猪八戒做了一番礼貌、礼仪教育，猪八戒又变化模样，变成一个黑胖和尚，再次去找那两个女妖，叫女妖"奶奶"。女妖很高兴，就告诉猪八戒她们是在给女主人打水，准备给女主人和摄来的唐僧

成亲，洗澡用的。这些描写当然也很诙谐幽默，这是《西游记》一贯的风格。

猪八戒听了，回去又嚷着要分行李散伙，说师父都要成亲了，还取什么经呀？孙悟空说师父困在洞里，眼巴巴地等我们去救，你还说这种话。三人终于发现了陷空山无底洞的牌楼和洞口，孙悟空探头看看，说洞里延伸有三百多里。猪八戒又说，师父没办法救了。孙悟空说：莫生懒惰意，休起怠荒心。你们俩守在洞口，我下去把妖怪打出来，里应外合。

孙悟空跳入又深又黑暗的洞，但脚下生彩云，身边有瑞气，下到非常深远的地方，就看到完全不同的风景，有阳光，有风，花草丰富，果木繁荣。孙悟空称赞是洞天福地，并和花果山水帘洞相比较。孙悟空变成苍蝇，见那女妖精打扮得比在黑松林时更加漂亮，叫小妖们安排筵席，要和唐僧成亲。

孙悟空要观察一下唐僧是不是能经受得住妖怪的引诱，如果已经动心，就让他留在这儿也不错。他飞到唐僧光头上，说师父，妖精安排筵席，要和你成亲，其实也是一个不错的选择，将来生下一男半女，也有后代啊。唐僧咬牙切齿地赌咒发誓，说绝对不会滋生色心，动摇决心，改变初心。

孙悟空说，既然如此，我来救你出去，但在这么幽深地下的洞里，我有本事也使不出来。只有想办法钻进妖怪的肚子里，她就得听我的，让她把你背出洞去。这时妖怪已经安排好结婚筵席，都是素食，看来妖怪很考虑唐僧的感受。妖怪又娇滴滴地叫"长老"，叫了两声，唐僧答应一声"娘子"。书里说这是唐僧害怕妖怪变脸加害，出于无奈，内心还是十分坚定的。

妖怪对唐僧柔情蜜意，关心体贴，说我怕洞里的水不干净，特意叫手下去洞外打来了干净水，结婚筵席上的食物都是各种果子、瓜、蘑菇、山药等素食。还有一篇专门描述各种瓜果山珍名称的文字，共列出十八种水果、三十种蔬菜等素食的名称。最后说："椒姜辛辣般般美，咸淡调和色色平。"

妖怪手捧酒杯，叫唐僧"长老哥哥，妙人"，孙悟空贴在唐僧耳朵边让唐僧喝了这杯酒，然后倒一杯回敬妖怪，自己就乘机变个小虫藏在倒酒时激起的酒水泡沫里让妖怪喝下去。没想到妖怪接过酒来，先不喝酒，和唐僧说几句甜蜜的情话。这么一来，酒杯里的泡沫就散去了，小虫露了出来，妖怪用小指尖把小虫挑出来才喝酒，孙悟空乘机进入妖怪肚子里的计策就失败了。小虫就地一打滚，变成一只大老鹰，把满桌子的素席抓了个稀巴烂。

妖怪见和唐僧拜堂成亲的事给搅黄了,吩咐小妖们另行准备。孙悟空出去和猪八戒、沙和尚打了声招呼,又变成苍蝇飞进来,贴在唐僧耳朵边说,这儿后面有一个花园,你哄妖怪到园子里游玩,我变成一个红桃子,让妖怪吃,我到了她肚子里,好摆布她。变桃子而不是别的水果,当然又是和桃子代表心的象征巧妙联系。唐僧说,你为什么一定要到她肚子里呢?孙悟空说,这儿曲折幽深,出入困难,她这一窝老老小小,都围上来和我缠斗,怎么能救得了你?

唐僧只好假装多情深情,要求妖怪带自己出去散心。妖怪非常高兴,领唐僧到花园游玩。又有一篇很长的文字描写花园的美丽清幽、丰富多彩。唐僧按计划进行,孙悟空到了妖怪肚子里,逼着妖怪把唐僧背出洞口。那么,唐僧真的被救出来了吗?还会有什么新情况发生?无底洞里竟是洞天福地,这样写有什么寓意吗?请看下一讲。

第八十三讲

老鼠精为什么叫"半截观音"

孙悟空钻进了妖怪肚子里,逼着妖怪把唐僧背出洞口。但孙悟空没有在妖怪肚子里弄死她,而是让她张开嘴,飞了出来,大概是觉得在肚子里弄死人家,胜之不武吧。吸取了狮驼国的经验教训,出来之前,把金箍棒变成一个枣核撑开了妖怪的嘴,才飞出来。妖怪见孙悟空出来了,不再是心腹之患,就手拿双剑,和孙悟空打成一团。

唐僧从妖怪背上下来,本来已经被猪八戒与沙和尚一左一右保卫起来。两人看孙悟空和妖怪打得热闹,就忍不住也拿出兵器去参加战斗。妖怪再一次用绣花鞋变成化身和几人打斗,真身化一阵清风回洞,一看唐僧一个人在洞门前坐着呢,又顺手牵羊,把唐僧重新摄回无底洞了。

孙悟空再次打倒妖怪，见又是一只绣花鞋，师父也不见了，只有跳入洞中，再次去营救师父。可是走到原来的地方，却看见妖怪已经搬家了，桌椅板凳，床铺家具，全不见了。三百多里深的地下世界，到哪儿去找啊？孙悟空正焦躁来情绪呢，忽然闻到了一股香烟的味道，往后面一找，发现有三间倒座的小房子，放着供桌，桌子上放着大香炉，里面香烟缭绕。香炉后面呢，是两个牌位，一个写着"尊父李天王之位"，另一个写着"尊兄哪吒三太子位"。

孙悟空这一下高兴了，拿上两个牌位和香炉，就翻筋斗云去南天门进灵霄宝殿，找玉皇大帝去告御状了。状告李天王和哪吒家门管教不严，让亲女儿跑下凡间兴妖作怪，吃人伤生不说，还把我师父——去西天取经的唐圣僧抓走强逼成亲。

后面的情节当然也写得很有趣，玉皇大帝派太白金星去宣托塔李天王父子来对质，孙悟空也跟着太白金星前往天王府。李天王一听非常生气，说我有三个儿子，只有一个女儿，年龄才七岁，怎么可能下凡为妖呢？就命令手下的巨灵神什么的把孙悟空捆绑起来，又抽出宝刀来砍孙悟空的头。刀砍下去，被哪吒用斩腰剑架住了。这里还穿插了一段哪吒当年莲花化身后与父亲李靖父子之间恩怨纠葛的故事，内容和《封神演义》里面差不多，但赐给李靖宝塔镇哪吒化解矛盾的却成了如来佛祖。

哪吒提醒托塔李天王，父亲忘记了，下界有一个女儿啊，是金鼻白毛老鼠精，当年她在灵山偷吃如来佛祖的香花蜡烛，被托塔李天王和哪吒擒拿，饶了性命，因此拜托塔李天王为父，哪吒为兄。这只白毛老鼠，和黄风岭的黄毛貂鼠犯了同样的错误。老鼠爱偷灯油蜡烛吃，这是天性啊。托塔李天王要给孙悟空解绳索，孙悟空撒泼，要捆着去见玉皇大帝，托塔李天王害怕，请太白金星去讲情，最后托塔李天王和哪吒前往陷空山无底洞，擒获了妖怪，救出了唐僧。

无底洞的故事，表面上和蝎子精那一次相似，都是情欲的考验，第八十四回开头总结，说唐僧经受了无底洞的磨难，是"固住元阳，出离了烟花苦套"。但无底洞的老鼠精，表现得比蝎子精有更多的柔情蜜意，无底洞被写成了洞天福地，老鼠精专门为唐僧准备素餐，最后说她是托塔李天王的义女，有高贵的身份。这些描写，显然要表达更微妙的内涵。联系前面几讲提示大家思考的一些艺术描写，就更值得推敲，耐人寻味。

第八十讲提请大家注意"半截"这个关键词，女子被埋了半截，铜钟半截白半截青，寺庙一半荒芜一半辉煌。第八十一讲说唐僧生病的情节值得玩味。第八十二回写到猪八戒又要散伙，说师父要成亲了，不能继续去西天了。孙悟空也对唐僧说无底洞其实环境优美，如果你真动了心，和女妖成亲娶妻生子也是不错的选择。第八十三回，哪吒最后说女妖有三个名号，第一个金鼻白毛老鼠精，这是她的本来面目；因为在灵山偷吃香花蜡烛，改名半截观音；到了人间，名叫地涌夫人。地涌夫人，是比喻老鼠能打洞，不断地把泥土扒出来，和陷空山无底洞的山名洞名互相联系。第八十回老鼠变的女子说自己是贫婆国人，这是暗示无底洞的老鼠都是母老鼠，地下打洞，除了黄土一无所有。

半截观音好像又在拿观音菩萨开涮调侃，其实是照应第八十回的各种"半截"描写。能成为半截观音，说明其正能量和负能量各占一半，所以无底洞没有妖气，却让孙悟空联想起花果山水帘洞。唐僧生病，要给唐太宗打报告，请求另派取经人，那就是唐僧自己对取经事业不能坚持到底，要半途而废了。第八十回开头，取经团队产生了急躁情绪，也是同样的暗示。

总之，无底洞的四回书，通过各种细节描写和语词象征，要表达的中心思想是，虽然已经经历了许多考验，通过了期末考试，但如果不坚定信念、坚持不懈，仍然有放纵心猿意马、前功尽弃的危险，欲望产生的负能量就像老鼠能打洞，是没有底的。距离目的地越来越近，越不能掉以轻心，稍有放松，就可能功亏一篑，一失足成千古恨。请看下一讲。

第八十四讲

这样别致的总结，你会写吗

第八十四回的回目是：难灭伽持圆大觉　法王成正体天然。

从这一回开始，对西天取经这一伟大壮举，取经团队实际上进入了写总结阶段。一开头，就很突兀，唐僧师徒正在炎热的夏天赶路，行走在一条林荫道上，两旁是高大的柳树。从柳荫中忽然走出一个老妈妈，右手搀着一个小男孩，对取经团队说，和尚，你们拨转马头往东面走，打道回府吧，别再往西走了。往西走都是死路。

这简直是当头棒喝啊，唐僧吓得跳下马，口称"老菩萨，为什么往西不能走了？"老妈妈用手指着西面回答说，往前走五六里，就是灭法国。那个国王两年前许下心愿，要杀一万个和尚，已经杀了九千九百九十六个，就差四个了。你们这四个和尚一进城，就是送命王菩萨。孙悟空却认出来，这不是观音菩萨和善财童子吗？连忙倒身下拜。唐僧和猪八戒、沙和尚都跪下叩头，菩萨立刻驾起一朵祥云，回南海普陀山去了。

有几点值得注意。第一，上一回刚说了半截观音，这一回观音菩萨就现身了。这说明无底洞的考验顺利通过了。第二，观音菩萨变的老妈妈是从柳荫中走出来的，而观音菩萨的标志物就是手中的净瓶杨柳，是大慈大悲、救苦救难的象征。第三，作为取经事业的组织者，这是观音菩萨最后一次来见取经团队，也是谆谆告别，说声"再见"吧。

观音菩萨实际上也是来向取经团队布置作业：目的地不太远了，你们先写一份总结报告吧。

既然灭法国要杀和尚，那咱们就脱掉和尚的服装，换上俗人的衣服。孙悟空变成一个扑灯蛾，飞向大街小巷，找到一家旅店，准备等那些客人上床睡下，就偷四套衣服回去，师徒们换上，变出家人为在家人。这一段有一些意在言外的描写，说店主人夫妇老不睡，孙悟空等得不耐烦，就灯蛾扑火，舍身投火焰，把灯扑灭。然后又变成一只老鼠，把衣服头巾叼走了。店主婆大喊,夜耗子成精了。孙悟空就大声喊,我不是耗子成精,我是齐天大圣,保唐僧西天取经,因为你们国王无道,所以我来你家借衣服,明天用完了就还。

这里变灯蛾扑火,比喻为了取经,不怕牺牲。变老鼠,又衔接前面的无底洞,表示老鼠也可以做善恶选择,是为妖还是成圣成佛,都在一念之间。后面唐僧师徒换了服装,但光头只能靠戴头巾作遮掩,很容易露出马脚,就趁天黑住进了一家旅店,为了不暴露光头,主动要求被锁在一个大柜子里。

没想到,到了深夜,来了一伙强盗,以为这个柜子里装着金银财宝,把柜子抢去抬走了。官兵前来追赶,强盗扔下柜子逃走,柜子落入了官兵的手里。这就使得明天官兵只要一打开柜子,唐僧师徒四人的和尚身份就要曝光,面临杀身之祸。于是孙悟空又弄法术,在一夜之间把皇宫内院里的后妃,包括国王,全部剃光了头。城里文武百官的头发,同样被剃光。

第二天上朝,柜子被作为强盗的罪证打开,唐僧师徒四人走了出来。这时的国王已经被剃头落发的事情吓破了胆,对唐僧师徒礼敬有加,孙悟空把"灭法国"改成了"钦法国"。

这一回写得异想天开,乌龙百出,让人笑得合不拢嘴。其实就是在离西天不远的时候，表达对佛教的致敬。回目中说的"难灭伽持"，伽持指佛教；"法王成正"，法王指佛祖。"圆大觉""体天然"，宣告了佛教是不朽的真理。这样子的总结报告，除了《西游记》，哪里能看得到？那么，接下来，又会发生什么呢？请看下一讲。

第八十五讲

老调重弹有意思吗

《西游记》里读起来最没劲没意思的故事，就是第八十五和第八十六两回。一般读者对这两回的故事情节，里面的妖怪叫什么，大概都记不起来，更不用说理解里面的含义了。

这两回的故事内容和情节演变，给人的印象，就是既不曲折，也不精彩，简直有点不伦不类，莫名其妙。第八十五回的回目是：心猿妒木母　魔主计吞禅。

离开已经改了国名的钦法国，唐僧师徒又走到了一座高山面前。唐僧是一见高山就发怵，这一次更是心灵感应格外明显，对孙悟空说："我见那山峰挺立，远远的有些凶气，暴云飞出，渐觉惊惶，满身麻木，神思不安。"孙悟空就又提醒唐僧，别忘了乌巢禅师的《心经》，并且念了四句诗，说了一番话。这首诗和这番话，我们暂且不提，继续看故事情节发展。

唐僧师徒进了山，有一篇描写山既凶险又丰富的韵文。面对山景，书中写唐僧师徒"怯怯惊惊"。大家想这样的词用到孙悟空身上合适吗？刮起了风，唐僧也害怕。起了雾，唐僧更心惊。孙悟空跳到半空，用火眼金睛一看，就看见山的悬崖边上果然坐着一个妖怪，两边排列着三四十个小妖，在那里喷风吐雾。

孙悟空不太看得起这一伙妖怪，认为不值得自己打，想让猪八戒打，就下去骗猪八戒，说前面不远处有一个村庄，正在行善斋僧，就是提供免费的午餐，食品很丰富。猪八戒一听吃，就十分踊跃。但孙悟空说猪八戒相貌太丑，要变化一下，才会更受欢迎。猪八戒就变成一个矮瘦和尚。猪八戒以前变化，不都是变胖大和尚吗？这一次怎么变矮瘦和尚呢？是不是矮瘦了就能多吃一点？

猪八戒往前走，遇到了那伙小妖，说来吃斋饭。小妖们说我们正想蒸和尚吃呢，你还想吃斋饭。猪八戒现了原形，拿九齿钉钯一顿乱筑，小妖们去报告妖王，老妖就抡着一条铁棍，和猪八戒对打起来。妖王和猪八戒本事差不多，但他手下小妖多，一起围上来，猪八戒渐渐就不行了。

孙悟空见猪八戒老不回来，估计是打不过妖怪，就前来帮忙。猪八戒一看孙悟空来了，就来了劲，变得精神抖擞，战斗力大增，还没等孙悟空加入战斗，妖怪就败阵逃跑了。妖怪回去，开会研究，总结经验教训。一个从狮驼国逃出来的小妖，对着老妖哭了三声，笑了三声，说唐僧肉虽然好吃，他手下有三个徒弟，特别是大徒弟孙悟空，十分厉害。另外一个小妖，却献了一条分瓣梅花计。

什么叫"分瓣梅花计"呢？就是兵分三路，选三个会变化的小妖，都变成老妖的模样，分别缠住唐僧的三个徒弟，然后老妖亲自出马，抓回唐僧来。老妖大喜，按照计策实行，果然如愿以偿，唐僧被抓进了魔窟。老妖本来想立刻就吃唐僧，献计的小妖说孙悟空太厉害，先等几天再说。老妖言听计从，封献计的小妖当先锋，把唐僧送到后边的园子里，捆在树上。

唐僧被捆绑在树上，痛哭流涕，听到有人说你也进来了？唐僧一看，对面树上已经捆绑着一个人，一交谈，原来是个砍柴的樵夫，家有八十三岁的老母，三天以前在山中砍柴的时候被妖怪抓了进来。唐僧和樵夫，就流泪眼看流泪眼了。

这一回的故事，也有些调侃幽默的描写，有些新鲜的情节设计，比如是猪八戒而不是孙悟空打头阵，妖怪的本事一般般，和以前的写法有所区别。但总的来看，这一回有些老调重弹，读起来有些乏味。那么为什么会出现这种情况，是作者江郎才尽了吗？还是另有用意？请看下一讲。

第八十六讲

不伦不类有深意

第八十六回的回目是：木母助威征怪物　金公施法灭妖邪。

妖怪的"分瓣梅花计"得逞，孙悟空、猪八戒与沙和尚都慌了手脚，满山遍野寻找，终于找到了妖魔的洞府，叫"隐雾山折岳连环洞"。字面上的意思，"隐雾山"就是隐藏在云雾中的山，"折岳连环洞"就是曲里拐弯千回百折的洞。

猪八戒首先打门叫阵，先锋小妖从门里面看了看，报告大王说这个是猪八戒，没本事。就怕那个毛脸雷公嘴的和尚。猪八戒听见了，对孙悟空说妖怪不怕我，只怕你。孙悟空就上前高叫，说你孙外公在这儿呢，快送我师父出来，饶你性命！

先锋小妖报告老妖，说大王祸事了，孙行者也来了！老妖抱怨先锋，说都是你搞什么分瓣梅花计，这下惹祸上门了。先锋又献了一条计策，说孙行者是个宽宏海量的猴头，喜欢奉承。我们拿个假人头哄一哄他，就说我们这儿的小妖没规矩，不等献给大王，就把你师父抓的抓，咬的咬，分着吃了。就剩下这个头了。把头拿回去尽尽你们的孝吧。

老妖说到哪儿去找假人头啊？先锋说等我做一个去，就把一个柳树根变成人头，在上面涂抹上鲜血，走出洞门，对孙悟空说，抱歉抱歉，我们已经把你师父给分着吃了，脑袋还留着，在这儿呢。猪八戒与沙和尚一看，就哭起来。孙悟空说先别哭，等我看看这个人头是真的还是假的。猪八戒说，怎么知道是真的还是假的呢？孙悟空说把这个头抛到地下，如果是真人头，不会有响声；假人头会发出敲梆子一样的响声。一抛，响声很大。孙悟空拿金箍棒一打，现出了柳树根的原形。

猪八戒又到洞外喊骂，小妖们进去报告，老妖就说我们那剥皮亭里有真人头，拿一个给他们，也许他们就相信了。小妖就去找了一个新鲜的人头，把头皮啃干净，用盘子托出来，说大圣爷爷，先前那个是假的，我们留下真的镇宅子呢。现在献出来了。

孙悟空认得是真人头,就哭起来,猪八戒与沙和尚也跟着大哭起来。猪八戒就抱起头,跑上山,找一块向阳的地方,用钉钯刨了个坑,把头埋下去,上面筑起一个坟头来。孙悟空让沙和尚守在坟墓前面,叫上猪八戒去妖魔洞口叫阵,给师父报仇。老妖无法,率领全洞小妖出战。

老妖自称"南山大王",不是有"南面称孤,唯我独尊"的说法吗?孙悟空说了一段意味深长的话,说太上老君、如来佛、孔夫子尚且如何不妄自尊大,你怎么敢自称"南山大王"!孙悟空又有一次自道来历的七言古诗,共十二联、二十四句,结尾处说"东方果正来西域,那(哪)个妖邪敢出头"。"果正"就是"正果"两个字颠倒次序。一场恶斗,南山大王逃回洞府,先锋被孙悟空打死现了原形,是一只狼。

后面又写沙和尚、猪八戒在坟头痛哭,孙悟空说报仇要紧,先变成一只水老鼠,后又变成一只有翅膀的蚂蚁,进了妖怪洞府,却听见小妖们对妖王说唐僧的三个徒弟在坟头哭呢,他们把那个人头真当成唐僧的头了。孙悟空飞进后园,发现唐僧被捆在树上呢。

孙悟空就用毫毛变成瞌睡虫,让一洞的妖怪都呼呼大睡了,然后去后园救唐僧。唐僧说这个樵夫是个孝子，先我一天抓进来的，把樵夫一起救了出来。孙悟空二次进洞，把睡梦中的老妖捆出来，猪八戒一钯把他筑死，老妖现了原形，是个花皮豹子精。孙悟空说这种花皮豹子能吃老虎。樵夫引着猪八戒弄来许多枯树、干草，堆在洞口，孙悟空点上火，猪八戒用耳朵扇风，把一洞小妖都烧死了。

最后，唐僧师徒到了樵夫家里，樵夫的老娘做出一桌野菜素席款待。有一篇不短的韵文形容素席的丰富，真是色香味俱全。吃完饭，唐僧请樵夫引路。樵夫指示方向，说沿着山下大路，再走不到一千里，就是天竺国了。

这一回的内容，从表面看不仅毫不精彩，而且不伦不类。这是一伙最没有本事的妖怪，既没有法宝，也没有特技，却能骗得孙悟空相信唐僧已经死了，上演埋葬人头对着坟墓痛哭的滑稽剧。而最后，却仅仅用毫毛变瞌睡虫，就把妖怪消灭了。这种文章是不是有些莫名其妙？这样写，其中却有深邃的寓意。

第八十五和八十六这两回，是即将进入西天地界的最后一难，因此具有总结性的象征意义，每一个情节都有言外之意。这一次孙悟空、猪八戒、沙和尚举行了对唐僧的葬礼，痛哭流涕，是对凡俗唐僧的告别。

这意味着旧的凡人师父已经死去，新的超凡入圣的师父已经重生。

超凡入圣并不是有了什么神通法力，而是心灵的觉悟。第八十五回开头，孙悟空对唐僧又提起乌巢禅师的《心经》，说最重要的是心的洁净清明，"但要一片志诚，雷音只在眼下"。孙悟空还念出四句诗，实际上就是《西游记》全书的主题思想概括："佛在灵山莫远求，灵山只在汝心头。人人有个灵山塔，好向灵山塔下修。"

西天取经全程十万八千里，就是孙悟空一个筋斗的距离。而翻过筋斗来的，这句话是表示彻底觉悟了。《红楼梦》第二回贾雨村就说过这样的话。与唐僧关在一起最后被救出来的孝子樵夫，与第一回给猴王指路见菩提祖师的那个孝子樵夫前后衔接，都是暗示心灵觉悟。百善孝为先。灵山只在汝心头。所以最后樵夫的母亲做出一桌丰盛的素席，樵夫给唐僧师徒指明了去西天的路径方向。

妖怪住在隐雾山折岳连环洞，山名洞名，都是象征凡俗思想，是雾霾，是曲折诡异的黑洞。妖王是个花皮豹子，能吃老虎。取经路上已经消灭过许多老虎，现在连能吃老虎的豹子也消灭了，表示修行境界的提高。用瞌睡虫就制服了妖怪，因为世俗红尘的一切名关利锁实际都是如睡如梦。孙悟空说儒、佛、道三教的祖师尚且低调，妖怪你怎么敢叫南山大王？这是在对比觉悟者的伟大谦虚和世俗人的无知狂妄。

孙悟空变水老鼠，是衔接无底洞的象征，表现思想改造的艰难曲折。七言古诗再一次面对妖怪回顾过去，确认自己已经彻底改造成功修得了正果。这两回又特别突出了猪八戒，他的精神境界，已经有了很大的提高。唐僧被妖怪用分瓣梅花计擒获抓走，孙悟空惊慌流泪，猪八戒却说"不要哭，一哭就脓包了"。误认为唐僧已死，猪八戒没有像过去那样要分行李，而是埋葬筑坟，又和孙悟空去打妖怪，为师父报仇，十分努力。这一切描写，都表示心猿意马的转型，即将完全实现。那么，进入了天竺国，还会发生什么新的故事呢？

第八十七讲

敬天做善事，
快乐又幸福

第八十七回开头，有一首词，是承上启下的思想提示。词的开头说："大道幽深，如何消息，说破鬼神惊骇。"大道就是真理，什么惊天动地的真理呢？后面又说"真乐世间无赛"，无法比拟的真正快乐又是什么呢？

词的后面，接续上一回的情节，说"三藏师徒四众，别樵子下了隐雾山，奔上大路"。这是一语双关，这一回已经来到天竺国的外郡，也就是踏上佛光普照的领土了。隐雾山，山隐于茫茫大雾中，象征没有接受佛教真理教化的蒙昧污浊世界。樵夫指引过了隐雾山，来到凤仙郡，象征取经团队终于摆脱了心头的迷茫，踏上沐浴着佛祖光辉的康庄大道了。凤仙郡的名称，多么美丽又吉祥啊！

但凤仙郡正遭遇三年大旱，全郡百姓苦不堪言。郡守出榜招贤，求雨救民。这位郡守复姓上官，孙悟空不知道这个姓氏，猪八戒知道，还引《百家姓》来调侃师兄读书少。武则天时期有个著名女官叫上官婉儿，大家都知道吧？选择上官这个姓氏作为郡守的姓，也是一种文学技巧，姓氏本身，与郡守的职务和凤仙郡的郡名，在气氛上都很协调。

唐僧看了榜文，说徒弟们你们谁有本事，给他们求下一场雨，救济百姓的痛苦，是巨大的善行，功德无量。孙悟空说那还不容易？小菜一碟。那些守在榜文前面的官员们听到这种话，立刻去向郡守报告，说万千之喜啊，东土大唐来的高僧说他们能求下雨来。

郡守立刻步行赶来，在街心就向唐僧师徒下拜，说下官就是本郡的郡守，请长老大发慈悲，求雨救救我们的老百姓。郡守不骑马不坐轿，徒步走来，是表示其态度虔诚，也说明这是一个爱民勤政的好官、清官。唐僧说街上不方便说话，到寺庙里去吧。郡守说请到我的衙门里来吧，有清净的地方接待各位长老。

到了衙门，郡守首先命手下安排斋饭。饭后，唐僧直奔主题，询问旱灾情况，郡守的回答用六联、十二句的七言古诗来表现。内容就是灾情空前严重，三分之二的老百姓已经饿死了。

孙悟空首先念咒语招来东海龙王，说这地方这么干旱，你赶快给下雨。东海龙王说大圣召唤我，我不敢不来。但下雨这事，我只是具体工作人员，下不下雨，下多少雨，那是领导拍板决定的事，领导是玉皇大帝。大圣你先去天庭请一道下雨的旨意，我回去召集下属做准备工作。

孙悟空见龙王说得在理，就上南天门，进灵霄宝殿见玉皇大帝，要求批准给凤仙郡下雨。没想到玉皇大帝让四大天师领着孙悟空去一座宫殿，只见那儿有一座十丈高的米山，山下一个拳头大的鸡在啄米；有一座二十丈高的面山，山下有一只哈巴狗在吃面；还有一个铁架子，上面挂着一把一尺多长的金锁，下面有一盏油灯，在烧那把金锁。四大天师告诉孙悟空，凤仙郡郡守三年前冒犯上天，玉帝立下这三样，只有鸡把米啄光，狗把面吃完，油灯把金锁烧断，才会给凤仙郡下雨。

孙悟空听了大惊失色，感到很没面子，也不敢再向玉帝启奏了。四大天师对孙悟空说，这件事情的解决办法,就是行善。你回去让郡守认错悔罪,礼敬上天,就会有转机。孙悟空返回凤仙郡,喝问郡守你三年前做了什么事亵渎了上天?郡守说三年前十二月二十五日,是敬献供品礼拜上天的日子,我和老婆斗气,推倒了供桌,让狗吃了供品。孙悟空说那天正是玉皇大帝普天巡视,看到你这样不敬上天,才立下三件事惩罚凤仙郡。郡守大惊,问该怎么办?孙悟空说你只有念佛看经,认错向善,才有救。

郡守立刻带领全郡百姓烧香礼拜,引罪自责,答谢天地,唐僧也帮他念经,满郡到处都是敬天拜佛念经的声音。果然,向善的心立刻上达天庭,米山、面山顷刻之间倒塌,金锁烧断。很快,凤仙郡大雨滂沱,旱情完全消失。全郡人民,都在大雨中手拿柳枝,高声念佛。

后面有一首诗:

人心生一念,天地悉皆知。

善恶若无报,乾坤必有私。

这首诗不是第一次出现,第八回压在五行山下的孙悟空向观音菩萨表示认错悔罪,愿意保唐僧取经以后,就是这首诗。第八十七回再次予以照应,当年压在五行山下的美猴王,现在引导百姓礼敬上天，百姓手拿观音菩萨净瓶中的杨柳枝，向上天致敬，弘扬大慈大悲救苦救难的理念，是不是含义深远呢？作为意义引申，对于我们尊重自然规律，重视环境保护，抛弃"人定胜天"的无知狂妄，是不是也有所启发呢？

第八十八讲

收学生，当老师，好吗

第八十七回末尾，说凤仙郡郡守感谢孙悟空求来甘雨，解救百姓，因而留住唐僧师徒，每天大摆筵席，整整停留了半个多月。为什么留客这么长的时间？原来郡里全力以赴，为唐僧师徒赶着盖了一座生祠，就是祭拜活人的寺庙。庙里唐僧师徒四人的塑像，一个个栩栩如生。孙悟空请师父为祠庙起名，唐僧题"甘霖普济寺"。甘霖就是好雨，寺名就是"及时雨救济人民"的意思。

第八十八回开头，又通过唐僧师徒的对话，做好人好事回顾总结。唐僧表扬孙悟空，说凤仙郡一场雨救活了千万人，行善的功果又超过了比丘国救了一千一百一十一个小孩。沙和尚说我真佩服大师兄法力通天，慈悲的恩德造福世人太多了。猪八戒说猴哥恩也有义也有，就是对我老猪不仁义，照顾我吊，照顾我蒸，照顾我煮。

这实际上在暗点主题，从通天河救两个小孩开始，以孙悟空这个心猿为核心的取经团队，生命的转型效果越来越明显，成绩也越来越突出。从比丘国开始，行善积德救人，已经越来越成了生命的核心价值了。

第八十八回的回目是：禅到玉华施法会　心猿木母授门人。唐僧师徒到达了玉华县，是天竺国皇帝宗室玉华王的封地。宗室就是和皇帝同一个祖宗的后代。既然封了王，就也需要去王府倒换关文，查验护照。天竺国受佛光普照，玉华王爷也是礼贤下士的贤王，对唐僧师徒十分热情，命大厨房准备斋饭，暴（pù）纱亭成为临时餐厅。暴纱亭的本意大概是晾晒纱布的亭子。

通过玉华王询问唐僧来历，提示了行程日历，唐僧说全程十万八千里，已经走了十四年。玉华王有三个小王子，喜好弄枪舞棒，听说有三个和尚长相凶恶，就说他们是不是妖怪变的呀？三个人都拿上武器，去暴纱亭查看，见了面就大声喝问，你们到底是人还是妖怪？趁早老实招来，饶你们的性命！

有趣的是，三个小王子使用的兵器，和孙悟空师兄弟一样。大王子使一条齐眉棍，就是立起来和眉毛一样高的棍子。二王子使九齿钉钯，看来这也是常规武器里面的一种，不是猪八戒的独家发明。三王子使一根黑油油的棒子。《西游记》里写沙和尚用的降妖宝杖，就是一根棍棒，并不是连环画和影视剧里表现的一头月牙一头铲子的兵器。

猪八戒看见二王子使用的武器和自己的一样，就把九齿钉钯拿出来，晃一晃，金光万道，耍了几个招式，瑞气千条。沙和尚拿出降妖宝杖，孙悟空拿出金箍棒。三个人玩得兴起，跳到半空中表演耍弄起来。这一下，全王府的人都轰动了。孙悟空师兄弟三人玩够了，下来把三件兵器立在地上，对三个王子说，送给你们吧。三个王子上来拿，可不就是蚍蜉撼大树嘛。三个王子询问重量，猪八戒的钉钯与沙和尚的宝杖都是重五千零四十八斤，金箍棒重一万三千五百斤。

三位王子就跪下磕头，要拜师学艺。孙悟空说太好了，我们出家人没有儿女后代，巴不得要传几个徒弟呢。又与猪八戒、沙和尚给唐僧行礼，说师父我们今天也收徒弟了，师父您就有徒孙了。孙悟空给三个王子身上吹仙气，三个王子就能拿得动金箍棒、九齿钉钯、降妖宝杖了。三个师父教三个徒弟，就在院子里演练。

　　不过三个王子舞弄几个回合，就气喘吁吁了。金箍棒、九齿钉钯、降妖宝杖都不是凡间兵器，都有变化，三个小王子是凡人，使用起来就不顺手了。王子们于是提出减少重量仿造三样兵器。第二天就把金箍棒、九齿钉钯、降妖宝杖放在一个敞开的篷子里，让工匠模仿打造。

　　问题发生了，孙悟空三兄弟的武器，都是神仙世界的宝物，放在院子里几天，霞光瑞气惊动了离城三十里远的一个妖怪，弄神通把三件兵器拿走了。那么接下来，事情将会怎么样演变呢？请看下一讲。

第八十九讲

钉钯会的
对称美学

　　几个铁匠照着三件兵器打造仿制品，白天辛苦，夜里早早睡了。第二天早晨起床一看，三件兵器不见了！三个王子出宫来看，听了报告，心惊胆战，赶紧来寻师父，问是不是夜间师父们把兵器收藏起来了。猪八戒一口咬定是铁匠们偷走了，玉华王说我法度严明，他们不敢偷，再说三件兵器那么重，也偷不走啊。

　　孙悟空暗暗后悔，我们的宝贝本来就不应该离身，怎么能丢在外面，一定是兵器的光彩惊动了什么妖怪，给偷走了。他问玉华王，州城四周围，有没有山和树林，妖怪出入。玉华王说，城北面有一座豹头山，山中有一个虎口洞，人们传言里面住着神仙，有的说是妖怪，也有的说是猛兽。山名和洞名，当然和洞里住着谁暗相联系。

孙悟空一听，说不用继续探讨了，一定是那里面的歹徒，知道兵器是宝贝，给偷走了。八戒和沙僧，你们俩保护师父，铁匠继续打造仿制品，老孙找找去。七十里地，点点头就到了。看那豹头山，果然有些妖气，有一篇韵文描写山岭、山崖、山峰。正看呢，有两个狼头小妖来了。

孙悟空就变成一只蝴蝶，飞到妖怪头顶上，翩翩飞舞。只听两个小妖说，咱们大王最近运气真好，上个月得了个美人，昨晚上又得到三件兵器，真是无价之宝。明天要大摆宴席，召开"钉钯会"呢。派咱们拿二十两银子买猪买羊，咱俩报个假账，落点钱买件棉衣过冬。

孙悟空这会儿没武器，就用定身法把两个小妖定在那儿不能动了。翻衣服搜查，发现二十两银子用一个包袱在腰间缠着，每人还有一个身份牌，一个叫"刁钻古怪"，另一个叫"古怪刁钻"。孙悟空拿了银子和牌子，就回玉华城了。

孙悟空说出自己的计策，请玉华王给准备七八口猪，四五只羊，自己和猪八戒变成两个小妖，沙和尚装扮成卖猪和羊的牲口贩子。猪八戒说我没见过小妖，怎么变呢？孙悟空说我帮你，让猪八戒念咒语进入变化状态，孙悟空吹口仙气，猪八戒就变成"古怪刁钻"了。

三个人赶着猪羊往豹头山走，走到山坳里，顶头又遇上一个小妖，手里捧着一个彩色油漆盒子。小妖见了他们就说，刁钻古怪，你们回来了？买了多少猪和羊？又指着沙和尚问，这是谁？孙悟空说这是卖猪羊的牲口贩子，我们带的钱不够，还欠他几两银子，让他帮着把猪羊赶回来，把欠的银子给他。又问你干什么去？小妖回答说我去竹节山请老大王，明天钉钯会坐首席。孙悟空说我看看请帖。小妖因为是自家人，就打开盒子让孙悟空看。孙悟空一看，见请的老大王叫"九灵元圣"，下请帖的自称"门下孙黄狮"。孙悟空想黄狮是金毛狮子成精了，但不知"九灵元圣"是什么来历。

后面孙悟空三个人去了豹头山虎口洞，见了黄狮精，骗得进了陈列三件兵器的大厅，见九齿钉钯供在正中央，左边是金箍棒，右边是降妖宝杖。三个人现了原形，抢回兵器，黄狮精打不过，跑到九节山请九灵元圣去了。孙悟空三个把虎口洞里的小妖全部剿灭，回到玉华王府。玉华王担忧妖怪前来报复，孙悟空说你放心，我们帮你消灭了妖怪才会离开。一场大战就即将开始了。

也许大家有一个疑问没有说出来。为什么妖怪要开钉钯会,不开金箍棒会呀?金箍棒不是比九齿钉钯更珍贵更有价值的宝贝吗?清朝人说九齿钉钯有明显的锋利钉齿,就像狮子精有锋利的牙齿,杀伤力的标志更突出明显,所以狮子精最重视钉钯。其实,这里面还有一个文化美学问题。九齿钉钯有突出的钉钯头,金箍棒和降妖宝杖是两根光溜溜的棍子。上一讲已经说过,小说里写沙和尚的降妖宝杖,就是一根棍棒,没有月牙和铲子。特征突出明显的九齿钉钯摆在正中央,金箍棒和降妖宝杖分别陈列在两边,不是更符合中华文化特别讲究对称的审美传统吗?请看下一讲。

第九十讲

好为人师，惹出狮子

　　黄狮精请来了祖师爷"九灵元圣"，是只长着九个头的狮子，"九灵"就是九头的意思。"九灵元圣"还有六个狮孙，一头老狮子率领七个小狮子，风滚滚，雾腾腾，飞沙走石，来到玉华州城上空。玉华王吓得不知所措，孙悟空颇有大将风度，指挥若定，让玉华王把四个城门紧闭，玉华王父子和唐僧在城楼上坐镇，分派士兵守城。孙悟空与猪八戒、沙和尚出战，七个小狮子和三个狠和尚在空中大战。有一首七联、十四句的七言诗描写这场大战。毕竟狮子精人多势众，猪八戒战败，被两个狮子精打倒在地，咬住鬃毛拖着尾巴抓走了。

　　孙悟空一看寡不敌众，就使出身外法，拔毫毛变出一百多个小孙悟空，数量优势立刻反转，战斗结果是擒获了两个狮子精。天晚了，双方罢战，狮子们就在城外扎营。老狮子见被抓了两个狮孙，吩咐把猪八戒先捆起来，准备交换战俘。

第二天，老狮子预先定下计策，让五个狮子一起出战，缠住孙悟空与沙和尚苦斗，然后自己飞到城头，张开九张大嘴，一嘴一个，把玉华王父子四人和唐僧叼住，又把已经擒获的猪八戒叼起，大叫一声"我先去也"，飞回他的根据地竹节山去了。五个小狮子一看老狮子得手，更加骁勇。孙悟空又使出身外法，把四个狮子都活捉了，而那个偷兵器惹祸灾的黄狮精，就在战斗中被打死了。

虽然已经抓住了六个狮子，打死了一个狮子，但玉华王父子四人和唐僧被老狮子抓走，玉华王妃和眷属们哭着来拜孙悟空，说这可怎么办啊？玉华王和王子们会不会有性命之忧啊？孙悟空说我们活捉了六个狮子，玉华王父子不会被杀，明天我去把他们救回来。

第二天，孙悟空与沙和尚驾云来到竹节山。有一篇描写竹节山风景的韵文，透露的信息是这个"九灵元圣"不是一般的山妖野怪，而是大有来历也颇有道行的。竹节山的名称，一方面暗示这是一个有道行的妖怪，另一方面也许是用竹子多节比喻九头狮子头多吧？

孙悟空与沙和尚在洞外叫战，小妖进洞报告，老妖一听他的狮孙们都没有来，低头沉思，就算出来六个狮子已经被抓，黄狮已经被打死。"九灵元圣"含泪出洞，也不拿兵器，张开几个血盆大口，把孙悟空与沙和尚都叼了回来。老妖让把他两个捆起来，对孙悟空说，你抓了我七个狮孙，我抓住你四个和尚与四个王子，也抵得过了。又命小妖用柳条棍打孙悟空，为被打死的黄狮报仇。

孙悟空哪怕打呀？到了夜里，小妖们打累了，睡着了，孙悟空用遁身法脱出绳索，来解沙和尚时，猪八戒忍不住说先解我，我捆得手脚都肿了。结果惊动老妖，孙悟空脱身而去，沙和尚又被抓住捆起来。

孙悟空再回到玉华州，就见城隍、土地神来参见，一会暗中保护唐僧的金头揭谛和六丁六甲押着竹节山的土地神来见。竹节山土地神一边叩头，一边告诉孙悟空，要降伏"九灵元圣"，必须请他的主人太乙救苦天尊来，"九灵元圣"是天尊的坐骑九头狮子，三年前来到竹节山，当地的狮子精们拜他为祖师爷。

孙悟空纵筋斗云，来到东天门，见到广目天王，说起情况，天王说因为你们好为人师，所以惹出一窝狮子精来。孙悟空笑着说是这样是这样。广目天王既名广目,自然眼光锐利,一下子就抓住了问题的本质。第十六回孙悟空借避火罩,也是这位广目天王,大概用广目两个字比喻那个避火罩上面有许多透明的窟窿眼。罩住唐僧睡觉的房子也要空气流通,不能把唐僧憋死啊。第五十一回孙悟空去天庭查青牛精,又遇见了广目天王,意思是眼界宽阔,好搜寻逃亡者。第八十七回凤仙郡求雨,孙悟空去南天门,则遇到了护国天王,因为降雨救民是国家大事。

从东天门进去,孙悟空直奔东极妙岩宫,请来太乙救苦天尊把九头狮子收走。唐僧和王子等全部获救,回到玉华州,杀了被抓的几个狮子。没有后台的妖怪,就只有挨刀子了。工匠一直没有停止工作,仿制的兵器打造好了,仿制的金箍棒重一千斤,九齿钉钯和降妖宝杖各重八百斤。三个和尚师父教三个王子徒弟武艺,有一首七言律诗予以赞美。

玉华州这一难,就是用"师""狮"两个字谐音,表示好为人师也是需要去除的一种负能量。孙悟空在凤仙郡求雨救众生,固然是一种善行功德,但滞留半个多月,等候生祠建成,已经表现出居功自傲的心态。到了玉华州,又腾空表演收徒弟,不知谦虚谨慎而暴露兵器,更是炫耀本领骄傲自满的表现。

  为什么是在暴纱亭吃饭时见到三个王子呢?就是比喻显摆武艺就像在亭子里晾晒纱布一样,迎风飘扬,轻浮浅薄。这一回的结尾,说唐僧师徒离开玉华州,"这一去顿脱群思,潜心正果""无虑无忧来佛界,诚心诚意上雷音"。看来佛祖对取经人的要求是非常高的,心猿意马的每一点躁动,都必须严格检查。有一点点问题,也不把经传给你。那么接下来又会发生什么事情呢?

第九十一讲

陈玄奘，
你要严肃检讨

第九十一回的回目是：金平府元夜观灯　玄英洞唐僧供状。

离开玉华城，来到金平府。"玉华""金平"是天竺国佛光普照、华贵优雅气象的表现，也是这两个故事前后呼应、互相联系的"对仗"体现。唐僧师徒来到金平府，书中描写街道繁华，市井喧嚣，是太平盛世。但突出写"有几个无事闲游的浪子"争相观看"猪八戒嘴长，沙和尚脸黑，孙行者眼红"，唐僧怕他们惹祸，好像是和以前路过其他国家时大同小异的情况，其实一语双关，"闲游"和"浪子"正是影射唐僧在金平府时的精神状态。

唐僧师徒住进了慈云寺，有一篇韵文表现寺院的风景、建筑，不像幽静的禅林，倒像富丽的宫殿和庭园。

寺院里的住持和尚对唐僧十分恭敬，称颂唐僧衣冠风采，羡慕中华大唐是福地，甚至说这里的人看经念佛，就是希望来世能托生到中华的土地上。唐僧却回答说我是个行脚僧，多辛苦啊，像院主这样丰衣足食，悠闲自在，才是享福呢。这好像是客气话，其实暴露了唐僧的理想追求有了问题。

院主和寺庙里的和尚们都对唐僧师徒友好热情，说你们不要着急走，再多住几天。过两天就是元宵佳节了，到时这里有许多庆祝活动，张灯结彩，热闹非凡。我们有能力供你们斋饭，保证吃得好，住得好，玩得好。

盛情难却，唐僧师徒就住下了。当天晚上在寺庙里欣赏华灯璀璨，信众们敲锣打鼓来庙里给佛爷菩萨献灯。第二天享受完丰富的斋饭后，又去后花园闲耍，有一篇描写花园景致的长篇韵文。书中的"闲耍"二字显然是意在言外的春秋笔法。玩赏了一天，师徒们又在庙里看灯，再去街上看灯，又有一篇描写花灯如何辉煌灿烂、丰富多彩的韵文，最后说一直游览到二更时分才回去休息。

接下来的一天，就是元宵节了。唐僧说我有扫塔的发愿，请院主开了塔门，让我一层层去扫塔。到了晚上，众僧说今夜是元宵节正日子，咱们进城里去最繁华的地方看灯吧。有一篇很长的描写各种样式华灯的韵文。后面又描写元宵之夜街市的热闹景象，最后走到了金灯桥上。

这金灯桥上的灯油不同寻常，特殊的香味扑鼻而来。同来的和尚们告诉唐僧，这灯油由二百四十家灯油大户专门负责提供，是一项沉重的负担，每家当一年，就得花二百多两银子。因为对香油的质量要求很高，数量又大。三盏明灯，每缸要五百斤香油，一共要花五万多两银子。元宵节深夜，就是今夜，佛祖会

现身，把香油全部拿走。

正说着，半空中"呼呼"风响，大家说"佛祖来了"，纷纷回避。唐僧却说，我们就是去拜佛求经的，佛祖现身，正好参拜。说罢不听劝阻，跑上桥顶，对风中显身的三位佛身大礼参拜。结果"呼"的一声，灯光变暗，唐僧被佛身抱走，转眼不见了。

孙悟空跟风追赶，来到一座高山，四值功曹前来报信，说这座山叫青龙山，山中有个玄英洞，洞里有三个妖怪，喜欢吃香油，因此假扮佛像，年年骗取金平府的灯油。你师父宽了禅性（就是放松了修行），贪图享乐，所以被妖怪抓进洞里去了。

三个妖怪在洞里审问唐僧，唐僧详细叙述取经的原因始末，这就是回目说的"玄英洞唐僧供状"。山名和洞名表面上看是指犀牛精，犀牛角很珍贵，所谓"心有灵犀一点通"。但实际上，"玄英"是指唐僧陈玄奘。唐僧本是金蝉子转世，父亲是状元，母亲是丞相小姐，是地道的精英。可是这个精英现在却放松了对自己的要求，所以被妖怪抓来，在玄英洞向妖怪陈述，这个"供状"其实就是唐僧在向佛祖作检讨。

孙悟空来到玄英洞口叫战，三个妖王出来和孙悟空大战一场，孙悟空战败，回到慈云寺，对猪八戒与沙和尚说三个妖怪像是犀牛成精。孙悟空想睡一晚上再去救师父，反而是沙和尚、猪八戒急不可耐，拉着孙悟空连夜又赶往青龙山。这也是精英思想松懈，庸众反而态度积极的一种表现。请看下一讲。

第九十二讲

天庭说，我们是最给力的

第九十二回的回目是：三僧大战青龙山　四星挟捉犀牛怪。

孙悟空与猪八戒、沙和尚驾云来到青龙山玄英洞，孙悟空先变成一个萤火虫，飞入洞中。洞里许多牛都在睡觉，三个妖王不知在什么地方。听见唐僧在哭泣念叨，盼望孙悟空营救自己，"贤徒追袭施威武，但愿英雄展大权"。孙悟空现了原身，给唐僧开枷解锁，却惊动了妖怪，只好自己先走了，唐僧又被妖怪用铁锁锁了起来。

猪八戒用九齿钉钯筑破洞门。三个妖王出来，与孙悟空等三人大战，有一篇韵文描写打斗情况。本来双方不分胜负，但三个妖王招呼全洞小妖一起上，猪八戒与沙和尚就先后被捉住，拿进洞里去了。

孙悟空翻筋斗云去天宫搬救兵。但他这次没有去南天门,而是去了西天门,看见太白金星正在与增长天王还有四大灵官讲话。孙悟空向太白金星述说在金平府和青龙山的遭遇,太白金星说出三个妖怪出身来历,是犀牛精,犀牛角珍贵有灵气,所以自称"大王"。又说要降伏犀牛精，二十八宿里的"四星"最合适。太白金星让孙悟空去通明殿见玉皇大帝奏闻，请求援助。

孙悟空进入西天门，到了通明殿，又见到了四大天师。四大天师引孙悟空去灵霄宝殿面见玉皇大帝启奏。玉帝问该派哪路神将去降妖，孙悟空说太白金星告诉我四木禽星最胜任。"四木禽星"是二十八宿里分组的一个称呼。玉帝就让许天师和孙悟空一起去斗牛宫宣读圣旨，派四个星官去降伏犀牛。许天师姓许，有"允许承诺"的意思，但更含蓄的艺术，是照应第五回的情节。前书说过，许天师上奏玉皇大帝，说齐天大圣孙悟空到处闲逛交朋友需要约束。当年需要提防的心猿如今已经修成了正果，一个生命的大轮回完成了。

四木禽星分别是斗木獬（xiè）、奎木狼、角木蛟、井木犴（àn）。其中井木犴最是犀牛的天敌，所以其他三个说让井木犴一个人去就行了。许天师说你们说的是什么话，玉帝圣旨让你们四个都去，还不快走！

四位星官与孙悟空去了青龙山，三个妖王一看四木禽星，立刻回头就跑，后来就现了原形，四个蹄子像铁炮一样往东北方向狂奔，后来就跳进了西洋大海。

孙悟空与井木犴、角木蛟在后面追赶。因为井木犴是犀牛天敌，角木蛟是海里的蛟龙，更能发挥天赋优势。斗木獬和奎木狼则留在青龙山，打入玄英洞，杀死了全部小妖，救出了唐僧、猪八戒与沙和尚。猪八戒、沙和尚保护唐僧回慈云寺，斗木獬与奎木狼又去西海和孙悟空会合，孙悟空让他们两个守在岸边拦截。

井木犴、角木蛟在西洋大海与三只犀牛苦斗，孙悟空也加入进去打边鼓。三只犀牛不知道孙悟空水里的本事不怎么样，回头就跑，犀牛角能分水，只听见"哗哗哗"的一片水声。要按照犀牛分水的特殊本事，也许能够逃脱性命，没想到西海龙王听说天将在帮助齐天大圣来海里降妖，在自己的管辖区，还不赶紧表现一下？立刻让太子率领虾兵蟹将前去阻拦截杀。结局就不问可知了，井木犴、角木蛟、孙悟空和龙王太子在水里四面包围，斗木獬和奎木狼在岸上围堵，两只犀牛被活捉，一只犀牛被井木犴现原形咬断了脖子当场死亡。

被咬死的犀牛被锯下角、剥了皮带走，牛肉留给了龙王父子，两只活犀牛被牵回了金平府，叫来地方官，让他们看这就是每年假扮佛祖要香油的妖怪。猪八戒发飙，拿戒刀砍下了两个犀牛的脑袋，锯下了四

只犀牛角。孙悟空一一分配，四位星官拿四只犀牛角回去献给玉皇大帝；剩下两只，一只留在金平府作证，以后免除香油赋税；一只带到西天献给如来佛祖。

金平府也给唐僧师徒建生祠塑像，免除了香油税，

二百四十家灯油大户如释重负，大摆筵席轮流请客，取经团队在金平府又滞留了一个月。唐僧吸取教训，让徒弟们起个大早，瞒着当地大户们，赶路去西天取经。猪八戒抱怨，想赖床，被唐僧痛骂，教孙悟空拿金箍棒打牙。猪八戒说师父变了，往常护着我，今天这么厉害。这一回的结尾句是：暗放玉笼飞彩凤，私开金锁走蛟龙。

前书中降伏九头狮子，是去东天门请太乙救苦天尊。这一回孙悟空去天宫，也不去南天门，却去西天门，表示从东土到西天，取经事业即将大功告成。太白金星这位天庭援助取经团队的全权代表，最后一次提出合理化建议。增长天王而不是别的天王现身，暗示形势大好，天庭是取经团队的有力后盾。孙悟空面见玉皇大帝求援，也是最后一次。玉帝派出天将降妖，西海龙王也派兵助战，表明天庭包括地方政府全力以赴帮助取经事业获得成功，认真负责，有始有终。孙悟空把四只犀牛角献给了玉帝，标志着大闹天宫的造反者，已经完全转型为天庭的积极合作者。请看下一讲。

第九十三讲

那半钩新月，这一座彩楼

凤仙郡求来甘雨，玉华州传授门徒，金平府破除假佛，是进入天竺国领土后的三大遭遇。唐僧师徒一方面做了好事，给百姓造了福，另一方面也在做事的过程中修正了残存的俗念，使心灵更加净化纯洁。下面，就是到达灵山之前最后的两次考验，也构成了自然的"对仗"文章。

第九十三回的回目是：给孤园问古谈因　天竺国朝王遇偶。

这一回开头，是富有禅学意味的文章。又看到了高山，唐僧说要小心，孙悟空再次提醒师父不要忘了乌巢禅师传授的《心经》。后面师徒二人各自说了一段话，唐僧问孙悟空你理解了《心经》吗？孙悟空回答我理解。然后两人都沉默不语了。猪八戒与沙和尚都嘲笑孙悟空，说你不是说理解了吗？怎么不说话了？唐僧却说，你们两个不懂，悟空是真理解了。真理解就是不用语言文字表达。这个情节是传达禅宗的精神，就是经常强调要打破语言文字对理解真理造成的障碍。不立文字、拈花微笑，这些成语都是说的这个意思。

唐僧师徒来到了布金禅寺，这里有个佛教历史中著名的典故。给孤独长者要买太子的花园，供释迦牟尼讲经说法，太子说除非你把我的园子全部用黄金铺地，否则不卖。给孤独长者真的用金砖铺满了花园的地面，买下了花园，供佛祖说法。唐僧师徒走到了这里，说明离西天灵山确实不太远了。

听说从东土大唐来了取经人，寺院里的各位和尚也都来参见，院主提供斋饭。然后说"此时上弦月皎"，就是现在是初七的夜里，天空出现的是缺口朝上的弯月而不是满月。这时候，寺庙里年辈最尊的老院主出来要见唐僧师徒。这个老和尚已经一百零五岁了。孙悟空又问老和尚你猜猜我多少岁，老和尚却回答你容貌奇特，月夜眼花，我猜不出来。这个回答就显示老和尚道行很深。

老和尚陪唐僧步行赏月，忽然听到有啼哭的声音。

唐僧问是怎么回事,老和尚见左右无人,就给唐僧和孙悟空下拜,说就是去年的今夜,也像今夜一样半月初上,一阵风吹来了一个女子,说自己是天竺国的公主,在月下看花,被一阵风吹到了这里。我怕和尚们起邪心,就把公主锁在一间空房里,把窗户都封起来,

插图选自
《李卓吾先生批评西游记》
绘者佚名

像一个监牢，只留一个能传递食物的小口，对其他和尚只说是关了一个妖邪。公主也很配合，白天装疯卖傻，到了夜里想念父母，才啼哭。老和尚又说自己也曾经去都城打探消息，但并没有公主失踪的迹象。现在法师到来，要去都城，拜请法师施展法力，辨明是非，救出公主。老和尚拜托唐僧和孙悟空两个人，可见的确是一位高僧。

第二天，唐僧师徒就来到了天竺国首都，住进了国家招待所。唐僧要去倒换关文，招待所所长说公主娘娘已经二十岁，就是今天要搭彩楼，抛绣球，选驸马，街上热闹着呢。国王也还没有退朝，赶快去吧。唐僧就带上孙悟空一起去，路上唐僧回忆起自己的母亲当年也是彩楼配。孙悟空说我们也去看看，唐僧说不妥，我们是和尚，去看有嫌疑，不合适。孙悟空说布金禅寺的老和尚托我们辨别真假公主，这不正是机会吗？唐僧就同意前去观看。

原来妖邪变成假公主，就是算准了今天唐僧要来，所以搭彩楼，抛绣球，选驸马，一下子就把绣球抛到唐僧头上，又滚到唐僧袖子里。国王听说抛绣球选了一个和尚当驸马，很不高兴，但架不住公主愿意，说嫁鸡随鸡嫁狗随狗。唐僧再三推辞，国王说我以一国之富招你做驸马，你还不满足吗？再推辞就推出去斩首！

孙悟空给唐僧出主意，让唐僧对国王说要嘱咐徒弟继续取经，让国王召见三个徒弟，到时候见机行事。唐僧就留在了宫里，孙悟空回招待所向猪八戒、沙和尚通报消息。猪八戒说早知道让我去多好。正说着呢，国王派的人来请驸马的三个徒弟来了。

下一回故事情节将怎样发展呢？大家也想一想，这一回描写上弦月和月夜风景，有什么艺术上的考虑吗？

第九十四讲

荣华啊！
富贵啊！
情欲啊

第九十四回的回目是：四僧宴乐御花园　一怪空怀情欲喜。

这一回的大部分文字，都是表现皇家准备婚礼的繁华热闹。孙悟空、猪八戒、沙和尚作为驸马一方的亲戚贵宾被请进宫中。国王陪着唐僧，一起在御花园游览。首先有一篇描写御花园的韵文，描写彩石、雕栏、牡丹亭和蔷薇架，花团锦簇。又有一首七言律诗，表现酒宴的高规格和热闹劲儿，什么凤阁龙楼啊，吹弹歌舞啊，色香味俱全。

唐僧见国王对自己十分敬重，心中焦急，表面还得装出高兴的样子，外喜而内忧。亭子四面挂着四个金色的屏风，屏风上画着春夏秋冬四季代表性的风景，并有翰林学士们题写的诗，各一首七言绝句。春天是

"大地熙熙万象新",夏天是"宫院榴葵映日辉",秋天是"金井梧桐一叶黄",冬天是"朔风吹雪积千山"。

国王见唐僧观赏屏风,就说驸马一定也长于吟咏,会作诗吧?请你也给每一个屏风上的诗步韵唱和一首吧。步韵就是新写的诗要和原来的诗押同样的韵脚。唐僧就说好啊。国王命人拿来文房四宝,唐僧就写了四首步韵的诗。春天是"御园花卉又更新",夏天是"槐云榴火斗光辉",秋天是"香飘橘绿与橙黄",冬天是"奇峰巧石玉团山"。国王看了,非常高兴,说要让宫廷乐队配上曲子演唱。

孙悟空师兄弟三人,又喝酒,又吃菜。猪八戒最高兴,喝多了就大声叫喊:"好快活!好自在!今日也受用这一下了!"唐僧等国王走了,就责备猪八戒大呼小叫,太不懂规矩。猪八戒不听,反而说我们和他亲家礼道的,他怎么好意思责怪我们呢?还说"打不断的亲,骂不断的邻"。唐僧非常生气,说按倒他,打他二十禅杖!孙悟空就按倒猪八戒,唐僧举起禅杖来就打。猪八戒大叫,驸马爷爷饶命,又说好贵人!好驸马!还没有成亲,就行起王法来了。这样写当然也是幽默的段子。

书中说这样欢乐地度过了三四天,底下人报告驸马的府邸已经建好了，婚礼上的宴席也准备好了，荤的，素的，一共五百多席。国王正要请驸马赴宴，王后和妃子们领着公主在后宫请国王进去。接着展示赞美婚礼的四首词，写得色彩艳丽，气氛热烈。公主对国王说，害怕见唐僧三个丑陋的徒弟，让父王在婚礼前打发他们走路。

国王出来把通关文件交给孙悟空，又送黄金白银，猪八戒接过来，三个人就要告别。唐僧急得拉住孙悟空说你们不顾我就走了？孙悟空捏一下唐僧的手，丢个眼色说我们取经回来再看你。国王和大臣们都以为是告别常情。孙悟空到了宾馆，就拔一根毫毛变成替身，和猪八戒、沙和尚在一起，真身变成一个蜜蜂，飞到唐僧帽子上，在耳边说"师父我来了"。唐僧这才宽下心来。

这一回的写作用意，就是在即将到达灵山之前，最后全面展示一下凡俗世界的欲望追求。国王嫁公主，可以说是人间所能享受到的顶级的荣华富贵了，最好的也不过如此吧。猪八戒作为凡俗欲望最强烈的一个，表现得最活跃。过去唐僧和孙悟空有摩擦，护着猪八戒，现在反过来了。在慈云寺，唐僧威胁要让孙悟空打猪八戒，这一回就亲自动手打了。这是因为妖怪变化的事情已经结束了,现在的主要矛盾变成看破红尘还是留恋红尘之间的思想上的冲突。唐僧在金平府犯过错误,但在本质上还是信念坚定的出家人。这一回写唐僧对孙悟空提起了好久没有再说的紧箍咒,说你要是敢耍弄我、撇下我,我就念紧箍咒。这也是表现唐僧取经意志的坚决。

这一回开头,孙悟空、猪八戒、沙和尚三个人,面对国王的询问,再次自我介绍了过往的成长经历,其中还提到了自己在蟠桃大会上犯了错误。这是又一次回到了核心问题,就是蟠桃代表我的心。灵山即将到达,心灵的改造即将彻底完成,最后的表白,也是最后的价值确认。请看下一讲。

第九十五讲

嫦娥姐姐啥时候组团了

第九十五回开头，唐僧满怀忧愁随着国王来到后宫，不管鼓乐喧天，异香扑鼻，只是低着头。孙悟空变的蜜蜂在唐僧头上观看，见一对对宫娥彩女，美丽娇柔，有一篇骈体文描写赞美，然后说孙悟空见师父心如古井毫不动念，不由得夸赞"好和尚！好和尚！"

王后与嫔妃簇拥着公主出来了，孙悟空认出公主是妖怪所变，但头顶的妖气也并不十分凶恶。唐僧说，不要惊了国王王后，让孙悟空等一等。孙悟空忍耐不住，现了原身揪住公主骂"好孽畜""还要骗我师父！"有一篇骈体文描写秋风忽然刮起来，吹得各种花卉东倒西歪，比喻现场的后妃宫女被突发事件吓得东躲西藏的狼狈场面。

假公主脱掉宫衣，摇掉头上的金钗首饰，跑到御花园土地庙里拿出一根短棍，一头粗一头细，和孙悟空在花园里打斗，又升到半空鏖战。一篇十四联、二十八句的韵文，叙述妖怪假变公主骗婚唐僧，以及孙悟空识破降妖的来龙去脉。

孙悟空把金箍棒丢向半空，一变十，十变百，百变千，雨点一样乱打，妖怪慌了，就化一阵清风往天上逃窜。孙悟空在后面追赶，赶到西天门，护国天王领着天兵天将拦住了妖怪的去路。妖怪一看往天上跑不行，只好又回头和孙悟空死命搏斗。这里描写是追到西天门而不是南天门，还是照应取经团队即将到达西天。写护国天王而不是广目天王、增长天王拦挡妖怪，因为这一次的故事是妖怪假变公主，涉及的是天竺国这个国家。可见《西游记》在这些细节上照应得非常细致。

孙悟空问妖怪，你拿的是什么兵器，一头粗一头细，敢和我对抗？妖怪的回答是一首十联、二十句的七言诗，说我的兵器是羊脂玉的仙根，名头超过你的金箍棒，最后两句是"广寒宫里捣药杵，打人一下命归泉"。孙悟空说你既然来自月宫，难道不知道我老孙齐天大圣的名头？妖怪说我也知道你厉害，但你破人的婚事，如杀父母，所以不服你，要打你这个弼马温！后面又有一篇十六句的骈文，描写孙悟空和妖怪的打斗，"药杵英雄世罕稀，铁棒神威还更美"。妖怪终于打不过，化成金光，钻入一座大山的山洞里不见了。

孙悟空恐怕妖怪回宫里暗害唐僧，就返回天竺国的宫殿，见国王后妃乱成一团。孙悟空分别内外，让后妃各回各宫，叫来猪八戒、沙和尚保护师父，告诉国王先不要急，灭了妖怪自然能找回真公主。孙悟空又返回那座山，叫来山神、土地神审问。山神和土地神说这座山叫毛颖山，"颖"指禾的末梢，"毛颖"指代毛笔。这个故事里的妖怪是玉兔，而兔子毛可以做毛笔的笔头，所以这样给山命名。山里有三个兔子洞，山神、土地神引着孙悟空找到妖怪藏身的洞穴，妖怪被赶出来，又和孙悟空打到天上。

这时太阴星君引着嫦娥降临，收伏妖怪，现了玉兔原身。不过这里可不是一个嫦娥，而是一群嫦娥，有的叫姮娥，有的叫霓裳仙子。太阴星君说真公主也是嫦娥之一，叫素娥，她打了玉兔一巴掌后投胎转世成为天竺国的公主，玉兔把真公主赶到荒山受苦，自己变成假公主，也是一报还一报。

孙悟空请太阴星君和众位嫦娥到天竺国皇宫上空现身，指给国王王后看玉兔，说它就是你们的假公主。

猪八戒跳到半空，找他当天蓬元帅时调戏过的那个嫦娥叙旧，被孙悟空揪着耳朵打了两巴掌。太阴星君领着众位嫦娥和玉兔返回月宫，孙悟空引导国王王后去六十里外的给孤布金寺找回真公主。还顺便做好事，让国王选了上千只公鸡放到寺院的后山上，说这座山叫"百脚山"。山里有很多蜈蚣成精，放公鸡就是要消灭这些蜈蚣。

　　这些情节都是有暗示意味的。月宫是太阴星君领着一群女仙嫦娥的所在，因为月亮又称太阴星，和太阳分别代表阴和阳这两个相对的概念。宏观上，阳代表正能量，阴代表负能量，阳盛则阴衰，阴盛则阳衰。月宫的玉兔变成假公主，企图和唐僧成亲，最后被太阴星君率领众嫦娥带走离去，象征取经团队的负能量全部被克服了。孙悟空让在百脚山上放入千只公鸡消灭蜈蚣，也是同样的意思。蜈蚣是多足动物，所以叫百脚山。百脚也比喻众多的欲望、私心、杂念。公鸡当然是阳刚的象征，公鸡吃光了蜈蚣，也就是阴消阳长，全是正能量了。

　　所以玉兔精要和唐僧成亲，与女儿国和蝎子精的故事主要象征色欲的考验不同。玉兔精甚至没有和唐僧单独接触过，唐僧对色欲的引诱也早已毫不动心。

这两回降伏玉兔精,有更深邃的意思,就是即将登上灵山面见佛祖之前的一次全面的精神洗礼,渲染人间顶级的荣华富贵也不过尔尔,没什么可留恋的。总之,太阴已去,全是太阳了,可以进灵山见佛祖了。请看下一讲。

第九十六讲

你为饭局太多烦恼过吗

　　第九十三到第九十五回,三回玉兔精假公主的故事,与第九十六和第九十七两回寇员外斋僧的故事,是西天取经到达灵山之前的最后两难,也构成一种对仗,更是具有总结意义的文章。假公主招亲,是对世俗荣华富贵享受不再有意义和价值的最后一次全方位回顾,寇员外斋僧,又要说明什么呢?

　　第九十六回的回目是:寇员外喜待高僧　唐长老不贪富贵。如果只看回目,似乎还是说"富贵"的考验,但寇员外家的富贵,能超过在女儿国当国王和天竺国当驸马吗?唐僧早已通过了富贵的考试,何必又多此一举?

　　这一回开头,有一首词,内涵深刻,不容易理解。如开头"色色原无色,空空亦非空",是讲佛教"中道"。

我们还是像最后两句说的,"还如果熟自然红,莫问如何修种",等大家水平提高,机缘巧合自然觉悟吧。

唐僧师徒离开天竺国都城,又走了半个多月,来到了铜台府地灵县。比起前面的玉华城、金平府,铜台县是不是有点等而下之的感觉?取经团队照样要找饭吃,问两个闲聊的老人。老人说前面是寇员外家,门上挂着"万僧不阻"的牌子,到他家去,像你们这样远来的行脚僧,尽管受用。你们快去吧,别打断了我们闲聊。闲聊什么呢?这么大的兴致?前面讲到在说兴衰得失,谁是圣贤,当时的英雄事业,如今在哪里?这些描写,当然一语双关。

原来寇员外今年六十四岁,在四十岁时发愿,要斋僧一万个,就是请一万个和尚吃饭。经过二十四年努力,已经请过九千九百九十六个和尚,就差四个了。来了唐僧师徒四人,正好收官啊。取经团队受到了极为热情的招待。

能发这么大愿心斋僧,当然非常富有,后面就有不少展示寇家做慈善事业、建筑设施规模宏大且装潢华丽的文章。唐僧去佛堂拜佛,就有一篇韵文描写佛堂里佛像金光闪闪,铜瓶、铜炉、雕漆桌子、雕漆盒,陈设辉煌。出了佛堂引到经堂,又是一篇韵文,展示这个佛教图书馆有无数的经书，都是豪华精装本。吃饭时到了餐厅，又有一篇韵文，赞美金漆的桌子，黑漆的椅子，食物更是丰富、多样，色香味俱全。

寇家的家人，全都是热情高涨的慈善事业热心人，寇员外的老婆，两个还在读书的儿子，一个个都殷勤周到。遇到这样的主人，唐僧当然感谢不尽，但吃完饭告辞要继续上路，寇员外却说我斋满一万个僧人，是大完满，要举行各种仪式和活动，你们必须住下来，多住些天，让我完了心愿。

后面就是各种庆祝活动陆续开始，和尚请二十四个，道士也请二十四个，做功德圆满的道场。这么一折腾，半个月就过去了。唐僧实在不能再待下去，坚决告辞，猪八戒却越住越不想走，说师父你也太不近人情了，住一年才好呢。唐僧大怒，孙悟空就对猪八戒一顿拳头，说你不知好歹，惹得师父连我们也怪上了。寇员外见他们师徒生了气，就说明天我请几个邻居亲戚，最后吃一顿，欢送你们。

没想到寇员外的老婆和儿子又出来，说我们老爷的愿心表达圆满了，我们也许过愿啊。我们出自己的私房钱，再分别请你们半个月。唐僧听了，坚决谢绝，不肯答应。老婆子和两个小伙子见唐僧不给面子，就

生了气进去了。猪八戒又忍不住说师父不要拿架子过了头啊，咱们再住一个月满足了人家母子的心愿吧。唐僧呵斥了猪八戒一声，猪八戒自己打了两下嘴巴，说别多话了！孙悟空笑起来。唐僧说你笑什么笑？就要念紧箍咒，吓得孙悟空求饶说：我没有笑，没有笑。

寇员外见他们师徒生气了，不敢再苦留，第二天一早举行了隆重的欢送仪式。请了一百多个亲戚朋友参加，安排丰盛的筵席，还有彩旗吹鼓手仪仗队，和尚道士一大群。从三更闹到天明，又闹到中午，吃了两次筵席，举行了两轮欢送活动，唐僧师徒才自己上了路。

唐僧师徒自己走了四五十里路，天黑了，这一下前不着村，后不着店，只有在一座快倒塌的破庙里安身。天又下起大雨，师徒四人坐的坐，站的站，苦挨了一夜。那么天亮了，又会发生什么事情呢？请看下一讲。

第九十七讲

唐三藏法师，第一次挨打是什么滋味

第九十七回开头，没有接着说唐僧师徒怎么样，而是说铜台府地灵县有一伙不良青年，嫖娼赌博喝酒，把家产荡尽，就算计城里哪一家有钱，要去打劫金银。寇员外连续好多日子大搞活动，显摆富贵，就首先被盯上了。就在唐僧师徒在破庙里受寒风听雨声的这一晚，这伙强盗就乘着天黑下雨，拿刀弄杖，闯入寇家，打开箱子，把金银珠宝，首饰衣裳，尽情抢劫。寇家的老婆子，两个儿子，还有仆人丫鬟，都躲起来不敢露面。只有寇老头，出来哀告，说给我留一点吧。强盗倒没有拿刀杀他，只是狠狠踢了他一脚。但六十四岁的老头，一下子就被踢死了。

强盗走后，老婆子、两个儿子，还有仆人丫鬟，才敢出来。一看财物被抢，老头死在地上，就商量向官府报案。老婆子心里恼恨唐僧不给面子，又想要不是招待他们大搞活动，也不会招来强盗，就对两个儿子说，我躲在床底下，看得清清楚楚，抢东西、踢死你爹的就是唐僧师徒四个。两个儿子就写了状子，上面写：唐僧点着火，八戒叫杀人。沙和尚抢劫了金银，孙行者打死我父亲。天亮了，就把状子递送到铜台府刺史大人桌子上了。刺史一看，立刻派出一百五十号衙役弓马手，去追捕捉拿逃犯到案。

那伙抢了寇家财物的强盗，到路旁山坳里分赃，却看见唐僧师徒四人牵马挑担在大路上走过来。强盗们说，这几个和尚在寇家待了好多天，寇家一定送了他们不少财物，干脆一起抢过来。强盗们围了上来要买路钱，孙悟空上前应对，有许多有趣的描写。最后孙悟空用定身法定住强盗，拔毫毛变出绳子，让猪八戒与沙和尚用绳子把强盗一个一个捆了个结实。解了定身法，一审问，知道是抢了寇家的财物。唐僧一听，说寇家招待了我们很多天，赶快把东西给他们送回去吧。

孙悟空让猪八戒挑一担抢来的财物，白龙马背上也驮了一些，沙和尚挑了取经的担子。孙悟空本来想把强盗打死，怕唐僧怪自己行凶，就把身子一抖，收回毫毛，强盗们一看身上没有了绳索，四散逃命去了。唐僧师徒翻身往回走，顶头碰上来抓捕抢劫犯的衙役弓马手，就被人赃俱获，当罪犯押回知府衙门审判了。

刺史立刻开审，对孙悟空的申辩根本不相信，要动大刑，孙悟空怕唐僧受不住，把一切罪过都揽到自己身上。正审判呢，报告说来了个京城高官陈少保，刺史要去迎接，就命令把罪犯先押到监狱里面去。大家想一下，这个高官为什么是陈少保？唐僧师徒入了监，一个个披枷带锁，狱卒们又来乱打要钱。孙悟空对唐僧说，咱们没钱，就把锦襕袈裟给他们吧。唐僧舍不得，但被打得实在疼得受不了。一路上被妖怪抓去，吊起来，放到蒸笼里蒸，却从来没有挨过打。快见佛祖了，却被凡人狱卒一顿臭打，只好让孙悟空对狱卒说，别打了，我们的包袱里有一件锦襕袈裟，价值千金，送给你们吧。

到了夜里，孙悟空变成飞虫，先飞到寇家，假托寇员外的声音，责备老婆诬陷圣僧，吓得两个儿子一再叩头，说明天去衙门里撤回状子。再飞到刺史家，见刺史房内挂着一幅肖像，是刺史做过大官的死去的伯父，就假托伯父魂魄回家，责问刺史为何诬陷圣僧。刺史吓得烧香焚纸，说明天一早就释放赔罪。孙悟空又去地灵县的县衙，这一次换个方法，变个大法身，从空中伸下一只大脚，把整个衙门的大堂都踩满，说是玉皇大帝派来的神将，警告府衙监狱关押拷打圣僧。吓得县官跪下磕头，说天一亮立刻去禀告刺史，放出圣僧。

第二天三处发力，唐僧师徒全部被释放，刺史不断赔礼道歉，孙悟空、猪八戒、沙和尚借机会发威，要回袈裟行李。又去寇家对证是谁诬告，寇家老婆子只是爬在地下磕头。孙悟空去地狱，要回寇员外魂魄。寇老头起死回生，责备老婆，教育儿子，再次请亲友，整仪仗，送唐僧师徒踏上直达灵山的大路。

这两回含义隐蔽深刻，用了许多象征影射的艺术笔法。铜台府的地名，暗示铜臭熏天，寇员外名为斋僧行善，实际上是炫耀财富，显摆富贵。寇员外的姓氏寇，直接说大善人实际上是强盗，是心寇，心灵强盗。所谓"斋僧"，追究本质，是沽名钓誉的伪善，所以两个儿子分别叫寇梁、寇栋，是心寇的栋梁。老婆小名张针儿，是用那首古代小说中经常出现的五言诗："青竹蛇儿口，黄蜂尾上针。两般犹自可，最毒妇人心。"

善，是佛教的根本思想宗旨。从通天河救两个小孩开始，取经团队就在不断地加强着行善的主题。比丘国，凤仙郡，善果越来越大。在即将到达灵山的最后一站铜台府，却更深一层，揭示行善本身也有"真善"和"伪善"的区别。而这一次并不是妖魔鬼怪行凶作恶，就是人本身在作恶，而且还是打着行善的旗号在作恶。法国的革命家也曾感慨："自由，自由，多少罪恶假借你的名义进行。"到达灵山的前一站，是普通的凡人伪善作恶，也就揭示了前面所有的妖魔鬼怪，其实就是人心负能量的化身。佛在灵山莫远求，灵山只在汝心头。同样，所有的魔鬼妖怪，也只在人的心头。善与恶，天使与魔鬼，都在人的一念之间。下一回，就到灵山，见佛祖了。请期待吧。

第九十八讲

到了西天，讲究还真多

第九十八回的回目是：猿熟马驯方脱壳　功成行满见真如。

从心猿意马到猿熟马驯，说得十分明确。西天取经的终极目的，就是改造思想，就是净化心灵，就是消灭负能量，弘扬正能量。

从铜台府地灵县寇员外家出发，走了六七天，就到达灵山圣境了。距离这么近，寇员外不来灵山拜佛，却在家炫富斋僧，博取虚名，心猿意马就永远不可能猿熟马驯。

唐僧师徒远远看到了山上面崇高的楼阁，有一段骈文赞美。唐僧举起马鞭指点说真是个好去处啊！孙悟空说师父你在那妖魔变化的假西天叩头礼拜，到了真西天怎么还不快下马呢？慌得唐僧赶快跳下马步行，已经到了灵山的"传达室"——玉真观了。玉真观里面走出来金顶大仙。有一篇骈文描写这位大仙"飘然真羽士"。这不就是一位道士吗？玉真观不也是道教的宫观吗？金顶大仙不也是道教神仙的称号吗？

道教的神仙，怎么在灵山给如来佛祖当传达室的门卫呢？是贬低道教抬高佛教吗？我们记得第一回的菩提祖师，就是一个道教神仙，却"说一回道，讲一回禅，三家配合本如然"，住在灵台方寸山斜月三星洞，是心的象征。如来佛祖的灵山，其实也就是灵台方寸山，一到了心上，就没有什么道教、佛教、儒家的区别了，那都是些表面的名相，心灵觉悟才是本质。

金顶大仙首先安排小童烧了洗澡水，请唐僧沐浴。有一首七言律诗，专门说洗澡，其实就是洗心革面。洗了澡，大仙引导唐僧出了玉真观后门，指示他直达灵鹫峰的山路，就回观里去了。

孙悟空前面领路，走了五六里地，却有一道八九里宽的河流挡在面前。河上有一座独木桥，只有一根又细又滑的木头，叫凌云渡。有一首七言律诗描写这座桥。孙悟空走上去，摇摇摆摆，就一个来回。招呼大家快过来,过去了才能成佛。唐僧几个都说过不去,猪八戒更躺到地上耍赖,说成不了佛就成不了吧,过不去就是过不去。猴子走独木桥容易,大肥猪确实难啊。

这时河面上一个人撑着一只船过来了,唐僧大喜,说别闹了,有船。船撑过来了,撑船人说快上船吧。可是唐僧一看,是一只没有底的船,唐僧又吃惊说没底怎么能渡人啊!撑船的人念了一首七言律诗,"有浪有风还自稳""今来古往渡群生"。唐僧还犹豫呢,孙悟空在后面一推,唐僧跌到了水里,不过又被撑船的人拉了起来,后面孙悟空师兄弟三个人拉着马也上船了。这时,大家看见水面漂下来一具死尸。唐僧大吃一惊,徒弟们却喊"那就是你啊"!撑船的也说"那是你,恭喜你了!"原来撑船的是接引佛祖,就是大家念叨的阿弥陀佛。经过这个仪式,唐僧就脱胎换骨了。

后面就上到灵鹫峰见到了如来佛祖。当然有描写雷音寺的骈文啊,进好几道山门都有金刚向里面层层通报,到达大雄宝殿之前有一首总结性的七言律诗。唐僧向如来说奉唐王旨意,来求取真经,请佛祖慈悲。

如来佛祖说了一大段南赡部洲也就是大唐国土

上的人如何多贪多杀，多淫乱多欺诈，罪恶滔天，所以轮回地狱，永无止境。虽然有孔夫子的儒家立下仁义礼智信的教化，帝王们也有各种惩罚罪恶行为的法律条文，可是人民太愚昧，太肆意妄为，还是制约不住啊。我这儿有三藏真经，让人改恶从善，一共三十五部，分一万五千一百四十四卷，包罗万象，无所不有。你们远道而来，但还是不能全部给你们，因为你们那儿的人，愚蠢还自以为是，诽谤佛典真言，全给你们也读不懂领会不了，白白浪费资源。就叫身边的两个亲信阿傩（nuó）和伽叶，说你们俩去图书馆藏经阁，在三十五部经里面各样拣几卷给他们吧。

如来佛祖这一段话还是承认，孔夫子创立的儒家思想文化，以及当地国家政府的法律规定和治理，是主要的，佛教只能起补充辅助作用。佛教经典也只能传一部分，全盘西化行不通也不实际，可能适得其反。

下面就是著名的"要人事"的段子了。"人事"是啥意思啊？就是意思意思，这个是让外国人一头雾水的说法。阿傩和迦叶先给取经四众看了三十五部经的全部目录，从《涅槃经》开始，到《具舍论经》

结束。该选择带回东土大唐的经卷了,两个人停了下来,对唐僧说,圣僧远道而来,有什么人事送我们,快拿出来,我们好传经啊。直截了当,就是要礼物索取贿赂。

唐僧还真是没想到没准备,拿不出来,只好老实说我实在是路途遥远,没有带啊。阿傩和迦叶还是不放松,说你让我们白手传经,没一点好处,开了这个先例,我们的后代不得饿死吗?孙悟空忍不住,就说师父,我们去找如来,让他亲自给我们经书。两位尊者见孙悟空这么说,就说这是什么地方,容得你撒野吗?过来拿经书吧。一包一包又一包,马背上驮了,又捆了两个担子,猪八戒与沙和尚一人挑了一担。

佛经取上了,告别如来,下山返程。后面楼里有一位燃灯古佛,派手下的白雄尊者,来到取经团队头顶上,施展法力从半空中伸下一只大手,把白龙马背上驮的经书拿走了。孙悟空拿出金箍棒来追打,白雄尊者就把手松开,经书全落了下来,也全散开了。唐僧他们就看见经书都是白纸,一个字也没有。唐僧大惊,让猪八戒、沙和尚打开他们挑着的经卷看,也全是白纸。

唐僧哭起来,说取回这些没有字的经书,那是欺君之罪,要杀头啊。孙悟空说这是阿傩、迦叶两个,没要到人事,就给了没字的经。回头,找如来告状去。见了如来,如来却讲典故,说段子,说经书真不能白传。你空手来拿,所以给了你白本经。又说白本经是无字真经,倒也是好的。叫阿傩、迦叶,领他们挑一些有字的经书,到我这里来报数。

第二次来到图书馆藏经阁,阿傩、迦叶又向唐僧要人事。唐僧这次害怕了,就把唐太宗赏赐的沿途化斋的饭碗——紫金钵盂送给了两位尊者。阿傩、迦叶挑了一些经书,唐僧让三个徒弟一本一本打开看,确认都是有字的,才拿到如来佛祖跟前去报数。这就又有了一个经书目录单,一共五千零四十八卷。

这一讲里面包含的一些道理和暗示,下一讲再说吧。

第九十九讲

不圆满就是圆满

　　唐僧师徒在第九十八回到达灵山,取得真经,情节曲折有趣。我们现在讨论一下其中暗含的道理和暗示,让人玩味的表现艺术,以及一些研究者的意见。

　　先后两个佛经书目单,一个是如来佛祖藏经阁中三藏经典的总目录,另一个是唐僧从西天取回东土大唐的经典目录。对这两个图书目录,学者们对照现在保存下来的佛教经书的目录,做学术研究,有一些不同的看法和说法。

　　鲁迅先生在《中国小说史略》里说,《西游记》的作者是一个儒生,就是主要学习儒家文化的读书人。他对佛教的经典不是很熟悉,写《西游记》也是一种游戏心态,所以第九十八回列出的两个佛教经典书目单,其实荒唐无稽,就是不符合实际存在的《大藏经》

的情况。

当代学者曹炳建先生研究《西游记》的版本花了很多工夫，考察得也深入具体。他说第九十八回唐僧取回大唐的经书一共35部，其他回目中提到的佛经名目有18种，加起来是53种，别除两者重复的部分，一共44种。这44种可以分为四类。一是和现存佛经目录完全相同的；二是基本相同但有些小差别的；三是现存佛经中没有这种目录，但和佛教有一定关系的；四是查不出来也没有根据的。另外一位《西游记》研究学者竺洪波先生写有一篇《〈西游记〉中唐僧所取经谱考》，可以参考阅读一下。

第九十八回阿傩、迦叶索要人事的情节，过去常说是讽刺社会，连西天如来佛祖那儿也存在社会腐败。《西游记》里对社会人情的调侃嘲弄是普遍的、经常的，是其写作艺术的有机组成部分。应该还有另外的意思，就是如来说的经书也不可以轻传，是说一些道理，有时也的确只有某一些特定的人群可以理解，这里面有不同文化传统的差别，不同族群的差别，不同时代的差别，等等。

如来说："无字真经，倒也是好的。"燃灯佛祖派去抢走再抖开经书揭示经书无字的神将叫白雄尊

者。白雄，就是说白本无字的经书其实也有价值的意思。无字真经和有字真经，到底哪一种更有价值，也能扯出一些哲学文化的说法。说东土大唐的人只能理解有字的，理解不了无字的，也是微妙的艺术演义。对这些描写，也不能打破砂锅问到底，有感觉就自鸣得意，没感觉就不用想它。

道教是追求肉体长生不老的，佛教说肉体是个臭皮囊。唐僧过凌云渡扔下了一个尸体，是按佛教的说法演义的。如果较真诡辩，可以问如果妖怪捞到了那个漂走的唐僧尸体，吃了上面的肉还能长生不老吗？

第九十九讲，写那伙暗中保护唐僧的神将，把唐僧遭受磨难的记录本交给观音菩萨。观音菩萨一看，一共八十难，按照九九归一的规律，还差一难，就让揭谛赶上金刚，把本来腾云驾雾飞行的唐僧师徒从空中又放到了地面上。唐僧师徒回长安，如何回去还是掌握在金刚的手里。

落下来，在通天河西岸，要回东土，就还得过河。那个当年把唐僧师徒从东岸送到西岸的老鼋（yuán）又来了，再次把他们从西岸送往东岸。游走了超过一半的距离了，已经离东岸不远了，老鼋想了起来，问唐僧我当年托你向佛祖问我的年寿归宿，你问了吗？

唐僧一心取经，又遭遇了那么多磨难，早把这件事忘记了。出家人不能说谎啊，就只有沉默是金了。老鼋一看唐僧不回答，就把他们甩到河里头了。第八十一难也就产生了。

唐僧已经脱胎换骨了，沉不到水底了，其他几位本来就有神通，很快都上岸了，可是取来的经书全湿了。这时候，又发生了异常现象，狂风大作，飞沙走石，天昏地暗。孙悟空说这是各种阴魂鬼怪，想把佛经抢夺走，因为取经成功是一件夺天地造化之功的伟大事件。成功，就会引起嫉妒，成功越大，嫉妒的势力也越大，要破坏你的成功，抢夺你的成果。

唐僧与沙和尚按住了经包，猪八戒牵住了白龙马，孙悟空拿出金箍棒挥舞镇压，那些阴魂鬼怪折腾一阵，见没有希望，就停止干扰了。孙悟空说幸亏经包都被水浸泡湿透了，沉甸甸的，能按得住，风刮不动吹不走。看来有一弊也就有一利呀。

不过经书湿了，必须晾干，师徒四人就开始干这一件细致耐心的活计了。好在有的是平整的大石头，在上面把经书一本本一页页打开、晾晒，晾干了再一本本合住、收起来。这时，陈家庄的打鱼人发现取经的长老回来了，通知了当年被救小女孩、小男孩的父亲,陈老立刻前来邀请恩人们去家里做客。

唐僧去收晾在石头上的经书,来人说话分心,就把一本经书的几页黏在石头上揭不下来,那本经书就残缺了,那块石头却成了古迹——晾经石。唐僧很后悔,孙悟空说不用后悔,天地就是不全的,任何事情都不能十全十美,不圆满才是圆满。大家还记得通天河是十万八千里取经路程的中节点,两岸是不同的国家吧?返程途中,再次渡过通天河,从西岸的西梁女国渡到东岸车迟国的会元县,暗示脱离纯阴,到达纯阳,会元——抵达源头和本质了。

陈家庄早就建造了唐僧师徒的生祠,大家簇拥着唐僧师徒去看自己的塑像。看自己的塑像,感觉太好了。请唐僧师徒赴宴做客的就太多了。三更半夜,取经团队再一次悄悄溜走。溜到河边上,听到金刚在空中说"逃走的,跟我来",取经团队平地升起,香风习习直飞大唐长安了。请看下一讲。

第一百讲

就这样，回来了，又离去了

第一百回的回目是：径回东土　五圣成真。

这一回前后两部分，前一半的主场地在大唐都城长安；后一半的主场地在西天灵山。取经团队在长安受到大唐天子唐太宗的欢迎、款待和表扬，在灵山受到如来佛祖的肯定、鼓励和册封。

唐太宗在贞观十三年九月中旬送唐三藏去西天取经，过了三年，贞观十六年就派人在西安城关外建起一座望经楼，专人驻守，翘首期盼取经人归来。唐太宗本人，有时也要亲自来楼上观望。今年是贞观二十七年（历史上的唐太宗当了二十三年皇帝就去世了，此处为《西游记》作者的故事新编），十四年过去了，今天，太宗皇帝又来到望经楼上，只见正西方满天祥云彩霞，带有香味的阵阵清风吹来。

八大金刚与取经团队来到了长安城上空。金刚到底在灵山待的时间太久，有些与世隔绝，不太了解人间的世俗人情，说如来佛祖限定我们八日之内必须返回，在通天河一耽搁，已经过去了四天。唐长老自己下去，把经书送给大唐皇帝，就算完成任务。你们几位，就和我们一起，在天空等候吧。孙悟空说那怎么行？我师父一个人，怎么能拿得了这么多经书，还要牵马。我们都得下去，你们等着吧。金刚说我们担心猪八戒贪图富贵，误了行期。猪八戒笑起来说，怎么会呢？师父成佛，我也盼望成佛呢。

唐僧师徒就按落云头，来到了望经楼下。猪八戒挑着担子，沙和尚牵着马，孙悟空引着师父，取经人回来了。唐太宗和许多官员下楼迎接，皇帝说御弟回来了？唐僧下拜。皇帝问这三位是谁呀？唐僧回答是沿途收的徒弟。有一首七言律诗回顾赞美唐僧取经成功归来。

唐僧当年是在洪福寺里，寺里的和尚，发现寺院的几棵松树突然都往东面转树冠了。大家说十四年前陈师父走的时候说过，树头往东转，我就回来了。看来老师父已经从西天取经归来。大家换了衣服上街迎接，却看到太宗皇帝已经和师父一起进皇宫去了。

到了皇宫，孙悟空、猪八戒、沙和尚三个牵着白龙马站在台阶下面，唐太宗赐座，唐僧坐在皇帝旁边。唐僧让徒弟们把经书都搬到前面，向皇帝详细汇报了灵山取经的情况。要人事没有，就先给了白文本啊，把陛下赐的紫金钵盂送了人事，才换成文字本啊。三十五部佛经里各挑了几卷，一共取回来五千零四十卷经书。

历史上真实的陈玄奘，二十六岁立志去印度取经，从公元628年，到公元645年，出游十七年，经历了五十多个国家，带回佛教经典六百五十七部。比《西游记》里的唐僧取经，还多了三年。此后，陈玄奘先后在长安弘福寺、大慈恩寺、西明寺，铜川玉华宫翻译佛经，直到公元664年去世，长达十九年，共翻译佛经七十五部，一千三百三十五卷。

唐僧又向太宗皇帝介绍了三个徒弟的情况，特别强调了孙悟空的保护之功，说猪八戒挑担有功。又说那匹马也不是陛下赐我的那一匹了，是西海龙王的龙子变的。唐太宗听了非常高兴，大开御宴，款待取经四众，有一篇表现宴席丰富的骈文。

晚上，唐僧带领三个徒弟，去洪福寺休息，寺里的和尚说起松树头转向的事，唐僧听了非常高兴。猪八戒再不嚷嚷吃饭，孙悟空、沙和尚个个稳重。

第二天，唐太宗在朝堂上当着文武百官，亲口宣读了一篇自己写的文章，赞美感谢唐僧取经，并让学士官恭楷书写下来。然后召见唐僧，把文章赐给他。这篇文章叫《圣教序》，小说中的文本是根据李世民写的《大唐三藏圣教序》改写的。李世民的序由唐朝大书法家褚遂良亲笔书写，后来和尚怀仁又集王羲之的字刻成碑文。大家是不是也有人临字帖写《圣教序》啊？这块《大唐三藏圣教序》碑现藏于西安碑林博物馆内，是一件重要的文物。

唐太宗请唐僧朗诵几卷取回来的佛经。唐僧说念佛经不能在朝堂上念，应该到寺庙里念。唐太宗就带领百官和唐僧去雁塔寺，就是现在西安城的大慈恩寺。唐僧捧着经卷登上讲台，八大金刚在云中现身，高叫"念经的，放下经卷，跟我们去西天。"唐僧师徒四人加上白龙马，就腾空而去了。

第二个现场就在灵山如来佛祖莲花宝座前面了。佛祖对取经团队的五个成员都一一点评，原来都是犯了错误的英雄，经过西天取经，现在都修成了正果。封唐僧为旃檀功德佛，孙悟空为斗战胜佛，猪八戒为净坛使者，沙和尚为金身罗汉，小白龙为八部天龙马。

孙悟空对唐僧说，我们都成了佛，难道你还念紧箍咒咒我？趁早念个松箍儿咒，拿下来打个粉碎。唐僧说当初是因为你难管，才给你戴紧箍儿。现在已经成佛，紧箍儿怎么还会在你头上呢？孙悟空伸手往头上一摸，紧箍儿早已不知去向了。紧箍儿咒正式名称是"定心真言"，紧箍儿本来就是套在心上，不是套在头上的啊。成了佛，心里全是正能量了，紧箍儿当然自动消失了。

不妨盘点一下取经途中，唐僧一共念过多少次紧

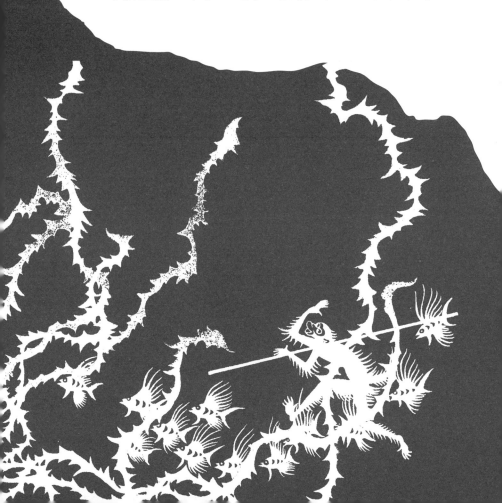

箍儿咒。第十四回观音菩萨给了唐僧紧箍儿,孙悟空戴上以后,唐僧试验念咒,因为孙悟空反抗,先后念了好几次。第十六回唐僧恼恨孙悟空炫耀导致袈裟被盗,念了咒。第二十六回孙悟空推倒人参果树,要去三岛求方,唐僧说三天后不回来就念紧箍咒,因而有福禄寿三星去见唐僧求情。

下面就是白虎岭三打白骨精,唐僧三次念咒赶走孙悟空。第三十八回末尾与第三十九回开头,猪八戒报复孙悟空,挑唆唐僧两次念咒,逼迫孙悟空在阳世医活乌鸡国死国王。第三十九回妖怪变成假唐僧,猪八戒说让师父念紧箍咒,不会念的就是假的,又念一次。第四十回红孩儿作怪,孙悟空让唐僧多次下马,唐僧很生气,要念咒,被沙僧劝住。开始试验咒语是否灵验不算外,前一半路程中,实际念咒七次。这七次,后面三次有玩笑性质;丢袈裟那一次是对炫耀心的惩罚;核心是打白骨精的斩三尸。

后半程第五十六回孙悟空打死两个强盗,又打死杨老汉的儿子,唐僧念紧箍咒十几遍,赶走了孙悟空。孙悟空去而复回恳求唐僧饶恕,唐僧又念了二十多遍,孙悟空去南海找观音菩萨诉苦。后来为了分辨真假猴王谁真谁假,唐僧又念一次,以及前面观音菩萨也念了一次，属于情节需要。

六耳猕猴被消灭孙悟空重新归队后，唐僧再没有念过咒语，只有两次威胁要念。第九十四回，孙悟空对唐僧说如果公主不是假的，你就留下来当驸马。唐僧大怒，说你再敢这么说，我就念咒，让你受不了。第九十六回猪八戒贪图寇员外家的享受，遭到唐僧斥责，孙悟空在旁边笑，唐僧连孙悟空也怪上，威胁要念咒。这两次威胁是表现唐僧取经信念的坚定。孙悟空打死杨老汉儿子这一次受到惩罚最重，象征根除心中恶念的过程很艰难也很痛苦。

如来佛祖的点评中，提到孙悟空大闹天宫，猪八戒与沙和尚在蟠桃会上犯错误，再一次照应了"蟠桃就是我的心"的艺术暗示。说猪八戒是挑担有功，沙和尚是登山、牵马有功。唐僧在唐太宗面前也说猪八戒挑担有功。《西游记》在有些地方也有沙和尚挑担子的字句，但那其实是有时候猪八戒与沙和尚临时换工。那副沉甸甸的取经担子，主要是由猪八戒挑到西天的。

但明万历二十年（1592）世德堂本《新刻出像官板大字西游记》的插图中，就画的是沙和尚挑担子，虽然后来有一些明代和清代的刻本《西游记》的插图，也有画猪八戒挑担子的，但近现代的连环画、戏曲、影视剧和纪念邮票，则都变成了沙和尚挑担子。为什么会这样呢？考虑到猪八戒身材肥胖，而沙和尚身材匀称，从绘画角度来说，显然画沙和尚挑担子比画猪八戒挑担子更容易构图，也更适合审美眼光。

《西游记》一百回，讲解完了。

后面还有八讲，是关于全书的一些总结。

第一零一讲

谁说我的本事不如以前了

  谈《西游记》的，从普通"西迷"到学者专家，有一个相当流行的说法，就是西天取经路上的孙行者，比起大闹天宫时的孙悟空，本领大为下降。说孙悟空大闹天宫时，十万天兵天将都不是对手，老孙打遍天下无敌手。到了取经路上，某一个偷跑出来的天将，某位大神的坐骑或童子下凡为妖，孙行者就降伏不了，总要找仙佛帮忙。

  为什么会这样呢？一种说法认为这是由《西游记》的成书过程造成的。闹天宫的齐天大圣和取经的孙行者，本来就是两个猴。两个故事本来就是两拨人写的。齐天大圣是南方人写的，孙行者是北方人写的。孙悟空的前后本领不一样，完全是不同的作者、不同的观众，出于不同的目的，加在他身上的命运。

但最后有一个人,也就是《西游记》的最后一个作者,把不一样的孙悟空和孙行者硬给捏到一起了。这样就出现了前七回的孙悟空和保护唐僧取经的孙行者,一个强一个弱的情况,"我大闹天宫,你却到处被打爆"。

前七回孙悟空的本领高强就不用讨论了,我们仔细检阅一下保护唐僧取经的孙行者,他遇到各个对手,是不是"到处被打爆"?

黑风山的黑熊精,第十七回描写与孙悟空"斗了十数合,不分胜败",后面又写"斗到红日沉西,不分胜败"。

黄风岭的黄风大王,和孙悟空"斗经三十回合,不分胜败"。

白骨精三次变化,都被孙悟空识破,前两次逃脱了金箍棒,最后一次被打死了。

黄袍怪,与孙悟空"战有五六十合,不分胜负",但到最后,孙悟空舞弄金箍棒,"使个叶底偷桃势,望妖精头顶一棍,就打得他无影无踪",后面说他是逃到山涧的水里面躲避。因为黄袍怪本是二十八宿之一,"是孙大圣闹天宫时打怕了的神将"。

平顶山的金角大王和银角大王,都被孙悟空装进了偷来的宝贝中，一个被装进紫金葫芦，一个被装进白玉净瓶。

乌鸡国的狮子精，即将被孙悟空打死，文殊菩萨降临，喊叫"孙悟空，且休下手"，狮子才逃了一条命。

红孩儿与孙悟空交手，红孩儿"只是遮拦隔架，全无攻杀之能"，孙悟空"棒法精强，来往只在那妖精头上，不离了左右"。

黑水河的鼍龙，是沙和尚下水底打斗，打个平手，根本没有和孙悟空交手。

车迟国的三个妖道，都死在了孙悟空的手里。

通天河的灵感大王，是猪八戒与沙和尚下水交战，到了水面，与孙悟空打了不到三个回合，就招架不住逃回河底。

老君的青牛，与孙悟空打了三十个回合，不分胜负，双方互相佩服对方的本领。

解阳山的如意真仙，被孙悟空打倒在地，武器如意钩被折断。因为他是牛魔王的兄弟，所以孙悟空没有打死他。

最厉害的是蝎子精，一个对敌孙悟空与猪八戒两个，不分胜负。

六耳猕猴，与孙悟空本领完全一样。

牛魔王，与孙悟空棋逢敌手，难分高下。

碧波潭的九头怪，与孙悟空斗了三十个回合，不分胜负。

小雷音寺的黄眉怪，完全靠偷来弥勒佛的宝贝，擒拿孙悟空请来的各路神将。但孙悟空被捉住一次逃脱后，就有了经验，不再重蹈覆辙。

驼罗庄的蟒蛇，被孙悟空杀死。

朱紫国的妖王，马上要被孙悟空烧死，观音菩萨赶来，救了自己的坐骑。

盘丝洞的蜘蛛精，被孙悟空杀死。黄花观的蜈蚣精，与孙悟空斗了五六十合，"渐觉手软"。

狮驼国的大魔头、二魔头，都被孙悟空降伏。三魔头其实也打不过孙悟空，他的宝贝瓶子，被孙悟空打破。

比丘国的国丈是寿星的鹿，如果不是寿星及时赶到，很快就要被孙悟空打死。

无底洞的老鼠，也打不过孙悟空。只是靠老鼠能打洞，造成了孙悟空救唐僧的困难。

隐雾山的南山大王豹子精，被孙悟空用瞌睡虫就治死了。

太乙救苦天尊的九头狮子，与孙悟空没有交手，只是现了原形,把孙悟空用嘴叼了回去,孙悟空很快就脱身了。

青龙山的三个犀牛怪,与孙悟空、猪八戒、沙和尚大战,不分胜负。

天竺国的玉兔精,如果不是太阴星君及时赶到,就被孙悟空打死了。

综上所述,说西天路上的孙行者"到处被打爆",完全没有文本依据。

为什么会有"被打爆"的感觉?因为有一些妖怪有特殊技能,或者偷来了仙佛的宝贝,孙悟空无法制服,总要请仙佛或者等妖怪的后台老板来收伏。

这样写,都有微妙的象征,我们在前面的各讲中都具体分析过了。无论是黄风怪的黄风,还是红孩儿的火,是蝎子精的毒钩,还是蜈蚣精的金光,或者黄眉怪的袋子和铁扇公主的芭蕉扇,都是比喻人的形形色色的欲望和本能。蝎子精为什么最厉害?因为色欲的诱惑力最强烈。

另外一个重要的寓意,就是体制外与体制内,表现本领的方式是不一样的。体制外代表生命的原始本能,是欲望野性的肆意宣泄,没有任何规矩和意义可讲。体制内有明确的意义追求，要遵守体制的规则和约束，表现能耐更主要的是比关系人脉的多少深浅，以及是否能娴熟地利用各种规则。大闹天宫的孙悟空是体制外的造反者，取经路上的孙行者是体制内的护法神，相反那些偷跑出来的神将坐骑等由体制内叛逃到体制外。青牛精偷了太上老君的圈子，能套走金箍棒；黄眉怪偷了弥勒佛的袋子，装走了各路神将，最后都只能被主人收走，表现得最明显。

六耳猕猴是孙悟空内心负能量的分身。黑熊精、红孩儿、牛魔王、大鹏雕都是与孙悟空不相上下的体制外力量，因而与孙悟空一样，都完成了从体制外向体制内的生命转型。

层级最高的几伙妖怪，太上老君的金银二童子，观音菩萨的坐骑，狮驼国三妖，乃至象征外道的车迟国三个妖道，都是孙悟空完全靠自己的力量消灭或打败的，没有请别人帮忙，说明孙行者的本领一点也不比大闹天宫的孙悟空差。狮驼国三怪打不过孙悟空，才造谣言说唐僧已死。孙悟空去西天，是找如来佛祖念松箍儿咒，不是打不过妖怪去求援。

　　从写故事来说，如果取经路上的孙行者还像大闹天宫的孙悟空一样，一出场就把遇到的妖怪一棍子打

死，没有任何情节曲折，那书就没法写了。

说孙悟空和孙行者是两伙人出于不同的目的写的两个猴子，《西游记》给硬捏到了一起，是没有根据的主观猜测。这样说是没有理解《西游记》的深刻内涵和微妙艺术，把《西游记》的思想和艺术价值都大大降低了。

第一零二讲

《西游记》里最神秘的神仙

这一讲,我们来说说《西游记》里非常神秘的一位神仙,他就是孙悟空的第一个师傅——菩提祖师。《西游记》有很多很多的神仙,为什么我们说菩提祖师是最神秘的?因为在他身上有很多的谜团。

读《西游记》时,你有没有想过菩提祖师到底是佛教的神仙还是道教的神仙?为什么菩提祖师后来就再也没有露过面?在西天取经路上,当孙悟空遇到困难时,怎么从来没想过去找菩提祖师帮忙呢?

菩提祖师出现在《西游记》的第一回。在第二回开始不久,孙悟空就告别菩提祖师回了花果山,菩提祖师从此就销声匿迹了。菩提祖师住的地方叫灵台方寸山斜月三星洞。这山名和洞名的意思就表示心。心就是灵台。心也叫方寸。"斜月三星"更是"心"

字字形一勾三点的形象影射。

猴王访道求仙,是从听到一个樵夫一边砍柴一边唱歌开始的。猴王听了樵夫的歌,满心欢喜地说道:"神仙原来藏在这里!"樵夫说自己不是神仙,但和神仙是邻居,给猴王指路,让他去找菩提祖师。到了斜月三星洞洞口,"一个仙童"出来接待猴王。所谓"物外长年客,山中永寿童",这明显就是道教的风范。

在《西游记》第二回中,写菩提祖师讲道时"说一会道,讲一会禅,三家配合本如然"。后来,菩提祖师问孙悟空要学什么本事,祖师讲了术字门、流字门、静字门、动字门等,其实就囊括了三教九流。

更加微妙的是,那个引导猴王找到菩提祖师的樵夫,《西游记》里强调了他是个孝子。"孝"是儒家最核心的价值,所谓"百善孝为先"。唐僧师徒即将进入天竺国、接近灵山见到佛祖时,又特别描写了一个孝子樵夫引导唐僧师徒离开隐雾山,走上前往灵山的大道。隐雾山的命名、孝子樵夫的设计,和第一回猴王寻访菩提祖师靠孝子樵夫指引的情节是前呼后应的,都是说凡俗之心遮蔽了仙境和佛境,要脱离迷雾,必须靠孝心指引。道、佛、儒三教都关注"好心""良心"的觉悟,这就是"菩提"的隐喻含义。

孙悟空告别菩提祖师时,菩提祖师警告他:不许说是我的徒弟。菩提祖师这就是断绝了与孙悟空的师徒关系。这种描写其实有着很深的意思,就是孙悟空以后要闹龙宫、闹地府、闹天宫,要被压在五行山下,还要保护唐僧去西天取经,经历各种磨难,孙悟空由恶变善、最后觉悟的心路历程将是非常曲折复杂的。菩提祖师对孙悟空说:"你这去,定生不良。凭你怎么惹祸行凶,却不许说是我的徒弟。"菩提祖师的这句话也是心路历程的隐喻。

菩提祖师是作为觉悟心的象征而设计的。他后来再也没有出现过,但也可以说,他一时一刻也没有离开过孙悟空,因为他就是孙悟空心路历程的艺术化身。

好了,关于《西游记》里最神秘的神仙就讲到这里啦。请看下一讲。

第一零三讲

《西游记》的主题：
从英雄到圣贤

《西游记》有没有主题思想？现在声音很大的一种意见，是说这部书没有一个确定的主题思想，或者说，很难确定一个主题思想。

这种说法有两个理由。第一个理由是《西游记》成为我们现在阅读的小说，不是由某一个作家一个人写出来的，而是在好几百年的时间里，由许多人不断添加材料，不断加工改写，慢慢演变出来的。因为是这种情况，它的前后情节是矛盾的，人物形象的性格是不统一的，所以不可能有一个确定的主题思想。

第二个理由，是自从接受美学被批评家们大加宣讲以来，一本人物故事型的文学作品，主要是小说或者戏剧，有没有主题思想，就成了一个问题。大家经常说的一句口头禅是"一千个读者眼中就有一千个哈姆莱特"。

理由也简单，就是时间是流动的，时代是变化的，文化是演变的，读者是一代又一代不断新陈代谢的，每一个人都有自己的个性，也就是特殊性。伟大作品表现思想的方式又是含蓄的、微妙的、隐蔽的形象思维，所以，小说想要表达的主题思想，不可能客观地被不同的读者认识。既然最后完成作品的是读者，在每一个不同的读者眼里，作品的主题思想都会不一样。结论就是《西游记》不可能有一个公认的主题思想。

我认为对《西游记》来说，这两种说法都存在很大的问题。验证这两种说法合不合理，正不正确，有几分合理性和正确性，靠所谓"文献考证"很不靠谱。因为《西游记》的历史文献资料很零散，很有限，许多是只言片语，有些是传闻。研究者们的考证其实很大程度上是猜测和想象，是假设基础上的推理。自然也解决了某些局部性的问题，比如，我们讲过的猪八戒的第一个老婆应该是卯二姐，不是卵二姐。但涉及整体性判断，比如，说《西游记》是全真教道士宣传教义的，孙悟空是南方和北方两个不同的猴子合起来的，都是没有根据的主观想象。

接受美学的说法，则成了一种绝对的相对主义。按照这种说法，文学作品的思想和艺术，其实就不需要研究了，每个人按照自己的感觉爱怎么想就怎么想，爱怎么说就怎么说。网络上流传的奇葩说法，比如菩提祖师和如来佛祖斗法啊，真假猴王中被打死的是真孙悟空，去西天取得真经的是六耳猕猴啊，等等，也可以拿接受美学作为理论根据了。

纠正这两种说法的片面性，唯一有效的办法就是认真细读《西游记》文本。我们这本书就是基于这项工作。

通过这一百回的讲解，我们可以很肯定地说，《西游记》有明确的主题思想，就是表现人的成长，从追求做英雄的理想，转型升华为追求做圣贤。《西游记》是一部杰出的成长小说，也是一部伟大的人生教科书。

前七回的孙悟空成长历程，就是一个以做英雄为目标的少年，张扬生命本能，把荷尔蒙宣泄到极致，发挥到极致。青春的激情，生命的骚动，通过极其动人的艺术想象和栩栩如生的人物故事，做了最辉煌的文学展示。

从大闹天宫失败被压到五行山下五百年的孙悟空，到从五行山下出来成为保护唐僧取经的孙行者，以及取经团队的全部成员，通过九九八十一难的考验和磨炼，又以超乎想象的生动的故事，微妙的象征，深刻的内涵，演义了由英雄转型为圣贤的艰辛奋斗和最终成功。

《西游记》主题思想最精炼的概括，就是从英雄到圣贤。

第一零四讲

对仗，就是美
——《西游记》的结构

我们在一百讲的故事叙述和思想艺术分析中，有不少次谈到了《西游记》的结构艺术。现在从整体上回顾总结一下。

宏观上说，《西游记》一百回，分成三大部分。

第一部分，从第一回"灵根育孕源流出　心性修持大道生"，到第七回"八卦炉中逃大圣　五行山下定心猿"，是孙悟空的个人成长传记。这一部分又可以分为三小部分。

第一回和第二回，是第一小部分，石猴诞生，勇跳水帘洞成为美猴王；觉悟生死无常，下决心远渡重洋，投师学艺，到菩提祖师处学成本领。

第三回、第四回和第五回，是第二小部分，孙悟空学成归来，歼灭混世魔王；武装群猴；去东海龙王处索取武器和盔甲行头；去地府消生死簿；上天封弼马温，再封齐天大圣，搅乱蟠桃会。

第六回与第七回，是第三小部分，大闹天宫，被擒后推入太上老君的炼丹炉；从炼丹炉中跳出再次大闹天宫，终于被如来佛祖压到五行山下。

第二部分，从第八回"我佛造经传极乐　观音奉旨上长安"，到第十二回"玄奘秉诚建大会　观音显像化金蝉"，是西天取经的由来，也是把第一部分和第三部分联系为一个有机整体的中间枢纽。这一部分也可以分成三小部分。

第八回是第一小部分，如来佛祖发起取经事业，观音菩萨去东土寻找取经人，重点是沿途为未来的取经人收了三个徒弟和准备了一个坐骑。让压在五行山下的孙悟空保唐僧取经是重点，这个情节就勾连起了第一大部分和第三大部分，也是从英雄到圣贤生命转型的关键情节。

第九回到第十一回是第二小部分，泾河龙王犯天条造成唐太宗游地府，唐太宗游地府又引出要超度亡灵而去西天取经。

第十二回是第三小部分，选拔去西天取经的高僧，陈玄奘上场，观音菩萨显化，唐僧西天取经正式启动。

第三部分，从第十三回"陷虎穴金星解厄　双叉岭伯钦留僧"，到第一百回"径回东土　五圣成真"，西天取经，战胜九九八十一难，获得成功。这一部分也是三小部分。

第十三回唐僧踏上取经路途，到第四十九回渡过通天河，是取经路程的前一半，十万八千里走完了五万四千里。这是第一小部分。

从第五十回到第九十九回，是取经路程的后一半。第九十八回到达目的地灵山，第九十九回返程途中再遭遇八十一难中的最后一难。这是第二小部分。

第一百回是第三小部分，把经卷送回长安，取经团队五名成员完成任务后再到灵山，成佛做菩萨，实现了从英雄到圣贤的生命转型。

在第二部分和第三部分的八十一难中，有明显的对仗结构。

第二部分，第十三回太白金星和猎户刘伯钦分别救了唐僧两次虎难，实际是一种对仗。唐僧收了孙悟空以后，孙悟空先收白龙马，后伏黑熊精，都是观音菩萨出面，构成对仗。后面收猪八戒与收沙和尚之间插入黄风岭，黄风怪和前面的黑熊精，收猪八戒与收沙和尚，又是巧妙穿插对仗。

四众聚齐，四圣试禅心的色欲考验和偷吃人参果的食欲考验对仗。三打白骨精与宝象国两个故事前后对仗，演绎取经团队的内部整合。平顶山的财富影射与乌鸡国的权力贪欲对仗。红孩儿的火对仗黑水河的水。车迟国与通天河最后两难，体现修行境界的提高。

第三部分，青牛精的圈子，是微妙象征，共三回；子母河、女儿国、蝎子精各一回，共同影射色欲，也是三回，前后对仗。真假猴王三回与过火焰山三回，是修行境界的大提升，自成对仗。后面碧波潭的水与前面火焰山的火，也前后连环对仗。荆棘岭与小西天，分别隐喻煽情诗歌绮丽文字与伪学术假大师的危害，自然对仗。第六十七回驼罗国与稀柿衕自成对仗。朱紫国的情魔，与盘丝洞黄花观的色欲，前后映照。在狮驼国是境界得到更大提升，自成高峰。后面比丘国的鹿对无底洞的鼠。灭法国与隐雾山，是进入天竺国前总结性的暗示。

进入天竺国佛境之内，凤仙郡求雨，玉华城授徒，金平府观灯，是一组。天竺国假公主招亲的荣华，与铜台府寇员外的伪善，是最后一组对仗。到达灵山，玉真观对凌云渡，连佛经的书目单，也是两份。

第三部分的第三小部分只有一回，却先在大唐都城见皇帝,后到灵山受佛祖加封,仍然是一个精彩的对仗结局。

取经途程前一半与后一半的遭遇磨难,也有一种大体上的前后对仗。有的前后照应很明显,比如,四圣试禅心与子母河女儿国蝎子精的色欲考验;白虎岭宝象国,与真假猴王,是前后两次团队内部整合,前面"斩三尸",后面灭"六贼";车迟国战胜外道与狮驼国遭遇三魔,前后都是妖怪有三兄弟,都是修行境界的跳跃提升;前面有红孩儿的火与黑水河的水,后面有火焰山与碧波潭;前一半最后一难在通天河,第八十一难又回到通天河。

讲究对仗之美,是中华古典文学的一大传统,《西游记》的情节结构,有如此严密又神奇的体现。其中还有巧妙变化,有的对仗故事一长一短,有的两个故事长短差不多,有的一回之中自成对仗,种种花样,灵活机动。

第一零五讲

汉语，能如此美妙
——《西游记》的语言艺术

《西游记》的语言艺术，达到了非常高的高度。作为一本神魔怪诞的想象为主要内容的书，在语言方面如此惨淡经营，让人又佩服又吃惊。仅从语言艺术达到的水平，那种说《西游记》不是一个作者写的，是多文本拼贴的，是道士宣传金丹大道的等等说法，都是满纸荒唐言，根本站不住脚。

《西游记》语言艺术的一个突出特点，是高水平的幽默诙谐风趣，而且善于炼字，就是能使用最准确又生动的字眼。我们在前文中均有所涉及，下面再举三个例子。

第六回孙悟空被二郎神追杀，变成一个土地庙，尾巴变旗杆竖立在庙的后边，被二郎神认出。二郎神要捣窗户踢门扇,孙悟空"扑的一个虎跳,又冒在空中不见"。这"扑""虎跳""冒"几个字,用得多么生动又灵动啊!

第二十二回流沙河,沙和尚夸耀自己的降妖宝杖,用一首七言长诗表现,最后两句嘲弄猪八戒的九齿钉钯"看你那个锈钉钯,只好锄田与筑菜"。猪八戒回答:"且莫管甚么筑菜,只怕荡一下儿,教你没处贴膏药,九个眼子一齐流血!纵然不死,也是个到老的破伤风!"风趣满纸不说,"荡"就是轻轻挨了一下,把九齿钉钯的威力形容得多么贴切传神。

第二十五回镇元大仙要油炸孙悟空,孙悟空把一个石头狮子变成自己的替身,描写道童们抬不动的情形。

众仙道:"这猴子恋土难移,小自小,倒也结实。"却教十二个小仙,扛将起来,往锅里一掼,烹的响了一声,溅起些滚油点子,把那小道士们脸上烫了几个燎浆大泡!只听得烧火的小童喊道:"锅漏了!锅漏了!"

情节本身搞笑,描写具体生动,"小自小,倒也结实"逗趣。而"烹的响了一声",象声词用烹调的"烹"取代常用的"嘭"或"砰",兼顾象声和字意两个方面。

烧滚油锅来炸，与烹调的"烹"意思相通，十分形象，也有创意。

《西游记》语言艺术的另外一个特点，是散文和韵文有机结合，都是精心设计，各有作用，均不能舍弃。散文的叙述性语言简洁生动，人物语言个性化。特别是孙悟空和猪八戒的语言。孙悟空说话，有时高傲，有时幽默，有时又至情至性；猪八戒说话，是朴实和搞笑互相结合的风格。比如，第三十一回猪八戒去花果山请孙悟空回来，两个人的对话就既个性化十足又形象幽默。乌鸡国孙悟空哄猪八戒去井里驮死国王那一段两人的对话，也很是传神。

《西游记》的所有韵文都有特定的作用或意义。那些描写妖魔外貌或打斗场面的韵文，都与妖魔的来历出身或故事情节发展等密切联系。甚至描写季节风景的诗文，也往往有言外之意。

有些回目刚开始有一篇韵文或者诗词，大都是概括或暗示故事的道理寓意，其实需要相当的文化水平才能看懂。实际上，《西游记》的许多地方是把佛教、道教和儒家的三教知识、术语、说法融会贯通的，还涉及一些历史典故或故事。对明朝和清朝的读书人来说，理解这些表达不是问题，至少不是很大的问题。

今天的读者要领略《西游记》深层次的内容，就不大容易了。

一个妖魔被降伏而结束了一难以后，在这一回的结尾或者下一回的开头，往往有极为精炼的字句予以总结，揭示微言大义，我们在前文中也举过例子。对这些字句不能一眼扫过，要仔细领略思考。就是每一回的回目，如果不认真咬文嚼字，你能说彻底明白了吗？

第六十四回唐僧被木妖树怪摄去，参加诗歌沙龙，树妖们都吟了诗，每首诗都结合树种本身的特点，有不少典故。要真正弄明白每一首诗的意思，就不容易。比如，那个想勾引唐僧的女怪杏仙吟的诗，里面就有和杏树有关的历史典故。

上盖留名汉武王，周时孔子立坛场。

董仙爱我成林积，孙楚曾怜寒食香。

雨润红姿娇且嫩，烟蒸翠色显还藏。

自知过熟微酸意，落处年年伴麦场。

在这里，我们不具体解释这首诗了，大家可以去看看通行本《西游记》的注释，自己琢磨一下吧。

第五回孙悟空偷蟠桃喝仙酒吃金丹，搅乱了蟠桃大会，逃回花果山，自己说这场祸闯得比天还大。可是当玉皇大帝派十万天兵包围花果山,九曜星君到水帘洞外挑战,小猴进去通报,孙悟空正和七十二洞妖王一起喝酒,听了报告,书中描写是"公然不理道:今朝有酒今朝醉,莫管门前是与非"。小猴紧接着又通报说那九个凶神,恶言泼语,在门前骂战呢。书中仍然写"大圣笑道:莫睬他。诗酒且图今日乐,功名休问几时成"。

　　这里巧妙地让孙悟空用四句流传很广的诗句,表达一种青春的醉意,生命早期的陶醉感。面对泰山压顶的挑战与生死攸关的压力,却浑不吝,无所谓,西方人所谓"酒神精神"的状态,真是妙不可言。

　　《西游记》的语言艺术是一个丰富的宝藏,我们在此就点到为止了。

第一零六讲

他们曾这样评说
《西游记》

《西游记》是明朝产生的,明朝人和清朝人阅读《西游记》,写下了他们的心得和感想。这些心得和感想,就写在他们阅读的那本书上面,在书页空白没有字的地方,在每一回的开头或结尾。有时候,觉得哪一句特别喜欢,就在这一句旁边画圆圈,或者点上黑点。这种表达读后感的写作方式,叫评点。也有的评点者在书前面写一篇序言,同样归到评点里面。我们要明白,那时候的书是一行行竖着抄写或者印刷的,是一行行从上往下从右向左阅读的。这些写下读后感的人,是用毛笔写感想,画圈和点的,人们叫他们评点派。他们的评点,也就是对《西游记》的文学批评,或者叫文学评论。

写下评点并且保存下来,我们今天能阅读到的评点派，有好多家。今天，我们选择一些评点派文人留下来的评点，供大家欣赏一下。

第四回孙悟空被天庭召去封为弼马温，嫌官小反回花果山后与巨灵神、哪吒打了一仗后，再次受招安封为齐天大圣。针对这一段情节，清朝的汪象旭评点说："天生圣人忽降而为弼马温，弼马温忽升而为齐天大圣，如此升沉，瞬息霄壤，其实不过吾心中一念之起伏耳。"这是说，孙悟空的官位忽然低，忽然又变高，瞬息之间，一会儿低得好像落地，一会儿又高与天齐，这些故事情节，其实是象征人心里的念头起伏变化不定。

第六回二郎神捉拿住孙悟空，针对孙悟空号齐天大圣，二郎神却号称小圣，回目是"小圣施威降大圣"，汪象旭评点说："小圣降大圣一语，大有至理。盖天下之物大不能制大，而小能制大。今猴王号大圣，雄肆已极，天上地下，岂更有大于大圣者能降之乎！物极必反，惟有舍大而求小，故观音一举二郎，而猴王旋即成擒。此非二郎之能擒猴王，乃小圣之能降大圣耳。"这段评点，揭示了《西游记》作者在二郎神擒拿孙悟空的故事情节里面，所暗示的人生哲理。

第十四回写孙悟空刚被唐僧从五行山下释放出来

后，因打死"六贼"被唐僧责备，孙悟空愤然离去，到了东海龙宫，看到墙壁上挂着一幅画。画上是一个有名的故事，说曾经让一个壮士用大铁锥打秦始皇坐的车子失败，后来成为刘邦重要谋士的张良，遇到一个老人黄石公，老人不客气地让张良"进履"，就是给自己穿鞋。张良忍受侮辱给老人服务，老人就传给了他兵书。龙王用这个故事劝孙悟空，说你只有保唐僧去西天取经，才能成就正果。

针对这个情节，清朝的张书绅评点说，"子房（张良字子房）之击秦王，原是按不住心头火起，所以黄石进履，正是教其忍耐此心……行者以一言不合，辄（zhé）忿（fèn）然远飏，正与子房是一样的病"。这段评点恰当地揭示了《西游记》写这个情节的深刻用意。

同样是第十四回，明朝的刻本《李卓吾先生批评西游记》，针对书中写孙悟空打死"六贼"不能忍耐唐僧批评而离去，最后又回到唐僧身边的故事情节，评点说："心猿归正，六贼无踪。八个字已分明说出，人亦容易明白。但篇中尚多隐语，人当着眼。不然，何异痴人说梦，却不辜负了作者苦心！"明确指出《西游记》的写法有许多"隐语"也就是暗示和象征，如果看不出来,就不能真正理解《西游记》要表现什么。

第十七回针对观音菩萨在观音院用金箍儿收伏黑熊精,张书绅评点说:"闹天宫是邪心未收,观音院是野心未化。紧箍咒是收邪心,禁箍咒是化野性,各有其妙。至箍儿虽丢在熊罴之头上,要知正在学者之心中也。"明确揭示出《西游记》写如来佛祖给观音菩萨三个箍儿的艺术用意。

第十九回针对乌巢禅师传授唐僧《心经》的情节,《李卓吾先生批评西游记》评点说:"游戏之中,暗传密谛。学者着意《心经》,方不枉读《西游》一书,辜负了作者婆心。不然宝山空手,亦付之无可奈何而已。"非常明确地指出乌巢禅师传授《心经》,是理解《西游记》主题思想的重要情节。

平顶山金角大王银角大王的故事,张书绅点出了这个故事有微言大义:"盖财虽为人日用养生之至要,实为人欲之大端。必于此中不溷,方可去得西天,见得如来。"

第九十六回针对寇员外斋僧的故事,张书绅评点说:"富之一字,招灾惹祸,为人一生之大害。人能跳出这一个字,便是灵山的圣境,极乐的场中。寇洪者,实言洪寇也。"寇员外,姓寇名洪。张书绅告诉大家,给寇员外起寇洪这个姓名，就是暗示他的伪善炫富，实际上是心灵思想的大强盗。

篇幅有限，这里就不多介绍了。比起我们当代人，明朝和清朝的读者，和《西游记》的作者时间距离要近得多，文化环境也接近得多，他们对《西游记》的评点，对我们理解《西游记》到底要说什么，比近现代研究者的说法，也许更富有启发性。

如果想对明朝人和清朝人评点《西游记》有更多了解，请参阅我的评批本《西游记》。

第一零七讲

《西游记》是谁写的

除了个别例外,现在各出版社出版的《西游记》,署名都是吴承恩著。

吴承恩生于 1500 年,卒于 1583 年,主要生活于明朝中后期的嘉靖、隆庆和万历年间。江苏省淮安府山阳县(现淮安市淮安区)人,科举中屡次遭受挫折,四十四岁才补得一个岁贡生,后曾担任知县、县丞的低级官员,晚年穷困潦倒,现存诗文集《射阳先生存稿》。

吴承恩著作《西游记》,在学术界是一个有争议的话题。现在研究《西游记》比较有影响的学者,赞成或反对吴承恩是《西游记》作者的,基本上是一半对一半。

现在保存下来的《西游记》,有明代的刻本六种,清代的刻本六种,还有一种手抄本。所有这些本子上面都没有作者的姓名,只有刻印校刊发行人和评点人的别号或姓名。所以,吴承恩作为《西游记》的作者,目前尚无版本依据。

提出吴承恩是《西游记》的作者,是清朝乾隆年间的吴玉搢和阮葵生,但也只有简单的几句话。主要是他们在整理明朝天启年间的《淮安府志》时,发现吴承恩名下的著作目录里有《西游记》。

到鲁迅著作《中国小说史略》,力主吴承恩是百回本《西游记》的作者。由于鲁迅先生的巨大影响力,吴承恩是《西游记》作者的说法,就逐渐成为定论。各大出版社发行普及本《西游记》,封面上都印吴承恩著,更使得这种说法大行于天下。

但《淮安府志》中吴承恩名下的《西游记》,也可能只是一篇游记散文,或者和地理有关系的著作。没有证据说明就是百回本小说《西游记》。至于根据一些记载说吴承恩性格比较幽默诙谐,他的诗文集里有一篇七言古风《二郎搜山图歌》,就判定他为《西游记》的作者,也是证据很不充分的。

我浏览了吴承恩的诗文集,直观感觉是吴承恩的文学写作能力,与百回本《西游记》的水平有相当差距,吴承恩似乎没有能力写出文学巨著《西游记》。

有一段时期,曾经把道教"全真七子"之一丘处机的门人李志常写的《长春真人西游记》混同于小说《西游记》,说《西游记》的作者是丘处机,现在学术界已经否定了这种说法。还有个别学者提出某个《西游记》作者候选人比如明朝的李春芳,也只是一种没有证据的猜测假说。

《西游记》的作者,是明朝中后期一位文学创造力极强、思想深刻、学问广博的天才文人,但他的姓名没有留存下来。吴承恩作为约定俗成的《西游记》作者,还将长期存在下去。

唐僧取经的故事,在百回本《西游记》之前,有一些前身。主要有下列几种:唐代陈玄奘口述、辩机记录的《大唐西域记》,慧立、彦悰撰写的《大唐大慈恩寺三藏法师传》;北宋年间的《大唐三藏取经诗话》;元朝《西游记平话》,这部平话(说书的话本)只有明朝初年《永乐大典》和朝鲜汉语教科书《朴通事谚解》中各残存一段;金代的院本(民间表演艺术用的底本)《唐三藏》文本已经不存在;元杂剧吴昌龄《唐三藏西天取经》留有残文;元末明初杨景贤的《西游记》杂剧。

另有明代刊本朱鼎臣编辑《唐三藏西游释厄传》与杨致和编四十一回本《西游记传》两种简本小说,多数专家的意见认为这是从百回本《西游记》删繁就简减少成本多赚钱的书商作业。

百回本《西游记》之前的那些前期文本,与百回本差距很大,只是唐僧传说故事历史演变的一些痕迹,它们对研究百回本《西游记》有一些辅助参照作用,但不能予以夸大。百回本《西游记》是一位天才文人独立创作的伟大艺术杰作,绝不是什么不同时期、不同地区、不成熟文本的拼凑组合,也不是全真教道士宣传金丹大道的作品。

第一零八讲

《西游记》能排第几

上一讲说过,《西游记》现存明代刻本六种,清代刻本六种和抄本一种。其中最早的,是明代万历刻本世德堂本《西游记》,就是明万历二十年(1592)金陵(今南京)一个叫世德堂的刻印书籍的工作坊刻印发行的《西游记》。人民文学出版社 1955 年首次发行的《西游记》就是以世德堂本为底本加现代标点印刷的,有 2010 年最新校注本。

此外,有以下有特色有影响的印本《西游记》:

三晋出版社 2012 年出版新评新校古典名著系列之《西游记》,底本为清代山西汾阳人张书绅于乾隆十三年(1748)刊刻的《新说西游记》,这是一个最好的清代刻本《西游记》。由出版社负责校勘标点,梁归智评批。每一回有回前总评、回后尾评,每一页有针对具体字句的评批，过去叫夹评，此本以注解的形式置于每页的下方，方便读者阅读。评批广泛吸取了从明清评点家到现当代研究者的研究成果，融合于评批者本人的学术体系中。

人民出版社2013年出版李洪甫校注的《西游记》。

中华书局2014年出版李天飞校注的《西游记》。

李洪甫和李天飞的校注本各有自己个性鲜明的特点，特别在文字校勘方面用功夫很深。

《西游记》的研究，明朝和清朝的评点之后，最有影响的，首先是以1915年9月15日创刊号《新青年》为标志的新文化运动以来，胡适著作《中国章回小说考证》中《〈西游记〉考证》提出的"游戏说"，认为《西游记》"至多不过是一部很有趣的滑稽小说、神话小说；它并没有什么微妙的意思，它至多不过有一点爱骂人的玩世主义"。

1949年以后，对《西游记》评论的主流意见，是"斗争说"。"农民起义的象征""造反英雄的传奇""前七回歌颂造反，西天取经主题转变""歌颂中国人民克服困难的勇气""浪漫主义和讽刺艺术"。

文化艺术出版社2008年出版梅新林和崔小敬主编的《20世纪〈西游记〉研究》，选录了20世纪最

有代表性的《西游记》学术研究成果。复旦大学出版社2006年出版竺洪波《四百年〈西游记〉学术史》，是对明清以来《西游记》学术研究的回顾总结。1997年黑龙江教育出版社出版张锦池《〈西游记〉考论》，是对《西游记》的原型、本事等比较深入的考证论述。人民出版社2012年出版曹炳建《〈西游记〉版本源流考》，是对《西游记》版本的深入考证。

2011年在挪威国家图书馆发现残存电影拷贝《盘丝洞》，是民国《西游记》电影，经修复遗失前三本内容。影片拍摄于1926年，杜宇导演，是上海影戏公司计划出版的《西游记》电影系列第一部，1927年春节上映，观众踊跃。南洋各国争购拷贝。1929年1月18日在奥斯陆斗兽场影院首映，是第一部在挪威上映的中国电影。

1961至1964年上海美术电影制片厂摄制动画片《大闹天宫》，万籁鸣与唐澄联合执导。这部电影与连环画《西游记》对好几代中国的青少年产生了长期广泛的影响。

1986年推出的，杨洁导演，六小龄童饰演孙悟空的电视连续剧《西游记》是影响最巨大的《西游记》影视改编。

2015年郑保瑞编导的《西游记》系列电影第一部《西游记之大闹天宫》上映；2016年第二部《西游记之孙悟空三打白骨精》上映；2017年第三部《西游记之女儿国》上映。

2017年周星驰与徐克合作编导电影《西游伏妖篇》上映。

2016年国家新闻出版广电总局官网新片备案公示，改编《西游记》影视片共26部。

影视改编有自己的创作改编路数和特点，其实距离《西游记》原著的内容主题与艺术风格越来越远。即使是比较接近原著的1986版电视连续剧《西游记》，也并不能真正传达小说原著的真谛。

我们的这部书，就是弥补这种缺憾，希望能为大家真正领略原汁原味的百回本小说《西游记》提供一条捷径。

从胡适的"游戏说"，到后来的"斗争说"，再到我们提出的"英雄—圣贤说"，是阐释《西游记》主题思想的接受三部曲。

在四大名著中，综合思想深度、艺术成就与文化内涵，《西游记》排第几位？在我看来，四大名著可以分为两个等级，第一个等级是《红楼梦》和《西游记》，第二个等级是《水浒传》和《三国演义》。如果硬要排名，我的意见是：《红楼梦》第一，《西游记》第二，《水浒传》与《三国演义》并列第三。在看完本书之后，相信各位读者对于《西游记》也有了自己的理解，你心中又是怎样的排名呢？